DIT DU INTE FÅR GÅ

EMIL HASKETT

Andra Utgåvan
Utgiven av
House of Loki en del av
Nordic Press
Kindlyckevägen 13
Rimforsa, Sweden.
2022

978-91-987507-3-7
Först utgiven 2017
Omslag, formattering av
C. Marry Hultman
Copyright © 2022 House of Loki

www.house-of-loki.com

Emil Haskett har en unik berättarstil som jag älskar. Jag gillade öppningssekvensen och beskrivningarna och ville läsa mer. Resten av berättelsen gjorde mig inte besviken. Karaktärerna är relaterbara och handlingen trovärdig. Dit du inte får gå, är bra läsning för både unga vuxna och äldre läsare. Jag kan varmt rekommendera den

(Lynne Phillips)

Emils rika beskrivningar är en fest för läsarens sinnen och framkallar Gamla stans magiska värld och dess mörka, dolda hemligheter.

(Andy Henderson)

Andar titlar från House of Loki

Ghosts, Ghouls and Ghastly Creatures
ISBN: 978-9198750836

Magic, Mischief & Mayhem
ISBN: 978-9198750874

Gears, Gizmos & Gadgets
Kommer snart

Från Emil Haskett

The Shadow Over Doggerland
ISBN: 978-9198750881

Förord

NICHOLAS WILKINSON

En berättelse om att gå från barndomen till vuxenlivet är ett bra sätt att få läsare att fångas av karaktärer och situationer som tvingar dem att konfrontera sina egna sanningar, rädslor och farhågor. *Dit du inte får gå* är en förtrollande *urban fantasy* om att stå på gränsen till vuxenlivet, precis som många av karaktärerna i denna mångfacetterade berättelse gör.

Emil Hasketts fängslande berättarstil skapar en vacker, intim och komplex atmosfär som exploderar i känslor och action i precis rätt kombination. Världsbyggandet och de färgstarka beskrivningarna tar dig till en sorglig, men aldrig patetisk plats, någonstans mellan verklighetens skrämmande sanning och det hopp som fantasin kan ge unga sinnen.

Den här boken omdefinierar Young Adult-fantasy

genom att blanda en rik, svensk folktro med en varierad uppsättning karaktärer som befinner sig i skrämmande och trovärdiga situationer. Den utspelar sig i skuggan av Gamla Stan, en del av staden med gamla kullerstensgator och lömska invånare som kan göra både dina mardrömmar och drömmar till verklighet. Platsen och kombinationen av folktro och språk ger berättelsen en internationell prägel som kommer att få läsaren att längta efter att besöka avlägsna länder.

Att växa upp är en konstig och magisk tid för unga, och *Dit du inte får gå* fångar livets osäkerhet, att blicka mot en okänd framtid med nya känslor och erfarenheter, hur skrämmande de än kan vara, samtidigt som de får oss att känna oss levande, väldigt levande.

Precis som floden Mörkån rinner genom staden och fungerar både som en livlina och en snara, balanserar *Dit du inte får gå* det vardagliga och det fantastiska, det antika och det moderna, det ungdomliga och det vuxna, med precis rätt blandning av fantasi och folklore. Det är en bok att sträckläsa.

Emil Haskett bygger upp en atmosfär i bakgrunden och sätter scenen för de drömska och mystiska möjligheterna till sexuell frigörelse, självständighet och ungdomlig längtan efter äventyr. Allt samtidigt som en verkligt skrämmande idé ställs på sin spets...

Kanske är den farligaste platsen man kan vara på den där man är fri att vara sig själv?

.

Till Johanna

Klättrar du på fåfängans klippor
Ser du månen rund i sommarnatten
Minns du hur den rullade på räcket
Till bron över blanka vatten
Tror du stan hade legat och blängt
Även om vi ingenting tänkt

1.

Svarta fåglar sveper över natthimlen. I vinden kastar de sig fram och åter och slår ner bland hustaken. Under dem ligger Borgtuna. Som en svulst har staden växt fram från de första hyddorna vid det svarta vattendraget. Fåglarna var här då också. De finns alltid där det finns mat. Just nu är det oktober. Det är snålt med köttet. Fåglarna äter vad de kan hitta.

Blod har alltid flutit över dessa gator. Människor har fallit i gyttjan och blandat blod med lera. Sedan kom sten, grus och asfalt. Allting som hänt ligger inpyrt mellan gatstenen. Om man lyssnar tillräckligt noga i gränderna kan man höra ekon från den tid då knektar och bönder drabbade samman här.

En av korparna kastar sig ut från taket. Den faller ner mot ån och vänder upp precis innan den slår i ytan. På sträckta vingar flyger den över vattnet.

Mörkån rinner tvärs genom staden. Förr i tiden var den så bred att vikingarnas skepp kunde passera sida vid sida. Då hade den ett annat namn, få minns det i dag, än färre vågar uttala det. Nu sitter barn med benen över kanten på broarna och fiskar, ovetande om att deras krokar glider över undervattensgravarna.

Gravar. Hela staden är en gravplats. Ända sedan de första människorna vågade sig hit så har man lagt sina döda i jorden. Katakomberna under de äldsta stadsdelarna är fyllda med hövdingar och krigare. Ordlösa ligger de med händerna knäppta över svärd, spjut och yxa och väntar. Alla döda i den här staden väntar.

På de vida fälten utanför staden ligger rösen uppslängda här och var. Några är bara odlingsrösen, där forna tiders bönder och herdar staplat stenar de ville bli av med. Andra är gravar, stenar som lagts över bronsåldershövdingar. På deras tid var gudarna vreda och blodtörstiga, och beskydd betalades med blod. Alltid med blod.

Korpen lyfter med vindens hjälp och flyger till den gamla ruinen. Förfallna murar, fallfärdiga torn och husväggar är allt som finns kvar av slottet. Högst upp på tornkrönet slår fågeln sig ner. Det är den högsta platsen i staden. Härifrån har hövdingar och fogdar blickat ut. Nu är det fågeln som sitter på en mossprydd sten och ser ut över lampor och lyktor i oktobernatten. Trots mörkret ilar människor och bilar fram och åter på gatorna. Fågeln vrider på huvudet, väljer en av bilarna och flyger återigen över staden.

Under den fortsätter bilen. Den tvekar, vänder några gånger, stannar upp och fortsätter sedan. Bilen är på väg till den gamla delen av staden, den som luktar. Där båtmännen en gång stannade och lämnade offergåvor åt kvinnorna i hyddorna. Korpen är framme innan bilen är det. Den slår sig ner på en parkbänk vid ett tomt torg.

Bilen står stilla en stund medan de som sitter i den pratar. Sedan öppnas dörrarna och en ung man stiger ut. Korpen låtsas putsa fjädrarna. Ovanför hör den sina vänner, de svarta fåglarna flyger med viskande vingar över stadens hus.

Det är oktober och hösten har slagit sina kalla klor i staden. Fåglarna samlas och äter vad de kan hitta. Det är snålt med köttet. Men korpen som sitter på bänken vid torget och ser på den unge mannen vet. Snart kommer det att finnas alldeles för mycket att äta. Det kommer att bli en god vinter.

Blod kommer att flyta över dessa gator igen.

2.

Anders stod på torget och blinkade i duggregnet. Längre bort försvann taxibilens röda baklyktor. Bilen var på väg tillbaka in till centrum. Chauffören hade inte velat åka hit. Det ville de aldrig. Anders spottade på gatan bredvid sig. För en halvtimme sedan hade han legat i sängen. Nu stod han på det här jäkla torget igen. Och så regnade det.

Gatstenen var fuktig och glödde brandgul under gatlyktorna. Den löpte i cirklar ut från fontänen i mitten. Kring fontänen stod fyra bänkar. Gamla pjäser med rostiga metallramar och slitet trä. En mörkhårig flicka satt på en bänk och tittade på honom. Han ryckte till när han fick syn på henne. Hade hon varit där nyss? Vad gjorde hon ute så här sent? Ett leende spelade på hennes blå läppar. Anders vek ner blicken. Det var inte henne han letade efter. Han gick ut mot vattnet och kände flickans ögon i ryggen.

Mörkån passerade förbi torget och delade Gamla stan i två delar. Hemma hade de en svartvit kartbild över staden som prydnadstavla. Mörkån var som en tarm som vältrade sig genom staden innan den försvann ut i skogen igen.

Regnet var kallt när han gick fram till vattnet. Och där såg han henne: Angelika. Cigarettens glöd svävade bredvid hennes hand i mörkret. Hon satt med ryggen mot honom och det stripiga håret hängde långt ner över hennes rygg. Försiktigt gick han fram mot henne.

"Hej Angelika", sa han till hennes ryggtavla.

"Den här jävla platsen, Anders", sa hon utan att vända sig om. "Den kallar alltid tillbaka mig."

Hon var klädd i samma ljusgrå mjukisbyxor och tröja som alltid. Bara strumpor. Inga skor. Strumporna var mörka av vätan. Hon drog ett bloss på cigaretten så den glödde till i mörkret.

"Hur mycket tid har vi?"

Han ryckte på axlarna. "Fem minuter kanske. De ringde precis innan jag åkte hit."

Hon rörde sig ryckigt och hennes fingrar var hela tiden i rörelse, som om hon räknade på dem. Över vänstra handryggen fanns ett långt ärr. Såret måste ha varit djupt. Anders skakade av sig minnesbilden av hur hon stått i deras kök och skurit sig.

"Det går inte bort", hade hon skrikit och kört knivar genom huden. "Det finns alltid där!"

Hundratals droppar av blod ledde ut i hallen och trapphuset. Anders hade skrubbat klinkers i köket och dragit en trasa över de järnluktande fläckarna i fogarna mellan plattorna. Han hade fortsatt att skrubba långt efter att de sista fläckarna var borta. Tänk om det bodde en annan familj där nu? Om de stod och lagade mat där Angelikas blod en gång varit.

Hon gick bort mot fontänen och han följde efter. Flickan med de blå läpparna var borta. Bänkarna stod tomma. En korp skuttade över gatstenen. Angelika log mot fågeln. Det var som om den fick henne att lugna sig. Hennes rörelser blev mjukare och mindre ryckiga.

"Fryser du?"

Hon skakade på huvudet. Sedan lutade hon sig mot honom och pressade ansiktet mot hans bröst. Han kunde fortfarande inte riktigt fatta att han var längre än henne. Tänk att hon tröstat honom när han var liten. Han höll hårt om henne och mindes alla gånger han krupit ner bredvid henne i bäddsoffan. Hur hon vänt sig om och dragit honom närmare, hyschat och ibland sjungit. Han pressade näsan mot hennes hår. Det luktade smutsigt och blött.

"Du behöver duscha, hjälper de dig inte med det?"

Hennes ögon var blågrå och grumliga, nästan färglösa. Ansiktet var grått och livlöst. Det hade alltid sett ut så. Hon hade alltid sett äldre ut än hon var.

"Jag är inte din mamma", sa hon.

"Jag vet." Han satte sig på bänken och fukten blötte snabbt genom hans byxor.

Angelika stod kvar, ryckig och nervig. Hennes ögon flackade.

"Känner du hur det luktar? Det stinker", sa hon och satte sig ner.

Anders sniffade men kände bara doften av regn och tobaksrök. Torget var ganska stort och när det var tomt kändes det mörkt och spöklikt. De svarta lyktorna stod symmetriskt utplacerade och sken med ett dovt, varmt ljus. Stenhusen som kantade torget var gamla med sneda fönster, låga dörrar och spetsiga tak. Några av husen hade luckor för fönstren. De flesta fönstren var nedsläckta men i ett fåtal syntes det flackande skenet från stearinljus. Då och då skymtade gestalter förbi där innanför. Bodde någon i de gamla husen? Det kändes märkligt. Fel på något sätt. Anders huttrade till. Hela det här stället var märkligt och fel.

"Blod överallt", sa Angelika. "Det är blod och nermalda skelett mellan gatstenen och i murbruket. Det går inte vända på en sten utan att hitta en döing och inte gå runt ett hörn utan att nåt hemskt väntar. Allting här ruttnar. Det lockar till sig saker som kommer krypande från platserna bortom natten."

Anders nickade, van vid ord som dessa. Det hjälpte varken att ifrågasätta eller att ställa följdfrågor.

"Jag klarade provet", sa han och lade händerna på byxbenen, "engelskaprovet."

Hon vände sig mot honom. Hennes ögon var stora och lyckliga. Glöden på cigaretten kom farligt nära hennes fingrar.

"Du är så duktig." Hon kysste honom på kinden. "Det är min pojke det."

Ute bland gränderna hördes skratt och rop. Gamla stans invånare letade sig ut i natten. Ett flertal gränder och gator ledde fram till torget. I mörkret påminde de om grottöppningar som ledde in till det labyrintliknande gatnätet i Gamla stan.

"Varför kommer du alltid hit?" frågade han.

Hon såg sig omkring som för att försöka hitta ett svar till frågan.

"Jag är härifrån. Jag hör hemma här."

Bakom sig hörde Anders hur bilar närmade sig. Det var ett främmande ljud, nästan inga bilar åkte hit. Det fanns inga förbudsskyltar men ändå åkte man inte hit. De som kom nu körde långsamt, stannade, stod stilla en stund och sedan hördes en bildörr som öppnades men inte stängdes. De båda bilarna gick på tomgång, med ett dovt morrande i den annars tysta natten.

"De är här nu." Anders reste sig.

Han kände igen Frida som kom från en av de två bilarna. Det var vita hyundaibilar, sådana som anstalten använde. Frida gick med händerna nedstuckna i den svarta jackan. Hennes vita institutionsbyxor var nästan självlysande i mörkret. Bakom henne, i den andra bilen, satt tre män. De tittade oavbrutet mot Frida som gick fram mot paret vid bänken. Angelika satt fortfarande med ryggen mot henne.

"Jag tycker inte om att komma hit, Angelika", sa Frida.

"Du behöver inte hämta mig."

"Jo, det vet du att jag måste."

Skrik och skratt hördes längre bort. En flaska krossades mot gatstenen. Gamla stans invånare hade vaknat. I öppningarna till torget strömmade nu människor. Många av dem hade för lite kläder på sig för vädret. Anders hade aldrig sett så många bara överkroppar och ben på en höstkväll. Angelika nickade åt människorna där borta.

"Om ni går bort dit så kommer gränderna att börja slingra och dra ihop sig så ni aldrig hittar ut. Då kan vad som helst hända."

Anders tittade bort mot en man med läderbyxor och tajt tröja. Han såg att Frida spanade in samma person. Deras blickar möttes och de log båda två.

"Du borde inte dra ner Anders hit", sa Frida till Angelika.

Angelika slängde cigaretten ifrån sig. Den svävade genom mörkret och dog fräsande mot den blöta gatstenen. Hennes andhämtning blev snabbare och kroppen spändes. Det var små förändringar, men Anders blev omedelbart medveten om dem.

"Lugn", sa Anders.

"Det var inte jag som tog honom hit! Det var ni!"

"Nej", sa Anders tålmodigt. "Jag åkte hit själv."

"För att de där jävlarna ringde så klart!" Angelika for upp från bänken.

Frida vände sig mot bilen och nickade. Dörrar öppnades och tre män i vita byxor och svarta jackor kom ut.

"Nej, för fan", sa Angelika.

"Lugn", sa Anders igen, trots att han visste hur det hela skulle utspela sig.

Männen var framme. De hade rakade huvuden och

gymmade kroppar. Anders hade sett det förut. Flera av de andra skötarna hade samma maskulina uttryck, som för att trotsa det traditionellt kvinnliga yrket.

Angelika började springa, men inte ifrån platsen. Hon siktade aldrig på gränderna där det faktiskt skulle bli svårt att hitta henne. Hon sprang bara runt, runt på torget. Det slutade som alltid. Männen brottade ner henne. Hon skrek som en katt och klöste efter dem. Sedan blev hon lealös och hängde slappt i deras händer. De släppte henne inte utan bar henne mot bilen. Anders gick bredvid henne med handen på hennes axel.

"Jag gjorde nåt hemskt. Jag kommer aldrig att bli förlåten för det."

"Det kommer att bli bra", sa han.

"Nej", sa hon lågt. "Det kommer aldrig att bli bra igen."

Framme vid bilen släppte männen henne försiktigt för att se om hon skulle springa iväg igen. En av dem satte sig i baksätet och höll fram båda händerna, som om Angelika var en Ikeamöbel som han skulle ta emot. Angelika tog tag i Anders händer. Bakom dem stod den andra skötarbjässen och iakttog henne.

"Det var där borta det hände." Hon nickade åt gränderna. "Det är där det fortfarande händer."

Sedan satte hon sig frivilligt i bilen. Den store mannen klappade Anders på axeln, en gest som kunde betyda vad som helst. Mannen satte sig i bilen så Angelika blev inklämd på mittenplatsen mellan två skötare. Dörrarna hade knappt stängts innan bilen startade. Frida stod kvar bredvid Anders.

"Du behöver faktiskt inte åka ner hit", sa hon. "Vi måste ringa om nån avviker, men det betyder inte att du behöver åka hit."

"Hon kommer ju alltid hit", sa Anders. "Jag tror hon blir lugnare om jag är med."

Frida nickade mot platsen där bilen försvunnit. "Kallar du det där en lugn inhämtning?"

Anders skrattade till. "Ja, om man jämför med hur hon kan vara."

Frida nickade. Hennes ögon spelade över torget, de gammaldags lyktorna och de mörka husen omkring dem.

"Vet du varför?"

Anders höjde ett frågande ögonbryn mot henne. Han skulle till skolan om mindre än fem timmar. Första lektionen var samhällskunskap.

"Varför vadå?"

"Varför hon kommer hit?"

Anders såg på bänken där de suttit och skakade sedan på huvudet. En korp satt där. Var det samma fågel som innan? Korpens ögon var nyfikna och nästan stirrande.

"Nej, men det var härifrån hon kom."

"Va? Från torget?" Frida rynkade pannan.

"Nej, alltså …" Han tystnade. "Äh, jag vet inte."

Hon kramade honom. En van, betryggande kram. De stod så en stund.

"Kom och hälsa på om du vill. Hon brukar bli lugnare efter det."

"Ja, jag ska."

Hon satte sig i bilen, lutade sig fram och öppnade passagerardörren.

"Kom grabben, jag skjutsar hem dig."

De lämnade torget. Bakom dem festade Gamla stans människor. Anders lutade huvudet mot glasrutan. På en av parkbänkarna satt en mörkhårig flicka med blå läppar och tittade efter bilen som försvann.

Borgtuna

3.

Korpen putsar sina fjädrar och ser på bilen som försvinner bort. Sedan sveper den med ögonen över torget på jakt efter något som besökarna tappat och som går att äta. Blicken fastnar en kort stund på cigarettfimpen.

Fågeln kastar sig upp i luften och glider ljudlöst genom natten. Omkring sig hör den sina vänner ropa. Ovanifrån ser torget vackrare ut. Gatstenen sträcker sig i allt större cirklar från fontänen. Kanske är det ett mönster som en gång betytt något. Stenar har alltid använts för att hålla de döda på plats. Likaså här, på torget, där de döda ligger i den fuktiga jorden under stenarna.

Fågeln är högt uppe nu. Vindarna är starkare. Den kastas fram och åter. Nedanför den glöder staden. Gamla stans färger är mörkare, svart och orange som sten och eld. Runt omkring skimrar den nya stadsdelen blå och vit, metall och glas. Mörkån löper likt ett ärr genom staden. Bortom staden kör stora maskiner över fälten. Strålkastarna skär genom mörkret. Maskinerna river, plattar och lägger ut nya husgrunder. Människor flockas hit och bostäderna räcker inte till. Det finns flera tomma hus i Gamla stan, men där vill ingen bo. Ingen med jobb och barn i alla fall.

På böndernas fält ska nya fyrkantiga hus slås upp. Först är de inte där, men efter några månader så finns en hel by med människor som nickar åt varandra och låser om sig i sina identiska hus. Deras barn lär sig cykla på vändplatser, tonårsbarn hånglar eller sitter hukade över lysande skärmar och förstår inte hur de hamnat på en sådan plats. Gator och hus är likadana så långt ögat når.

Fågeln cirklar över bostadsområdena utanför Borgtuna. Härifrån vallfärdar ungdomarna in till staden. De har alla hört historierna om Mörkån, om spöken, sagor, prostituerade och mördare. Deras föräldrar får något märkligt i blicken när den nämns vid namn. En pappa tar sig för halsen och blundar som om något gör ont, en mamma sitter med ett frånvarande leende som inte ser friskt ut.

För sju år sedan försvann flickan Mia. Hon är redan ett spöke och en legend. Alla minns bilderna på den ljusa flickan med tunna, bleka läppar. Bilderna satt uppklistrade överallt. Historier spred sig på skolorna om vad som hänt med Mia. Hon hade fallit i ån eller blivit bortrövad av en skåpbil med polska nummerskyltar. Den mest populära historien var den om hur hon vandrade hand i hand med en pojke i Gamla stans gränder. Ibland var pojken en kvinna och ibland var det en snäll, stor hund.

Mia hittades aldrig. Enligt polisen fanns det vissa spår som tydde på att hon försvunnit i Gamla stan, men det gick inte att bevisa. Hennes föräldrar kämpade för att hålla utredningen vid liv, men efter några år utan resultat avslutades den och arkiverades tillsammans med alla de andra fallen av försvunna barn och ungdomar.

Sådant händer i Borgtuna. Människor försvinner. Barn försvinner.

Fågeln dyker genom natten. Den är framme i det som kallas Fält, det äldsta och finaste bostadsområdet utanför staden, med rader av villor och längor av radhus. Det fylldes så snabbt att det genast utökades med nya hus. Alla som bor här har yrken där de sitter ner och svarar i telefon. De räddar livet på människor, eller ögnar igenom papper som andra människor fyllt i, eller utbildar nästa generation.

"Vi tar ansvar", brukar de säga. "Det är därför vi ska ha det bättre än andra."

Alla som bor här är läkare, advokater, konsulter eller ingenjörer. De kan själva välja när de vill ta till sig omvärlden. Tiggare kommer aldrig hit, de skyr platser som denna, där människor bär sina masker och är övertygade om sin självklara plats i världen. Människor här är medvetna. De vet vad som är rätt och fel och hur man ska bära masken. Alla utom Stefan för han har vunnit på lotto. Han är inte här på riktigt. Han köpte det dyraste huset, det med alla extra tillval. Han har den största bilen, den största grillen och den största snöslungan. Han brukar ha stora fester, dricka för mycket och klaga på invandrare. Han är inte här på riktigt.

Fågeln landar här på det blå huset i Fält, det som har två pappor och en son. Här avslutar den sin resa.

4.

Anna såg ut genom sitt fönster, men såg inte fågeln. Den var borta sedan länge nu när morgonen var här. Men hon såg det blå huset. Det var svårt att missa. Alla andra hus var vita eller grå. Markus pappor var de enda i hela Fält som målat om sitt hus. Det stod där som en djupblå safir.

Anna kände sig utvilad. Hon hade sovit gott. Åtta timmar, nästan exakt. "Sömn är det viktigaste i ditt liv", hade pappa sagt en gång. "Sömn, nyttig mat och motion. Utan det kommer du att bli sjuk." Anna tänkte att det inte passade sig att lägga till en enkel sak som *vatten* till ekvationen. Det var underförstått. Utan vatten dör man. Hennes föräldrar var besatta av hälsa och av att leva länge.

Anna sträckte på sig och lät blicken glida över rummet,

sitt *flickrum* som mamma kallade det. Det var ett märkligt ord, dels eftersom hon inte hade några bröder att mäta sitt flickrum mot, dels för att det lät som om rummets själ smittats av att det bodde en flicka i det. Som allt i huset var hennes rum prydligt ordnat. Sängen stod i bortre hörnet med ett litet nattduksbord bredvid. Det vita skrivbordet stod vid fönstret. När hon satt där kunde hon se rätt över till Felicias rum. Felicia bodde i ett identiskt hus, men det var spegelvänt och låg på andra sidan gatan. Anna kunde fortfarande minnas den märkliga känslan de första gångerna hon var där. Allting var likadant men ändå inte. Och så var det stökigare. Det var alltid stökigare hos alla andra. Anna såg ut genom fönstret för att se om hon kunde få syn på Felicia.

Nej, ingen där.

Hon gick ut i hallen. Det fanns två andra sovrum, ett som tillhörde hennes föräldrar och ett som var en blandning av kontor, gästrum och bibliotek. Gäster hade de nästan aldrig och båda föräldrarna hade kontor på sina jobb. Därför var rummet mest ett rum med bokhyllor, där man aldrig var. Det var ett störande inslag i deras hus där allt annat var tydligt och självklart. Anna såg på de blänkande golven. Om man drog pekfingret över listerna så skulle de vara helt dammfria. En städfirma kom hit två gånger i veckan. De låste upp dörren när ingen var hemma och städade det så att det alltid var skinande rent. Som om huset var nytt, som om det egentligen inte bodde någon här.

Annas vänner blev osäkra i det här huset. De gick försiktigt och långsamt av rädsla för att välta ner något. Annas föräldrar engagerade sig i hennes vänner på ett nästan administrativt sätt, som en diagnosutredning. När någon kom på besök ställde de artiga och intresserade frågor och tänkte sedan efter när de fått sina svar. Folk var i allmänhet rädda för hennes föräldrar. Kanske var det för att mamma var läkare och pappa var psykolog. De var en upphöjd elit som kunde rädda livet på människor. De bar sin medvetna omvärldskunskap likt en mantel. Annas föräldrar hade tagit med sig henne och rest runt i Sydamerika och hjälpt till på barnhem innan hon ens hade fyllt tio år.

"Alla har det inte lika bra som oss", hade mamma sagt. "Det är en sak du måste se med egna ögon."

Anna hade sett Bolivia, Chile och Brasilien. Solbränd som en kräfta hade hon bussats omkring till hyddor, tält och plåthus. Hon hade delat ut vatten, små tetrapaket med mjölkersättning och matpaket. *Dinero* var det första spanska ordet hon lärt sig, alltid ställt som en fråga: "Dinero?"

Mamma verkade känna sig hemma där. Hon kände att hon uträttade något när hon skrev på papper så transportbilar med mat, kläder och leksaker kunde ta sig fram. Själv var Anna nästan alltid rädd. Människor som ville ha pengar och mat kunde vara otäcka, arga och ledsna.

"Det är våra mest grundläggande känslor", sa pappa när han höll om henne. "Rädsla, sorg och vrede finns alltid i botten hos oss, som kolsyra. Om man skakar för hårt så är det just de känslorna som kommer fram. Det enda sättet att möta dem är med vänlighet, förståelse och glädje."

Och pengar, tänkte en tonårig Anna cyniskt. Hon kunde fortfarande känna den gamla kvinnans torra fingrar kring sin handled när hon väste: "Dinero." I dag var hon glad att hon inte var i Sydamerika. Om hon någonsin reste dit igen så skulle det vara till stränderna, inte till hyddorna och plåtskjulen. Mamma däremot pratade alltid om att åka tillbaka och kanske till och med öppna mottagning där nere.

Mamma var som en rockstjärna i sin bransch. Hon var handkirurg och var ofta i andra städer och föreläste. När Anna var liten brukade mamma ta hennes hand och trycka med tumme eller pekfinger på de tunna fina benen och säga deras namn. Det lät som hemliga besvärjelser: "Os scaphoideum, lunatum, triquetrum", och så vidare tills hon tryckt på alla benen i Annas hand.

"Om du får A i alla ämnen så kan du ta ett år fritt sen", hade mamma sagt ända sedan Anna började gymnasiet. "Du kan resa, gå på folkhögskola eller nåt sånt. Hitta dig själv."

Det var precis vad hennes föräldrar gjort. De hade fått högsta betyg, rest, gått på folkhögskola och där hittat varandra. Sedan hade de studerat på universitet och när de båda hade fasta jobb hade de tillverkat Anna. En sval elit som reproducerade sig själv. De var äldre än de flesta andra föräldrarna i Fält.

Anna tog på sig skorna och gick ut. Oktobermorgonen var kylig. Trädgården andades ordning precis som huset. Buskar och blommor var tyglade och klippta i kuber och rektanglar. Det gick hand i hand med föräldrarnas yrke att ta kontroll över det vilda, att tvinga tillbaka sjukdomar och problem och göra dem hanterbara. Anna tyckte att det utstrålade ensamhet och rädsla, men hon hade lärt sig att inte klaga.

En gång när Anna och Felicia druckit för mycket på en fest i högstadiet hade hon börjat prata med några tjejer från en annan del av stan. Lägenhetsungar från Tusenhusen.

"Tusen bostäder – tusen språk", hade det stått i ett färgstarkt reportage i tidningen för några år sedan. Som om tusen språk vore något att skryta med – att ingen förstod varandra.

Anna skämdes när hon tänkte på hur exotiskt hon hade tyckt det var att åka till Tusenhusen. De tog tjugotreans buss och hoppade av vid hållplatser som hette saker från Astrid Lindgrens böcker: Bullerbygatan, Bråkmakargränd och Helvetesgapet. Till och med politikerna eller tjänstemännen på kommunen måste ju ha insett det galna med ett namn som Helvetesgapet.

Långa rader av betongklossar stod i diagonal givakt bakom hållplatserna. De var fem våningar, roströda eller sandgula med parabolantenner överallt. I skenet från en sjunkande augustisol lyste tomater och paprikor på balkongerna. Det hängde grupper av ungdomar vid hörnen på husen. De rökte och drack. De yngre barnen sprang runt och lekte och gömde sig på lekplatserna.

Sedan gick de upp i ett trapphus, runt och runt tills de kom till en lägenhet där de inte kunde uttala efternamnet på dörren. De ringde på och kom in i en hall fylld av skor. Det luktade svett, rök och alkohol. Felicia dök in och Anna följde efter med bultande hjärta. Hon var på främmande mark.

"Vad är du skraj för?" sa Felicia. "Du har ju för fasen varit i Afrika."

"Sydamerika", viskade Anna tillbaka.

Efter några öl hade hjärtat lugnat sig. Hon satt på en säng med några tjejer hon kände igen från skolan. De bodde också i Tusenhusen. Anna pratade lite för mycket. Hon sa precis som hon kände: att det fanns en ensamhet i det ordnade och att det borde finnas något mer. Troligtvis sa hon fel saker, för en av tjejerna som satt mittemot henne fick allt mörkare blick.

"Stackars medelklassflicka", sa tjejen. "Stackars dig som har rika föräldrar."

Bland det värsta som kunde hända var när man rättades av någon som hade det värre än en själv. Hon hade snabbt lämnat rummet och hittat Felicia som rökte på balkongen. Anna ville inte vara en sådan som klagade. Hon hade det bra. Som ensambarn hade hon fått all uppmärksamhet och vägen hade redan krattats. Det var bara att gå den.

När hon var yngre tjatade Anna om en syster, men hennes mor var obeveklig: "Inga fler barn." På sätt och vis kunde Anna förstå det. Hennes mor var expert på att laga andra människor. Varför dra på sig något så okontrollerbart som en graviditet?

Anna hade tjatat och tjatat men i stället för ett syskon så hade pappa kommit hem med en skokartong och ställt den framför henne. En sjuårig Anna hade frågande stirrat på den och sedan hade hon hört ljuden: raspande och skrämda jamanden. Vem behövde en syster när man fick en pytteliten katt med sniffande nos och mjuka tassar? En grå kattunge som hoppade upp i sängen och kurade ihop sig till en spinnande oemotståndlig boll av värme och päls.

För en kort tid var det Gråtuss och Anna mot världen. En flicka och hennes katt. Nu låg samma katt invirad i en plastpåse fyrtio centimeter under jord. På baksidan av huset var gräsmattan fuktig och grön. Det såg nästan ut som vår. Det vita staketet omgärdade tomten och där i hörnet, där de gula rosorna mötte ligusterhäcken, stod fortfarande det lilla korset. Anna mindes hur det doftat när hon gjort det: vår, trä, sol och nyklippt gräsmatta. Det var otroligt att det fortfarande stod upp. Hon hukade sig ner vid graven och smekte den fuktiga jorden.

”Jag saknar dig Gråtuss.”

Bakom staketet stupade ett dike ner som sedan följde de fuktiga fälten ända bort till staden. Inga nya hus hade byggts där. Fält hade expanderat åt andra hållet, bort från staden. Hennes föräldrar hade betalat mycket för den här tomten där garanterat inga hus skulle byggas på baksidan.

Anna mindes tjejen som skällt ut henne på högstadiefesten. Hon som burit alla sina pins med knytnävar och regnbågar och som hade en åsikt om allt. Hon som Anna då och då såg på andra sidan stan med sina vänner som läste barn och fritid eller omsorgsprogrammet. Vad skulle det bli av henne? Hon skulle aldrig ha råd att bo här, aldrig kunna garantera ett hus åt sina barn med ostörd utsikt på baksidan. Hon skulle producera nya lägenhetsungar, kaxiga och självsäkra med åsikter om allt, medvetna om orättvisor men med en ständigt gnagande känsla av att ha missat något, av att vara utelämnade.

Anna suckade irriterat åt sina egna tankar. Livet var inte så svartvitt. Bara för man kom från Tusenhusen innebar det inte att livet var kört. Men alla därifrån skulle få kämpa mer, betydligt mer än hon själv.

"Jag har inte bett om det här."

Kylan bet i hennes hud genom det tunna tyget och hon gick tillbaka. Inne i hallen drog hon på sig en vinterjacka och ropade åt mamma som satt i köket:

"Jag går bort till Felicia en stund!"

Anna var väldigt lik sin mamma. De var båda smala och blonda. Mamma gick på massage en gång i veckan, tog kurser i mindfulness och tränade aerobics. Som handkirurg spenderade hon sina dagar med att öppna händer, dra hud och senor åt sidan för att lägga ben till rätta. Inget löst hull. Ingenting som kunde vara ohälsosamt. Hon höll i ett glas med någonting odefinierbart grumligt och grönt i.

"Kan ni aldrig vara här?" sa hon.

"Jo, nästa gång", sa Anna och var sedan ute genom dörren.

Fötterna vandrade över den välkrattade uppfarten. Inte ens krattade gjorde de själva. Det kom hit en man som krattade, klippte gräset och såg till att färgen inte flagnade på hus och staket. Han var blyg och hälsade knappt på Anna. Hon undrade om det ingick, om man betalade för det också, för att få hit spöken som skötte huset men som egentligen inte syntes.

Anna gick över gatan. Här körde alla bilar långsamt, speciellt nu när det bodde så många sjuttonåringar här som övningskörde. Nervösa tonåringar med ännu nervösare föräldrar som sträckte sig efter ratten. Alla förutom Felicia och hennes mamma. De pladdrade i bilen och hennes mamma insköt ett förskräckt "oh" när Felicia då och då körde upp på en trottoarkant.

Felicia hade dykt upp här som nioåring. Hon var kavat och stridsbenägen på ett sätt som Anna aldrig hade varit. Anna hade blivit helt förälskad och från den dagen var de oskiljaktiga. Felicia var en krigare, en sådan som borde bära pins med knytnävar och pistoler med knutna pipor, men som inte behövde det.

Anna ringde på och hörde snabba steg inifrån. Felicias mamma öppnade leende. Doften av nybakade kanelbullar slog emot Anna som en varm filt.

"Anna!" ropade hon och slog armarna om Anna och vaggade henne från sida till sida som om de inte setts på flera år. "Kom in, kom in."

Innan dörren stängdes såg Anna sin egen mor sitta vid matbordet och titta över gatan med det gröngrumliga glaset i sin hand. Sedan var Anna inne i värmen och skyddet i Felicias hall. Anna kände sig främmande i andra människors hem. De luktade alltid mer: tvättmedel, blöta jackor, en svag doft av kattkiss eller som här: helt överväldigande av kanelbullar. Hon tog av sina skor, höll dem i handen och tittade ner på stövlarna och skorna som låg huller om buller. Hur kunde två människor orsaka så mycket oreda?

"Lägg dem där bara", sa mamman och slängde Annas skor bredvid några andra.

Sedan var de inne i köket. Felicia satt där. Håret var

ännu rödare än det varit förra veckan och lyste som en fackla. Hon var svartklädd som alltid. Det hade hon varit sedan hon upptäckt poeterna. Polotröja och alltid en ny, tunn pocketbok uppstickande ur kavajfickan. Anna gillade poesi, men inte som Felicia. Felicia dyrkade och gick in i det helhjärtat på ett sätt som Anna aldrig gjort med något. Blake hade kommit och gått i Felicias liv.

"Tiger, tiger burning bright", hade Felicia mässat.

Anna hade slutit ögonen i Felicias rum som doftat parfym och där gårdagens kläder låg överallt och för sitt inre sett hur den väldiga ursmeden slagit fram den fruktade tigern på sitt städ.

De kramade varandra. Anna var nästan ett huvud högre än Felicia som var bullrigare, rundare och självklarare. Hon färgade håret varannan vecka. Annas var rakt och rågblont. De hade vuxit upp sida vid sida. Tillsammans hade de sett Fält växa från trettio hus till hundrafemtio. I åratal hade de vandrat bland gatorna av nästan identiska byggnader och sett våg efter våg av familjer flytta in. De hade hört människor prata med de nya. Anna och Felicia kunde alla replikerna:

"Ja, det är ju ett perfekt läge om man har barn."

"Grönytor och till och med en liten skog."

"... allt man behöver."

"Detta är en krets i helvetet", hade en fjortonårig Felicia sagt när hon bekantat sig med Dante. "Ett av straffen är att vandra på vändplatserna för evigt, mellan hus som ser likadana ut."

Anna hade inte riktigt förstått vad hon menade, varken

Dante-referensen eller varför det skulle vara ett helvete. Även om det var monokromt och förutsägbart så var det också trygghet. Det var inte ett straff. Det var mamma och pappa, återvändsgator där bilar körde långsamt, där man nickade åt varandra och där man hade gatufester. Felicia hade alltid velat härifrån, bort till något annat, till något som fanns i hennes diktrader. Anna förstod hennes längtan, men berättelser var bara berättelser. Någon annans tankar på papper. Sagor fanns inte på riktigt.

Anna satte sig ner och fick ett enormt bullfat framför sig. Det rykte om bullarna och pärlsockret glänste som halvsmälta kristaller. Det vattnades i hennes mun. Felicias mamma tog fram ett stort glas med halvgenomskinliga ränder från diskmaskinen. *Ni måste hälla i glansmedel*, tänkte Anna. Sist av allt kom mjölkpaketet. Det var röd standardmjölk, inga fjanterier med minimjölk här inte.

"Vi har allt vi behöver", sa Felicia till sin mamma. "Schas!"

De två rödhåriga skrattade och då gjorde Anna det också. Mamman försvann ut i huset. Skulle Anna någonsin våga säga så till sin egen mamma? De båda flickorna satt där i köket och diskuterade engelskaprovet.

"Det gick så där", sa Felicia.

Anna sa ingenting.

"Du fick väl alla rätt?"

"Jag tror det", sa Anna.

"Hur kan du vara så nonchalant?"

Anna såg upp med en halv bulle i handen och söt deggegga i munnen.

"Alltså", sa Felicia, "du bara glider ju genom skolan. Du får alla rätt på allt."

Anna svalde. "Jag pluggar ganska hårt för det."

"Jaja, jag bara menar ... äh, jag vet inte vad jag menar." De satt tysta en stund innan Felicia fick stora ögon och lutade sig fram. Anna andades ut. Den eventuella konflikten var över. Nu var det något annat Felicia ville berätta.

"Vet du vad jag såg i går?" sa hon.

Anna skakade på huvudet.

"Anders blev hemskjutsad av en tjej. De stod och pratade en stund utanför huset innan han gick in."

Anna nickade. Anders bodde två hus bort. Hon hade kysst honom i sjuan och försökt bli kär i honom flera gånger men inte lyckats.

"Vem var det?"

"Jag vet inte. Hon såg äldre ut. Kanske hans tjej."

"Vem har en äldre tjej?" sa Felicias mamma som dök upp i köket.

"Schas!" ropade Felicia åt henne.

"Jaja." Hon grabbade åt sig en kanelbulle och var borta igen.

Felicia lutade sig tillbaka i stolen för att kontrollera att mamman försvunnit.

"Jag har sett det förut. Han blir hemskjutsad sent på natten eller så försvinner han cyklandes i mörkret."

"Det låter som du spionerar på honom."

Hon ryckte på axlarna. "Jag ser mycket från mitt fönster."

De fortsatte småprata. Ämnena gled över i varandra:

Anders, skolan, Fält, killar och sex.

"Hur tror du det skulle vara med nån äldre?" sa Felicia och drack en stor klunk mjölk.

Anna tuggade på sin tredje bulle. "Vadå, en pensionär?"

"Nej, lägg av, nån som är vuxen, alltså trettio–fyrtio, som den där historieläraren vi hade förra året?"

Anna mindes. Simon, trettio-nånting med blå ögon och tajta skjortor. Han gjorde alltid digitala presentationer med stjärnor som exploderade över viktiga årtal och platser. Tanken var nog att eleverna skulle lägga det på minnet. I stället mindes hon hans ögon och skrattrynkorna.

"Vad skulle jag veta om det? Jag vet inte ens hur det är med nån i vår ålder."

Felicia nickade förstående.

"Vad hände med han … den där … Kevin?" sa Felicia.

"Oskar?"

"Ja, just det, så hette han", sa Felicia.

"Du hände", sa Anna och slog handen för munnen av förvåning. *Sa jag det där högt?*

Felicia satt med en halvtuggad sörja av kanelbulle i munnen.

"Vad menar du?"

Hjärtat slog snabbare i Annas bröst.

"Alltså, han stirrade bara på dig hela tiden."

Ett sekundsnabbt, triumferande leende syntes på Felicias läppar innan hon satte mjölkglaset till munnen.

"Du kommer att hitta nån." Hon lade handen över Annas. "Nån som tycker om dig för den du är."

Anna satt tyst. Vad svarade man på det?

"Vet du?" Felicia lutade sig närmare.

"Vad?" sa Anna och undrade om tröttheten hördes i hennes röst.

"Markus pappor ska ha fest i kväll."

Anna log. Fest hos papporna i det blå huset var alltid roligt.

"Dessutom", sa Felicia. "Tim har skaffat dricka. Vi kan åka ner till parken sen."

Anna kände någonting som kunde vara lycka. Alkohol hade den inverkan på henne. Det tvingade bort skärpan från världen. Hon tyckte inte om att bli för full men älskade den där känslan, som en lugnande filt. Vin, tungt och rött, i djupa klunkar.

"Kul", sa hon kort.

"Vem ska ha fest?" Felicias mamma dök återigen upp från ingenstans.

Felicia stirrade irriterat på henne.

"Jag bor också här", sa hennes mamma.

"Markus pappor ska ha fest."

"Du vet vad som gäller Felicia, inte dricka för mycket."

"Jaja", sa Felicia. "Jag vet."

Anna reste sig och tackade för sig. Båda Felicia och hennes mamma log åt det artiga i det hela. Sedan var hon ute i hallen, grävde fram sina skor, ropade hejdå och gick ut genom dörren.

Felicia satt kvar vid matbordet. Magen kändes som

den skulle jäsa. Genom fönstret såg hon Anna gå in i huset på andra sidan vägen. Anna rörde sig så rätt. Inte sexigt, bara rätt, ergonomiskt korrekt eller något sådant. Rak rygg och bröstet lite framskjutet. Ståtligt. Hela hon var perfekt, om än väl uppskruvad. Felicia reste sig från bordet och lät både glas, bullrester och fat stå kvar. Mamma var någon annanstans i huset. Hon hörde ljud från tvättstugan: den överfulla, luktande tvättkorgen som tömdes i tvättmaskinen. Det behövdes ingen sortering, bara in med det, nästan alla deras kläder var svarta ändå.

Felicia gick uppför trappan och hoppade över ett trappsteg som var belamrat med strumpor och tröjor. Väl uppe gick hon in i sitt eget rum. Det luktade instängt, så hon öppnade fönstret och kastade sig sedan på sängen. Felicia tog fram mobilen, letade runt bland sina appar och klickade in sig på banken. Hon ryckte till när hon såg sitt kontobesked: 2 546,00. Lite över tvåtusen extra. *Just det. Pappa.* Pengar ända från Brasilien.

Så du kan köpa dig vad du vill, jag vet ju inte vad du tycker om.

Till en början skickade han pengar till julafton och födelsedagar. Då brukade han även ringa och kolla att pengarna kommit fram. Sedan kom samtalen inte lika ofta. Felicia tänkte efter. Det var länge sedan han ringt nu. På hennes fjortonårsdag hade han ringt mitt i natten. Han hade pratat lågt. I bakgrunden hade Felicia hört spädbarn som skrek och en kvinna som pratade snabbt och irriterat på portugisiska. När han ringde mer sällan så dök även pengarna upp mer sporadiskt. Tvåtusen kronor två–tre gånger om året. Underskrivet i banken med enbart *pappa*.

Han hade flyttat när Felicia var sex år gammal och ärligt talat kom hon inte ihåg så mycket av honom. Pappa var småtjock och skrattade mycket. Han drack ofta och skämtade med mamma. Sedan försvann han. Mamma förklarade att pappa stuckit till Brasilien med det som han kallade sitt företag. Ordet *horkarl* dök upp mitt i förklaringen. Felicia hade nyligen läst *Sagan om isfolket* och misstog skällsordet för *häxkarl*. Hennes häxkarl till far hade åkt till Brasilien med sitt företag. Ingen av dem hade faktiskt någon aning om vad han sysslade med. Det hade de fortfarande inte. Men mamma måste ha fått med sig mycket pengar ur skilsmässan. Annars hade hon aldrig haft råd att köpa ett av de här husen som låg en eller två miljoner över huspriserna inne i stan. De bodde ju i den äldsta delen av villaområdet med de dyraste husen. De som hade de största tomterna och bäst utsikt. Även om det handlade om några futtiga kvadratmeter så var prisskillnaden enorm jämfört med de nyare husen.

Eftersom det bara var mamma och Felicia som bodde här så hade de mycket utrymme i huset. Ett av rummen användes som läsrum. Där fanns Felicias fantasyböcker i ett minibibliotek. På samma sätt som poesi så kunde fantasyn måla upp det omöjliga, det längtansfulla. Mestadels svarta bokryggar vars innehåll hade tagit med henne till främmande världar: Midgård, Tufloden, Sendarien, Skivvärlden och Narnia. I hyllorna fanns även böckerna som hon upptäckt senare i livet: Gaimans och de Lints stadsfantasyböcker. De var vuxnare och mörkare.

På golvet stod pappkassarna med tantsnusk. Bo-
komslagen var färgglada med muskulösa bringor och vack-
ra kvinnor som inte verkade kunna stå själva. De liksom
lutade mot männen. Mamma läste de där böckerna från
pärm till pärm. Felicia var mer kritisk, men när hon var yn-
gre hade hon bläddrat fram till sexscenerna. De var många,
med stora lemmar och dånande kvinnor. Våldtäktsroman-
tik.

Felicia kände sig lättad över pengarna från pappa. Nu
kunde hon köpa nya kläder. Sedan läste hon ordet som
stod bredvid summan.

"Pappa", viskade hon och smekte bokstäverna med
pekfingret.

Mobilen missuppfattade hennes gest och avslutade
bankappen. Felicia lade ifrån sig telefonen. På nätet hade
hon sett bilder av pappa. De var några år gamla. Han såg
smalare ut, brunare och gladare. Han höll i två små flick-
or. Tvillingar. Någon gång hade han nämnt att hon hade
systrar. Flickorna på bilderna hade andra färger än henne,
mörkare och vackrare, som exotiska små chokladpraliner.
De hade samma runda ansikte som henne. *Men systrar? Nej,
inte direkt.*

Felicia andades ut och slängde ifrån sig mobilen. Det
var fest i kväll. Hon skulle samla gänget och sedan dra ner
på stan.

Näcken

5.

Framför spegeln drog Anders på sig de tajta löparbyxorna. Han kände egentligen inte alls för att springa. Huvudet och kroppen var tunga och trötta efter förra nattens resa ner till Gamla stan. Han hade varit hemma någon gång vid halv fyra. Byxorna satt som ett andra skinn på honom. Första gången hade han knappt kunnat ha dem på sig. Det kändes för märkligt, som om han egentligen var naken. Sedan hade han vant sig. De var aldrig i vägen och hade ingenting som veckade sig och orsakade skavsår. Byxorna var perfekta.

Han letade runt i rummet efter sin tröja men hittade den ingenstans. I nedersta lådan på byrån låg fjällrävenjackan och vandringskängorna. Han hade glömt att de låg där.

För något år sedan tänkte han ta med Angelika på en fotvandring. Han hade planerat med tåg och bussar och kollat på vandrarhem i Abisko. Sedan visade det sig omöjligt med papper och tillstånd. Sköterskan Frida hade skakat på huvudet och sagt att Angelika inte var frisk nog att resa. Kvar hade Anders en svindyr jacka och ännu dyrare kängor som knappt hade använts. De låg längst ner i byrån och Anders kom sig aldrig för att ta på sig dem.

Han lyfte på jackan men hittade fortfarande ingen t-shirt. Med en suck gick han ut i hallen och in i sin pappas rum. Det var välordnat och städat. En gammal klockradio med stirrande röda siffror stod ensam på nattduksbordet. Pappa hade en garderob under snedtaket, en kattvind. Anders önskade att han haft ett likadant utrymme själv. Han letade genom pappas travar med t-shirts och hittade en vanlig svart. Det skulle inte märkas om han tog den. Pappa hade flera högar med sådana.

När han drog den över huvudet såg han något i hörnet av faderns garderob som han inte sett förut. Det var en grön trälåda. Han hukade bredvid den. Ett litet hänglås fanns på den och text på tyska. Skum. Den såg ut som om den kom från något överskottsbolag, som om det legat drivor med gröna byxor eller handskar i den. Anders ryckte på axlarna och lämnade garderoben.

Nere i köket tog han fram en sportdryck. Mineraler, salt och socker var allt som behövdes för en kickstart på morgonen. Sist av allt rotade han igenom den andra lådan i köket, den under bestickslådan, där allting hamnade som inte hade någon annan plats. Han fiskade upp sina hörlurar.

Sladdarna trasslade ihop sig med gem, papper och gamla räkningar. Anders svor och drog försiktigt loss sladdarna. Då såg han bankdosan som låg där. För att vara så välorganiserad i övrigt var pappa slarvig med känsliga uppgifter. Anders lyfte upp bankdosan och vände på den. Jo, mycket riktigt stod fyra siffror bakom den på en ditklistrad lapp. Han lade tillbaka den.

Ute var oktoberluften kall och lördagsförmiddagen var lugn. Det var alltid lugnt i Fält. En svag doft av kanelbullar fanns i luften och han tittade bort mot huset där Felicia bodde. Han kände sig fortfarande trött. En kort stund övervägde han att inte ge sig ut och springa utan i stället proppa magen full med smöriga kanelbullar och alltför många glas mjölk. Men nej, han skulle springa.

Det fanns en förutsägbarhet i löpningen som inte fanns någon annanstans i livet. Det var en av hans tidiga barnpsykologer som gett honom tipset att utöva någon sport. De hade först varit inne på boxning. Alltid den där jäkla boxningen som lösning på alla unga killar på glid. Anders hade börjat och slutat direkt, varför skulle han slå? Sedan provade han löpning och efter det var han fast. Ut i spåret och bara springa. Benen mot marken, blicken framåt, mil efter mil.

”Du kan inte springa från dina problem”, hade psykologen sagt.

”Men jag kan glömma dem på det sättet”, hade han svarat, fjorton år gammal.

Runt, runt i spåret sprang han. Pappa fanns inte, inte heller Angelika, inga prov, bara puls och andetag. Hans kropp blev starkare för varje gång. Första halvtimmen var den värsta. Då ville han alltid sluta. Sedan gick det av sig självt. Skogen passerade runt omkring honom.

Två timmar senare gick han tillbaka med värkande ben. Tillbaka till verkligheten. Han passerade hagarna med hästar som tillhörde ridskolan som låg längre bort. Sedan var han snart tillbaka på de välbekanta gatorna där alla hus såg likadana ut.

Han hörde dunsarna ända ut på gatan. Smack när näven träffade, smack, smack och sedan en dovare duns när en spark sjönk in. Anders gick längs gatan. Benen kändes kalla.

Smack, smack, duns, när han närmade sig garaget.

Hårdrock strömmade ut från stereon, en gigantisk pjäs med dubbelt kassettdäck, cd-växlare för fem skivor och LP-spelare. Det var ett uråldrigt väsen som förpassats till garaget. Där gjorde den det den kunde, spela kassettband med åttiotalsrock: *Final countdown*, sånger dedikerade till tåg om natten och långhåriga pudelrockare som sjöng att de var korsfarare i fjärran öster.

Tim stod i svarta träningsbyxor och bar överkropp och levererade slag och sparkar på sandsäcken som ryckigt dansade fram och åter mot honom. Anders och han hade valt helt olika sätt att behandla sina kroppar. Tim var stor med lite hull men med starka muskler där under.

Smack, smack, duns.

Anders lyfte upp foten, stretchade framsidan av låret och väntade på att Tim skulle få syn på honom. Tim snurrade och gjorde en snabb spark som missade sitt mål. Han tappade balansen och fortsatte rörelsen förbi säcken och fick syn på Anders.

"Hej." Anders lyfte sin andra fot och pressade den mot rumpan.

"Du ser fånig ut", sa Tim och sänkte musiken. "Det blir ingen man av dig om du springer av allt ditt fett."

"Hon rymde igen", sa Anders.

Tim stannade upp, tänkte med öppen mun innan tankarna hamnade rätt. Det såg komiskt ut och Anders skrattade.

"Angelika?"

Anders nickade. "Hon rymmer alltid, jag fattar inte att de inte kan hålla bättre koll på henne."

"Går hon fortfarande ner till Gamla stan?"

Anders nickade och tänkte tillbaka på torget.

"Jag har aldrig varit där", sa Tim dröjande.

"Det är en konstig plats", sa Anders. "Allting känns annorlunda där."

Tim skickade iväg en halvhjärtad jabb mot sandsäcken och vände sig sedan till Anders igen.

"Skulle du vilja gå dit med mig nån gång? Inte för att hämta Angelika, utan för att kolla stället?"

Anders stod stilla en stund och nickade sedan. Han hade bara varit där för att hämta Angelika. Myterna och berättelserna om platsen var oräkneliga.

"Tror du hälften av det man hört är sant?"

"I så fall blir det ligga av", skrattade Tim och drog på sig t-shirten. "Kom hit", sa han och tecknade bort mot hörnet av garaget.

Anders rörde sig fram mellan lådor, kälkar och gamla cyklar. Längst inne i hörnet, bakom några kattburar och hockeyhjälmar, låg två systempåsar. Anders nickade instämmande åt innehållet: vin och ölflaskor.

"Vart ska vi? Ska vi sitta i garaget?"

"Markus pappor har fest i kväll. Tjejerna kommer dit också."

Anders nickade. Fest och vänner var precis vad han behövde.

"Vi går dit först", fortsatte Tim. "Sedan går vi ner på stan."

"Det blir perfekt", sa Anders och höll fram sin knutna näve mot Tim. Det hade varit deras kompisgest ända sedan de var barn. Tim knöt sin egen näve och sträckte fram den så deras knogar möttes. "Manshake", hade Anna kallat det och skakat på huvudet. De drog båda snabbt tillbaka sina händer.

"Ses i kväll då", sa Anders och småjoggade hem för att få upp värmen igen.

Tim stod kvar inne i garaget. Han hade blivit kall av att stå stilla och prata. För att få upp värmen hoppade han på stället och skickade iväg några slag mot säcken. Han hade testat att träna karate och taekwondo men hade svårt för de vita pyjamasliknande dräkterna, skrikandet på japanska och koreanska och att stå i givakt. Han gillade att slå och sparkas men inte att buga åt tavlor och flaggor. Han sparkade så som han lärt sig på de få lektioner han närvarat vid. Fotryggen träffade säcken med en imponerande smäll. Det sved på foten och huden blev röd.

Thaiboxning kanske skulle passa honom. Det hade öppnat en ny klubb nere på stan som höll på med både thaiboxning och MMA, men flera av killarna från Tusenhusen höll till där. Det var hårda och arga grabbar med fåniga smeknamn: Plätten, Mackan och Momme. De gick i träningskläder på stan och muckade med alla som var stora, så som Tim var. Anders var en jäkel på att springa, han sprang ifrån slagsmål. Som den där strutsen på tv med ben som var som hjul. Tim sprang inte, han stannade och slogs. Ibland vann han men oftast förlorade han. Det gjorde ont att få en knytnäve i ansiktet, men det gick över.

Tusenhusungarna hade alltid föraktat människorna som bodde i villaområdena. Svennar. Medelklassbrats. Svenssons. Det var inte så hårda tillbud, men det störde Tim. Det var inte hans fel att hans föräldrar bosatt sig här. Det var för övrigt någonting han var glad för. Men tydligen störde det folk från Tusenhusen, för ibland kom de fram nere på stan. Tim och hans kompisar hade snygga jeans och skjortor medan de stora killarna klev fram i smutsiga gympaskor, säckiga byxor och jackor eller hoodies. De skickade alltid fram sin minsta kille först. En liten ettrig jäkel som skulle agera bete. Då var redan Markus och Anders på väg bort, likaså tjejerna. Tim stod kvar.

En gång hade han sänkt killen med ett enda slag. Som Indiana Jones. Bara *pang* i plytet och killens kompisar hade skrattat. I stället för att ge sig på Tim hade de stått och asgarvat. Tim hade skrattat med dem och sedan gått därifrån och det hade känts som om han vunnit på lotto. Andra gånger fick han stryk. En kille kom fram och puttades och han knuffade tillbaka och sedan var hela gänget där i en tornado av slag och sparkar. Det var förnedrande och Tim hade kollat sig över axeln i flera veckor efter det.

"Varför stannar du kvar?" hade Anders frågat en gång.

Tim visste inte vad han skulle svara. Men varför skulle han fly? Han kunde ta stryk. Det var inte som att de var beväpnade med knivar eller baseboliträn. Det var slagsmål. Han förstod hur det fungerade, även om han föredrog när de slogs en mot en.

Tim fortsatte att slå mot säcken. Det värkte om knogar och fötter när han var klar. Han såg sig omkring i garaget. Om han röjde upp här skulle han kunna få in en bänk och skivstång. Kanske en sådan där maskin med massa olika vikter och grejer på.

Han öppnade dörren som ledde in till hallen på huset. Mamma städade. Förklädet var på och moppen svepte över golvet. Han såg direkt att hon hade masken på, ett fastlåst leende som knappt försvann när hon pratade. Huden stramade på kinderna.

Hon jobbade som medicinsk sekreterare på akutmottagningen nere i stan. Masken passade bra där. Hon brukade berätta historier därifrån. Om anhöriga som kom skrikande in genom väntrummet och undrade var deras vän eller släkting var. Eller om en kille som lyckats skjuta sig själv med en pistol och stapplat in och lämnat blodspår på golvet. Han hade fortfarande haft pistolen i fickan, och blodiga fingrar pressade över såret.

Nu rörde hon sig genom hallen, moppade frenetiskt

och såg upp som hastigast.

"Gå och duscha", sa hon med ett spänt leende.

Varför tar hon inte av sig masken hemma?

"Tim", ropade pappa från köket.

Han gick dit, förbi mamma som demonstrativt höll för näsan. Pappa satt vid bordet och drog fingret över sin surfplatta. Tim hann se diagram och kurvor som avlöste varandra.

"Varför är du inte på kontoret?" sa Tim.

Pappa skrattade. "Det är lördag."

"Och?" sa Tim. "Det har väl aldrig hindrat dig förut?"

Trots att det var helg satt pappa i kostymbyxor och en blå skjorta. Och det där jäkla skägget perfekt kortklippt. Det hade varit där så länge Tim kunde minnas. Pappa såg ut som en Dressmanmodell, fast snyggare.

"Jag tänkte ta upp båten i morgon, kan du hjälpa mig med det?"

Tim suckade och nickade sedan. "Men jag ska på fest i kväll och kommer nog att vara trött i morgon."

"Var är festen?"

"Hos Markus pappor."

Ett ogillande drag for snabbt över pappas ansikte.

"Jag tycker inte om att du är där."

"Varför inte? För att de är bögar?"

Ute i hallen slutade mamma moppa. Vid matbordet slog pappa irriterat pekfingret mot surfplattan.

"Nej, inte därför. Utan för att de kan ge dig konstiga idéer."

"Som att jag ska bli bög?"

"Sluta nu", sa mamma som stod i dörren, med förkläde och mopp som om hon teleporterat hit sig från femtiotalet. "Kan ni aldrig vara sams?"

"Gå på din fest, men hjälp mig med båten i morgon. Okej?"

"Okej", sa Tim kort och lämnade köket och gick uppför trappan.

Han hakade av skyddsgrinden till trappan. Den hade blivit kvar trots att My kunde öppna den själv. Hon satt på golvet och byggde med duploklossar. Någonting som såg ut som en muterad katt.

Hon rusade upp som hon alltid gjorde när hon fick syn på honom och kramade hans ben. Den kompakta lilla kroppen pressades mot honom. Han lyfte upp henne på en arm så hon skrattade högt innan han satte ner henne igen vid klossarna.

Sedan in till duschen. Varmvattnet var underbart. Han lutade sig in mot värmen och lät den skölja bort svett och kyla.

6.

det enda blå huset i Fält spelades spansk musik. Det var redan fullt med folk på nedervåningen. Musiken och sorlet av röster steg upp genom golvet till Markus där han stod i badrummet och knäppte den vita skjortan. Han kollade igenom badrumsskåpet och funderade på om han skulle sminka sig. Det var länge sedan han gjort det, men han hade rätt ansikte för det som Anna hade sagt. Han tittade på sig själv i spegeln: ett blekt ansikte med för stor näsa, blå ögon och ljusbrunt hår. Lite smink fick det allt bli i kväll.

Han letade upp mascaran som han hade fått beställa på nätet. Kassörskan nere i stan hade bara tittat frågande på honom när han bett om mascara som inte testats på djur. När affären var stängd hade han återvänt och klistrat upp lappar med kaniner och marsvin med uppspärrade röda ögon och information om kosmetikatester på djur. Redan nästa dag hade lapparna varit borta. Folk gillade inte att se sådant.

Det sved i ögat när han råkade darra på handen och han blinkade irriterat några gånger. Ögonfransarna var nu tjockt svarta. Snyggt. Det ramade in hans ansikte, fick ögonen att verka större och intensivare. Markus mindes i högstadiet när han och Anna hade läst i historieböcker med fantasifulla illustrationer av egyptiska pyramider och tempel. Det var avbildningen av faraoner som Markus fastnat för. Män med allvarliga ansikten och tjocka svarta eller blå streck kring ögonen. Det hade varit så snyggt! Och sedan den dagen hade Markus sminkat sig. I alla fall då och då.

"Vad fan är det där!" hade de stora grabbarna ropat och jagat honom.

Tim hade sprungit efter dem och gett dem stryk. Sa han i alla fall. Nästan alla tjejer gav Markus komplimanger för sminket. Några pojkar hade blygt smugit fram till hans skåp och frågat om tips. På den tiden hade Markus ätit kött och varit omedveten om djuren som levde i slaveri.

Han gick in på sitt rum och hoppade till när han såg sin flickvän som satt på sängen. Han hade glömt att hon var där. Hon sa ingenting utan satt bara där i sin för stora tröja. Markus blev medveten om att han endast hade kalsonger och skjorta på sig. Snabbt gick han fram till garderoben och drog ner ett par ljusblå jeans. Han ville inte att hon skulle se hans taniga ben. Det var svårt att gå upp i vikt på vegankost, i alla fall för honom. Han hade läst på nätet att det inte skulle vara några problem, men han tyckte ärtor och bönor och sådant var äckligt. Förutom falafel, det kunde han äta hur mycket som helst av. Men han var tanigare än han ville vara och jeansen som var av stuprörsmodell satt som klistrade på honom. Han skulle vilja fråga Tim om träningsråd, men Tim var Tim och kunde lika gärna svara med ett asgarv.

"Ät kött!" hade Tim sagt flera gånger i skolmatsalen. "Det går aldrig att bli stor på den där grönsaksmaten."

Då hade Markus letat upp bilder på veganer som var elitidrottare: skidåkare, tennisspelare, ja, alla han kunde hitta. Men det var MMA-killen som Markus nu glömt namnet på som Tim hade nickat gillande åt och sagt "det var som fan", och sedan var det ingenting mer med det.

Markus ville inte äta kött. Han ville inte ha på sig kläder som var gjorda av djur eller på något annat sätt bidra till djurs lidande. Hela världen höll på att gå åt skogen. Alla visste det. Det stod svart på vitt överallt. Människan hade för länge sedan passerat gränsen för vad jorden klarade av, utsläppen ökade och en av de största bovarna var köttproduktionen. Det och alla jäkla flygplan som oavbrutet hängde i luften. Alla visste detta, men ingen slutade, förutom Markus och ett fåtal andra. Kanske var det för att de flesta människor innerst inne visste att de hade fel som de blev så arga när Markus påpekade sådant.

"Ska vi gå ner?" sa Markus.

Hans flickvän såg upp och log svagt utan att svara. Hon gick fram till honom och tog hans hand. Den kändes liten och sval i hans.

På nedervåningen var det fullt med folk, nästan bara män. De satt i sofforna i vardagsrummet och pratade ivrigt och högt. I köket fördes några intimare, tystare samtal. Männen hälsade på Markus genom att kramas, ta i hand, klappa på axeln eller bara vifta med en flaska där de satt. Några enstaka kvinnor fanns bland männen.

"Snyggt grabben", ropade en av dem åt hans sminkade ögon.

Markus två pappor gick snabbt mellan de olika rummen, skrattade, hälsade och pratade. När de flyttat in hade Annas mamma frågat hur de träffats. De hade skrattat och sagt att de var så olika att det enda gemensamma de hade var att de var bögar. Det hade låtit inövat, men alla hade skrattat. Det *var* inövat, Markus hade hört det där skämtet hur många gånger som helst.

Men de *var* olika. Den ene hade hästsvans och glesnande hår och den andre hade kort svart frisyr. En med jeans och för stor skjorta och en med kostym. Men de verkade kärare än andra föräldrar här i Fält. Markus hade ofta sett dem hålla händer på sina promenader.

På det stora bordet i vardagsrummet fanns mängder av tapas: illröda korvskivor, köttbullar och friterade sardeller.

"Vet ni hur många djur som dött här?" sa Markus ut i rummet och strök sin tysta flickvän över axeln.

Ingen svarade honom och han tog en oliv och tuggade den frenetiskt. Hans pappor stod längre bort och pratade med sina vänner, de som kom nere från stan, från Mörkån och de gamla gränderna där.

Längre bort i hörnet av rummet satt hans vänner. De var de yngsta där och Markus log när han mindes barnkalasen de haft som små. Alla hans vänner i glada hattar kring det lilla bordet vid fönstret där de nu satt.

Tim höll just på att dra ett skämt när Markus och hans flickvän gick fram till dem. Felicia satt i kort kjol och massiv urringning. Det såg ut som om brösten skulle kunna hoppa ut när som helst. Markus hade svårt att inte glo. *Det är bara fett,* tänkte han och vände i stället blicken mot hennes hår. *Rött, ilsket rött.*

Anna var som alltid mer proper. Hon var klädd i blå jeans och vit blus och det blonda håret hängande fritt. Det var fint. Hon skrattade och höll handen för munnen när hon gjorde det. Anna såg att han tittade och mötte hans blick. En stund höll de varandras ögon så. Markus fanns sig fort och klämde sin flickväns hand, för att visa att allt var bra.

Tim, den store bjässen, hade samma svarta skjorta som på varje fest. Han fortsatte sitt skämt och Anna kunde inte sluta skratta. Hon lutade sig bakåt och blev röd i ansiktet. Hon höll handen för munnen och skrattet var som ett enda stort flämtande. Inte heller Felicia kunde sluta att skratta. Hon böjde sig framåt och slog sig för knät.

Anders satt stoiskt bredvid dem med ett mjukt leende, han hade troligen hört det här skämtet hundra gånger förut. Han höjde sitt glas åt Markus som returnerade hälsningen med en nickning. Av alla i gänget så var det de som hade bäst stil, han och Anders. I kväll hade de båda vit skjorta och blå jeans. Snyggt.

Vännerna hade alltid suttit här i hörnet vid pappornas fester. De drack läsk och käkade chips och popcorn och i vimlet av röster snappade de upp guldklimparna: orden om Gamla stan och Mörkån. Alla män här inne hade varit där, några av dem bodde där, som sagoväsen från en annan dimension. Alla bar de med sig vingslag, andetag från någonting annat. Ungdomarna förfördes av mystiken och legenderna. Sagoberättare var något som annars inte fanns i Fält.

Gamla stan var en plats som var farlig, en plats där människor festade och som erbjöd allt som kunde locka en tonåring. Det var en plats där inga mobiltelefoner eller lysande skärmar kunde skydda dem.

Tim sträckte fram handen och grabbade en rejäl näve godis ur en skål.

"Vad är det för godis?" sa Markus.

"Geléråttor", sa Tim.

"Ät det inte!"

Tim stannade upp med en halvtuggad sörja av godis i munnen.

"Det är djur i dem", sa Markus.

Tim tittade från godiset till Markus och tillbaka till godiset. Sedan började han skratta och tog ytterligare en näve.

"Gelatin", sa Markus och tryckte sin tysta flickväns hand, "extraherat ur kött."

Hans flickvän varken nickade eller skakade på huvudet. Markus vänner brukade sällan prata med henne, oftast svarade hon ändå inte utan satt med ett frånvarande ansiktsuttryck. Hon hade en stickad tröja på sig med för långa ärmar som hon lekte nervöst med. Överlag hade det varit svårt att få henne att komma in i gänget. Anna, Felicia, Tim och Anders tog plats, pratade högt och skrattade. De hade åsikter och sa emot varandra. Hon försvann bland dem, nästan som om hon inte fanns.

Markus tog fram sin telefon och började snabbt dra med fingrarna över den. För några veckor sedan hade han hittat en film på YouTube som visade hur man framställde gelatin genom att koka slaktrester från grisar. Vid bordet såg alla demonstrativt bort när han letade på mobilen. Han visade ofta sådana filmer för dem. Det hade till och med fått Anna att sluta med kött i några veckor.

Vännerna satt och väntade nu. De ville höra historierna, det hörde till. Det var tradition. Till slut reste sig Felicia upp, vinkade åt Markus föräldrar och ropade åt dem att komma. Markus rynkade pannan. Nog för att Felicia ofta var överdriven men här fick hon något fånigt över sig, nästan som hon härmade de mest feminina männen. Markus såg att även Anna gjorde en ogillande min åt Felicia. Papporna gjorde som de blev tillsagda. De kom bort till ungdomarna och de andra männen följde efter. Snart var vardagsrummet helt fullt med männen i en halvcirkel framför dem.

Papporna satte sig i skräddarsits på golvet, en i slitna jeans, den andra i kostymbyxor. I Fält var det många som ogillade papporna. Inte för att de var två pappor, det pratade man inte om. Inte med grannarna i alla fall. Men Tim hade berättat för Markus att hans pappa brukade sätta pekfingrarna mot varandra och säga "hur gör de egentligen?"'. Ungdomarna skrattade inte åt sådant. Papporna var de häftigaste människorna i villaområdet. De var sig själva och vågade prata om Mörkån. Det var därför de andra föräldrarna tyckte illa om dem. Mörkån var inget man pratade om och absolut inte med barn och ungdomar.

"Snälla", sa Felicia, "kan ni inte berätta?"

Det var som en ritual. Felicia var alltid den som ställde frågan. Papporna skrattade och sedan började de berätta. De andra männen som inte bodde här i Fält utan bara var här på besök började också berätta. Det blev ett virrvarr av röster och gester med skratt och kyssar om vartannat. Många av historierna var desamma, de som berättats varje gång, andra var nya och oväntade. Ungdomarna slukade dem med stora ögon. Alla utom Markus som satt med blicken ner i mobilen och suckade ljudligt. Tim svepte sitt läskglas. Alla drack läsk. Ungdomarna fick inte dricka alkohol hos papporna, det var de stenhårda med.

Männen pratade. De berättade om prostituerade och glädjepojkar, om håriga bestar som jagade unga män i gränderna och om vänner som dött eller som fallit i Mörkån och försvunnit.

"Vad ni än gör", sa en av papporna. "Ramla aldrig i vattnet för om ni gör det så är det kört."

Varje kväll vid Mörkån var som halloween. Man visste aldrig vad man skulle råka på. Man festade med människor som visade sig vara något helt annat när man vaknade. Eller så var de inte där alls när man vaknade, som om de bara levde på kvällen.

"Varför ska man åka dit?" fnös Markus. "Allting ni pratar om är ju fester och droger."

Papporna log och kysstes.

"Vi hade aldrig träffats om vi inte varit där", sa en av dem. Den andra pappan såg fundersam ut och tillade sedan något som ungdomarna alltid skulle minnas. Ord som skulle eka mellan gatorna i Fält. Markus såg upp från sin mobil, trots att han hellre hade velat stirra ner i den.

"Här ute kan ni leva. Ni kan låta era föräldrar bära er genom gymnasiet och sedan vidare till högre studier. Men", sa han och höjde fingret, "ett annat sätt att leva, att växa och bli stark är att nån gång bli så rädd att man tvingas se vem man egentligen är och sedan komma levande därifrån. Om det inte dödar er eller skrämmer er från vettet så kommer ni att våga vad som helst, bli vad som helst. Visa er kärlek öppet."

Festen blev helt tyst när han sa så. Några av männen nickade instämmande och drog fingrarna över hud där gamla ärr fanns. Pappan ångrade sig genast och viftade med händerna.

"Jag menade inte …", sa han, "alltså … stay in school kids." Han skrattade nervöst.

Men ungdomarna tittade på varandra. Deras kinder blossade och ögonen var fyllda med äventyr. De tänkte på Mörkån och det farliga som vilade där. Inte i framtiden, utan nu. Deras unga hjärtan ville fyllas med eld och flykt. De ville till Mörkån, till det farliga. Tänk att nästan dö men att komma levande därifrån med ett hjärta som slog.

Papporna tittade oroligt på dem. Markus glodde irriterat tillbaka, höjde ett ögonbryn, ett tyst: Är ni nöjda nu?

"Okej, dags att gå hem", sa papporna nervöst. "This party is about to get ugly."

Ungdomarna reste på sig och gick ut i oktobernatten. Markus gick med dem.

"Lyssna inte på dem", sa han. "De har inga *värderingar*."

"Jag har varit där", sa Anders.

"Var då?"

"I Gamla stan."

De betraktade honom med samma stora ögon som de skänkt åt männen inne i huset. Anders verkade gilla det och sträckte på sig. Markus förstod varför hans föräldrar så gärna berättade sina historier för dem. De var som barn med tindrande ögon.

"Lägg av, det har du inte alls det", sa Markus.

Anders ryckte på axlarna.

"Det är sant", sa Tim. "Han har varit där flera gånger."

"Varför då?" sa Felicia.

Anders svarade inte.

"Vi borde gå dit", sa Tim.

"Ingen som ska med på bio?" sa Markus och viftade med sin mobil och biljettsystemet där. Pyttesmå biostolar blinkade i en miniatyrbiograf.

Hans flickvän tog hans hand och lutade sig mot honom. Ärmarna på tröjan hängde över hennes händer. Felicia och Tim försvann ut i mörkret, troligen för att hämta drickat. Under tiden gick de andra till busshållplatsen. Allihop hade något drömmande i blicken. Skulle de bege sig till Gamla stan i kväll? Till det förbjudna området? I hela sitt liv hade Markus hört berättelserna om Gamla stan. Några av historierna var spännande och läskiga, men det var ändå bara sagor. Folk berättade historier för att krydda sina liv eller för att skrämma sina barn att inte ge sig in i Gamla stan. Sanningen var att det bara var ett sunkigt och illa skött område i staden. Ett ställe där studenter och socialt utslagna bodde. Markus ville inte hålla på med sagor. Han ville göra skillnad för världen. Det fanns en verklighet att hantera. En verklighet där världen höll på att gå under och där de rika utnyttjade de fattiga och sjuka. Och där människor åt försvarslösa djur trots att det fanns alternativ som inte medförde att någon behövde dö.

Tim och Felicia anslöt till dem ungefär samtidigt som de kom fram till busshållplatsen. Det klirrade av flaskor när Tim slängde med sin påse fram och tillbaka. Markus suckade. Han hade testat att dricka några gånger, men det var mer obekvämt än roligt. Hans vänner älskade att bli fulla, även Anna som annars var så lugn och eftertänksam. De kunde börja prata redan på måndagen om vad de skulle göra i helgen, vad de skulle dricka och hur de skulle få tag på det. Markus gillade inte att tappa kontrollen. Alkoholen gjorde så att världen löstes upp. När han väl slutat med kött och mejeriprodukter var det inte särskilt svårt att inte heller dricka alkohol.

Det var tomt förutom dem på busshållplatsen. Markus andedräkt bolmade ur munnen. Det skulle bli kallt i kväll. Felicias kjol slutade vid halva låret. Hennes strumpbyxor skulle inte värma särskilt mycket.

Bussen släppte på dem, stånkade och stönade när den rörde sig ner mot staden. Markus satt några stolar framför de andra med handen hårt sluten kring flickvännens. Runt omkring dem var fälten mörka. Fält låg på en av de äldsta boplatserna i det här området och vägen de åkte på var gammal. Den hade en gång byggts för att föra slaktdjur till staden.

Bussen stannade vid centrum, vid det stora torget med statyn av någon Henrik som var upplyst med blå lampor. Det här räknades som den nya delen av staden. Hotell, restauranger, pubar och affärer omgärdade torget. Ungdomarna sipprade ut. Markus drog med sig sin flickvän mot bion. De fyra andra stod kvar.

7.

Felicia tände en cigarett och såg efter Markus där han försvann in bland människorna på torget, på väg mot biografen.

"Vad heter Markus flickvän egentligen?" sa hon.

De andra stod tysta och såg efter Markus. Hand i hand gick han med sin flickvän. Ingen svarade på Felicias fråga.

"Jag tycker hon är konstig", sa Anna.

"Markus är konstig, så de passar väl ihop", sa Tim.

"Hur ser hon ens ut?" Felicia tittade på de två skepnaderna som försvann bland människorna längre bort.

"Blyg", sa Anna.

"Det är inte ett utseende."

"Jo, i det här fallet är det så."

Någon hummade med. Markus och hans flickvän var borta.

"Till parken?" frågade Felicia.

"Till parken!" svarade de andra i kör.

Arm i arm gick de bort från torget och svängde påsarna med öl och vin. Felicia kände en värme leka runt i magen. Det skulle bli en så bra kväll. Hon såg sig över axeln på torget bakom. Poliserna hade inte kommit ut än, men om några timmar skulle det finnas både patrullerande poliser och bilar på torget. De passerade guldsmedsaffärerna och turistbyrån och gick förbi domkyrkan. Felicia stannade när de nästan passerat den. Två väldiga, spetsiga torn och jättelika färgade fönster såg ner på henne.

"Den tog flera hundra år att bygga", sa Felicia.

"Den ser ut som en kanin", sa Tim och menade troligen att de båda tornen var öron.

Anna skrattade.

"Nej, men allvarligt", fräste Felicia. "Människor arbetade hela sina liv men fick aldrig se kyrkan klar."

Tim tog henne i armen och drog henne med sig. Hon låtsades protestera men följde med. Runt omkring kyrkan fanns flera grönområden med bänkar, lekplatser och buskage. Gruset knastrade under Felicias skor. Snart skulle de vara framme. Inne i grönområdet fanns den inhägnade Gästparken. Det var hit de gått i tre–fyra års tid nu. Det var här som de delat på sin första flaska vin. Framför dem låg kullarna ingärdade av en nybyggd gärdesgård. Några får rörde sig ute i dimman, men de syntes endast som mörka skepnader i natten. Anders hoppade vigt över gärdesgården och sträckte över händerna för att hjälpa Anna som elegant tog sig över. Tim brakade över. Han var inte ens full än men snubblade och föll i gräset. Både han och Anders skrattade. Sist tog sig Felicia över. Hon var avundsjuk på människor som var så överens med sina kroppar, så som Anders och Anna var. De kunde hoppa över stängsel utan problem. Felicia kände sig mer som Tim, som nu reste sig med fläckar på jeansen.

Det fanns ingen stig, utan de fick ta sig fram i gräset som trampats ner av fåren. Även om det inte fanns några förbudsskyltar fick Felicia för sig att det var förbjudet område. Något som bara gjorde det mer rätt och spännande att vara här. Felicia tog täten. Blött gräs strök utmed hennes skor och ibland räckte det ända upp till strumpbyxorna. Snart var de framme vid stenröset i mitten av parken och satte sig ner. Flaskor och burkar åkte fram. Ett kort ögonblick dividerade och köpslog de om vem som skulle få vad. Vin till Anna, öl till resten.

"Det här är ett gravfält", sa Anders.

Felicia lutade sig mot Tims axel. De låga kullarna omkring dem var täckta av dimma. Fåren gick makligt omkring och betade. Hon såg inga gravstenar någonstans, bara kullar.

"Va?"

"Kommer du inte ihåg vikarien vi hade i historia förra året?

Han tog med oss hit och berättade om det."

"Den snygga", sa Felicia.

Tim tog en djup klunk ur ölburken och tittade skeptiskt på Anders.

"Jag kommer också ihåg det." sa Anna. "Det finns en massa gravar här, typ trehundra stycken."

"Ett av Nordens största historiska gravfält", fyllde Anders i.

Tim reste sig upp och Felicia suckade åt värmen som försvann. Han tog den sista ölen ur påsen utan att fråga och satte sig i gräset nedanför stenröset.

"Jag måste ha missat den lektionen."

"Du missar ju alla lektioner."

Tim lutade sig tillbaka i gräset. Det borde vara svinkallt att ligga med ryggen mot gräset så där. Felicia kände hur kylan letade sig in genom strumpbyxorna.

"Jag vet inte vad jag vill bli", sa han.

"Ville du inte bli musiker?" sa Felicia.

Tim snörpte på munnen. "Hur vet man egentligen vad man vill bli? Jag skulle vilja vara full jämt. Så här typ."

"Du vill bli A-lagare alltså?"

"Nej, jag ... äh, jag vet inte. Ligga på nån strand med brudar och öl. Typ. Allt jag vet är att jag inte vill bli som farsan."

De andra var tysta. Felicia visste inte vad Tims pappa jobbade med. Han var snygg, klädde sig i fina kostymer och var alltid välvårdad, men hon visste inte vad han gjorde.

"Jag vill skriva dikter", sa Felicia.

"Det gör du ju redan."

Hon försökte krama sig själv varm samtidigt som hon stirrade ut i dimman.

"Men jag vill leva på det. Bara få skriva utan att bli

störd. Nu är det plugg, plugg, plugg. Hela jäkla tiden. Mamma är som en hök på mig. 'Du måste få A, Felicia. De lottar på psykologprogrammet nu, du måste få A'." De andra skrattade åt hennes näst intill perfekta imitation av sin mamma.

Felicia vände sig mot Anna som satt tyst.

"Det är ditt fel Anna. Du får A i allt och dina föräldrar berättar det för våra."

Anna tog en stor klunk av vinet och grimaserade. En stel min for över hennes ansikte. Felicia hade sett det förut, det där ögonblicket när Anna tappade sin mask innan hon samlade ihop den igen.

"Men, det är ju lätt att få A. Det står direkt på uppgifterna hur man ska göra."

"Drygarsle", sa Anders, men det fanns ingen ilska i rösten.

"Du vet att inte alla har det lika lätt som du, eller hur?" sa Felicia.

Anna ryckte på axlarna. Felicia ilsknade till inombords. Trodde Anna verkligen att det var så lätt? Att man bara kunde rycka på axlarna och få A?

"Jag förstår bara inte varför det är svårt. Mina föräldrar vill att jag ska få A. Jag läser på, skriver och sen har jag A", sa Anna.

Felicia fnös.

"Tur", muttrade Tim.

"Det hjälper om man går på lektionerna."

Utanför inhägnaden glödde gatlyktorna likt svävande gula klot i dimman. Felicia ville inte prata om sådant här längre. Anna blev alltid sur när man påpekade hennes betyg trots att hon hade bäst av dem alla.

"Vem är det som är begraven här då?" sa Tim när det varit tyst lite för länge.

Felicia tittade på honom utan att förstå vad han menade. Anna brast ut i skratt, slog handen för munnen men kunde inte hindra att mörkrött vin sprutade mellan fingrarna. Felicia log mot henne. Hon gillade fulla Anna. Nyktra Anna var också bra, men det var som om hon blev mildare när hon var berusad. Hon skrattade och spillde mer och var inte så skarp och kantig.

"Vad fan pratar du om?" skrattade Anna.

"Här", sa Tim och svepte med burken. "Gravfältet ni pratade om innan. Vem är det som är begraven här?"

Alla tystnade. Kullarna försvann ut i mörkret omkring dem. Runt omkring dem hördes ljuden från staden: bilarna och skratten från uteserveringarna. Felicia längtade dit. Om några år skulle hon också få sitta på torget med en filt över knäna och dricka vin och öl.

"Det är järnåldersgravar", sa Anna. Hennes tänder var lilaröda av vin.

"Vad betyder det? Typ vikingar?" frågade Tim.

"Typ."

"De är inte uppgrävda", sa Anders. "De har legat orörda i tusen år."

En tystnad lade sig över gruppen. De såg sig omkring i dimman.

"Menar du att vi sitter på döingar?" sa Felicia.

"Ja, om det är nåt kvar av dem."

Anna räckte fram vinflaskan åt Felicia. Hon delade det sista med Anders och Tim. Kylan hade börjat krypa in i henne på riktigt nu. Hon ville iväg, komma in någonstans och beställa mer att dricka. Det var farligt att prata om framtiden, alla blev så allvarliga. Nu ville Felicia bara ha en trevlig kväll med gänget.

"Nu drar vi", sa hon.

Anna var noga med att alla flaskor slängdes i soptunnorna. Arm i arm vandrade de sjungande in mot staden. Tim lämnade armkroken och sprang upp på varje bänk han hittade. En gång halkade han, föll med ansiktet rätt in i en soptunna och blev liggande i en märklig vinkel. Tjejerna rusade genast fram. Anders stod kvar och skrattade.

"Det är inte roligt", fräste Anna.

"Jo-ho-ho", kved Anders. "Kolla så han ser ut."

Tim satte sig upp och såg sig omtöcknat omkring. Sedan var han på fötter igen och sprang framför dem.

De kom tillbaka till centrum. Torget var fullt av folk nu. Statyn av Henrik lyste blå. Två polisbilar stod i varsin ände av torget. Uteserveringarna var fulla. Människorna var fulla, de satt vid borden med filtar över benen och drack vin och öl. Musik hördes från flera av pubarna: irländsk folkmusik blandat med hårdrock och pop. Även på själva torget stod folk och hängde.

Anders spanade vaksamt bort mot polisbilarna och sedan mot pubarna där vakter stod med armarna i kors.

"Jobbar din pappa i kväll?" undrade Felicia.

"Jag tror inte det", sa Anders.

"Vart ska vi?" sa Anna. "Källaren eller Munken?"

En diskussion utbröt om vem som hade blivit utslängd var, vem som kände vilken vakt och vilken bartender som Felicia legat med. Hon kände värmen återvända när de diskuterade hennes äventyr, men hon hade inte legat med honom. De hade gått bakom ett hörn och hånglat. Fumlat med kläder och knappar innan de båda två lagt av och kysst varandra hejdå. Diskussionen gick snabbt tillbaka till vilket ställe de skulle välja.

"Källaren", sa Anders.

"Munken", sa Felicia.

"Ingen av dem", vrålade Tim och hoppade upp på en bänk.

Felicia skrattade åt honom där han stod uppflugen som en stolt tupp på bänken. En av poliserna som stod borta på torget tittade rakt mot Tim där han stack upp över alla människor.

"Kom ner", väste Felicia och drog i hans byxben. Kvällen kunde ta slut alldeles för fort om polisen tog Tim.

"I kväll", sa Tim högtidligt och höjde sin knutna näve i luften som om han vore en politisk agitator, "ska vi till de mörka gränderna i Gamla stan."

Felicia såg upp på honom där hon höll i hans ben. De hade glömt. Av gammal vana hade de vandrat tillbaka till torget för kivas och käfta om vilket uteställe som skulle släppa in dem. Felicia nickade. *Ja, till Gamla stan.*

"I kväll", fortsatte Tim, "är det inte bara snygga Felicia som får ligga. I kväll ska alla hitta nåt vid Mörkån. Nåt att berätta om för barnbarnen. Det, eller försvinna som Mia gjorde."

Det blev tyst. Inte bara ungdomarna utan de männikor som stod runt omkring dem tystnade. Mia var redan en legend, absolut någonting man skrämdes med, men ingenting att skämta om. Irriterande blickar vändes mot dem. Tim verkade inte märka det utan spatserade fram och åter över bänken.

"Kom nu", väste Felicia och drog ner honom.

Hon såg att polisen närmade sig. Han gick långsamt som om han väntade sig att de skulle försvinna. Felicia drog Tim med sig. Han vinglade lätt och gnolade på någon låt.

"Okej", sa Felicia. "Till de mörka gränderna."

De gick snabbt över torget, för att sticka ifrån polisen, och för att inte hinna ändra sig. Felicia kände hur hjärtat slog snabbare. Till Gamla stan, till farorna och sagorna där.

Vättar

8.

Alla visste var Gamla stan låg men inte många från Fält gick dit frivilligt när det var mörkt. Ingen förutom Markus pappor. Men hade de varit där nyligen? Var inte alla deras berättelser i en ungdomlig dåtid? Ju längre bort från centrum ungdomarna kom, desto mer slitna blev husen. Stadens ljud blev lägre. En fuktig doft drog in med vinden från Mörkån.

På flera platser i staden övergick asfalten i kullersten, som om vägarbetare och asfaltsläggare bestämt sig för att ta rast och aldrig komma tillbaka. Det var på ett sådant ställe de fyra nu stod. Bakom dem kunde de avlägset höra torget och gatorna med alla uteställen och barer. Framför dem låg fuktig och ojämn kullersten där gatorna ringlade in bland låga hus. Tvekande och tysta stod ungdomarna.

"Nu gör vi det", sa Anders och klev över gränsen.

Gränderna slingrade sig som ormar. Det såg ut som om de rörde sig, som om kullerstenen långsamt böljade likt mjuka vågor på ett hav. De fyra gick tätt tillsammans och såg sig omkring. Felicia mindes när de var barn och hade gått på samma sätt i skogen i en tävling om vem som vågade gå längst in. Andra människor ropade åt varandra, skrattade och tjoade och verkade inte bry sig om att husen omkring dem var gamla, slitna och sneda. Flera av fönstren var målade eller av färgat glas.

"Det känns som en helt annan stad", sa Anna.

Skillnaden var påtaglig. Vissa gränder var så smala att de knappt kunde gå två i bredd. Här och var dök statyer upp, insprängda i väggar och prång. De liknade helgon men ändå inte. Deras ansikten var allvarliga men hade inte det där fromma, världsfrånvända som helgon ofta avbildades med. Med hårda blickar såg de ner på dem som passerade. Svärd och yxor, vågskålar och dödskallar vilade i deras händer.

"Vad är det som luktar här?" sa Anna.

"Blod och ben nermalt i murbruket", sa Anders sluddrigt.

"Vad sa du?"

Anders ruskade på huvudet, som om han försökte skaka bort en tanke. Sedan vände han sig mot Anna.

"Jag tror det är ån", sa han. "Jag hörde att den svämmar över ibland och lever rövare med avloppet."

"Det luktar inte avlopp", sa Anna dröjande. "Det

doftar nästan ... gott."

Felicia nickade långsamt.

"Jag vill dricka nåt", sa Tim. "Sen vill jag hitta en brud från Gamla stan."

De andra fnissade och såg sig skyggt omkring. Människor passerade i strömmar omkring dem. De flesta var unga och klädda precis som dem. Det var helt vanliga människor som ändå var en del av Gamla stan. Men då och då dök det upp någon udda figur. En gammal man i lång svart rock och stort helskägg passerade. I handen höll han en stav som högst upp slutade i en klo som höll en grön sten. Bakom honom gick en kvinna som trots kylan var klädd i shorts och nätstrumpor. Tim stod länge och stirrade efter henne.

"Vad jobbar man med om man klär sig så där?"

En diskussion bröt ut om huruvida man kunde klä sig hur som helst. Anders avbröt dem och pekade på en skylt. Ett målat ölstop lyste under gul belysning och bredvid det stod något med snirklig text som de inte kunde utläsa.

"Jag tror det är en pub", sa Felicia och läste långsamt bokstav för bokstav utan att kunna få fram namnet.

En trappa ledde ner. De hörde samtal, skratt och musik bakom dörren vid trappans slut. Ett fönster av grönt glas i dörren lystes upp inifrån lokalen.

"Det här får det bli", sa Tim och gick nedför trappan. "Var försiktiga, det är halt."

I tystnad tog de sig ner och trängdes framför dörren.

"Ska vi verkligen göra det här?" sa Anna.

Utan att svara öppnade Tim dörren. Underbar värme

slog emot dem från en eldstad som sprakade i mitten av rummet. Det doftade grillat kött och örter. Felicia kände igen doften men kunde inte namnen på örterna.

"Låtsas som om ni hör hemma här", sa Tim och klev vingligt in.

Dörren var så låg att han fick huka sig. Taket var välvt och putsat vitt. Golvet bestod av grovt tillyxade plankor med tjocka, rostiga spikar. Ett tiotal bord var uppställda och vid flertalet satt det gäster. Ovant rörde de fyra sig in och satte sig vid ett tomt, runt bord. Ingen verkade lägga märke till dem, samtalen fortsatte som om inget hänt.

"Det känns nästan som man borde ställa sin musköt och värja vid väggen", sa Tim och drog handen över den ojämna bordsytan.

De andra skrattade nervöst utan att säga något. Bakom bardisken dök en kvinna i svart kjol och vit skjorta upp. I händerna höll hon ett böjt litet anteckningsblock.

"Vad vill ni ha?" Hon lät uttråkad när hon frågade och såg inte upp från sitt block.

"Öl", sa tre av dem.

"Vin", sa Anna.

Servitrisen tittade upp på deras alldeles för unga ansikten och verkade överlägga med sig själv. Sedan vände hon och låtsades inte märka deras fnissanden och menande blickar.

"Jag sa ju att de inte tar legg här", sa Tim.

Anna vände sig mot Anders. "Stämmer det att polisen aldrig går in i Gamla stan?"

"Hur skulle jag kunna veta det?"

"Därför att din farsa är … vad han nu är för nåt?"

Anders ryckte på axlarna. "Det finns så många historier om det här stället att jag inte har nån aning om vad som är sant och inte."

"Har du varit här förut?" sa Felicia.

Anders skruvade på sig och sökte med blicken mot Tim, kanske i hopp om hjälp. Men Tim spanade ut i lokalen på alla kvinnor. Felicia behöll Anders fastnaglad med blicken för hon ville ha svar.

"Ja, men inte *här*", sa Anders.

"Varför?"

Han ryckte på axlarna. Felicia mindes alla gånger hon sett honom komma hem sent eller bli hemskjutsad av tjejen i den vita bilen. Hade han varit nere i Gamla stan då? Och vem var den äldre tjejen han åkte med? Servitrisen återvände och ställde fram tre höga glas med öl och ett glas rött vin.

"Skulle jag kunna få vatten också?" sa Anna.

Servitrisen tittade avmätt på Anna. Hennes ögon var kallt ljusblå och Anna sänkte snabbt blicken.

"Det går bra utan", sa hon.

"Ingen dricks till henne", sa Anders när servitrisen försvann bort.

Anna ryste och fortsatte att titta ner i bordet. Hon rörde inte sitt vin. I ett av hörnen reste sig en man upp. Han rörde sig vant mellan borden och stannade vid ungdomarna.

"Turistar ni i Gamla stan?"

Felicia var den första som mötte hans blick och hon

drog efter andan. Hans hy var det som kallades bronsfärgad i moderns snuskböcker. Det glimmade om hans svarta ögon i skenet från stearinljusen i fönstren. Han var klädd i blå jeans och en midjekort svart läderjacka. När killarna vid bordet tittade surmulet på honom vände sig Felicia mot Anna och mimade "wow".

"Hurså?" sa Tim.

"Jag kan visa er runt", sa han.

"Varför?" sa Tim och lade armarna i kors.

"Gärna", sa Felicia och log.

Det hettade om kinderna och hon hoppades att de inte skulle bli helt röda. Alkoholen värmde henne och hon höll främlingens blick. De tre andra kring bordet stelnade till när mannen satte sig ner, mellan Tim och Anders, mittemot Felicia. Han höll kvar hennes blick och vände sig sedan mot Anna.

"Det där ska du inte dricka." Han knäppte med fingrarna.

Servitrisen var omedelbart där. Han pratade med henne på ett språk de inte kände igen. Hennes ögon som förut var kalla sken nu upp och hon skrattade. Hon försvann och återvände med ett nytt glas. Innehållet var bärnstensfärgat. Hon höll en liten trasa om glaset när hon ställde ner det. Det ångade om innehållet.

"Det där ska du dricka", sa mannen.

Anna tog försiktigt i det och drog sedan snabbt åt sig handen.

"Det är jättevarmt."

"Det ska det vara."

"Är det glögg?" Anders sniffade i luften.

"Nej", sa Anna tveksamt och tog en försiktig klunk.

Hennes ögon blev stora och hon tog genast en klunk till.

"Herregud", sa hon med ett stort leende.

"Vadå?" Felicia sträckte ut handen efter glaset.

Anna drog undan det och stirrade ilsket på henne. Lite av det varma bärnstensfärgade vinet spillde ut på hennes hand, men hon verkade inte märka det. Sedan mjuknade hon och sköt över glaset till Felicia.

"Herrejäklar", väste Felicia. "Finns det mer?"

Den främmande mannen knäppte med fingrarna. Snart fanns fyra glas på bordet. Alla drack och tittade på varandra med stora leenden. Den vackre mannen med det mörka håret drack ingenting men så fort ett glas var tomt knäppte han med fingrarna och så kom det antingen en ny iskall öl eller ytterligare ett glas varmt kryddvin.

Det varma vinet värmde Felicias blod. Runt omkring henne skrattade hennes vänner. Det var precis så här hon tänkt sig att det skulle vara i Gamla stan. De drack ur sina glas. Innan de gick satte Felicia näsan ner i glaset och drog ett girigt andetag av den söta doften och kryddorna. Sedan var de ute på gatorna igen. Allting verkade vara kullersten och valv. Guiden gick ömsom i armkrok med Anna, ömsom med Felicia, ibland med en flicka på varje arm. Gatan de gick på öppnade upp sig i ett torg, han gjorde sig fri från dem och gick ut på det.

"Här är en gammal avrättningsplats." Han pekade med uppvänd handflata ut i mörkret.

Det såg inte ut som en avrättningsplats. Bredvid Felicia stannade Anders upp och såg sig omkring. Han svajade lätt och sträckte ut handen mot henne för att få stöd. Fyra gamla rostiga bänkar stod mitt på torget runt en fontän. Längre bort rann Mörkån förbi.

"Det är hit jag brukar gå", sa Anders.

"Vad pratar du om?" sa Felicia.

"Det är här jag brukar hämta Angelika. Men då ligger det inte här, inte så långt in ..." Han viftade ryckigt med handen.

"Det ligger liksom först."

"Vem är Angelika?" sa Felicia.

Anders svarade inte.

Guiden vände sig mot Anders. "Har du varit här förut?"

"Ja."

"Angelika", upprepade guiden och rynkade pannan som om han sökte i minnet.

"Alltså", sa Anders nästan sluddrande. "Hon är galen."

Felicia dök emellan dem och lade en arm om guiden och en om Anders. Hon skrattade och pressade sig mot guidens sida.

"Det här är så himla bra", sa hon.

Tim såg sig omkring. "Var är Anna?"

Felicia blev först nu medveten om att Anna inte längre var med dem.

"Ojojoj", sa Tim. "Här kan vad som helst hända."

Guiden tittade ut över torget med ett tankfullt uttryck. Det såg nästan ut som om han vädrade i luften. Sedan vände han sig mot dem igen med ett betryggande leende.

"Det är ingen fara", sa han. "Inte än."

"Vad menar du?" sa Felicia.

"Kom", sa han och ledde Felicia framåt. "Vi väntar här så kommer hon snart."

De gick förbi bänkarna och fontänen som var avstängd. Gröna och bruna avlagringar trängdes längst nere i botten på den.

"Kom och titta här", sa mannen, "men var väldigt försiktiga."

De stod på kanten av en bred trappa. Tre algklädda och mossiga steg ledde ner i vattnet. Några ekor av mörkt trä låg förtöjda längst ner.

"Mörkån", viskade Felicia. Det svarta vattnet gled krusande förbi bara någon meter framför dem.

"Hur djup är den?" sa Tim.

"Så djup att om du ramlar ner i den så kommer du aldrig mer upp", sa guiden.

"Se upp", sa Tim och låtsades knuffa till Anders.

De började skojbråka och rullade runt på den blöta marken vid trappan. Borta vid parkbänkarna kom Anna gående. Hon hade ett märkligt leende på läpparna.

"Se, där är hon." Mannen gick fram till henne.

Anna såg drömmande på dem. Hon hade druckit mest av dem och hennes huvud svajade. Hon såg ut som en mätt och nöjd katt.

"Vad fasen, har du redan fått till det?" sa Felicia och skrattade.

Anna rodnade, men sa ingenting. Hon torkade läpparna med handryggen.

"Vad tusan, har du läppglans på dig? Hade du det förut?" sa Tim.

Anna tittade ner på handryggen där det glittrade och skimrade likt små flagor av guld. Mannen tog hennes hand i sin och lyfte den mot ansiktet som om han skulle kyssa den men i stället vred han lätt på den så de gyllene spåren glittrade i gatljusen. Han rynkade pannan i en ogillande min.

"Var försiktig", sa han till henne och höll kvar hennes hand.

"Ska vi inte fortsätta?" sa Felicia som ville att han skulle släppa Annas hand.

"Vi fortsätter", svarade han och ledde Anna bort från torget som han kallat avrättningsplats. De andra följde efter. Bakom dem dunsade båtarna lätt mot varandra i det mörka vattnet. Deras färd fortsatte. Gränder, gator och hus passerade förbi dem. Människorna de mötte skrattade och sjöng på gatorna.

"Under bron där borta finns ingångarna till katakomberna."

Felicia följde hans finger med blicken för att se vad han pekade på. I det skumma ljuset såg det ut som om bron var byggd enbart av trä, rep och metallbeslag. Det kunde inte stämma, det måste vara alkoholen och mörkret som gjorde det. En sådan uråldrig bro skulle ju vara uppmärkt på någon slags lista.

"Är det en vagn som åker på den?" Anna kisade. "En

hästdragen vagn."

"En, två, tre ... fyra hästar", räknade Felicia långsamt.

Sedan var de runt ett hörn och bron var borta. Natten var märkligt varm. Det doftade tungt och sövande från Mörkån.

Människor passerade runt omkring dem. Många av dem log mot dem. De var framme vid ytterligare ett torg. Det var mindre än det förra och format likt ett V. En hög gatlykta stod på torgets mitt och den lyste med ett intensivt gult sken.

"Va", sa Anders förvånat åt den väsande lågan i lyktan. "Är det gas?"

Ingen svarade honom. En högrest kvinna stod med en halvcirkel av män framför sig. Männen stod framåtböjda och stirrade på kvinnan med stora uppspärrade ögon, som om de vore drogade.

"Där." Guiden drog Tim till sig och pekade mot kvinnan. "Ser du henne där?"

Felicia skrattade till när hon såg Tims reaktion. Han lutade sig framåt och stirrade på kvinnan med stora ögon. Kvinnan var lång och klädd i en gammaldags linneklänning. Hennes bara armar skimrade i natten. Håret var tjockt, ovårdat och nådde nästan ända ner till hennes vader. Tim stirrade på henne med blossande kinder.

"Herregud", sa han och slickade sig om läpparna. "Herregud."

Kvinnan vände ansiktet mot dem. Det var som porslin, runt och blekt med varma röda läppar och stora mörka ögon. Anna blåste ut luft mellan läpparna när hon också fick syn på henne. Felicia sneglade på Anna. Var hon avundsjuk? Hon brukade aldrig visa sådant.

"Det här blir jättekul", skrattade guiden och tog tag i Tim.

"Gå fram till henne och fråga om du får se hennes rygg."

"Va?" sa Tim och skrattade. "Vad sa du? Hennes rygg?"

Kvinnan stirrade mot dem. Tim såg tillbaka mot henne. Hela hans kropp var sträckt och stel. Hennes röda läppar letade sig upp i ett hungrigt leende. De stora, vita tänderna lyste i mörkret. Håret var ett enda gigantiskt virrvarr av lockar längs hela ryggen.

"Ja", sa mannen. "Snälla, gå fram och be att få se hennes rygg."

Tim ragglade fram. Guiden slog sig för knäna och drog sedan till sig Felicia och kramade hennes hand.

"One down, two to go", viskade han till henne. Hon rös när hon kände hans utandning mot örat och halsen.

De gick därifrån. Felicia höll mannens hand hårt, som om han skulle försvinna om hon släppte.

"Men Tim då?" sa Anders.

"Han är en stor pojke, han klarar sig", sa Felicia men tittade efter honom medan de rörde sig bort. Tim såg liten ut, som en pojke, där han stod vid den leende kvinnan. Sedan var de på väg igen. Fler barer besöktes, mer öl och kryddvin och shots. De dansade tills svetten rann från deras ryggar.

"Hörni, Anna är borta igen", sa Anders.

Den här gången såg guiden mer bekymrad ut. Han beställde ytterligare en runda drinkar och gick sedan iväg. Felicia sökte oroligt med blicken efter honom. När han kom tillbaka hade han Anna med sig. Hon såg blek ut. Knäna på hennes jeans var smutsiga och hon höll vänstra handen hårt knuten. Knogarna och fingrarna var skrapade och smutsiga.

"Är allt bra?" sa Felicia.

Anna torkade läpparna med handryggen och grimaserade. Sedan nickade hon bara, stack ner vänsterhanden i jeansfickan och när den kom upp var den öppen och tom.

"Vill du fortsätta?" sa mannen.

Anna såg nervös ut, så där som hon kunde se ut precis innan de skulle ha prov eller presentation. Läpparna var stela och blicken flackade. Felicia nickade för att övertala henne.

Vad fasen är det med henne nu? Gud vad hon behöver släppa loss.

Anna stod tyst en stund och nickade sedan, långsamt som för att övertyga sig själv.

"Ja", sa hon lågt. "Vi fortsätter."

Flera pubar avverkades. En där de var de enda som dansade, alla andra gäster var klädda i svarta eller röda kåpor och iakttog dem. En annan där ett liveband av kortvuxna spelade på märkliga instrument.

"Dvärgar!" skrek Felicia. "Det är riktiga dvärgar med skägg och allt!"

Anna stod i baren och såg sig nervöst omkring. Hon höll i en ölflaska som hon inte drack ur. Felicia låtsades inte märka sin väns osäkerhet utan klängde på guiden. Framför livebandet dansade Anders med klumpiga, vevande rörelser. Felicia slog till Anna på axeln. Inte alls hårt men Anna ryckte till och stirrade på henne med vild blick. Som om hon inte förstod var de befann sig. Felicia började bli trött på henne, men tänkte inte låta henne dra ner feststämningen.

"Kolla", skrek Felicia i hennes öra trots att musiken faktiskt inte var så hög. "Kolla, Anders har fått napp!"

Ute på dansgolvet stod Anders och en främmande vacker kille. De dansade utan att röra varandra, nästan blygt. Anders skrattade när killen böjde sig fram och viskade något till honom. Han vinkade tafatt till Anna och Felicia, och försvann sedan ut med killen.

"Det var som tusan", skrattade Felicia.

Hon klappade Anna lite för hårt på axeln.

"Hörru, nu ska vi hitta nåt åt dig."

Anna verkade inte höra henne utan stirrade ut i rummet och drog handryggen över läpparna igen. Det var inte likt henne. Hon brukade alltid ha servetter eller näsdukar att torka sig med. På hennes handrygg fanns fortfarande glänsande guldflagor. Felicia försökte följa hennes blick för att se vad hon letade efter. "Jag ska bara gå bort till de där", sa Anna.

Felicia såg inte vilka hon pratade om. Anna gick längs väggen och ut genom dörren. Felicia följde henne med blicken tills hon var borta. Nu var hon ensam kvar. Stärkt av både lust och alkohol vände hon ansiktet mot guidens. Hur skulle det kännas att kyssa de där läpparna? Att dra handen genom det tjocka, mörka håret? Hon skulle göra allt sådant med honom. Han drog i hennes hand.

"Kom så går vi igen."

"Varför dricker inte du nåt?" sa Felicia och ragglade ut på gatan. Hon hade fortfarande ett ölglas i handen.

Han ryckte på axlarna. "Jag dricker inte. Alls."

Anna dök upp bredvid dem, som ett spöke ur mörkret. Felicia hoppade till när hon såg henne. Hennes ansikte var blekt och ögonen rödgråtna. Hon höll inte längre i ölflaskan.

"Jag vill gå hem." Hon darrade på läppen som ett litet barn.

"Jag sa ju att du skulle vara försiktig", sa guiden.

Hon såg på honom och sedan på Felicia.

"Följer du med mig? Hem?"

Men för fasen Anna!

Felicia gjorde en nästan osynlig nickning åt sidan till guiden. Anna tittade bedjande på henne. Felicia skakade då på huvudet, fullt synligt.

"Skit i det då." Anna stapplade iväg i mörkret. Hon slog båda armarna om sig och Felicia kunde se att hon grät där hon gick.

"Hon hittar hem", sa Felicia och nickade åt sina egna ord. "Hon hittar hem."

Sedan bar det vidare. Fler pubar, fler drinkar, musik, dans och främmande människor. Felicia tryckte sig mot guiden. Hennes hår låg klistrat mot pannan, svetten rann ner längs ryggen. I den sista baren tog hon en shot. Som ett knytnävsslag slog den henne och hon vacklade till, föll rätt in i guiden och skrattade högt.

"Du har ett val nu", sa mannen. "Antingen så kör jag hem dig så du kan nyktra till eller så kan du försvinna med mig ut i mörkret."

Det hettade om Felicia. Hon var varm. Het. Detta var en plats där världen inte fanns. Det var bara hon och han kvar nu.

Hela natten hade lett fram till det här.

"Jag följer med dig."

De var ute på gatan igen och gick runt hörnet på huset.

"Oj, vad konstigt", sa Felicia. Tre flickor som var näst intill identiska satt på en parkbänk. De hade mörkt hår, mörka kläder och blå läppar. En fjärde flicka satt på huk en bit ifrån de andra och plockade upp resterna av en slängd korv. När flickan fick syn på Felicia lade hon huvudet på sned och stirrade mot henne med ögon som inte blinkade.

"Kolla på det här." Mannen sprang fram mot bänken och skrek: "Schas, schas på er!"

Flickorna ställde sig upp och i nästa sekund var de borta. Felicia tittade mot den tomma parkbänken och sedan upp mot den mörka natthimlen. Allt som hördes var kraxandet från upprörda fåglar.

"Vart?" Hon såg sig omkring. "Vart tog de vägen?"

Han svarade inte utan ledde henne vidare in på mörka gränder. Det var sent. Felicia försökte räkna ut hur hon kommit hit, först parken, sedan torget och därefter puben där de träffat snyggingen som nu gick bredvid henne. Han tryckte henne mot en husvägg och hon slog armarna om honom. Hon var vinglig och ostadig.

"Vill du det här?" viskade han mot hennes hals samtidigt som hans händer drog upp hennes kjol. Fuktigt, kallt tegel pressade mot huden på hennes skinkor.

"Ja", flämtade hon och fumlade med hans bälte. "Jag vill det här."

Oktobernatten var så mörk som den kunde vara. Felicia höll hårt i mannen som pressade henne mot väggen. Hennes ben låg kring hans midja. Detta var allt hon önskat sig, allt hon föreställt sig om Gamla stan när hon suttit böjd över prov efter prov.

Ovanför dem kraxade de mörka fåglarna i natten.

Skogsrået

9.

Dörrarna till biografen slog upp. Filmen var slut. Markus och hans flickvän steg ut och drog in kvällsluften. Doften av smör och popcorn blandades med blöt asfalt och avgaser. En strid ström av människor rörde sig från biografen upp mot centrum.

"Jag vet egentligen inte vad jag tycker om filmen", sa Markus.

Hans flickvän nickade tyst och kikade åt vänster, där asfalten övergick i kullersten. Långsamt och försiktigt som för att inte skrämma honom sträckte hon ut sin hand. Han fattade den i sin.

"Det kändes som om de inte bestämt sig för vilken film de ville göra och bara blandade allt."

Hon nickade och drog lätt i hans hand. De lämnade skaran av människor och gick bort från centrum.

"Musiken var väl det bästa, men efter att ha varit i den här filmen så är den liksom förstörd. Eller vad säger du?"

Hon kramade bara lätt hans hand som svar. Staden tystnade omkring dem. Långt, långt borta hördes sorlet från uteserveringarna som om dimman runt omkring dem var en tjock filt. Flickan ledde honom genom en trång gränd som var så smal att de nästan gned mot varandras axlar. Kullerstenen var fuktig och hal. Markus hade bara druckit vatten och ätit nötter på bion, men hans huvud kändes tungt. Han gäspade och tog ett djupt andetag av den tunga, söta doften.

"Vad är det som luktar?"

"Det är ån."

Det var det första han hört henne säga på hela kvällen. Hennes röst lät märklig och avlägsen. Som om han inte kände igen den. En del av honom ville stanna upp och prata, be om förlåtelse för att han var en sådan typisk man som bara pratade och pratade utan att låta henne få komma till tals. En annan djupare del av honom frågade varnande varför han inte kände igen hennes röst. Men det var så skönt att bara gå här, att låta sig ledas fram av tjejen som verkade veta vart de skulle.

De passerade en staty till höger om dem. En riddare i sten med en grinande dödskalle som kikade fram genom ett öppet visir. I sin bepansrade hand höll han en slingrande orm. Den såg otroligt verklig ut, nästan som om den ringlade och vred sig i riddarens stenhand. Markus ville stanna och titta på den, men tjejen drog honom vidare.

Månen stod högt på himlen som en tunn, skarp skära. De passerade ett torg av svart sten med en fontän i mitten. Längre bort flöt Mörkån förbi. Gatorna här var ännu smalare. Hon gick framför honom genom en gränd som liknade en grottöppning. Husväggarna skrapade mot Markus axlar. Han tittade uppåt och såg väggar och fönster som lutade sig in över honom, som om de skulle rasa ner över dem. Sedan stannade de. Markus tankar var långsamma och tröga.

"Var är vi?"

De stod framför ett hus. Han kunde höra Mörkån porla precis bakom byggnaden. Huset hade en liten trädgård. Gulnat fjolårsgräs låg vikt över sig självt och mitt i gräset stod en rostig handgräsklippare. Markus stirrade dumt på huset. Tegelfasaden var sliten. Det var svårt att se i mörkret men troligen var den mörkröd. Flera fönster var förbommade med brädor och tyg. En liten träveranda fanns framför entrén. En gungstol stod och gungade i natten. Dörren var öppen.

"De är så törstiga i dag", sa hans flickvän.

Han tittade på henne, men hennes ansikte var svårt att fånga. Han var ganska säker på att hon hade blå ögon. Stela, ljusa läppar. Han hade aldrig kysst henne. Varför hade han inte kysst henne?

Hur hade de egentligen träffats? Han famlade efter minnen, men de undvek honom.

"De vill verkligen att du kommer in och hälsar", sa tjejen utan namn och ansikte. Det var svårt att fästa blicken på henne som om hennes ansikte fick världen att snurra.

"Vill du komma in?" Hon drog lätt i hans hand.

Den rostiga grinden gled upp med ett skärande gnisslande läte och de steg in över gången av platta oregelbundna stenar. Mitt i all förvirring tyckte Markus att de var snygga. Han skulle föreslå för sina pappor att de skulle skaffa sådana. Trappstegen knarrade. Tjejen höll om hans hand hårdare och hårdare för varje trappsteg. Dörren stod öppen. Hon fortsatte dra honom och stannade sedan högst upp på trappan.

"Det är bäst om du går in själv. Kan du det?"

Markus stod stilla och stirrade in i dunklet. Det var ett kompakt mörker, ett källarmörker. Staden runt omkring dem hade tystnat. Allt som hördes var Mörkåns stilla rörelser, tjejens andetag som hade blivit häftigare, och så hans egna hjärtslag. Han tog ett steg in. Hon andades ut bredvid honom, en tydlig suck. Någonting rörde sig i mörkret. Långsamt. Hasande. Markus förstod att han borde vara rädd, men i stället vände han sig lugnt till tjejen. I mörkret framträdde hon så klart. Hon var blek med ljust hår och smala tunna läppar. Även om han inte kunde dra sig till minnes hur de träffats, när de pratat första gången, så såg han henne verkligen. Han kände igen henne. Någon gång hade han sett henne på en bild. Nej, på flera bilder som suttit uppklistrade över hela stan. Det var bara att hon var äldre nu, sju år äldre.

"Vad heter du?" frågade han.

Hon tittade blygt på honom.

"Mia", svarade tjejen. "Jag hette Mia."

Dörren stängdes bakom honom.

10.

Irländsk musik. Fiol och mandolin i ett vansinnigt tempo. En brunsvart öl i ett högt glas stod framför honom. Niklas satt bakåtlutad i soffan med båda armarna utsträckta på soffryggen och huvudet lutat mot väggen. Två knappar på skjortan var uppknäppta. Jeansjackan stramade över skjortan. Det behövdes någon som han i staden. Någon som kunde sparka in dörrar och säga det som måste sägas. Någon som röjde upp.

Alla som klev in genom dörren kastade en blick på honom. Reaktionerna var blandade: männen som han klått upp knep ihop ögonbrynen eller vek undan, kvinnorna blev skrämda eller tittade en extra gång.

Och så pojkarna. Vad var det med dem? De tittade

mot honom, blygt eller med hungriga blickar. De fega försvann in bland folket och kastade då och då trånande blickar. De modigare vandrade fram och åter kring honom. De dumdristiga gick fram till hans bord och frågade om de fick sätta sig.

Niklas suckade och såg upp i taket. Han slöt ögonen och då kom de välbekanta ljuden till honom. Explosioner. Människor som skrek. Den där jävla hettan. Sand överallt. Han skakade på huvudet. Det var flera år sedan och ändå kom minnena till honom. Jeepen framför honom som slungades ett halvt varv upp i luften och landade på taket. Hans vänner som dog i den.

Brann upp. Norrmän och engelsmän. Inga svenskar där inte.

Den bruna pojken med skelande blick och stenen i handen.

Ahmed Ahmat.

Ett namn som lät som en upphostning.

Niklas skakade på huvudet och befann sig återigen i puben.

Det var redan fullt. Ett sorl låg över hela lokalen. Framför hans bord stod en pojke i tajt t-shirt. Snygg. Niklas suckade och tittade på honom. Smal med meningslösa gymmuskler och skäggstubb som en skugga över den välformade hakan.

"Hej", sa pojken.

Niklas svarade inte utan lutade sig tillbaka, skjortan gled isär lite och avslöjade hans håriga bröst. Pojken tittade. Niklas armar var fortfarande utsträckta som vingar. *Jag sitter här, jag äger hela skiten.* Blicken gled över pojken.

Det fanns inga män längre. Pojkar förblev pojkar hela livet. Han slöt ögonen och när han öppnade dem igen hade pojken satt sig ner. Pojken sträckte fram handen och fattade Niklas ölglas, höjde det långsamt och när ingen protest kom tog han en djup klunk. Sedan ställde han ner glaset. Niklas vred på glaset och höjde det så hans läppar mötte fettfläckarna från pojkens läppar.

Pojken log, ett vackert vitt leende.

Niklas såg för sitt inre hur Ahmed Ahmat öppnade munnen och skrek. Hans tänder var gula. Sedan höjde han handen med stenen. Skrik och sand. Sand, sand, sand.

Niklas pratade med pojken. Han mindes inte riktigt vad som sades. De skrattade, pratade och drack ytterligare två öl. Pojken fick en egen öl som Niklas betalade. Pojken bjöd ut sig, visade sina tänder och flexade små biceps så fort han fick chansen. Till slut ställde han sig upp, tecknade med huvudet åt sidan och gick iväg. Niklas lutade sig ut ur soffan och såg hur pojkens tajta jeansrumpa försvann ut i köket mot bakdörren.

"Fy fan." Niklas svepte den mörka ölen, torkade av munnen med handryggen och ställde sig upp.

Benen kändes ostadiga när han följde efter pojken. Han hade inte ätit sedan lunch. Det osade kött och pommes i köket. Två långa rostfria bänkar, som obduktionsbord, där hamburgare, schnitzlar och laxar slängdes upp på tallrikar. Ingen av kockarna eller servitriserna tittade upp mot honom när han gick förbi och fram till den tunga metalldörren. Den stod på glänt. Låset hade inte slagit igen. När dörren stängdes bakom Niklas dämpades musiken och skratten.

Det luktade sopor, gammalt kött och kräks. Sådant som blev kvar när gästerna gått hem. Två stora plastbyttor och några hopknutna sopsäckar stod direkt till vänster. Kylan fick honom att huttra till. Bara en tvärgata bort fanns torget med den upplysta blå statyn. Gränden var smal.

Pojken stod mittemot honom med ett triumferande leende. Segerviss gick han fram och lade båda händerna på Niklas kinder. Fingrarna luktade söt parfym, inget fjolligt men ändock sött. Han lutade sitt ansikte närmare och deras läppar möttes. Niklas gick in i kyssen. Pojkens läppar var mjuka och flottiga. Han måste ha tagit på läppglans. Det smakade syntetisk jordgubbe. Som de där kondomerna kunde göra. Niklas kuk pressades mot byxorna. Pojken måste ha känt det, för han lutade sig närmare.

Bilder blixtrade i Niklas huvud. Explosioner. Lukten av krutrök. Ringandet i öronen. Och så från ingenstans: Mirjam. Hon skrattade och drog händerna genom hans hår. Hennes nakna kropp var upplyst i morgonsolen. Hon lutade sig närmare och kysste honom.

Niklas slog upp ögonen. Doften av sopor var tillbaka. Den unge mannen sög på hans underläpp. Niklas slog upp handflatan och träffade pojken rätt under hakan. Han hörde ljudet när pojken slog ihop tänderna och sekunden efter sköt smärtan genom läppen. Pojken hade bitit honom. Smaken av blod fick honom att reagera instinktivt. Han tog ett steg bakåt och slog samtidigt ut med sin högerhand. Knuten till en näve for den i en rak linje och träffade pojken över struphuvudet. Brosket krasade under knogarna.

Pojken föll platt till marken och från hans mun kom ett väsande hostande ljud. Han såg så liten ut, vek och tanig i de för tajta kläderna. En pojke som aldrig skulle bli en man. Tröjan hade glidit upp och avslöjade den bleka ryggen. Inga ärr. Inga skador. Den här pojken hade aldrig kämpat. Niklas kände hur blod rann ner längs hakan från den trasiga läppen.

"Jag stred i Mellanöstern." Niklas kände hur pistolen tryckte mot sidan av kroppen, dold under jeansjackan. "I Afghanistan, Syrien och Irak."

Pojken framför honom fortsatte hosta och höll båda händerna för halsen. Niklas hukade sig ner bredvid honom.

"I flera år var jag där. Jag kunde ha åkt hem efter ett halvår, men jag stannade."

Den unge mannen hittade andningen igen. Han andades prövande några gånger och tittade skrämt på Niklas, som om han inte förstod hur han hamnat här. Det fanns blod på hans framtänder. Det var inte hans eget, det var Niklas.

"Vet du varför jag stannade?"

Pojken skakade på huvudet. Han var yngre än Niklas först trott, kanske inte äldre än hans egen son. Gymnasieålder.

"För att nån behövde vara där. Nån behövde se till att de där skäggen inte fick hålla på som de ville."

Pojken försökte resa sig upp. Niklas slog honom över näsan. Han föll tillbaka med båda händerna för ansiktet.

Som om en knapp tryckts in rann både blod och tårar från pojkens ansikte.

"Det är det ni inte fattar här hemma. Ni går runt och bögar och tror att världen är till för er."

Niklas tog tag i pojkens hår och höll upp hans ansikte. "Världen måste erövras centimeter för centimeter. Sedan måste den hållas. Med obeveklig jävla järnhand."

Pojken grät. Ett barnsligt hulkande. Niklas tänkte på sin son som grät varje gång han föll, varje gång han slog sig. Samma veka pojkkött som det som låg framför honom. Inga män.

"Vet du vad skäggen gör med såna som dig där?"

Blod och tårar rann mellan pojkens fingrar och föll ner på gatan. Bortifrån torget hördes sorlet från människor och uteserveringar. Skratt och glada rop. Bakom dem hördes musiken från puben, dämpad som om den vore från en dröm eller från en annan värld.

"Om de visste vad du var så skulle de springa runt i sina klänningar och samla ihop stenar. Sedan skulle de gräva ner dig i en grop. Knytnävsstora stenar skulle slå in tinningarna på dig."

Niklas suckade och släppte pojkens hår. Pojken föll ihop i en ynklig hög igen. Niklas satte sig med ryggen mot väggen och benen uppdragna framför sig. Han lyfte fram pistolen inifrån jackan. Pojken stirrade på vapnet. Fastfrusen i asfalten i halvliggande ställning liknade han ett skrämt djur som försökte spela död.

"Jag har sett dem göra det." Niklas kliade sig i tinningen med pistolpipan. "Ibland är det bättre att de får lösa sina egna konflikter."

Niklas siktade på pojken. Han var inte ens två meter bort. Det var omöjligt att missa på det här avståndet. Kulan skulle träffa precis mellan hans ögon, kanske vika av någonstans inne i skallen men ändå passera genom de mjuka vecken i hjärnan. Kanske skulle den komma ut på andra sidan.

"Snälla", sa pojken blött.

Niklas siktade mot honom. Några sekunder förflöt i tystnad. Pojken stirrande på pistolpipan.

"Stick härifrån nu." Niklas viftade med pistolen åt sidan, mot friheten och torget där borta.

Pojken reste sig genast upp, snubblade till och stapplade iväg. Niklas följde honom med vapnet, siktade ner längs hans rygg, till röven, till baksidan av knäskålarna. Han skulle kunna göra honom handikappad för livet. Pojken vände sig inte om. Han småsprang bort och försvann runt hörnet med ena handen för sin blödande näsa. Niklas var ensam i gränden. Inifrån puben hördes snabb folkmusik, nästan i samma takt som hans hjärtslag. Pulsen dunkade i hans tinningar. Människor skrattade tillsammans. Det lät som om det var hela puben. Kanske spelade de något quiz. Niklas höll pistolen med båda händerna framför sig, siktade mot väggen och tryckte av. Pistolen ryckte till i hans hand och en kula slog in i husväggen på andra sidan.

"Bögjävel", viskade Niklas.

Krutröken stack i hans näsa och för sitt inre såg han sina händer kring automatvapnet. Svetten som rann från pannan och ner i ögonen. Hur han upprepade gånger torkade pannan mot axeln och överarmen. Det var så jäkla varmt. Hur fasen kunde människor leva där? Med en obeveklig sol som gick upp varenda morgon och stekte hela dagen?

Den upprörda folkmassan omkring honom skrek och grät. Män i skägg och klänningar. De hade ställt sig framför kyrkan och blockerade den med sina kroppar, beväpnade med endast stenar och käppar. Och mitt ibland dem, rakt framför Niklas: Ahmed Ahmat. Med gula tänder och en sten i handen, skelande blick, jeans och huvtröja. Ahmed skrek och alla andra skrek.

Niklas höjde vapnet mot den skrikande och svärande folkmassan. Det där jävla språket lät som hårbollar i halsen. Niklas var nästan ensam. Några vapenbröder stod bakom honom. Alldeles för få för att kämpa med händer och knivar. Men de hade automatvapen medan pöbeln hade stenar. Folkmassan kom närmare. Niklas kunde inte förstå det, för att skydda en kyrka? Ett gammalt värdelöst hus av vittrad sten? Ahmed Ahmat skrek och höjde sin sten. Han höjde sitt vapen och då gjorde Niklas också det.

I gränden siktade Niklas med ett öga stängt och sköt igen. Kulan rikoschetterade med ett vinande ljud och slog in i en soptunna längre bort.

Han ställde sig upp. Kroppen kändes rusig, blodet pumpade genom hela honom. Han torkade av pojkens saliv från munnen. Han mindes kyssen, klumpig, hungrig och oerfaren. Kuken pressade som ett järnspett i jeansen. Det susade i öronen, någonstans långt borta hörde han explosioner, helikoptrar och människor som pratade knackig engelska över sprakande radiosändningar.

Han hängde tillbaka pistolen i axelhölstret, öppnade och slöt händerna några gånger och lät upphetsningen rinna av. Lördagskvällen återvände till honom. Människor var ute och drack och pratade. *Inget krig. Inte än.* Han tog några djupa andetag och vandrade sedan samma väg som pojken försvunnit, ut på de större gatorna. Det behövdes någon som han här. Någon som kunde sparka in dörrar och klå upp folk. Den här staden var ett jäkla slagfält där han var soldat.

Tjugo minuter senare svängde han in i Fält. Det var sent. De flesta sov nu. Hans sinnen var fortfarande avtrubbade från ölen han druckit. Niklas svängde in på uppfarten och stannade. Det värkte svagt i handen efter slaget. Läppen bultade. Han öppnade dörren, försiktigt för att inte väcka sin son.

Han duschade, drog på sig morgonrocken och smög ut i hallen. Allt var tyst i huset. Det kändes tomt i magen. Han övervägde att äta något men fortsatte uppför trappan, in i sitt sovrum. När han hängt av sig morgonrocken på sänggaveln stod han naken en stund. Sedan gick han in i garderoben. Han gillade den här garderoben, en sådan som man kunde gå in i. Han tog ett par kalsonger från hyllan och en tröja att sova i, och så stelnade han till med utsträckt hand. Högen med t-shirts hade flyttat på sig. Några av dem hade bytt plats.

"Vad i helvete", viskade han.

Någon hade varit här inne. Hjärtat slog hårt. Var fienden här? Var kriget här? Han sökte med blicken, bort mot den gröna lådan som stod i hörnet. Snabbt stapplade han dit och föll på knä framför den. När han rörde vid hänglåset kände han doften av brinnande bilar: plast, metall och den kvävande svarta röken från brinnande gummi. Skrik och rop på främmande språk hördes omkring honom. Han drog i hänglåset. Det var låst. Han pustade ut och lutade pannan mot locket. Det doftade torrt trä och han smekte den skrovliga gröna ytan. Allt låg säkert där inuti. Han hulkade till en gång, mer av chock än något annat. Sedan reste han sig upp. Det fanns inga tårar i en man som honom. Det fanns bara handling. Gör eller gör inte. Ångra ingenting. Handlingar är något som inträffar. Han andades tungt några gånger och drog på sig en t-shirt.

Sedan gick han ut i hallen. Han stod en stund framför dörren till det andra sovrummet. Allt var tyst. Han gick fram och knackade. Myndigt. Tre krävande knackningar. Så här fick det inte gå till. Pojken visste bättre. Eller skulle annars lära sig.

"Anders?"

Inget svar. Han knackade hårdare, men fick fortfarande ingen reaktion. Han steg in och tände lampan. Rummet var välstädat som alltid. Sängen var bäddad. Ingen låg i den.

Långsamt stängde Niklas dörren. Han stod stilla i hallen och funderade innan han återvände till sitt sovrum och lade sig i sängen. När han slöt ögonen blev ljuden alltid tydligare. Människor som skrek. Explosioner. Han drog kudden över huvudet och pressade den mot öronen.

11.

Anna gick över de välbekanta gatorna. Huvudet värkte och hon kisade mot solljuset. Nedstucket i fickan låg bytet från i går. Hon hade petat ner det i en plastpåse. En förslutningsbar liten påse som mamma hade hemtorkade kryddor i och som Tim kallade för knarkpåse. Hon ville inte röra föremålet med huden, men hon kände det genom påsen, hårt och plastigt.

Minnena från gårdagen gjorde sig påminda, men hon sköt dem bestämt åt sidan. Så som hon lärt sig av kuratorn på skolan. *Låt tankarna passera, stanna inte vid dem. Tänk på här och nu.* Hon andades djupt och kände på den lilla saken i påsen. Hur kunde den vara här? Hur kunde den ligga i plastpåsen i hennes hand?

Hennes vandring hade tagit henne fram till Hjärtat, kaféet som låg i utkanten av Fält, vid en av busshållplatserna där cykelbanor och återvändsgator övergick i vägar. Hon kände doften av vetebröd ända ut på gatan och gick uppför den stenlagda gången. När dörren öppnades möttes hon av värme och kaffedoft.

Anna var först som alltid. Hon nickade åt Majken som stod bakom disken.

"Sätt dig du", sa den gamla kvinnan.

Anna log trött men tacksamt och satte sig med ryggen mot väggen vid det stora fönstret. Hon slängde upp plastpåsen på bordet framför sig utan att titta på den och slöt ögonen. Med fingrarna pressade mot tinningarna försökte hon driva bort huvudvärken och tomheten hon kände. Hon drog in de söta dofterna från kaféet: smördeg, varm kanelbulle, socker och kaffe. Majken klirrade med bestick och tallrikar bakom disken och kaffemaskinen gurglade och väste.

Nu kändes det lite bättre. Hon öppnade ögonen. Det var lugnt på kaféet som alltid på söndagar. Ögonen kändes torra och hon blinkade några gånger. Detta hade varit deras bord sedan sexan. Här hade de suttit och druckit varm choklad, spelat på det uråldriga arkadspelet och kastat nyfikna, skrämda blickar på anslagstavlan där bilderna på Mia suttit. Nu fanns där lappar om yoga och bilpooler. Majken gick förbi och ställde en kopp kaffe på bordet. Hon sa ingenting, men Anna log som tack. Majken besvarade leendet, kastade en snabb blick på påsen och försvann sedan tillbaka till disken igen.

Anna höll upp plastpåsen framför sig. Inuti låg en ring, en liten plastring som skulle passa ett barns finger. Ringen pryddes av en lila enhörning med avbrutet horn. Hon tittade klentroget på den. Var den verkligen där?

Hon suckade och såg ut genom fönstret. Gräset var silvrigt och styvt av frost. I ändlösa rader sträckte Fälts grå och vita hus ut sig. De var nästan identiska. Medelklassembryon. Alla var från samma katalog men hade kommit med olika tillval. Ett eget burspråk här, en altan där. Olika symtom av samma grundsjukdom. Inom fem kilometer fanns dagis, frisör och minilivs. På vintern ordnades en julmarknad med tomteverkstad och ponnyridning. Och om det inte räckte så fanns betongklossarna mindre än tio minuters bilfärd bort: Elgiganten, Jula, Jysk. Och så fanns Hjärtat i utkanten av Fält, kaféet där Anna nu satt, mittemot en busshållplats.

Anna höll sin del av traditionen, dagen efter var hon alltid först på plats på Hjärtat. Anna såg sig själv som navet i gruppen. Hon hade oftast överblick över vad som skulle göras och hur det skulle genomföras. När de spelat rollspel hade hon varit spelledare. Det var hon som sammankallade de andra och berättade om främmande världar för dem. Hon kunde sitta i timmar och hitta på historier och krönikor till länder som inte fanns. Anna ritade kartor och präntade ner utförliga beskrivningar av religioner och fantasivärldens varelser. Hon brände dokumenten med tändstickor och lade dem i kaffebad för att få dem att se gulnade och gamla ut. Sedan hade hon erbjudit världarna till sina vänner där de suttit kring ett bord i ett nedsläckt rum med flackande stearinljus och dramatisk filmmusik på spellistan. Anna höll gärna i kompisarnas trådar, men till vilken nytta, de andra gjorde ändå alltid som de ville. Som i går när de dragit iväg på egna äventyr i Gamla stan.

Hon lyfte koppen till läpparna. Hett, rykande svart kaffe. Hon var van vid att skaka på huvudet när hon blev serverad.

"Nej, inget socker, nej, ingen mjölk." Sedan kunde hon lägga till skämten: "som synden, som natten".

Huvudet pulserade och hon tog en klunk vatten från petflaskan i handväskan. Baksmällan var hemsk. Hon hade slutat dricka någon gång vid … ja, hon var inte säker. Det där varma vinet hade smakat som jul. Det brände och lämnade en eftersmak av kanel och ingefära. Hon mindes den snygge mannen, som en levande grekisk staty. Jeansen som hade suttit över vältränade lår. Den grå t-shirten där muskler anades. Han kunde ha varit hennes. Hon kunde ha legat i hans famn i natt och låtit honom vara den förste. Om hon varit snabbare, mer på …

Jäkla Felicia som aldrig kan lägga band på sig själv.

Anna visste att hon var snyggare än Felicia. Smalare, fastare, blondare. Dessutom smartare. Hela paketet liksom. Hur många killar hade Anna inte haft på gång som fått något vilt i blicken så fort Felicia dök upp.

Jävla Felicia med leenden och bröst överallt.

I går hade de lämnat puben. Staden hade varit mörk och fylld av folk. Den snygge främlingen hade väglett dem. Mest väglett Felicia, men ändå.

Det var någon gång efter den första puben som hon

såg varelserna för första gången. Hon hade trott att det var
små utklädda barn. De var smala, gängliga varelser med
sneda ögon, spetsiga öron och långa näsor. Hon pekade på
dem och ropade på sina vänner, men ingen hörde henne.
Felicia hade klängt på guiden och tryckt tuttarna mot hans
arm. Anna hade gått fram själv. Varelsernas gula ögon
skimrade i natten. Utan ett ord räckte de fram någonting åt
henne. Likt guld glittrade det mellan de långa, brungröna
fingrarna. Det var en frukt. Något slags äpple som luktade
sött, nästan som honung. Det blänkte i ljuset från gatlyk-
torna. Hon hade aldrig sett ett sådant äpple förut.

"Du får den", sa den som höll i frukten.

De andra skrattade och ropade: "Ja, du får den."

Hon tog emot den och de rusade därifrån skrattande
och skrikande som barn. Frukten lämnade spår i hennes
handflata, små guldglittriga flagor. Hon tog en tugga. Fruk-
tköttet var mjukt och varmt och smakade så otroligt gott.

Staden hade försvunnit när hon åt äpplet. Hon var
omgiven av träd, en oändlig lummig skog där gyllene fruk-
ter glimmade och glödde genom dimman. Ute bland träden
skymtade små varelser. Överallt var de, skrattande och
sjungande. De bar korgar fyllda med frukter och ropade:
"Kom, kom och köp."

Den märkliga skogen hade försvunnit tillsammans
med äpplet som hon hade svalt. Hon sög saften från sina
fingrar för att få tillbaka skogen, men den kom inte till-
baka. Ensam stod hon med läpparna kring lillfingret när
oktoberkylan jagade bort berusningen. Sedan hittade hon
sina vänner vid torget där Mörkån rann förbi.

Tillbaka i kaféet såg Anna upp från ringen. Utanför kom Anders och Tim gående. Anna log när hon såg dem. De hade hängt ihop så länge hon kunde minnas. Så olika och ändå så bra ihop. Tim skrattade och slog Anders på axeln. Ett rakt knytnävsslag som såg ganska hårt ut. Tim hade plåster i ansiktet. Det såg komiskt ut, som om han rymt från ett mentalsjukhus. Här och var fanns ilskna sår, som efter naglar.

Hamnade han i slagsmål i Gamla stan?

De var inne i kaféet. Anders försvann bort mot disken. Tim satte sig ner och en våg av gammal alkohol slog emot Anna. Han hade mjukisbyxor och t-shirt på sig och mörka ringar under de glansiga ögonen. Fem sår löpte från hårfästet ner längs ansiktet. Plåstren täckte dem knappt, här och var skymtade röd hud fram.

"Jag säger då det", sa han och kände över plåstren.

Anders kom fram till deras bord, med en kaffekopp i varje hand. Han ställde en framför sig själv och sköt över den andra till Tim. Sedan satte han sig bredvid Anna. Han luktade fräscht, nyduschad. Han luktade nästan alltid fräscht, kanske för att han sprang så ofta och alltid duschade efteråt.

"Vad har hänt med ditt ansikte?" sa Anna till Tim.

"Kvinnan hände", sa Tim och log. "Hon med håret."

Anna nickade när minnet motvilligt föll på plats. Deras guide hade skickat iväg Tim för att prata med henne. Hon såg vacker och vulgär ut, lite för mycket av allting. Och det där håret – överallt. Mörkt och lockigt, som en mantel kring henne. Tim hade inte kommit tillbaka till dem efter det.

”Rev hon dig?”

Tim skrattade och lade armarna segervisst i kors.

Anders tog en klunk svart kaffe. ”Han säger inte mer än så.”

Tim vände sig mot honom. ”Det gör inte du heller, vad gjorde du?”

Anders fick samma fåniga leende som Tim.

”Han försvann med en söt kille”, sa Anna.

Tim vände sig mot Anders med stora ögon. Han slog Anders på axeln igen.

”Score”, sa Tim.

Anders blev röd i ansiktet och såg sig hjälplöst omkring utan att kunna få bort sitt stora flin.

”Du då?” sa han till Anna för att avleda uppmärksamheten från sig själv. ”Hittade du nåt?”

Hon lutade sig tillbaka i stolen. Nonchalant drog hon handen över bordet som för att torka bort osynliga smulor. I handen fångade hon upp påsen med plastringen, drog den över bordet och ner i handen där hon höll den hårt. Det trubbiga lilla hornet stack in i huden på henne.

”Äh, ingen säger nåt”, sa Tim. ”Vi får vänta på Felicia. Hon berättar alltid.”

Anna slöt ögonen. Det fanns så många goda saker att tänka på, men inte från gårdagen. Hon hade träffat på de gängliga varelserna igen. Någon gång på deras irrfärd genom dunkla gator hade hon sprungit på dem. Det var fem eller sex stycken med glödande ögon i mörkret. De såg illvilligare ut än de gjort första gången. De höll fram något åt henne och hon hoppades på ett äpple till, men den här gången var det inte det.

Det var en plastring med en enhörning på som hon förlorat när hon var liten. Det var hennes ring, för enhörningens horn var av. Hon mindes hur hon lagt en tia i en automat på Ölands djurpark, lutat huvudet mot automaten och önskat sig just den lila enhörningen. Sedan hade hon vridit runt handtaget och automaten hade levererat en genomskinlig plastboll som innehöll precis den ring hon ville ha. Det hade varit hennes favoritring. Hon hade burit den hela sommaren och hållit fram handen för att alla skulle se den. En dag i slutet på sommaren var den borta och Anna hade varit otröstlig.

"Du får den", hade de sagt. "Men den här gången kostar det."

Hon böjde sig fram och tittade på ringen. Varelsen höll den mellan tummen och pekfingret på ett sätt som visade att han förstod dess stora värde för henne, som om det egentligen var en diamant.

"Den kostar en kyss", sa han.

Anna tittade på den fula varelsen. Hennes läppar smakade fortfarande av äpplet och kroppen var varm av vinet. Hon slöt ögonen och lutade sig framåt. Varelsens läppar var torra och stela. Hon kände en tunga glida över sina läppar och drog sig snabbt undan. Hennes mage rörde sig ett extra varv och hon kände hur sur saft blandat med den söta äppelsmaken letade sig upp i munnen.

Varelsen log mot henne och kastade ringen på marken. Sedan hade de skrikande och tjoande försvunnit ut i natten

igen. Hon böjde sig ner men snubblade till och skrapade
händerna mot kullerstenarna när hon försökte ta emot sig.
Jeansknäna blev solkiga av den fuktiga gatan där hon stod
på knä och plockade upp ringen.

Dörren till kaféet öppnades och Felicia kom in. Tim
och Anders avbröt sitt samtal och Anna skakade bort sina
tankar. Felicia hade duschat men inte sminkat sig. Det röda
håret var uppsatt i en hästsvans. Hon satte sig vid bordet
och kunde inte dölja sitt stora flin.

"Vi måste åka tillbaka."

De andra log, alla åt sina egna minnen. Alla utom
Anna. Hon drog handryggen över läpparna och sköt un-
dan en reflex att spotta på golvet. I stället tog hon en klunk
kaffe och vände sig mot Felicia.

"Fick du ihop det med din mörke, mystiske främling?"

Felicias leende blev ännu större och smittade av sig
på pojkarna. Anna lade armarna i kors och såg ut genom
fönstret. Killarna började fråga Felicia om detaljer, men
hon vände sig i stället till Anna.

"Varför gick du bara hem i går? Shit, vad tråkig du
var."

En våg av skam och ilska sköljde över Anna och hon
kände återigen smaken från det gyllene äpplet på läpparna.
Felicia måste ha sett att hon blev arg för hon lutade sig
bakåt i stolen och sänkte blicken.

"Just det, jag glömde." Tim suckade och hängde med
huvudet så att de tydligt kunde se såren i hans ansikte.

"Vad är det?" sa Anders.

"Jag lovade pappa att hjälpa till att ta upp båten i dag.

Jag måste gå."

Han reste sig, svepte kaffet och skulle just gå när dörren till kaféet öppnades. En av Markus pappor kom in, hästsvansen, han som jobbade med försäkringar. Förvirrat sökte han med blicken över borden och gick sedan fram till dem. De tystnade direkt eftersom de förstod att något hänt.

"Vet ni var Markus är?"

De tittade på varandra.

"Har han inte kommit hem?" sa Tim.

Pappan skakade på huvudet och såg liten ut.

"Han gick på bio med sin flickvän", sa Anna.

"Har ni hennes nummer?"

En efter en skakade de på huvudet.

"Vad heter hon?" frågade pappan förbryllat som om han överraskat sig själv med frågan.

En obehaglig tystnad lade sig över gruppen när de sökte i sina minnen. Pappan tittade på dem och sedan blev han alldeles vit i ansiktet. Han sprang tillbaka ut genom dörren. De följde honom med blicken där han försvann längs gatan.

12.

Niklas parkerade och gned sig i ögonen. Han hade sovit dåligt. Sömntabletterna hjälpte inte. De fick honom visserligen att sova, men han vaknade med en tung slöhet som inte försvann förrän på eftermiddagen. Han lutade huvudet mot nackstödet. Det luktade rök i bilen och han släckte cigaretten genom att gnida den hårt i askkoppen.

Luften kändes frisk när han öppnade dörren. Klar höstluft. Runt omkring honom stod stenhus. Garnisonen hette området. Militärförläggningen var nedlagd sedan länge. Så som de var överallt. Som om Sverige aldrig skulle kunna bli attackerat igen. Om fienden kom skulle Sverige vända arslet mot dem. En armé skulle kunna vandra rätt in över gränsen och folket i Rosenbad skulle stå där förvånade. Som om ord skulle kunna stoppa en armé.

Överallt omkring honom låg gamla anrika stenbyggnader. Nu var det Skatteverket, Arbetsförmedlingen och olika försäkringsbolag som inhyste de gamla riddarhusen och borgarhemmen. På några gator längre bort fanns polishuset och en byggnad som tillhörde universitetet. Han stannade framför ett vitt hus. Företagets grå sköld satt utanför dörren och på den fanns en gyllene rovfågel som svepte ut vingarna. Huset hette Knektgården, ett passande namn för en gammal stenbyggnad. Fasaden hade putsats men här och var hade putsen spruckit och fallit bort i små sjok.

Jag måste prata med Anders. Tankarna malde i huvudet. Ungen hade varit borta hela natten. Det var inte likt honom.

Niklas steg ekade när han tog sig uppför trapporna och genom korridorerna. Huset delades med en kampsportsförening, en skola med kvällskurser och en psykolog. Han öppnade dörren med låstaggen och var inne i kontoret. Det hade en gång varit ett it-företag som hållit till här och när vaktbolaget tagit över lokalen hade de behållit skrivborden. Det fanns sex stycken trots att de bara vara tre anställda. Kristin satt längre bort. Den grå vaktuniformen var för stor på henne. Hon såg upp mot honom när han kom gående. Hon brukade titta bort direkt, men nu stirrade hon i stället på hans ansikte med en bekymrad rynka mellan ögonbrynen.

"Har du varit i slagsmål?"

Han stannade upp. *Vad fan pratar hon om?* Han kände

över ansiktet, näsan, kinderna och stannade med fingrarna på de skrovliga sårskorporna över läppen. Märket efter pojkens tänder. Han skakade bara på huvudet och viftade med handen åt henne.

Vad gör hon här? Vad tror hon att hon kan göra för nytta? Armén och polisen envisades med samma jävla dumheter. Kvinnor med batonger och pistoler i händerna. Hon satt här vid skrivbordet som om hon vore en av dem, som en av vapenbröderna. Med pojkkropp och inga tuttar att prata om. Hon var rak och kantig, ett enda stort mellanting.

"Och du vill bli polis", sa han.

Hon nickade. "Ja, det vet du ju. Jag ska söka till våren."

"Så det duger inte att vara vakt?" frågade han utan att själv veta varför.

"Jo, det duger. Men jag vill bli polis."

Han mötte hennes blick utan att säga något.

"En tonårspojke har försvunnit." Hon tittade ner i artikeln hon läste på mobilen.

Han sneglade över hennes axel och stelnade till när han såg ansiktet på skärmen. Det hade det där sura uttrycket som nästan alla ungdomar hade, någon form av spelat ointresse, men han kände igen honom. En granne. Han drog telefonen ur händerna på henne.

"Vad gör du?"

Han svarade inte utan läste namnet under fotot: Markus Sagerman. Kartan över Fält föll långsamt på plats. Det blå huset låg bara några nummer bort från hans eget.

"Bögarna", sa han.

Kristin suckade som om hon väntat sig just något

sådant.

"Va?" sa hon kallt och avmätt.

"Det är bögarnas grabb", sa Niklas och skrattade till. "Han som är försvunnen."

Ett lågt skratt hördes från toaletten längre bort. Ett manligt frustande. Thorulf. Han kunde sitta hur länge som helst där inne. I alla fall när chefen inte var här.

"Vilka ... *personer* är det som du pratar om?" sa Kristin.

Han rynkade pannan. "Får man inte säga bög? Är det ett fult ord?"

Kristins ögon var smala och ilskna och skrattande insåg Niklas att det var tur att hon inte hade ett skjutvapen. Hon var en sådan som kunde kriga för ord och ideal.

"Alla ord är fula i din mun." Hon tog tillbaka mobilen från honom.

Niklas suckade. "Det bor två bögar på min gata. De är några slags medaljer för folk. Hur som helst har de en grabb och det är den här killen." Niklas pekade på Markus ansikte.

Thorulf kom ut från toaletten. Han knäppte gylfen samtidigt som han gick mot dem. Skjortan och byxorna satt tajt på hans stora kropp. Han drack öl och lyfte skrot och det hade resulterat i en jättelik kroppshydda. Musklerna var så där meningslöst stora att de gjorde honom långsam och till en större måltavla. Men Thorulf var bra att ha med sig när det blev bråk utanför krogarna. Det var egentligen det enda han var bra till. Han hade respekt för Niklas eftersom han varit i militären. Thorulf överdrev alltid vid ingripanden, tog i för mycket och vred händer och armar lite för långt, som en lillebror som ville imponera på Niklas.

"Skölden ligger kvar i förrådet", sa Thorulf.

Skölden?

"Du skulle ju lämna in den till polisen", sa Kristin fortfarande med näsan ner i mobilskärmen.

Niklas knöt nävarna vid sidan. Sedan när hade hon någon rätt att säga till honom vad han skulle göra? Han slet upp dörren till förrådet. Bland lådor, moppar och rengöringsflaskor stod den genomskinliga kravallskölden fortfarande lutad mot väggen. Odalrunan i svart tejp hade lossnat på flera ställen.

För något år sedan hade nynazister tågat längs Storgatan och skrikit och fjantat sig. De trodde att de var soldater. Niklas och Thorulf hade visat dem att de inte var det. Det hade varit kalabalik när polisen kommit och gripit några av dem. De flesta hade flytt hals över huvud, slängt sina flaggor och sprungit. Några hade stannat och slagits.

Niklas hade jagat in en av dem i en gränd. Killen visste inte ens hur han skulle hålla skölden för att skydda sig. Hans huvud stack upp ovanför sköldkanten och Niklas träffade enkelt tinningen med batongen. När killen släppte skölden lät Niklas slagen regna över händer, armar och ansikte. Nazisten låg i en ynklig hög och skrek åt Niklas att sluta. Det sista slaget föll över munnen och slog ut två eller tre tänder. Ute på gatan hördes sirener och polisens myndiga stämmor. Niklas tog skölden och behöll den som en trofé från en fallen fiende. Skölden kunde komma till nytta.

Sedan dess hade den legat i förrådet. Nazistens blodstänk fanns kvar som brunröda fläckar här och var.

"Du måste lämna in den till polisen", sa Kristin.

Han lyfte upp den och gick ut till bilen. Världen var diffus genom den dimmiga plasten. Han undrade hur nazisten fått tag i den. Hade han stulit den från polisen eller beställt den över nätet? Den var gjord i tjock plast och hade några märken, kanske efter Niklas batong. Så fasen heller att han skulle göra sig av med skölden. Men det var bättre att ha den på något annat ställe, både för att slippa Kristins gnäll och för risken att chefen skulle hitta den. Han ställde den i lastutrymmet. Oktoberluften trängde igenom kläderna och han huttrade till. Snabbt gick han tillbaka till kontoret igen. Kristin satt fortfarande böjd över mobilen och hennes finger svepte över artikeltexten.

Niklas vände sig mot fönstret. Den här grå staden var så olik platserna han besökt i kriget, kall och tyst, och full av människor som trodde sig vara bättre än alla andra. De trodde att de visste vad smärta var, men hade aldrig dödat eller hotats att bli dödade. De fortsatte leva sina låtsasliv som om världen inte brann. Men branden skulle snart komma till Sverige och då skulle inga kaffe latte eller trasiga märkesjeans kunna rädda dem. Endast viljan att döda, att hålla en kniv mot strupen på fienden och fingret på avtryckaren skulle utgöra skiljelinjen mellan överlevare och offer. Staden var full av svaga människor. Män i välansade skägg och kostymer, ungdomar i dyra kläder som satt på kafé i timmar i stället för att jobba. De skulle inte ha en chans när kriget kom.

Samtidigt hade staden en mörk ådra, någonting annorlunda som nästlade sig in bland invånarna. Niklas hade sett det när han stått utanför krogar och restauranger. Det mesta var bara ren fylla, men det fanns också någonting annat: ett vansinne eller en förvirring som kunde gripa tag i människor. En gång hade en helt vanlig ekonom kastat sig från sitt kontor på tredje våningen och landat precis bredvid krogkön. Niklas var den första som gick fram och hukade sig ner vid den jämrande kostymklädda högen.

"Det var inte jag", sa mannen. "Det var gasten."

Niklas mindes det märkliga ordvalet. Inte *spöket* eller rent av *vålnaden*, utan *gasten*.

"Den är där nu", skrek ekonomen och pekade förbi Niklas med ett brutet finger.

Niklas vände sig om, men allt han såg var ett krossat fönster bland de andra nedsläckta fönstren. När han vände sig tillbaka var mannen död, frusen i en märklig ställning med uppspärrade ögon och armen fortfarande sträckt upp i luften. Det hade inte varit någon annan på kontoret och blodprovet hade inte gett något utslag för alkohol eller droger. Ekonomen hade helt enkelt bestämt sig för att jobba över en lördag, hoppa genom fönstret och skylla på ett spöke. Kanske var han utbränd så där som alla gnällde att de var nu för tiden.

"Jag undrar vad som har hänt med Markus." Kristin lade ifrån sig mobilen.

Borgtuna hade procentuellt fler mord, misshandelsfall och försvinnanden än någon annan svensk stad. Ändå var det inget som nämndes i artiklar eller nyheter, bara som korta notiser bredvid bilder på lokalpolitiker och fotbollsresultat. Nu var Niklas grannpojk borta. Varje år försvann någon och oftast var det ungdomar. Föräldrar satte upp lappar och frivilliga i reflexvästar gick skallgång i skogarna. Facebookgrupper och hålla handen-cirklar dök upp som mögel på nätet. Utanför fönstret slog korpar och kråkor ner på hustak och antenner.

"Den här stan", sa Niklas. "Det är vad som hände. Den här jäkla stan."

B.

Tim satt vid matbordet. De hade dragit upp båten under
tystnad. Två män utan ord. Det var en ganska liten mo-
torbåt. Tim visste inte om det var det rätta ordet för den.
Båtmänniskor var konstiga, de hade märkliga ord för saker
som *rep, vänster, höger* och båt. Själv var han inte intresserad.
Sedan hade de kört i tystnad till förrådet utanför staden
och lämnat den där. Vad skulle de ha den till? De var aldrig
ute med den. Ibland åkte pappa till sjön, tittade på båten,
petade lite på reglage och hummade. Men de tog aldrig ut
den på vattnet.

Nu satt resten av familjen tysta omkring honom.
Mamma hade masken på. Pappa hade ett headset som
stack ut ur örat. Det var blått och silvrigt, format som en

blixt och såg ungdomligt ut. Han liknade en cyborg, som om headsetet var en fastopererad del i hans ansikte.

Tim klöv ägget framför sig med en tesked. Äggulan rann ut över tallriken.

Är Markus verkligen borta?

Markus som aldrig drack, som alltid hade något att säga om världsordningen, men som skötte sig och kom hem i tid.

Tim märkte att pappa tittade på honom. Han kände inte igen sig i pappas ansikte. Alla sa att han var lik sin mor, och det var sant. De hade samma ljusa hår och blå ögon. Endast sin fars fyrkantiga, bastanta kropp hade han ärvt. Pappa tittade på plåstren i hans ansikte med mörk blick.

"Vad du än håller på med så är det inte bra", sa han.

Tim sträckte på sig och såg honom i ögonen. Pappa var klädd i skjorta och kostymbyxor. Skägget var som alltid oklanderligt men uppe på huvudet kunde hårbotten skönjas genom det allt tunnare håret. Tim tyckte nästan synd om honom, det passade inte in i den annars så perfekta och putsade ytan.

My sträckte sig fram och drog i ett av plåstren. Tim skrattade.

"Rör dem inte", sa pappa skarpt.

My drog tillbaka handen med darrande underläpp.

"Är du rädd att hon ska smittas?" sa Tim.

Pappa öppnade munnen för att säga något men slöt den igen. De åt under tystnad.

Felicia slängde irriterat telefonen ifrån sig. Anna svarade inte. Varför var hon sur? Felicia kastade sig på sängen och fjädrarna knirrade i protest. Irritationen över Anna trycktes snabbt undan av den pirrande, varma känslan hon haft hela dagen. Gårdagen hade varit perfekt. De hade gått till Gamla stan, till det förbjudna. Och där hade allt som hon önskat sig inträffat. De hade druckit och haft kul. Hon hade träffat en man, inte en pojke eller kille utan en *man* som visste precis var alla gränder och gångar ledde. Och efter att alla störande element hade försvunnit omkring dem hade de haft sex. Jäkla filmsex mot en tegelvägg. Hon hade skavsår på ryggen efter tegelstenarna.

Hon lade sig på rygg och lät gårdagens minnen passera genom henne. Det var svårt att få ihop i vilken ordning de gjort saker och vilka pubar de varit på. Hon mindes kullerstensgator som tycktes röra på sig och lampor med brinnande gasljus. Människorna där verkade leva mer än i resten av staden.

"Jag måste tillbaka", viskade hon ut i rummet. "Jag måste tillbaka dit."

Dörren öppnades och mamma stod där. Felicia rynkade pannan och stirrade irriterat på henne.

"Kan jag komma in?" sa mamma.

Felicia suckade. Mamma gick in i rummet. Hon var klädd i säckiga jeans och en stor tröja.

Där är framtiden, om jag inte rymmer till Gamla stan.

"Vi måste prata om en sak", sa mamma med sitt försök till allvarlig röst.

Felicia satte sig upp i sängen och sneglade på telefonen. Fortfarande inget svar från Anna. Hon såg ut genom fönstret, bort mot Annas rum på andra sidan gatan. Persiennerna var neddragna.

Varför är hon sur?

Felicia vände sig mot sin mamma.

"Vad är det?" sa Felicia och lät mer irriterad än hon tänkt.

Tydligen märkte mamma det, för hon tvekade lite.

"Jag vet vad du gjorde i går", sa hon.

Felicia blinkade till åt det dramatiska påståendet. Hon försökte desperat komma på något bra försvar. Skulle det komma kondomsnack nu? P-piller och könssjukdomar? Felicia var medveten om att hon inte hade skyddat sig i går. Inte på något sätt, hon hade ju vandrat dyngrak bredvid en okänd man i stans farligaste område. Av alla dumma saker man kunde göra så var det en av dem. Hon visste det. Men det hade ju gått bra. Mamma stod bredvid sängen och laddade för att säga något.

"Du drack eller hur?"

Felicia andades ut. Det var alltså bara det.

"Du vet att jag inte har nåt emot om du dricker lite, du kan få vin av mig. Men jag vaknade vid halv fem när du kom hem. Du stapplade in och kräktes på toaletten."

Felicia ryckte till, först åt mammas ord och sedan åt minnesbilden. Fumlandet med toalettsitsen, rummet som snurrade och den där obehagliga känslan när kroppen vägrar lyda och kastar upp maginnehållet trots att man inte vill.

"Oj", sa Felicia. "Det var inte meningen att väcka dig."

"Du måste vara försiktig Felicia, av flera olika anledningar."

"Jag träffade en kille i går", sa Felicia.

Mamma sken upp. "Va? Berätta!"

Felicia satte sig upp. "Okej, flippa inte ut nu, men han var lite äldre."

"Vadå äldre?"

"Alltså, tjugofem eller nåt sånt. Och utländsk."

Mamma satte sig ner på sängen och lyssnade. Felicia överdrev det som modern tyckte om att höra: de utländska dragen och det osvenska gentlemannasättet. Även om hennes mamma förstod att de haft sex behövde hon inte berätta exakt hur det gått till. Hon nämnde inte heller var de träffats. Även om mamma var okej med det mesta skulle nog Gamla stan få henne att flippa ut.

"Jag önskar att jag kunde träffa nån sån", sa mamma.

"Då måste du ge dig ut. Det går inte sitta här i Fält och hoppas. Här är alla gifta."

"Äh, i min ålder ska man inte ränna på krogen. Det ser inte bra ut."

Mamma reste sig men stannade i dörren. Felicia såg hennes ryggtavla där hon stod. Hon såg liten ut, liksom böjd i skenet från hallen.

"Jag är allvarlig, du måste vara försiktig med alkohol och med pojkar."

Hon vände sig med slokande axlar och det var som om hon ville säga något mer men inte kunde, eller vågade, hitta orden.

"Jag är försiktig", ljög Felicia.

"Jag vill att du ska ha roligt", sa mamma. "Men jag

vill också att du ska få nåt mer än ..." Hennes ord dog ut i mörkret.

"Kan jag inte ha roligt nu och oroa mig för allt det där sen?"

"Det funkar inte så. En dag kommer du vakna upp och ha en tonårsdotter och undra vart livet tog vägen."

Felicia kunde inte avgöra om hon skämtade eller inte.

"Alltså mamma, du behöver allvarligt ge dig ut och få ett skjut."

Mamma fejkade ett chockat ansikte och såg faktiskt riktigt söt ut. Någon frånskild man skulle lätt falla för det där.

"Eller börja på Friskis & Svettis eller nåt, få fart på hormonerna lite."

"Allvarligt Felicia, titta på det här huset. Jag har inte råd med det egentligen. Jag tog så mycket som jag kunde från din pappa för att du skulle kunna växa upp på ett sånt här ställe. Bland lyckade människor."

Mamma hade aldrig sagt något sådant här förut. Vadå lyckade människor? Alla dessa ingenjörer, lärare, advokater och läkare utan drömmar? Alla robotmänniskor som varje dag gjorde samma sak för att kunna köpa båtar och utlandssemestrar? Fält och dess förutsägbarhet var inte lycka enligt Felicia.

"Jag vill att du ska få mer än mig, inte behöva skilja dig för att få pengar."

"Jaja", sa Felicia.

"Jag är allvarlig. Du måste plugga och få bra betyg. Om du har det så kan du göra vad som helst."

"Det är inte sant längre mamma", fräste Felicia. "Folk som är rika i dag har inte pluggat. De har hittat på nåt jäkla program och sen sålt det för miljoner. Det är inte längre läkare och psykologer som är de rikaste. Det är datanördar. Och vem fan vet vilka som kommer att vara rika i framtiden."

Mamma stod i dörren och tänkte över den nya informationen.

"Men plugga data då?" sa hon.

Felicia stönade och drog kudden över huvudet.

"Sov nu", sa mamma och stängde mjukt dörren.

Felicia lyfte telefonen igen och ringde Anna. Det fanns så mycket att prata om. Så många saker hon inte kunde säga till sin mamma: detaljer, fantasier och önskningar.

Anna svarade inte.

Felicia slängde ifrån sig telefonen. I Annas fönster var persiennerna neddragna, men ljuset var tänt. Satt hon där och ignorerade hennes samtal? Eller gjorde hon något helt annat, var hon upptagen?

Nej, hon är sur för nåt. Jäkla primadonna.

Var det för att Felicia hade träffat killen? Felicia visste inte ens vad han hette. *Finders keepers för fasen.* Hon ville ha tillbaka Anna. Felicia lade sig på sängen, slöt ögonen och försökte minnas gårdagens alla undflyende upplevelser. Vad hade hänt egentligen? Drinkar, massor med drinkar. Anna som sa att hon skulle gå hem. Det var svårt att minnas. Men hon mindes känslan av kullersten under skorna och bilderna av stenväggar och gränder. Bortom den blå och vita asfaltsstaden, bortom glas och metall, fanns Gamla stan.

Jag måste tillbaka dit.

Hon lyfte på kudden och tog fram den hoptryckta tröjan som låg där. Det var den hon burit föregående natt. Vita stänk fanns fastbrända i tyget. Det kändes ungefär som stearin. Hon pressade tröjan mot ansiktet och kände dofterna av den främmande mannen, alkohol, rök och så det hon saknade mest: doften av Mörkån.

Hur hon än försökte kunde hon inte pussla ihop alla minnen. Hon mindes den första puben där de träffade mannen och han bjöd dem på det där otroliga vinet. Alkohol och kryddor hade värmt hela hennes kropp. När de lämnat puben hade allting varit ett virrvarr. Mörka stenhus med stearinljus och oljelampor i fönstren, män och kvinnor i ålderdomliga kläder, de där märkliga statyerna och mannen som drog upp hennes kjol och lyfte henne mot den kalla väggen. Gamla stan var en plats där alla löften blev sanna.

Hon skulle kunna försvinna där och bli en av dess invånare.

Felicia lade sig på sidan, tryckte tröjan mot ansiktet, slöt ögonen och somnade.

14.

Fötterna hamrade mot det blötmjuka underlaget av flis. Barkspåret var upplyst genom den annars mörka skogen. Efter en och en halv mil kom Anders in i någon form av högre tillstånd. Då hade känslor och tankar erkänt sig besegrade och fogligt anpassat sig till kroppens rytm. Benen lyftes och landade igen, bröstkorgen hävdes och hjärtat slog. Tidigare hade han aldrig trott att han skulle kunna springa så här flera gånger i veckan, inte heller att han skulle tycka det var roligt. Nu var det bland det bästa som fanns.

Förutom det som hade hänt i går. Gamla stan.

En timme senare flämtade Anders och saktade in på stegen. Han tittade ner på pulsmätaren och nickade belåtet åt siffrorna. Tre mil. Både puls och hastighet hade förbättrats sedan han skaffat den lilla armbandsliknande mätaren. Löpningen hade gjort hans kropp smal och senig. Uthållig. Han kände över den, nöjd med fastheten. Inget överflöd av fett någonstans, bara senor och muskler. Han drog händerna över magen och låren, lät dem glida över skrevet. Imiterade rörelserna från gårdagen då han legat i en främmande lägenhet med en annan kille. Mikael. Tanken fick det att pirra till i mellangärdet och hans penis tryckte lätt tillbaka mot handflatan. Han tog bort handen och tittade sig skamset omkring. Spåret var tomt och ingen kunde se honom.

Med en behaglig suck tänkte han tillbaka. Lägenheten med bokhyllor och historieböcker låg i Gamla stan. Han och Mikael hade vandrat längs ån och gått in ett hyreshus. Det bodde alltså vanliga människor i Gamla stan också. Anders drog ut på stegen. Han ville stanna i den här känslan och inte återvända hem ännu. Han ville tillbaka och träffa Mikael igen. Skäggstubben hade kliat mot kinden när de kysstes. Han mindes känslan av att ligga mot en varm, naken kropp i en säng och den pirrande men ovana känslan av ett stånd som pressade mot låret.

Tidigt på morgonen hade han tagit sig hem. Han hade gått ända från stan och smugit genom huset för att inte väcka sin far. Han hoppades att pappa inte märkt att han varit borta så länge.

Anders steg hade tagit honom tillbaka till Fält. Han stannade och tittade på husen. Hur länge hade han bott här nu? Flera år i alla fall. Han mindes när de bott i lägenheten nere i stan. Där Angelika låg på soffan. Han brukade smyga ut till henne, dra undan täcket och krypa ner bredvid henne. Hon var nästan alltid naken. Han hade inte tänkt på det förrän långt efteråt. Som liten pojke hade han bara kort noterat olikheterna, brösten och busken mellan benen.

"Jag är inte din mamma", brukade hon säga.

"Jag vet", var hans eviga svar.

Anders stannade upp och tårarna var genast där. *Mamma.* Han hukade sig ner. Hur han än gjorde kunde han inte få bort bilderna av henne där hon låg i sjukhussängen, blek och kraftlös. Hans far var som en osalig ande. Nej, som en bärsärk, skrikandes på personal. Efter det försvann pappa och han själv kördes runt till socialen och familjehem. *Fy fan.* Han spottade och skyndade på stegen som för att gå ifrån minnena.

Utanför huset fäste han blicken på den grå skåpbilen. HÖK SÄKERHET stod det med spetsiga gyllene bokstäver under rovfågeln med utbredda vingar. Anders suckade. Var vaktbolaget medvetna om att det var en örn som var avbildad och inte en hök?

Hallen doftade grönsåpa. Från köket hördes prasslandet från en tidning. Pappa satt vid köksbordet, fortfarande i sin mörkgrå vaktuniform. På bordet låg bältet med ficklampa, batong och handfängsel. Anders blick fastnade på batongen. Det var en teleskopbatong. Hopfälld var den inte längre än någon decimeter, men med en enkel handrörelse kunde den förlängas till mer än fyra gånger den längden. Anders kunde inte ta blicken ifrån den och svalde hårt.

"Sätt dig."

Benen började kännas kalla nu när han stod stilla. Han ville ta en varm dusch. I bröstet kände han ett kallt grepp, som om ett iskallt finger rispade över bröstbenet. Hans psykolog hade kallat det ångest. Anders kände igen det som helt vanlig rädsla.

"Sätt dig", upprepade pappa.

Det var så han pratade. I order. Imperativ. Det fanns inget utrymme för diskussion, inga andra perspektiv och infallsvinklar att ta i beaktande. Anders gick in i rummet och satte sig vid bordet. Först då såg han pistolen som låg på bordet bredvid kaffekoppen. Svart och matt i någon form av kompositmaterial. Varför låg den där? Var den laddad? Anders blick flackade mellan den och faderns ansikte och det iskalla fingret blev nu en hel hand som slöt sig kring hjärtat. Anders hade sett pistolen förut. Varför hade pappa den? Han fick inte ha den i sitt jobb.

"Markus Sagerman är borta", sa Niklas.

"Jag hörde det."

"Vet du nåt om det?"

Anders ryckte på axlarna, försökte verka oberörd. Ju lugnare han höll sig själv, desto lugnare skulle pappa vara.

"Jag vet inget om det."

"Den här jäkla staden ...", sa Niklas.

"Vad sa du?"

"Håll dig därifrån."

"Varifrån?"

"Gamla stan eller vad det heter. Gå inte dit."

"Jag lovar", sa Anders.

"Det är ju ganska ironiskt", sa Niklas.

"Hur menar du?"

"Ja, hans *pappor.*" Niklas uttalade ordet som om det smakade illa. "De pratade hela tiden om det där stället, och nu har deras grabb försvunnit där."

Niklas lutade sig tillbaka och slog ut med båda armarna:

"Ironiskt."

"Markus var inte intresserad av Gamla stan", sa Anders.

Niklas granskade honom. Sedan blev ögonen så där blanka som de blev ibland. Pappa kunde försvinna in i sig själv. Som om han var någon helt annanstans. Anders rörde nervöst på axlarna. Han tittade på den märkliga tatueringen på insidan av pappas handled. Det var endast några bokstavstecken. Den hade funnits där när han återvänt från kriget. Pappa stirrade framför sig och pek- och långfinger höjde sig på hans vänstra hand, liksom sträckte sig mot pistolen som låg på bordet. Läpparna rörde sig, som om de pratade ljudlöst. Anders hjärta slog snabbare och han tvingade undan impulsen att resa sig upp och springa därifrån. I stället harklade han sig högt. Pappa blinkade till och såg honom igen. Snabbt drog han tillbaka handen från pistolen. Anders blåste ut luft mellan läpparna.

"Du går aldrig dit, hör du det?" sa hans far, nästan lite frånvarande.

Anders reste sig upp. Hjärtat slog snabbt i bröstet. Han nickade, men samtidigt tänkte han på alla gånger han hämtat Angelika i Gamla stan. Hur han åkt dit på natten med cykel eller taxi till det där skumma torget för att hämta en galen tjej som bara var några år äldre än honom själv. Tänk om pappa fick veta det. Vad skulle han göra då, skjuta honom?

”Nej, varför skulle jag göra det?”

Han gick bort till köksbänken och bredde två ostmackor med ryggen åt sin far. Händerna darrade och han fick dra flera gånger för att få hela ostskivor. Kanske hade pappa inte märkt att han varit borta i natt.

”En sak till, Anders.”

Nu kom det. Anders bet ihop och ställde tillbaka smör och ost i kylskåpet. Musklerna spändes och han tänkte på pistolen som låg där bakom honom.

”Du sov inte i din säng i går.”

Som vanligt var det ingen fråga. Det var ett påstående, ett framlagt bevis.

”Men i morse gjorde jag det”, sa Anders fortfarande med ryggen mot honom. ”Jag kom hem runt fem eller nåt.”

”Hade du druckit?”

”Ja, lite.”

”Varför kom du hem så sent?”

Han kunde säga sanningen och kanske få stryk. Han kunde ljuga och riskera att bli påkommen och därmed också troligen få stryk. Pappa *hade* slagit honom förut. Det var länge sedan, men han hade gjort det. Och han skulle kunna göra det igen, eller något ännu värre.

”Jag ...”

”*Umgicks* du med nån, alltså inte dina vänner?”

Anders slöt ögonen. "Ja."

Tystnad. Någonting på bordet rasslade, kanske en batong, kanske en pistol.

"Bra", sa hans far och ställde sig upp.

Anders vände sig om, svettig och med en ostmacka i vardera hand. Händerna darrade fortfarande.

"Vad sa du?"

"Jag sa bra, det är dags för dig att träffa lite tjejer. Vad heter hon?"

Fanfanfan.

"Mikaela", sa Anders och kände hur tungan sved av lögn och skam.

Pappa nickade och spände på sig bältet med batongen och handklovarna. Äntligen på väg ut. Han stoppade pistolen i hölstret innanför jackan.

"Får du ha den där?" sa Anders.

"Nej", sa hans far och blinkade. "Men du får ju inte direkt vara ute mitt i natten och knulla tjejer, men du gör ju också lite som du vill eller hur?"

Anders rodnade. Niklas stod kvar och såg ner på sitt bälte där batongen och handklovarna hängde. Han stod så med huvudet sänkt en stund. Sedan såg han upp.

"Har du varit inne i mitt rum Anders?"

Anders tappade en av mackorna. Den singlade genom luften och landade med osten nedåt.

"Har du varit inne i min garderob?"

Anders nickade långsamt. *Hur många fel kan man ha på en dag?*

"Jag letade efter en tröja. En t-shirt."

Niklas stirrade mot honom. Anders såg att pulsådern bultade på hans hals.

"Du får aldrig gå in där", sa han och underströk det genom att lägga handen på batongen.

"Okej. Förlåt."

Pappa nickade och lämnade köket. Ytterdörren slog igen. Snart hördes skåpbilen morra igång och åka iväg. Anders kände hur hjärtat slog. Han böjde sig ner, lyfte upp mackan och borstade bort smuts från ostskivan. Med darrande ben gick han upp till sitt rum.

Fy fan! Han satte sig i sängen och lät ostmackorna ligga på nattduksbordet. Långsamt lugnade pulsen ner sig. Det var något allvarligt fel med pappa, men hur illa var det? Vad skulle pappa göra om han blev pressad? Anders slöt ögonen och andades in och ut så där som psykologen hade lärt honom. Han lät varje andetag ta med sig en bit av obehaget tills det nästan helt var borta. När han nästan var klar plingade det om mobilen. Han lyfte upp den och ett stort leende bredde ut sig över hans läppar.

Jag ville bara säga att det var jättehärligt i går. Kan jag ringa dig?/M

Mikael, den vackre ängeln från Gamla stan.

Vänta, skrev Anders med snabba fingrar. Jag ska bara duscha.

Han slängde ifrån sig telefonen, slet av sig kläderna och sprang in i duschen. Musklerna var trötta och nedkylda och han suckade av värmen från vattnet. Han duschade så hett att det ångade omkring honom.

Mikael. Namnet fick honom att le. Han försökte återskapa hans ansikte. Det var svårt. Han var vacker, så mycket mindes han. Mörka ögon och mörkt hår. Några år äldre än honom. Herregud, han kunde knappt komma ihåg vad de pratat om. Men han mindes hur det var att kyssa honom. Läppar mot hans egna, skäggstubb. De hade legat nakna tillsammans i Mikaels säng någonstans i Gamla stan. Han skulle aldrig kunna ta med Mikael hem. Aldrig kunna presentera honom för sin pappa.

Badrummet var fuktigt och fyllt av ånga när Anders snabbt torkade av sig och återvände till sitt rum. Samtidigt som han drog på sig kalsonger och pyjamasbyxor sneglade han på telefonen. De blinkande lamporna avslöjade att han fått meddelanden.

Han slängde sig på sängen och stängde av ljudet på telefonen. Pappa tyckte inte om att han använde telefonen på natten. Samtidigt som han öppnade det första meddelandet så vibrerade telefonen i hans hand igen. Ytterligare ett meddelande, också det från Mikael.

Anders skrattade och läste igenom allihop. En värme tändes i hans bröst. Mikael fanns på andra sidan stan, nere vid ån och väntade på honom. Snabbt dansade Anders fingrar över skärmen. Telefonen vibrerade när meddelandet försvann ut i världen och ganska snabbt följde ett tydligare surrande när ett svar kom tillbaka.

Anders låg så länge.

Leende.

15.

Änglahemmet, Angelika gillade hur det lät. Som om de stirrande människorna i grå, pösiga kläder egentligen var änglar där de irrade runt i korridorer eller var instängda i sina celliknande rum. Änglar som glömt sitt ursprung, tappat sina vingar och sin styrka och i stället blev serverade piller ur plastkoppar och vaktades av människor i vita kläder. Änglahemmet låg bara ett stenkast från sjukhuset. Det var nog inte en slump. Många av de inlagda här var sjukliga på flera sätt.

Angelika stod framför fönstret i grå mjukisbyxor och en grå luvtröja. Fönstret var förstärkt. Hon löpte med fingret över en av linjerna i det tjocka glaset, det var metalltråd eller något liknande. En gång hade hon fått tag i ett stolsben och matat slag mot fönstret. Absolut ingenting hade hänt. Det blev inte en spricka, inte ens ett märke. Stolsbenet hade studsat mot den hårda ytan och fjädrat så hon haft ont i handleden i flera dagar efteråt. Den vitklädda personalen hade rusat in så där som de alltid gjorde och hon hade viftat med stolsbenet mot dem. Hon hade känt sig som en hjälte, en riddare med ett svärd mot onda fiender. Med ett svepande slag hade hon träffat en praktikant över smalbenet. Praktikanten hade stöpt i golvet medan de andra övermannade Angelika.

"Jag vill bara hjälpa människor", hade praktikanten gråtit när en av de stora gossarna burit ut henne ur rummet.

Angelika drog med handen över det tjocka glaset. Det fanns en liten ventilationslucka där kylig luft kom in. Hon pressade kinden mot den och längtade ut, till vinden i ansiktet och stadens dofter.

Utifrån korridoren hördes stegen från de andra på boendet, alla zombies i grå kläder som väntade här. Väntade på vad? Ingen hade något att återvända till. De var avstjälpta här. Inte heller hon kunde återvända.

Anders. Hon kunde återvända till Anders. Tänk om hon kunde bo med honom så som de gjort förut. Hon mindes pojken med det rufsiga håret som kom gående mitt i natten. Hon hade älskat den där lilla krabaten, tryckt hans varma kropp mot sin och hållit honom hårt. Ofta hade hon varit naken, men han hade inte brytt sig om det. Han var ett barn, ett ofarligt barn som inte brydde sig om sådant. Män var annorlunda.

Hon ryckte till när en stor fågel landade på fönsterblecket. Det var en korp. Den knackade på glaset med näbben, ett uppfodrande, raspande läte. Sedan putsade den sig oberört. Nästan hela huvudet var gömt bland de svarta fjädrarna.

"Det har hänt igen eller hur?" sa Angelika.

Fågeln lyfte huvudet ur fjädrarna och klippte med ögonen. Angelika lade båda händerna mot det kalla glaset och pressade kinden mot det. Det måste ha sett roligt ut utifrån, hennes kind alldeles platt och mosig. Genom ventilationsluckan kände Angelika doften som fanns insprängd i fågelns fjädrar. Doften från Mörkån, tung, berusande och sövande. Hon stack ner handen i fickan och kände på tidningsurklippet. Det var gammalt och nästan söndersmulat. De hade inte tagit det ifrån henne. Det var en av de få saker som hon fick ha i fred.

"Det kommer att fortsätta hända", sa Angelika till korpen. "Det kommer aldrig att ta slut."

Bakom henne öppnades dörren. Ljus strömmade in i rummet. Fågeln lyfte från fönsterblecket och försvann ut i natten. Angelika backade bort från fönstret utan att vända sig om. I spegelbilden såg hon en skötare stå i dörröppningen. Frida, flickan som Anders tyckte om. Angelika tyckte också om henne. När de stora bufflarna kom och slängde runt med henne stod Frida där bredvid med sprutan och allt blev så lugnt och skönt.

"Det är dags för dig att ta din medicin", sa Frida.

"Är det sant att en pojke har försvunnit?" sa Angelika.

Frida tittade på henne med huvudet på sned och med

äkta förvåning i ögonen. "Var har du hört det?"

Korpen sa det.

Angelika ryckte på axlarna. "Nån besökare sa det. Såna ord sprids. Nån läser en tidning och pratar om det. Sen vet alla, även jag."

Frida skakade på huvudet. "Vi pratar inte om det, inte nu." Hon höll upp två plastmuggar, medicin och vatten. Angelika gick mot henne med långsamma, stapplande steg.

"Det kommer att fortsätta att hända."

Frida nickade instämmande. "Om du säger det så."

"Blodet kommer att flyta och bytas ut och flyta igen." Frida rynkade pannan. "Säg inte så när läkarna hör, för då kommer du att få mer än bara den här medicinen." Hon skakade plastkoppen så tabletterna skallrade.

"Men det är så", sa Angelika. "Det kommer inte att sluta, nya sår kommer att skäras och blod kommer att flyta."

"Här." Frida räckte fram plastkoppen.

Angelika slängde in tabletterna i munnen och sköljde ner dem. Hon böjde sig fram, öppnade munnen och räckte ut tungan. Frida tittade så inget piller gömt sig någonstans.

"Sluta prata om såna där saker nu." Frida backade mot den öppna dörren. Det fanns ingen ilska eller förebråelse i hennes röst.

"Det är ingen fara", sa Angelika. "Korparna vet också."

Hon blinkade med ena ögat. Frida log trött och stängde dörren. Angelika vände sig mot fönstret igen, men ingen korp satt där. Hon hasade sig fram. Precis efter hon tagit medicinerna kände hon sig alltid illamående och fingrarna kliade lite.

Framme vid fönstret såg hon bara innergården av betong och kontoren på andra sidan. Längre bort reste sig sjukhuset upp över husen, en gråvit betongkoloss med sjuka människor, precis som här.

"Det kommer aldrig att sluta." Hon lade handen på rutan. "Aldrig, aldrig nånsin."

Den andra handen lekte runt med tidningsurklippet i fickan.

16.

Tim hade varit rastlös hela dagen. Han hade längtat efter att få vara själv och försöka pussla ihop vad som hänt under gårdagen. Men det hade varit träff på kaféet vilket han i och för sig tyckte om. Sedan var det båtupptagning vid Yxsjön, söndagsmiddag och nattning av My. Hon hade tagit extra lång tid på sig att somna och han hade fått läsa om kaninen *Pricken* tre gånger. Hela jäkla boken tre gånger. Hon märkte direkt om han hoppade över något ord.

Nu var han äntligen själv. Genom fönstret hade han sett oktobermörkret lägga sig över staden. Gatlyktorna hade varit tända länge. I flera timmar hade han suttit och bara stirrat ut genom fönstret. Han hade sett hur polisbilar hade kommit och vänt vid det blå huset.

Det kliade om såren under plåstren. Frågor, frågor, frågor. Mamma, pappa och gänget. "Vad har du gjort? Är det ett djur som gjort det? Tänk om du är smittad!" Hans mor hade sökt på nätet och sagt: "Rabies, det kan vara rabies."

Han slöt ögonen och pillade på ett av såren. Det hettade under hans fingrar som om det var infekterat. Tim tog av sig allt utom kalsonger och lade sig. Han slöt ögonen och försökte frammana bilden av kvinnan från i går.

"Får jag se din rygg?" Det var det första han sagt till henne.

Hon stod under gaslyktan omringad av män med stora ögon. Hon vände sig mot honom och hennes ögon var sammanpressade till livsfarliga ilskna springor. Klänningen var av linne och utan ärmar. Håret var som ett levande väsen och föll tjockt och långt ner över hennes rygg. Utan att kunna hindra sig sträckte han fram handen och rörde vid hennes hår. Det var tjockt och strävt. Hon väste, högt som en katt och slog undan hans hand. Hans vänner var borta vid det laget.

Hon lutade sig fram och viskade något i hans öra. Hennes tungspets nuddade hans örsnibb. Han kunde inte minnas ordet, men han hade fått stånd omedelbart. Som om hon tryckt på en knapp. Han mindes hennes varma andedräkt mot hans öra och doften från hennes hår. Hon hade tagit hans hand och lett honom ifrån torget. Bakom honom stirrade männen efter dem. Det var som om de var fastfrusna, som om ögonen var det enda hos dem som kunde röra sig.

Hon ledde honom långt in i Gamla stan. Alla gator såg likadana ut: mörk sten, trånga gränder och prång. Till slut ledde gränderna fram till ett stort gammalt hus. Det såg medeltida ut och hade ett torn, nästan som en kyrka. Han skulle aldrig kunna hitta tillbaka dit, inte utan henne. Sedan var de i ett rum, ett stort, kallt stenrum med en säng. Hon klädde av sig framför honom. Tjocka fylliga lår, en mage med bleka bristningar och stora bröst som hängde lite. Så jäkla vacker. Den vackraste han sett. Ivrigt slet han av sig kläderna, slängde dem här och där och kastade sig över henne. Hon hade morrat, verkligen *morrat* och vänt på honom, som om han inte vägde någonting och satt sig grensle över honom. Han var inne i henne och hennes varma kropp omslöt honom.

"Du får inte säga nåt", sa hon och lutade sig över honom. Hennes bröst pressade mot honom. "Inte till nån."

Hennes hår var fyllt av löv och tallbarr. Hennes nakna kropp rörde sig mot hans.

"Pojke", väste hon i hans öra när hon red honom. "Unga pojke."

Det kliade om såren i ansiktet. Kalsongerna stod som ett tält under täcket. Tim sträckte ner handen och grep sig själv. Utanför fönstret blåste vinden in från Mörkån. Doften var tung och sövande.

Anna satt fortfarande vid sitt skrivbord. Datorskärmen var påslagen. Utanför sov Fält. Hon hade sett lamporna slockna en efter en. Även i Felicias rum på andra sidan gatan. Felicia hade ringt över tjugo gånger.

På bordet framför Anna låg plastringen med det brutna enhörningshornet. Hon stirrade på den som om det till slut skulle få den att försvinna. Trots att hon inte ville så mindes hon sista gången hon träffat de små gängliga varelserna i Gamla stan. Det var sent på natten, precis efter att Anders försvunnit med den där killen.

På samma sätt som innan hade de små gängliga dykt upp i natten. De stod och väntade utanför den sista puben och den här gången hade de tagit med sig den mest värdefulla dyrgripen. Varelsen som hon kysst förut höll fram något grått som vred sig i hans händer. En katt, hennes katt. Gråtuss.

Annas huvud var tungt och hennes händer grep hårt kring ölflaskan. Hennes läppar smakade äpple. Kattungen krängde i den märkliga varelsens händer. Den var inte överkörd och begraven utan högst levande. Gråtuss jamade och slingrade sig. En liten nos som brukade väcka henne genom att nosa på hennes öra. Små, små flämtande andetag.

"Du får tillbaka honom", sa varelsen.

Anna tittade stelt på katten. "Hur?"

"Hon förstår inte", skrattade de andra. "Förstår inte jordens och blodets regler."

Anna lutade sig fram. Katten fick syn på henne och jamade. Hon lutade huvudet mot dess mjuka ansikte. Det var fuktigt och luktade jord.

"Du får tillbaka honom", sa varelsen. "Men det kostar."

Smaken av äpple sköljde genom hennes mun och hon

ryste åt tanken av varelsens tunga över läpparna.

"Men den här gången", sa den som höll katten, "kommer det att kosta mer."

"Han är död", sa Anna. "Katten är död."

"Han kommer att återvända ner i jorden om du inte tar tillbaka honom", sa varelsen.

Katten såg trött ut. Ögonlocken hängde och pälsen var tufsig, våt och jordig.

"Vad gör ni med honom?" sa Anna.

"Det var du som väckte honom när du kom hit."

Längre bort hörde hon Felicias skratt. Inga av hennes vänner var där. Alla var uppfyllda av sina egna drömmar och möten. Hon ville att de skulle komma springande till hennes sida och rädda henne från de här varelserna, men det gjorde de inte.

"Du får tillbaka honom."

Katten jamade trött.

"Vad kostar det?"

De blev tysta och tittade på henne. Fem små gängliga, smutsiga varelser med gula ögon och spetsiga ansiktsdrag. Deras hud påminde om ungträdens bruna och sega bark.

"Din mödom", sa den första och kisade så de gula ögonen blev till två springor.

Anna stod stilla och lät det ålderdomliga ordet sjunka in.

"Ja!" ropade de andra uppspelt. "Din mödom."

"Eller", sa en av dem och tog fram en kniv. "Ditt hjärta."

"Ja! Hjärtat!"

Anna stod förstenad. Varelsen med kniven klev fram och lade en hand på hennes lår. Den var tunn och spretig. Fingrarna var som knotiga små grenar. Han klämde försiktigt över hennes lår. Det var första gången som någon tog på henne på det sättet. En rysning av obehag gick genom hennes kropp och hon mindes hur tungan glidit över hennes läppar.

"Nej!" skrek hon och kastade glasflaskan mot dem.

Samtidigt som den krossades mot marken försvann de fem varelserna skrattande och skrikande i natten. Katten jamade.

"Gråtuss!" skrek Anna på nästan exakt samma sätt som när hon var sju år gammal och såg bilen komma körande alldeles för fort nedför gatan.

Gråtuss jamade ute bland gränderna. Han skrek högt och gällt och sedan inget mer. Varelsernas skratt och fnissande dog bort tillsammans med Gråtuss. Men runt omkring fortsatte festen och natten. Hon hörde Felicias skratt längre bort.

Felicia. Anna knöt näven och slog den i bordet så pennor och gem skallrade i sina prydliga hållare. Hon hade bett Felicia följa med, men hon hade nekat. Allt för att stanna med sin kille. Anna hade gått själv genom de vindlande gränderna och halvt om halvt väntat sig att antingen Gråtuss eller de små varelserna skulle återvända. Men det gjorde de inte.

Anna torkade bort tårarna från ögonen och tittade på skrivbordet. Plastringen med enhörningen låg mycket riktigt där. Hon drog ut skrivbordslådan, petade ner ringen med handflatan och stängde sedan hårt igen lådan.

17.

Korparna flyger över Borgtuna i natt. Inifrån skogen kommer de, passerar över Fält, över staden och Änglahemmet där de sjuka och bortglömda bor. Ibland är de en enda flock, en böljande våg av svarta fjädrar och hesa rop. I deras ögon speglas ljusen, bilarna och människorna.

En av bilarna åker runt hela staden. Då och då stannar den och en man med hästsvans stiger ur. Han sätter upp lappar med en ung pojkes ansikte. Överallt sätter han upp dem. Han stannar människor på gatorna och ger dem lappar. De tar emot dem men slänger dem oftast lika fort som mannen försvunnit. Pojkens ansikte rullar fram i vinden, fastnar vikt runt gatlyktor eller hamnar med ansiktet ner i vattenpölar.

Kalla vindar letar sig in från fälten utanför, ruskar trädkronorna och viner in genom stadens gränder. Vindarna bär med sig skogens viskningar, från de gamla träden, de som har druckit sig stora och gamla på Mörkåns vatten. De vaktar vid gläntorna som för länge sedan var upplysta av eldar och facklor. Djur drogs dit och hängdes i träd med struparna nedåt. Frambenen sparkade och blod forsade ut över gräset medan nakna män och kvinnor dansade kring de stora eldarna. När människorna återvänt hem till sina hus och stugor kröp skogens varelser fram för att festa på det råa köttet i träden.

En av korparna lämnar flocken och dyker. De kalla vindarna river och sliter men den fortsätter dyka. Rakt över Tusenhusen. Den flyger mellan de stora parabolerna och landar på en av balkongerna. En äldre man i slitna kläder sitter på balkongen. Fågeln slår ihop näbben över en fluga som kryper hösttrött över räcket.

"Det har hänt igen eller hur?" säger mannen på arabiska.

Korpen hör orden och ser en helt annan stad: fyrkantiga hus med antenner och paraboler, kläder som hänger mellan husen och lukten av rök och blod. Korpen lyfter och lämnar Tusenhusen bakom sig. Snabbt hittar den ån. Det glänsande vattnet löper genom staden som en blodåder. Fågeln flyger över vattnet men inte för nära, den aktar sig för att röra ytan. Ån leder den in i Gamla stan. Det luktar annorlunda här. Människor är annorlunda här. De skrattar och gråter mer, rör vid varandra mer.

I huset närmast ån är trädgården illa skött. Vinden

ruskar gardinerna bakom de krossade glasrutorna. Dörren står öppen. En gungstol knirrar fram och åter på verandan.

Åns vatten letar sig in i jorden omkring huset och ger näring åt gräset som vuxit sig långt och tjockt. Korpen landar på handgräsklipparens rostiga handtag. Den vrider på huvudet, blinkar med ögonen och stirrar in i mörkret innanför dörren. Där finns en korridor med många dörrar. Korpen rycker till när något rör sig där inne. Försiktigt tar den ett steg åt sidan så den sitter längst ut på ena handtaget. En flicka går genom korridoren. Hon ser liten ut, trött och blek. Fågeln klipper med ögonen. Det är nästan som om flickan skulle försvinna om den inte vilar blicken direkt på henne.

Flickan sätter sig på trappan. Hon skakar på huvudet och sjunker ner med ansiktet i händerna. Mörkån porlar bredvid dem och fortsätter sin eviga resa förbi huset. Hon tittar upp med rödsprängda ögon och korpen blickar tillbaka mot henne. Hon reser sig upp och går emot den.

"Hur kom du hit?" Hon sträcker fram handen.

Fågeln klipper med näbben och flickan drar snabbt tillbaka handen. Korpen känner stanken på flickans fingrar, på hennes kropp. Stanken från ån och det som finns bortom ån. Den genomsyrar hela henne, som om hon legat i vattnet i åratal.

"Jag har gjort nåt hemskt." Flickan ser på korpen. "Jag tog honom hit."

Hela den här platsen stinker. Värst är det inifrån huset, från de fuktiga brädorna och mörkret innanför dörrarna. Det är den äldsta platsen i hela staden. Inte många vet det, men den här platsen har alltid funnits. Innan huset stod tre hyddor här. Det var härifrån hela staden växte fram. Korpen kan se det, så som alla korpar kan se sådant. Den ser de tre hyddorna, ett hopplock av spänd djurhud, kvistar, lera och löv. Den ser båtarna som glider in längs vattnet med gåvor och byten från fjärran land.

"Du borde inte vara här", säger flickan.

Korpen lyfter från gräsklipparen. Snabbt stiger den. Upp, upp tills ljusen och gatorna endast är små lysande prickar och huset är borta.

18.

Katedral. Kattis. Katedralskolan. Eller helt enkelt bara "K". Det var den minsta av stans gymnasieskolor men också den äldsta. Femhundra elever.

Skolan låg insprängd mellan en sporthall, några fotbollsplaner och ett friluftsområde. En pompös byggnad från en annan tid. Det spetsiga tornet sträckte sig upp mot himlen och liksom hälsade till domkyrkans torn längre bort. En gång hade de varit systerbyggnader. Sedan hade staden vuxit upp omkring dem och nya byggnader hade fått kyrkor och skolor att åldras.

Felicia gick uppför den väldiga stentrappan och såg upp mot tornet. Korpar cirklade och flög då och då in genom tornfönstren. Man fick inte gå upp i tornet. Hon visste inte ens om det gick.

När hon började här för två år sedan hade hon förälskat sig i arkitekturen med de stora spetsiga fönstren och portarna. Helgon och demoner om vartannat stirrade ner på eleverna från sina poster vid tak och fönster. Från Wikipedia och kommunens hemsida fick hon veta att det hette gotisk stil. Både domkyrkan och skolan hade tagit över tvåhundra år att bygga. Kyrkoguld, skattepengar och människor hade gått åt för att få de två stenkolosserna på plats.

Byggnaden var fortfarande vacker men inte längre något som fick Felicias hjärta att brinna. På samma sätt som hennes poeter så var den en av alla hennes förälskelser, som hon alltid skulle minnas men som gått över för länge sedan. Hon stannade upp på det översta trappsteget och tittade mot kyrkan längre bort.

Utom synhåll fanns Gamla stan. I de mörka gränderna fanns det som fick hennes hjärtas blod att rinna.

Sedan passerade hon de väldiga portarna där orden: Gudsfruktan, ordning och flit hängde tunga över henne och alla andra som gick in.

Hennes klackskor klapprade över stengolvet. På några av de stora stenplattorna fanns namn och årtal inristade. I två år hade hon sett dem men inte funderat så mycket på dem. Är det gravar? Finns det människor begravda i entréhallen i skolan? Hon skakade av sig tankarna och fortsatte med ekande steg framåt. Blickarna brände i ryggen men det senaste året hade hon slutat bry sig. Folk lade märke till henne, så var det bara. Felicia hade alltid lockat fram känslor hos människor. Pojkarna tittade, visslade och fnissade. De gjorde highfive bakom hennes rygg. Flickorna glodde, snörpte på munnen och viskade. Hon hörde ett och annat kräkljud.

Det var klart att det kändes. Det var främst tjejer som tyckte illa om henne. Men Felicia höll huvudet högt. Hon hade ett mål, hon skulle bli mer än de här fantasilösa människorna. Någon gång skulle hon skriva och skapa egna dikter och världar. Någon gång skulle hennes namn finnas på bokryggar.

Hallen var nästan alltid tyst. Kanske var det på grund av det höga välvda taket som fick alla ljud att förstärkas. Som till och med fick viskningar att studsa mot väggar och tak likt spökröster. Felicia gick snabbt igenom salen med klapprande steg.

Skolbiblioteket var allt annat än tyst. Precis innanför den välvda hallen låg det, ett enormt rum med högt till tak och färgade fönster. När solen sken så kastades röda, blå och gröna färgklickar över golv och hyllor.

Viskningar, mobilvibrationer, susandet från ventilationen och från tjugo virusstinna datorer blandades med sorlet från tonåringarna. När hon fortsatte framåt hörde hon samtal om den stundande helgen, men också om Markus försvinnande. En märklig blandning av skam och sorg slog henne på samma gång. Hon hade varit hos Markus samma kväll som han försvunnit. Hon hade sett honom gå iväg med den där skumma tjejen.

Det var hemskt att Markus var borta, men hon kunde ändå inte släppa de underbara varma känslorna efter upplevelserna i Gamla stan.

Felicia rörde sig genom labyrintliknande gångar av bokhyllor. Ibland sträckte hon ut händerna och lät dem glida över bokryggar. Hon hade ännu inte gett upp idén att bli bibliotekarie. Tänk att vara omgiven av böcker hela dagarna. Att hjälpa andra människor att hitta böcker, att föreslå poeter och författare. Att sätta världar och drömmar i andra människors händer. Bokhyllorna var uppställda så att de skapade gångar och läsplatser. Till slut hittade Felicia fram till sitt mål i ena hörnet av rummet.

Anna satt med ryggen mot V-sektionen med medicin, sjukdomar och sådant. Bakom henne fanns den illrosa boken som de fnissat så mycket åt i ettan. Den som innehöll genomskärningar av människokroppen och dess organ. Snoppar och snippor som mest liknande något rosarött från en skräckfilm. Hon mindes uppslaget med ett samlag i genomskärning där penisen var djupt förankrad i vaginan och pedagogiska pilar berättade vad allting hette. Annas huvud var böjt över en bok. Hennes långa blonda hår hängde på varsin sida likt en mur. Bredvid henne låg de eviga amuletterna: blocket, pennan och mobilen.

Felicia satte sig på huk bredvid henne. Anna gjorde inget tecken av att ha sett henne. Felicia sträckte fram handen och drog Annas bok till sig.

"Lägg av", sa Anna trött och lutade sig tillbaka med boken utom räckhåll för Felicia.

"Vad är det med dig?" sa Felicia.

Anna bläddrade vidare och skrev någonting i blocket. Hon pluggade inför biologiprovet så klart. Felicia hade inte glömt provet, men det kändes inte lika viktigt längre. Hon

satte sig bredvid Anna och pillade bort ludd från sin trö-
ja. Hon hade haft den på sig ända sedan besöket i Gamla
stan. Den hade inte börjat lukta illa, inte än. Fläckarna eft-
er mannen hade börjat försvinna, som borttynande ekon.
Hon behövde nya.

"Vet du vad jag tycker?" sa Felicia.

Anna svarade inte.

"Jag tycker att vi borde åka tillbaka."

Anna tittade upp för första gången. Hon såg blek ut,
inte så där perfekt som hon brukade vara, utan sjukligt
blek. Ögonen var rödsprängda, som om hon sovit dåligt.

"Vart?"

Felicia lutade sig konspiratoriskt närmare och viskade:
"Till de mörka gränderna."

Anna rynkade pannan, knep ihop ögonen och drog
handryggen över läpparna. Det såg nästan ut som om hon
ville kräkas. Sedan öppnade hon åter ögonen och andades
ut långsamt.

"Det var inte så kul", sa hon.

Felicia suckade och himlade med ögonen. Varför var
Anna tvungen att krångla nu? Hon ville ha med henne på
den här resan.

"Men åk själv då", viskade Anna skarpt.

Felicia tittade på henne och reste sig sedan upp och
gick. Hon fortsatte sin klapprande gång genom skolans
korridorer, genom drivorna av ungdomar som var på
väg till eller från sina lektioner. Hon själv hade håltimme.
Skönt, hon visste inte om hon skulle kunna koncentrera sig
på en lektion nu. Hon hittade Tim i kafeterian med osmak-

ligt femkronors automatkaffe och en torr fralla framför sig.

"Herrejäklar vad du ser ut." Felicia satte sig.

Ett märkligt flin spelade över hans läppar när han mötte hennes blick. Han kände över huden och drog ihop ögonbrynen när fingertopparna stannade på rivmärket vid tinningen. Det hade en illavarslande brunröd färg och verkade ha blivit värre än innan.

"Det där ser inte så bra ut", sa hon.

Ilskna och infekterade röda ränder löpte över hans ansikte. Det såg både komiskt och ganska häftigt ut på samma gång. Hon föreställde sig handen som gjort dem, likt en klo som dragits över Tims ansikte.

"Jag vill gå tillbaka", sa Felicia. "Till Gamla stan, jag bara måste tillbaka."

"Jag med", sa Tim.

Äntligen nån som förstår.

"Vi skulle kunna gå på fredag igen. Vi hör med Anders också."

"Anna då?" Tim slukade det sista av frallan och sköljde ner det med kaffet.

"Hon vill inte."

"Varför inte?"

Felicia ryckte på axlarna. Tim knycklade ihop plasten som frallan legat i och kastade den över rummet mot en papperskorg. Han missade och tanten bakom disken stirrade på honom utan att säga något. Tim lommade över, plockade upp den och slängde den.

Sedan var de på väg. De lämnade kafeterian och kom ut. Skolgården var nästan som en borggård. Det lilla grönområdet var omgivet av skolans olika stenhus. Felicia stannade till och tittade förvånat upp mot den blå himlen ovanför. En stark höstsol sken på dem. Det var oväntat varmt.

"Det känns som vår", sa hon.

Tim spanade över gräsmattan och satte sedan av mot Anders som satt på ett av borden under den stora eken. Han satt uppflugen på bordet, lutad över mobilen, med ett gigantiskt leende. Fingrarna rörde sig snabbt över skärmen. Han såg upp mot dem båda.

"Jag ska träffa Mikael i helgen."

Felicia stirrade dumt på honom. Sedan gick det upp för henne.

"Är det han!" sa Felicia. "Från Gamla stan?"

Tim gick fram och klappade till Anders hårt på axeln. Det hade alltid varit deras yttersta gest av tillgivenhet. Felicia skrattade inombords åt tanken på att hon och Anna skulle hälsa så, med slag och dunkar på axlar och ryggar.

"Ja, fast han är inte därifrån egentligen. Han bara bor där. Hyrorna är mycket billigare."

"Får vi följa med?"

Anders tittade på dem. "Bara en stund, jag vill vara själv med honom."

"Han har ju en lägenhet", sa Felicia trumpet. "Jag får dra runt på stan."

"Ska du med?" sa Anders till Tim.

"Så klart", sa Tim. "Jag ska hitta den där kvinnan igen."

"Är du säker på det? Hon gjorde ju det där mot dig."

Anders nickade mot Tims ansikte.

"Det var värt det", sa Tim med ett dumt leende. "Det var så värt det."

De satt kvar några minuter innan deras scheman tvingade iväg dem till olika lektioner. Felicia gick med lätta steg. Om bara två dagar skulle hon vara tillbaka i Gamla stan igen.

Flera timmar senare stod de och väntade på bussen hem till Fält. Felicia spanade efter Anna men såg henne ingenstans. Hon måste ha tagit en tidigare buss. Var hon så sur att hon skolkade från sista lektionen bara för att slippa åka samma buss? Nog för att de hade bråkat tidigare, men det här var lite väl hardcore. Bussen stannade framför dem med en tung suck och dörrarna öppnades.

Anders slog Tim på axeln. "Jag ska bara fixa en sak. Jag tar nästa buss."

Tim nickade. Felicia var redan ombord på bussen. Tim satte sig på sätet bakom henne och hon vände sig mot honom.

"Är det sant att Anders pappa har varit i krig?"

Tim nickade och såg ut genom fönstret mot Anders som försvann längre bort.

"Var befann sig Anders då? Hans mamma är ju död?"

Tim rynkade pannan och verkade överlägga med sig själv. Han hade världens sämsta pokeransikte och nu verkade han brottas med om han skulle berätta eller inte.

"Han flyttade runt till olika ställen. Du vet fosterhem och sånt där."

Felicia såg efter Anders, men han var borta.

"Oj, det visste jag inte."

Tim nickade. "Det är otroligt att han är så normal som han är. Hans liv har varit ganska märkligt."

"Har det hänt nåt mer som jag inte vet om?"

"Massor, men det får du bara veta om han berättar det själv."

Felicia vände sig tillbaka i sätet. Hon förstod. Hur nyfiken hon än var, så fanns det vissa saker som måste berättas personligen, i förtroende. Hon och Anna hade samma outsagda överenskommelse.

Felicia lutade huvudet mot rutan. Där utanför passerade fotbollsplaner och gigantiska träningsanläggningar, stenhus och lägenheter. Ju närmare de kom Fält desto färre blev husen och ersattes med grönområden och enstaka shoppingcentrum. Himlen var fortfarande härligt blå. Gräset på fälten runt omkring dem skimrade. Fälten hade samma slags kullar som i Gästparken där de alltid hade förfest. De var låga övervuxna kullar och bredvid dem fanns stora stenhögar. Är det också gravar? Finns det gravar överallt i staden?

19.

Anders hade gått hela vägen från skolan och stannade framför byggnaden och såg sig omkring. Han gjorde alltid så trots att det fick det hela att verka mer misstänkt. En bred och hög trappa ledde upp till en väldig port. Ovanför den gamla porten satt en mycket nyare skylt: Änglahemmet. Namnet fick honom att tänka på änglamakerskor, kvinnorna som tog emot spädbarn och dödade dem för att föräldrarna inte hade möjlighet att behålla dem.

Porten slog igen med en betryggande tung duns bakom honom. Som på ett fängelse. Den som var inlåst här var tänkt att förbli inlåst. Till skillnad från den rustika och bastanta exteriören var insidan förvånansvärt modern. Han omgärdades av genomskinliga väggar av okrossbart glas. Receptionisten tittade upp där hon satt, nickade kort och sänkte sedan blicken igen. Alla kände igen honom här. Anders gick igenom samma slags metallbåge som fanns på flygplatser och när den pep så höll han upp sina nycklar och mobilen. Kvinnan bakom skyddsfönstret nickade och sänkte sedan blicken till sin skärm igen.

Anders rörde sig genom de gräddfärgade korridorerna. Någonstans spelades klassisk musik. Ute i korridorerna satt människor och stirrade tomt framför sig. Anders hade läst att man på medeltiden trodde att galna människor antingen var besatta av onda andar eller att själen helt hade lämnat dem. Att det enda som fanns kvar var ett tomt skal. Det verkade stämma på några av de utmärglade varelserna som satt på stolar och soffor längs väggarna med tom blick och öppen mun. Han gick snabbt förbi dem. Även om han varit här många gånger gjorde de här människorna honom illa till mods.

Högst upp hittade han Frida i korridoren. Hon stod bredvid en äldre man som spelade schack. Det verkade som han spelade med sig själv för ingen satt i stolen mittemot. Mannen flyttade en pjäs, skrockade till och satt sedan och stirrade på brädet. Frida klappade den äldre mannen lätt på axeln och gick fram till Anders. Han gillade Frida. Det var nästan alltid hon som kom och hämtade Angelika när hon rymde. Hon var ett perfekt exempel på rätt person på rätt plats.

"Hon mår inte så bra i dag", sa hon. "Var försiktig med vad du säger."

Han nickade och fortsatte fram i korridoren. Längs

med korridoren satt människor klädda i grå mjukiskläder. Döda ögon vändes mot honom där han gick. Till slut var han framme vid dörren. Den stod på glänt. Man fick inte stänga dörrar här. Endast dörren vid slutet av korridoren var låst.

De luktade lite unket i rummet. Bakom doften av tvättmedel och rengöringsmedel fanns lukten av kläder som burits för länge och en kropp som inte tvättades så ofta som den borde. Hon stod med ryggen mot honom och såg ut genom fönstret. Det slog honom att hon nästan alltid stod så. Vilket oerhört tråkigt liv det här måste vara. Att stå vid ett fönster där den enda utsikten var huset mittemot och bortom det sjukhuset som reste sig några våningar högre. Rummet var målat i samma gräddfärg som korridorerna. Det fanns ingen konst på väggen, ingenting. Hur var det egentligen att vara inlåst här dag efter dag, år efter år? Skulle hon någonsin bli bra? Skulle hon någonsin komma ut härifrån?

Angelika vände sig om borta vid fönstret och log när hon fick syn på honom. Ett trött leende. Hennes hud var torr och flagade. Ögonen var rödsprängda. Frida hade sagt att det var biverkningar från medicinerna.

"Jag är inte din mamma", sa Angelika.

"Nej, jag vet." Han gick fram och kramade om henne.

Hon sköt honom ifrån sig utan att besvara hans kram och pekade ut genom fönstret.

"Jag är den enda som vet vad korparna är för nåt."

Anders nickade och tittade ut genom fönstret. Inga fåglar syntes till, bara det grå huset på andra sidan. Frida hade berättat att folk ibland ringde och klagade när de såg vad patienterna gjorde vid fönstren.

"De hatar mig", sa Angelika och hennes underläpp började darra. "De vet vad jag har gjort."

Anders lade handen mjukt på hennes axel för att lugna henne. Det var så här det började. Om hon fick fortsätta skulle det sluta med ett av hennes vredesutbrott. Och det enda sättet att få slut på vredesutbrotten var med sprutorna som gjorde henne helt lealös innan hon somnade. Han var inte säker, men det lät som om stegen som tidigare varit på väg någonstans stannade precis utanför dörren. Stod det någon där och lyssnade, kanske med sprutor och tabletter redo?

"Jag har träffat nån", sa Anders.

Angelika såg först förvirrad ut, men sedan sken hon upp. De torra läpparna visade tänder som gulnat. Frida hade sagt att Angelika borstade tänderna femton minuter varje kväll och tvättade händerna omständligt fyra gånger innan hon kunde lägga sig. Ändå gjorde medicinen tänderna gula och huden alldeles torr och livlös.

"Berätta", sa Angelika och slog ut med sina armar.

"Han heter Mikael."

"Mikael", sa hon drömmande. "Som ärkeängeln, den främste av Guds tjänare."

Anders skrattade till. Hon lutade sitt huvud mot hans. Hennes hår luktade otvättat men bar ändå en svag doft av schampot hon alltid använde, honung och vanilj. Han slöt ögonen och drog in den trygga doften.

"Var bor han?"

Anders tvekade. Skulle han berätta? Angelika hade varnat honom för den platsen. Trots att han alltid åkte dit och hämtade henne så hade hon sagt att han inte fick åka dit.

"I Gamla stan", sa Anders.

Hon tittade förvånat på honom och sedan sköt hennes hand ut och greppade tag om hans skjorta. Attacken var så stark och oväntad att Anders stapplade bakåt.

"Nej!" skrek hon. Naglarna grävde sig genom tyget och vred till hans hud.

"Djävlar", fräste hon. "Vättar, troll, äckel, hor och drägg bor där!"

Anders kunde inte tala. Hennes saliv stänkte i hans ansikte. Naglarna grävde sig djupare i huden genom skjorttyget. Hennes ögon var vilda, som på ett djur. Ögonvitorna var uppspärrade och gula tänder slog innanför de bleka läpparna.

"Allting dör! Vattnet tränger in överallt. Allting dör!"

"Släpp!" skrek Anders och förvånades över hur gäll hans röst var, som ett barns.

På bara några sekunder var rummet fyllt av vitklädda människor. Starka armar särade på dem. De drog bort henne från honom med en förbluffande effektivitet. Två män tog hennes armar, en annan hennes ben och sedan lyfte de upp henne. Som en korsfäst. Skrikande och svärande som en harpya bars hon bort till sängen. Frida måttade med sprutan och stack den i Angelikas arm. Effekten var nästan omedelbar. Musklerna spändes en sista gång och föll sedan slappa ihop. Angelikas ansikte vändes mot Anders där hon låg på sängen.

"Gå inte dit", sa hon milt. "Hjärtan dör där."

Anders stirrade på kvinnan som låg där. Det hela hade utspelat sig på bara några sekunder.

"Kom." Frida tog hans hand och ledde honom därifrån.

Anders gick med darriga ben. Tårar rann längs ansiktet på honom. Han visste inte varför han grät. Kanske var det av ren chock. Frida ledde honom genom korridoren och bort till ett av de runda borden i matsalen. Vitklädd personal satt och matade patienter. Frida försvann och återvände med ett glas vatten.

"Hon har aldrig gjort så förut", sa Anders. "Hon har aldrig blivit arg på *mig* förut."

Hon smekte lätt hans kind och torkade bort tårarna. Sedan satte hon sig mittemot honom. Även hon såg trött ut. Anders insåg att det här var vardag för henne, att brotta ner galningar och sticka dem med sprutor. Hur kunde hon orka att arbeta med de här människorna? Anders drog ett djupt, hackande andetag.

"Jag ville bara berätta att jag träffat nån, och då flippade hon ur."

"Har du träffat nån?" sa hon. "Vad heter han?"

Anders smittades av hennes stora leende.

"Mikael."

"Jag önskar jag kunde träffa en vettig kille." Frida lutade sig tillbaka i stolen, gungade den bakåt och såg mycket yngre ut än hon var.

"Din mamma ...", sa hon.

"Hon är inte min mamma", avbröt han.

Hon tystnade. "Nej, just det. Förlåt."

Anders viftade avvärjande med handen.

"Men hon fyller den funktionen åt mig", sa han. "Jag har en död mamma och en galen."

"Gubben", sa Frida. "Hon har bra och dåliga dagar. Hennes sjukdom gör att hon kan explodera om man säger fel saker. Det händer faktiskt ganska ofta, säkert en gång i veckan."

De satt tysta en stund. Anders snurrade det tomma glaset på bordet.

"Kommer min pappa nånsin hit?" sa han till slut.

Frida vägde på stolen och verkade fundera. Sedan skakade hon på huvudet.

"Nej, jag har nog aldrig träffat honom." Hon grubblade ett tag med rynkad panna, sedan lutade hon sig över bordet. "Är det okej om jag frågar en sak?"

"Ja", sa Anders och inväntade frågan han visste skulle komma.

"Hur träffades de? Alltså din pappa och Angelika."

Anders ryckte på axlarna och släppte glaset. Det föll på sidan med en hård klang.

"Visst är det konstigt?" sa han och rätade upp glaset.

"Förlåt, det var inte meningen att snoka."

"Det är ingen fara." Han slöt ögonen. "Jag vet inte riktigt hur de träffades. Jag har hört olika historier. Den jag hört mest är att han hittade henne blodig och dan på gatan. Han tog henne till sjukhuset, stannade vid hennes säng ... och tycke uppstod." Anders smålog åt det ålderdomliga uttrycket.

"Wow", sa Frida.

"Ja, men sen gick det ju som det gick."

"Var hon så här när hon bodde hemma hos er också?"

Anders tänkte tillbaka på tiden innan de flyttat till Fält. Det var innan han träffat Tim och alla de andra. Alla hans vänner visste att hans mamma var död, men endast Tim visste att han hade en galen låtsasmorsa. De hade bott i lägenheten efter att Niklas kommit hem från kriget. Eftersom de inte visste hur de skulle prata med varandra var det nästan alltid tyst.

Så en dag hade Niklas kommit hem med Angelika, utan förvarning, som om han köpt en hund eller något. Hon hade nästan ingenting med sig, bara en plastpåse med lite kläder. Hon bodde i vardagsrummet och sov på soffan. Ibland smög pappa ut till henne och stannade en stund. Anders hörde dunsande ljud, kvidande madrassresårer och stönanden. Ibland, efter en stund, smög Anders ut till henne och lade sig hos henne. Hon lyfte på täcket åt honom och lät honom krypa in. Han pressade ryggen mot henne och hon körde ner näsan i hans hårbotten. När hon gjorde det slöt Anders ögonen och tänkte på fotona av sin mamma. Båda var vackra men på olika sätt. Mamma Mirjam, med det där röda håret som han inte hade ärvt. Ibland vaknade han av att pappa stod i dörröppningen och tittade på dem, varken leende eller anklagande, bara tyst accepterande, innan han försvann tillbaka till sitt sovrum.

Angelika drog handen genom hans hår och sjöng godnattvisor för honom. Ibland lade hon sig i hans säng och ibland var hon kvar när han vaknade.

Anders tittade upp mot Frida.

"Det var bra till en början", sa han. "Vi lekte familj, åkte på picknick, badade på sommaren och så där. Ibland frågade folk om hon var pappas dotter. Jävlar vad arg han blev då."

"Vad hände sen?" sa Frida.

"Det här." Anders slog ut med armen mot de gråklädda galningarna som satt längre bort. "Hon blev sämre, satt och skrek i soffan. Skrek att de skulle komma och hämta henne igen. Skrek att hon hade gjort hemska saker. Hon skar sig. Till en början försökte farsan låtsats som ingenting, men till slut så gick det inte längre. En gång skar hon hål på en artär så det sprutade blod över hela köket."

"Stackars dig", sa Frida.

"Äh", sa han trots att han helst ville gråta igen. "Hon har varit snäll mot mig."

"Hon menade inte att göra *dig* illa", sa Frida.

"Jag vet, jag blev bara rädd."

"Du är en så jäkla bra kille", sa Frida.

"Vad menar du?"

"Du är så stark. Jag har aldrig sett en sån resolut karaktär hos nån. Det är synd och skam att du inte gillar tjejer."

Anders rodnade.

"Kom", sa hon och räckte fram handen. "Vi går tillbaka till henne."

Angelika låg på sängen, på sidan med ena handen under kinden och ögonen halvöppna. Hon var kusligt lik hur hon sett ut då han smugit till henne om natten. Men nu var hon äldre och mer tärd. Han satte sig på huk och lade ansiktet mot hennes kind. Hennes hår doftade honung och vanilj, trygghet.

"Jag är inte din mamma", sa hon frånvarande.

"Jag vet." Han kysste hennes kind och drog hennes hår genom fingrarna så lukten skulle stanna där.

Sedan reste han sig upp och gick, genom ljusa korridorer och ut på gatan igen. Där utanför stod han kvar en stund. Människor passerade förbi honom. Länge stod han så och tvekade. Varje gång han varit på besök här så fick han en tung känsla av skam. Han borde göra ytterligare ett besök.

Fötterna löste det åt honom. Han började gå utan att egentligen tänka. För det mesta försökte han hålla tankarna borta från tiden innan Fält, när han och pappa och Angelika levde i samma lägenhet. Vilken jäkla soppa. Men det var ännu längre sedan han tänkt på sin biologiska mamma.

Nu stod han där. Som så många gånger innan. Kyrkogården var omgärdad av ett högt staket av svarta spjutliknande metallstänger. Framför honom löpte välkrattade grusgångar mellan de oändliga raderna av gravar. Någon av dem var mammas, men han visste inte vilken. Han slöt ögonen och besvärjde fram hennes ansikte. Ett ganska runt ansikte med rött hår. Det tydligaste minnet han hade av henne var hur hon låg i sjukhussängen, blek, trött och grimaserande av smärtan. Och så hans far som inte kunde sitta still, som vandrade genom rummet och svor och skrek.

"Jag saknar dig", sa han med händerna på metallgall-

ret. "Jag kommer tillbaka en annan gång."
Sedan vände han sig om och gick.

20.

Oktobernatten låg fuktig och mörk över staden. Fält sov. Tim rörde sig oroligt i sömnen. Muttrande kliade han på såren i ansiktet. Sedan slog han upp ögonen och såg den lättklädda kvinnan som hängde i taket. Ett häftstift hade lossnat och ett hörn av affischen slokade. Det fick kvinnans ansikte att se förvridet ut. Hon stod med benen brett isär, rumpan mot åskådaren och överkroppen märkligt vriden när hon vände sig om och visade brösten i profil. En tjej på skolan hade upprört sagt att sådana poser var omöjliga i verkliga livet. Att de var retuscherade.

"Varför har du den i taket, över sängen?" hade Anna äcklat sagt en av de få gånger hon varit här.

"Förstår du inte det pucko?" hade Felicia svarat.

Tims huvud kändes tungt och han vände sig om för att somna igen. Han hörde en röst och satte sig genast upp. Han stirrade runt i rummet. Ingen var där. Ändå hörde han en röst, lika tydlig som om den kom inifrån rummet. Sång. Någon sjöng. Inga instrument utan bara en klar och tydlig röst.

Han kliade på plåstren. Det var gamla ord som han inte förstod innebörden av. Det lät som svenska och ändå inte. Allt var stilla i rummet. Hans ögon vilade en stund på gitarren som hängde på väggen. Det var länge sedan han spelat på den. Mobilen låg nedsläckt och tyst på nattduksbordet. Displayen sken upp när han tog telefonen. Flera meddelanden och aviseringar, men det kom ingen sång från den. Han lade den ifrån sig. Skrivbordet var rent och skolböckerna låg i en slarvig hög inför morgondagen.

Sången kom utifrån. Han reste sig upp och öppnade fönstret. Kall höstluft drog in och han huttrade där han stod i endast kalsonger. Nu när fönstret var öppet hörde han mycket bättre, som om sångerskan stod precis utanför. Det gjorde hon inte, men han visste var han skulle kunna hitta henne. Orden var gamla, han förstod dem inte. Ändå nickade han.

"Ja", sa han och tog på sig gårdagens skjorta. "Ja, jag kommer."

Jeansen krånglade lite när han drog dem på sig. Sedan lämnade han sitt rum. Ute i hallen låg Mys duploklossar utspridda. Han undvek dem när han tassade fram. Dörren till hennes rum var öppen och han hörde de jämna andetagen där inifrån. Hon andades så högt. My skulle fylla fyra nästa vecka, men han hade inte köpt någon present än. Dörren till föräldrarnas rum var stängd. Med ögonen på den smög han över golvet och sedan nedför trappan. Fötterna visste precis vilka trappsteg som inte knarrade. Han stannade upp en stund i hallen och rotade efter skor och jacka. Sången blev högre och han viftade med handen som för att hyssja den.

"Jaja", sa han. "Jag är på väg."

Han klev ut. Det var kallt, men av någon anledning spelade det ingen roll. Hans bara fötter blev blöta när han klev ut på gräset och gick längs gatan. Runt omkring honom sov Fält, endast vaklampor var tända. Utanför Anders hus stod den grå skåpbilen med den fåniga rovfågeln. Han passerade det blå huset där Markus pappor bodde. I fönstret brann ett stearinljus vid en lapp: KOM HEM MARKUS.

Han stannade upp när han såg den. Just det, Markus var borta. Kylan grep tag i honom. Han slog armarna om sig själv och tittade ner på sina bara fötter. Det var mitt i natten och han var utan skor.

Vad fasen?

Sången återvände, högre och mer krävande. Den slog över honom som en våg, en våg med klor och tänder. Orden grep efter honom, stavelserna slog in i honom likt krokar och drog honom, bort från Fält och ner mot ån. Händerna föll ner längs sidorna och han stapplade framåt. Bortom orden kunde han känna den fuktiga kylan mot sina bara fötter, men det var inte viktigt.

"Ja", sa han och fortsatte framåt.

Vägen ringlade ner mot staden. Han gick på vägrenen.

Bilar passerade då och då. Några tutade åt honom, men ingen stannade. Grus och stenar skrapade mot hans fötter. Så småningom kom han in i staden och gick genom parker och gator. Staden var lugn. Det var sent och vardag. Ett fåtal människor och bilar uppenbarade sig och försvann. De flesta var hemma och sov. Han fortsatte förbi torget med den blå statyn och vidare förbi biografen.

Sedan fann han sig stående vid platsen där asfalten övergick i kullersten. Sången hördes tydligt. Kullerstenen var hal och obekväm att gå på. Något vasst drevs in i hans fot. Han stannade upp och lyfte foten. Den var alldeles svart av smuts. Han fattade spiken med fingrarna och drog ut den. En stund stod han så och såg sig omkring. Det bultade om foten, men det var som om den var bedövad, som om skadan var oväsentlig. Han slängde bort spiken som försvann i mörkret med ett lågt klingande läte. Sedan fortsatte han gå. För varje steg grimaserade han åt smärtan i foten.

Sången ledde honom framåt. Gatorna i Gamla stan var fulla med folk. Här levde alla upp om natten. Han passerade genom grupper av människor. De skrattade och sjöng, svingade flaskor och drack. Orden i sången blev som en karta, en kompass. Han följde dem, trots att han sedan länge förstått vart de skulle leda honom. Runt omkring honom flöt Gamla stan förbi: de märkliga statyerna, de skrattande människorna och den tunga doften från Mörkån. Inne i en gränd satt några på huk och kastade tärning. En kniv låg mellan dem och flera av dem hade blodiga bandage på sina händer. Två fingrar låg avhuggna

bland gyllene mynt på gatstenen. Tim stannade och stir-
rade på fingrarna. De såg ut som smala, korta korvar och
han kände hur magen protesterade. Genast grep sången
tag i honom igen och drog honom bort från platsen.

Tims vandring fortsatte tills han stod på torget, det
med cirkelmönster av gatsten och en fontän som aldrig
verkade vara i bruk. Han stirrade på de tomma bänkarna.

Är torget alltid tomt?

I gränderna myllrade det av folk men här var allt-
ing tyst och stilla. Högst uppe på fontänen satt två svarta
fåglar, så mörka att de nästan försvann i natten. Längre
bort rann Mörkån stillsam och evig.

Och där såg han henne: en hukande gestalt vid
Mörkåns vatten. Den enkla ärmlösa klänningen visade
hennes vita, långa armar. Håret var som ett ringlande väsen
i hennes händer. Tim var slagen, förlorad. Han stirrade på
kvinnan, mindes hennes kropp, hennes läppar, hennes
händer och naglarna som gjorde djupa spår i hans ansikte.

"Som ett märke", hade hon sagt. "Mitt märke."

Hon satt där med ryggen mot honom och sjöng.

För några år sedan hade Felicia alltid haft med sig
diktböcker när de festade. Medan de drack folköl, rökte
cigaretter och blev allt gladare så läste hon högt ur dem.
Tim hade aldrig brytt sig om att koppla författarnamn till
dikterna. De passerade förbi honom i en ström av ord.
Några gjorde större intryck. Andra försvann.

"Bryt upp, bryt upp", hade de skanderat i kör med
armarna runt varandra och en irriterad Felicia som fräste
att de störde rytmen.

Tim kunde aldrig recitera hela dikter som Felicia gjorde, men han mindes ord och rader. Vissa som åsknedslag i hans hjärna, andra mer som varma ord att ta fram när han ville skratta eller gråta. Dessa lösa rader och ord kom till Tim då och då. Så som de gjorde nu när han såg kvinnan vid vattnet.

Det var mycket tack vare Felicia som Tim gjorde så bra ifrån sig på svenskan. Lärarna gillade när man refererade till poeterna. Man kunde faktiskt göra det när som helst: i en uppsats, filmrecension eller referat. Det var en enkel genväg till högre betyg. En gång hade Felicia läst högt ur nationalromantikerna. Den gamla fiolspelaren vid Silverån. Näckrosor på spegelblanka tjärnar. I det kladdiga gyttret av skymningar och älvadans hade Tim snappat upp ordet *vildskön*. Stagnelius, Heidenstam, Stiernhielm eller Geijer. Någon av de där gubbarna. Tycka vad man ville om de där gamlingarna som verkade bli upphetsade av tallkottar men *vildskön – wow liksom*. Det var Tims bästa ord.

Någon gång skulle han vilja skriva en låt eller text, kanske rent av en bok, där han kunde få in det ordet utan att det lät felplacerat. Nu, när han såg kvinnan sjungandes vid vattnet med ögon och tänder som lyste i gatlyktans sken, så var det just det ordet som kom till honom. Hon satt och doppade håret i Mörkåns svarta vatten nynnades en sång med ord som var främmande för honom. Sedan vände hon sig om och släppte ner håret som föll stort och tjockt vid sidan om henne. Mörkåns vatten droppade från de mörka lockarna när hon log mot honom.

Vacker. Vildskön.

21.

Aulan var full av folk. I träbänkarna satt i stort sett alla skolans elever. Borta vid podiet stod rektor, polis, kurator, präst och imam. En stabil och rejäl kvintett att möta Markus försvinnande med. Rektorn pratade om att skolan skulle hålla ihop. Orden ekade i den väldiga salen under det höga och välvda taket. En gång hade präster och lärlingar suttit här inne med böjda huvuden. Det hade funnits medeltida målningar i taket, men de hade bleknat till svaga streck och linjer. Nu samsades de med blyertsklotter på bänkar och väggar.

Anna tittade framåt längs raderna av böjda bakhuvuden. På flera ställen lyste blå skärmar. Snabba tummar flyttade godisbitar, bokstäver eller sköt fåglar från slangbellor.

"Fan vad respektlöst", viskade hon till Anders.

Han nickade utan att ta blicken från rektorn som talade. Längst ut på raden satt Felicia. Hon satt med benen i kors och lutad framåt med anteckningsblocket i knät. Anna tyckte att hon såg ut som en journalist.

"Var är Tim?" Anna såg sig omkring. "Han borde vara här."

"Han var inte med på bussen i morse", sa Anders. "Han kanske är sjuk."

Anna lutade sig tillbaka i bänken igen. Den var av massivt gammalt trä och obekväm. Det var inte ofta de var i aulan, och det var alltid skönt att komma därifrån. Polisen talade om allt som gjorts i sökandet. De hade satt upp lappar, lagt ut efterlysningar och försökt spåra Markus telefon. Frivilligorganisationer sökte längs ån och ute i skogen varje kväll. Han avslutade med att säga att alla tips var intressanta.

Anna vred händerna. Hon och gänget var bland de sista som träffat Markus innan han försvann, ändå hade hon ingen aning om vart han tagit vägen. Borde hon göra mer? Ta på sig en reflexväst och ge sig ut med ficklampa i skogen och ropa efter Markus? Tanken kändes bisarr, vad skulle Markus göra i skogen?

Nu tog prästen vid och lade båda händerna över podiet. Kuratorn stod bakom och iakttog både präst och imam med ett överseende ansiktsuttryck. Prästens röst gjorde sig bra här, liksom rullade ut mellan bänkraderna. Här och var hördes snyftanden.

"Varför pratar de om honom som om han vore död?"

viskade Felicia irriterat.

Anna vände sig mot henne. De hade knappt pratat med varandra på hela veckan. Hon saknade Felicia.

"Tror du han lever?" sa Anna.

Felicia ryckte på axlarna.

"Det känns lite förmätet att prata som på en begravning", sa Felicia och skrev något i sitt anteckningsblock.

Prästen steg tillbaka och lät imamen stiga fram. Återigen kom tröstande ord och då och då ett citat ur en gammal skrift. Anders skrattade till där han satt bredvid Anna.

"Markus skulle ha varit rasande över det här. Kan ni tänka er: två religiösa nissar som pratar om honom. Bibel- och korancitat."

Anna log åt Anders ord och nickade. Revolutionära Markus med alla sina idéer, tankar och åsikter. Det gick inte få tyst på honom när han väl tyckte någonting. Och han hade åsikter om många saker, speciellt om religion. Hon kunde höra hans röst i huvudet när han gick loss om att de enda vettiga alternativen var ateism, feminism och veganism.

"Ja, han hade hatat det", sa Anna och hade svårt att koncentrera sig på imamens ord.

Sist avslutade kuratorn, en gråhårig kvinna som Anna suttit hos flera gånger. Anna hade berättat att hon ibland hade svårt att sova och att hon blev nervös inför prov och presentationer. Hon kunde bli så otroligt rädd, för att hennes föräldrar skulle skiljas, för att någon skulle mörda henne eller för att vad som helst skulle kunna gå fel. Kuratorn var en sådan där människa som man lätt anförtrodde sig åt. Nu avslutade hon det hela genom att säga att hennes dörr alltid var öppen.

Eleverna reste på sig. Flera av dem gick med snabba steg, för att hastigt komma ut ur aulan. Felicia försvann ut med strömmen av människor. Anna stod kvar bredvid Anders och lät de flesta passera innan hon själv gick ut. Hon kastade en blick mot de vuxna vid podiet. Kanske hon skulle gå till kuratorn och berätta vad som hänt. Vad hon varit med om i Gamla stan. Hon svalde en våg av magsaft. Den var sur men bar med sig ett eko från den söta smaken av gyllene äpple.

Felicia väntade på dem utanför. Runt omkring henne hade andra studenter samlats i klungor. Några tjejer som Anna inte kände grät, andra skrev på sina telefoner och ytterligare några var redan på väg därifrån. Hon ställde sig framför Felicia men visste inte vad hon skulle säga. Hon hatade den där obekväma känslan som alltid fanns efter bråk och konfrontationer, innan allting lade sig tillrätta igen.

"Vilken märklig grej", sa Anna till slut med lite darr på rösten. "Var det en begravningsceremoni eller?"

De andra nickade instämmande, Anders med en något frånvarande blick ut i fjärran. Felicia mötte Annas blick och det fanns ingen hårdhet i ögonen. Kanske ville hon bli sams igen?

"Var vi de sista som såg honom? När han gick iväg med den där tjejen?"

Orden fick Anna att rysa till. Den sista minnesbilden

hon hade av Markus var när han försvann iväg i folkhavet med sin tysta flickvän.

"Alltså", fortsatte Felicia. "Var är den där tjejen nu?"

Anders strök sig över hakan och tittade till mot dem, nästan som om han vaknat upp ur djupa tankar.

"Tror ni inte att hon hade nåt att göra med Markus försvinnande?" sa han.

"Jag kommer inte ens ihåg hur hon såg ut", sa Anna.

Hon försökte minnas. Flickan var blek och hade ljust hår och en för stor tröja. Anna skulle aldrig kunna beskriva utseendet för polisen eller göra en fantombild. Någonting med uppsatta lappar svävade förbi i Annas huvud men fastnade inte. Hon vände sig om och såg Markus ansikte stirra tillbaka mot henne från lappar som satt på fönster och väggar.

"Hon bara dök upp", sa Felicia. "Hon var med på nån av alla fester och höll Markus i handen. Var kom hon ifrån? Jag vet inte om jag nånsin pratade med henne."

Anna nickade instämmande. "Nej, han berättade aldrig var de träffats."

"Och vi frågade aldrig", sa Felicia. "Varför gjorde vi inte det?"

Det plingade till om Anders telefon. Han lyfte upp den ur fickan.

"Är det Mikael?" sa Felicia.

"Nej", sa Anders. "Det är Tim. Han säger att han nyss vaknade."

"Men", sa Felicia. "Klockan är ju fyra!"

Anders fortsatte läsa meddelandet, skrev någonting

och lade telefonen i fickan igen.

"Vad sa han mer?"

"Att han ville dricka kaffe på Hjärtat."

"Ja", utbrast Felicia. "Det gör vi."

Anna nickade. Det vore skönt med någonting som skulle kunna reparera vardagen, att bara få sitta tillsammans, dricka kaffe och prata. Även om Markus stol skulle förbli tom.

"Ja, vi gör det", sa Anna och såg hur Felicias leende blev ännu större.

De skildes åt, alla på väg åt olika håll i skolan för att öppna skåp och lägga tillbaka böcker och läsplattor. Anna gick själv över innergården. De andra hade redan så många historier, själv hade hon inga. Tänk att en enda kväll kunde medföra så mycket. Anders hade träffat en kille som han messade med. Tim hade sår och verkade frånvarande. Felicia såg förälskad ut. Anna hade sett det förut, hur Felicia helt gick upp i något nytt och spännande för att senare bara förkasta det.

De kommer att gå tillbaka.

Tanken skrämde Anna. Hon mindes vad gränderna innehöll, vad de små gängliga varelserna hade erbjudit henne och vad de krävde i betalning. Varför såg inte de andra det?

Hon lutade huvudet mot skåpet. Det var kallt mot pannan och hon slöt ögonen. Det kändes som om hon skulle börja gråta och hon pressade tillbaka tårarna.

Var är du, Markus?

Runt omkring henne passerade elever, men hon stod

kvar med huvudet mot skåpet. Det var svalt och skönt.

22.

Anna, Felicia, Anders och Tim satt tysta på kafé Hjärtat. Kaffekoppar, bakelser och skolböcker stod prydligt ordnade på bordet. De skulle plugga inför historieprovet, men egentligen var det bara Anna som pluggade. Tim hade sin gitarr i knät och ett anteckningsblock framför sig. Det var länge sedan han haft gitarren med sig. Såren i hans ansikte var färska igen, som om de gått upp. Eller så var det nya sår.

Tim hade något febrigt frånvarande i ögonen och skrev då och då i sitt block. Ibland så slog han ett ackord, skakade på huvudet och suddade ut det han precis hade skrivit.

Höll han på att skriva en låt? Anna hade aldrig sett

honom göra något sådant förut. För något år sedan hade han harvat sig igenom *Broder Jakob* och *Lilla snigel*. Sedan hade gitarren försvunnit. Nu satt han här med den igen. Det såg fel ut med ett ömtåligt instrument i hans stora händer.

Felicia satt med block och penna. Det fanns något rastlöst över henne. Hennes blick flackade mellan anteckningsblocket, skolboken och fönstret. Det var länge sedan de pratat bara de två. Alltså pratat på riktigt och inte bara det där stela samtalet utanför aulan tidigare. Innan besöket i Gamla stan hade de suttit på Felicias säng och pratat om killar och om skolan. Anders drack kaffe och läste tidningen.

En polisbil passerade förbi på väg mot stan. På anslagstavlan vid busshållplatsen stirrade Markus ansikte tillbaka mot dem. Markus Sagerman – Försvunnen.

"Tror ni han kommer tillbaka?" sa Anna.

Felicia tittade upp från sitt block, först på Anna och sedan ut på anslagstavlan.

"Han har varit borta i fem dagar", sa Anna. "Kommer ni ihåg hur det gick sist det satt lappar över hela stan?"

Alla nickade tyst för sig själva. *Mia.* Anna ryckte till. Det var någonting med ansiktet och namnet som de vuxit upp med, det som suttit på hundratals lappar i staden. Legenden och spöket Mia. Känslan var undflyende. Hon försökte greppa den, men den försvann lika fort som den kommit.

"Vi kanske borde göra nåt", sa Anna och hörde hur diffust det lät.

"Vad menar du?" sa Anders.

Anna drog naglarna över handryggen. Det gjorde lite ont och efterlämnade röda spår i huden. Hon visste inte riktigt vad hon menade, bara att en gnagande känsla av skuld växte i bröstet på henne för varje dag som Markus var borta.

"Ja, leta efter honom eller nåt."

De andra såg ner i bordet, alla utom Tim som stirrade med glansiga ögon ut genom fönstret. Anders kinder rodnade och han knep ihop ögonen. Han såg nästan arg ut. Felicia bet sig i underläppen och stirrade ner i bordet. Och först då förstod Anna att de också skämdes, att de alla brottades med sina egna känslor inför Markus försvinnande.

"Hur?" sa Anders. "Var ska vi leta?"

Felicia nickade instämmande. "Vi har ingen aning om var han är."

Anna kände hur kylan växte inom henne. Livet borde inte vara så här orättvist. Markus var deras vän och de var tvungna att hitta honom igen. Hon visste bara inte hur.

"Jag vet inte", sa hon. "Kanske gå med i skallgången."

Ordet *skallgång* fick bilder att dyka upp i Annas huvud: bilder av människor i reflexvästar som gick mellan mörka träd, av föräldrar som grät och av poliser som allvarligt skakade på huvudet.

"Ingen blir hittad", sa Felicia. "I den här staden blir aldrig nån hittad igen."

Hennes ord hängde tunga i tystnaden som följde. Anna visste inte vart hon skulle ta vägen. Anders trummade med fingrarna på bordet, rastlöst och irriterat.

"Du kanske ska kolla upp de där såren", sa han till Tim.

Tim tittade förvånat på Anders. Det var som om han inte kände igen honom.

"Så att de inte blir infekterade eller nåt?" fortsatte Anders och skruvade på sig.

Tim rynkade pannan och skrev någonting i blocket.

Kanske var det den tryckta stämningen som fick dem att bryta upp tidigare än de brukade. Först gick Anders, sedan Tim som liksom lommade iväg med febrig blick och märkligt släpande steg. Gitarren hängde på ryggen och axlarna slokade.

"Är han sjuk tror du?" sa Felicia.

Anna ryckte på axlarna och tog en klunk kaffe. Det blev tyst. Hon hatade den här obekväma stunden, varför gick det inte att snabbspola förbi sådant?

Säg nåt då Felicia. Varför måste alltid jag lappa ihop sånt här?

Felicia drog äntligen efter andan. Hon var på väg att säga något.

"Vi ska åka tillbaka", sa Felicia utan att möta Annas blick. "Till Gamla stan, i morgon."

Anna reste sig så hastigt att hennes kopp välte. Den slog i bordet och blev liggande på sidan, lutad mot örat. En pytteliten pöl kaffe rann långsamt ur den. Anna tittade på den, drog upp en näsduk ur handväskan och torkade upp fläcken innan hon lämnade kaféet. Hennes händer darrade.

Hon hade kommit halvvägs till sitt hus när Felicia kom ifatt henne.

"Anna, vänta!"

Anna vände sig om. Det hettade om kinderna.

"Varför ska ni gå tillbaka?"

Felicia tvekade. "För att det var kul."

"Ni är inte kloka."

"Varför är du så arg? Om du inte vill gå så behöver du bara säga det."

Anna stirrade på henne. "Markus är borta. Han försvann i Gamla stan, fattar du inte det?"

"De vet inte var han försvann."

"Men kom igen, det är ingen hemlighet", sa Anna. "Alla varnar oss för den där platsen. De säger att folk försvinner där."

"Vi vet inte vad som hände med Markus", sa Felicia. "Han kanske bara drog."

"Vart då?"

"Ja", sa Felicia dröjande. "Han har ju alltid gått sin egen väg."

"Felicia", sa Anna tålmodigt. "Tänk om han är död. Tänk om han dog i Gamla stan."

Felicia skrattade. "Du överdriver, han kommer ju att dyka upp när som helst och så kommer han att berätta om hur alternativ och speciell hans upplevelse har varit."

Anna drog på munnen. Det skulle vara typiskt Markus. Han kunde återvända med något slags förhöjt medvetande och nya politiska YouTube-filmer att visa upp för omvärlden.

"Varför vill du inte följa med?" sa Felicia mjukt.

"Därför att stället skrämmer mig."

"Men det vore bra för dig att träffa nån."

"Inte så", sa Anna. "Inte där."

"Anna", fnös Felicia och slog ut med armarna mot raderna av identiska hus runt omkring dem. "Livet är mer än det här."

"Menar du att livet finns i Gamla stan?"

Felicia trampade frustrerat. Anna kunde se att hon brottades med sina tankar. *Men fråga då! Fråga hur jag mår!*

"Nej, men det börjar där. Det finns saker där som får en att känna sig levande."

"Det finns bara hemska saker där", sa Anna.

Felicia rynkade pannan. "Råkade du ut för nåt där?"

Anna öppnade munnen för att säga något, men slöt den sedan igen. En kvävande smak av äpple sköljde över henne. För en sekund såg hon den mystiska skogen, den med de gyllene äpplena som glimmade genom dimman. Lika snabbt försvann den när hon svalde ner uppstötningen. Felicia såg oroligt på henne. Anna visste inte vad hon skulle säga. Att vättar erbjöd hennes döda kattunge i utbyte mot en gruppvåldtäkt? Ilska sköljde över Anna. Varför fick Felicia gå iväg med den vackre mannen medan hon själv blev hotad av Gamla stans varelser?

"Jag vill inte gå tillbaka", sa hon sammanbitet.

"Alltså Anna", sa Felicia. "Du kommer aldrig att få nån kille om du inte går ut."

Anna frustade till, på riktigt. Hon frustade som en tjur. Krampaktigt knöt hon nävarna vid sidan. Det fanns ord hon skulle vilja skrika i Felicias ansikte, ord som inte skulle gå att ta tillbaka. Hon andades ut, en häftig väsning som fick Felicia att rygga till. De båda tjejerna stod och tittade på varandra. Sedan vände Anna och stampade iväg, tvärs över vägen och in på sin tomt.

Flera timmar senare öppnade Anna dörren och gick ut. Hon ignorerade Felicias hus och gick snabbt mot skogen. Kanske skulle hon råka på Anders om han var ute och sprang. Men mest av allt ville hon bara vara i fred.

Ett band av lampor letade sig från Fält, ut bland hagarna som ridskolan hyrde och sedan ut i flera olika spår i skogen. I mörkret såg hästarna ut som stora skuggor. När hon var yngre hade hon tagit några ridlektioner, men hon hade aldrig fått den där förälskelsen som andra flickor pratade så mycket om. För henne var det mest bara skitigt och dammigt. Hon tyckte inte om att lyfta de stora hästbenen och skrapa jord och avföring ur deras hovar. När hon kom hem var hon täckt av tagel, smuts och hästlukt.

Anna gick snabbt. Fötterna hamrade ner i den mjuka barken som tog vid där asfalten slutade. Hon ville skrika. En uppdämd vrede fanns inom henne. Hela eftermiddagen hade hon strukit runt i huset, retat upp sin mor och varit allmänt irriterad.

”Gå ut”, hade pappa sagt till slut, med sin alldeles för lugna röst. ”Se om det hjälper med frisk luft.”

Som en helig stig lystes barkspåret upp framför henne. Skogen omkring var mörk. Hon vände sig om och såg Fält där borta. Hemma. Vägen framför henne grenade upp sig i ett grönt, ett gult och ett rött varv. Hon tog det gula på fem kilometer. Det var lagom.

Då och då blev hon omsprungen av kvällsjoggare med kroppsnära träningskläder. Hon stirrade på rumpan på mannen som försvann. Byxorna hade vita streck som accentuerade hans bakdel. Hon log och försökte att inte skratta. Det såg faktiskt ganska fånigt ut.

Hon gick i jämn, rask takt. Armarna svängde fram och tillbaka i en perfekt pendelrörelse. Anna brukade bli lugnare av att vara ute och gå, men den här gången fungerade det inte riktigt. Bråket med Felicia levde kvar inom henne och gjorde henne arg så fort hon tänkte på det. Hon hade blivit så jävla arg på Felicia. På ett sätt som nästan skrämde henne själv. Hon kunde ha slagit till Felicia, knutit näven och sedan slagit den rätt in i det där självgoda Feliciaansiktet. Tanken fick henne att skamset le.

Hade Felicia rätt? Borde hon ge Gamla stan en andra chans? Anna suckade. Kanske hade hon bara haft otur. Kanske skulle även hon få en grekisk gud att leka med ifall hon bara gick dit igen? Hon mindes puben innan allt gått fel. När de allihop var glada och den där snygge mannen kommit fram. Kunde det bli så igen? Sedan skakade hon på huvudet. Hon mindes Gråtuss som krängde i grenliknande fingrar och Markus som hade försvunnit.

Det var märkligt hur lite rabalder Markus försvinnande hade orsakat. Ena dagen var han bara borta. Efter fem dagar var det business as usual. Inte mycket att hänga upp sig på att en av deras närmaste vänner försvunnit. Bara man fick festa och leva rövare. Men det var inte bara hennes vänner som var likgiltiga. Förutom dagens manifestation i aulan så var det inte mycket som skrevs i tidningen eller som sades på radio och tv. Det var nästan som om staden förväntade sig att folk försvann.

"Var är du Markus?"

Hennes ord letade sig ut i skogen och en vind tog fart. Den ruskade om trädkronorna, svepte genom hennes hår och fick henne nästan att ramla omkull. Vinden doftade sött och främmande. Hon kände igen det. Det var precis så Mörkån doftat när hon besökt Gamla stan. Anna såg sig omkring. Sista gången hon känt den där doften var kvällen då de små varelserna förföljt henne.

Det knakade ute i skogen av grenar som bröts. Anna blev med ens medveten om att hon var ensam i skogen och att det var över två kilometer till hennes välvårdade hus. Hon flackade med blicken, vände sig om och hoppades att en joggare skulle komma springande. Någon som skulle rädda henne. Men hon var ensam.

Någonting rörde sig ute i skogen. Det kom närmare. Vinden från Mörkån rasade genom skogen. Det lät som om grenar och löv pratade med varandra. Anna insåg att Mörkån rann genom skogen. De här träden drack djupt ur dess vatten.

"Hjälp mig", viskade hon.

En gestalt lösgjorde sig från mörkret mellan träden. Anna tog ett steg bakåt och benen var ostadiga. Ett ansikte blev synligt mellan granarna. Det tittade på Anna med stora ögon. Ansiktet såg blekt och trött ut. När han steg fram och blev helt synlig skrek Anna rätt ut.

Det var Markus. Han var klädd i smutsig vit skjorta och sina tajta stuprörsjeans. Det var samma kläder som han haft när han försvunnit. Han tittade på henne och höll båda händerna utsträckta och kupade framför sig om han höll i en osynlig snöboll.

"Markus?" sa hon och kände hur rösten brast.

Markus läppar formade ord, men hon hörde ingenting. Hon var ganska säker på att ett av orden var *Anna*. Hennes hår piskade i ansiktet, men Markus stod oberörd av vinden, varken hans kläder eller hår rörde sig. Han stod där och pratade ljudlöst, hela tiden med händerna utsträckta framför sig.

"Markus vad gör du?" sa Anna och började gråta.

De mörka trädtopparna svajade ovanför dem likt jättelika spjutspetsar mot den mörka himlen. Markus formade ord, långsamt som om han pratade med någon som var korkad, men fortfarande lämnade inga ljud hans läppar. Annas hjärta slog vansinnigt i bröstet och pulsen trummade vid tinningarna.

"Jag förstår inte", sa hon.

Sedan försvann han. Ena sekunden var han där, nästa borta. Hon tittade på platsen där han stått.

"Markus!" ropade hon. "Markus!"

Inget svar. Vinden tog fart igen. Anna sprang. Ute i skogen rörde djur på sig, deras skrämda fötter fick henne att springa ännu snabbare. Kvistar bröts i mörkret omkring henne. Hon sprang hela vägen hem, hela tiden omgärdad av träden vars rötter letade sig djupt ner i den mörka myllan.

23.

Felicia hade inte pratat med Anna sedan deras gräl. Hela dagen hade de undvikit varandra på bussen och i skolan. Självklart hade de setts i korridorerna och fått snabb ögonkontakt, men ingen av dem ville ta första steget för att sluta fred. Anna hade sett ännu mer stressad ut, trött och med rödsprängda ögon. Det var något hon inte berättade.

Jäkla primadonna. Isprinsessa.

Det var fredag kväll. Felicia satt med huvudet mot rutan på bussen. De hade haft historieprov i dag. Hon hade ingen aning om hur det gått. Frågorna om andra världskriget hade känts så meningslösa. Länder som krigat och krigat, miljontals människor som dött och gubbar i uniform på svartvita foton. Hon levde nu. Hennes upplevelser fanns nu. Bakom henne i bussen satt Anders och Tim. I Anders ryggsäck fanns öl och vinflaskor. Framför dem glittrade stadens ljus i natten.

Hem.

Tim låg över sätena längst bak. Han hade pillat på plåstren hela resan. Anders satt leende med blicken ner i sin mobiltelefon. Ingen sa någonting.

Torget var nästan tomt på folk. De var tidiga. Allihop hade velat komma hemifrån så fort som möjligt. Oktobernatten var kylig och Felicia kände att hennes klänning var alldeles för tunn. Det skulle bli kallt i natt. Tim såg sig dröjande omkring på torget och sedan började han gå, med stapplande steg, bort mot den lilla konsumbutiken på hörnet av torget. Där jobbade en snygg kille som ibland lät Felicia köpa folköl och cigaretter.

"Tim?" ropade Anders.

Han svarade inte utan fortsatte gå. Anders tittade mot Felicia med ett frågande ansiktsuttryck. Hon kände sig lika förvånad som Anders såg ut.

Anders gick ifatt Tim. "Hörru!"

Tim fortsatte gå med sin märkliga, styltiga gång. Anders lade handen på hans axel. Tim vände sig om och såg förvirrat på Anders och sedan på torget. Det såg ut som om han precis vaknat. Såren i hans ansikte vätskade, ljusgula spår rann ner längs kinderna.

"Mår du bra?" sa Anders.

Tim nickade långsamt. "Ja, jag mår bra."

"Okej", sa Anders. "För du uppför dig lite konstigt."

Tim vände blicken mot affären.

"Jag måste handla först", sa han och började återigen gå.

Anders vände sig mot Felicia och ryckte på axlarna.

"Är han hungrig?" sa Felicia.

Tim svarade inte utan tog en grön korg och gick in. Han slängde ner några äpplen direkt i korgen, stod stilla en stund och svängde sedan bort till hyllan med bröd och kakor. Han tittade efter vad som fanns och tog sedan en rulle med kex. Felicia och Anders följde tyst efter honom. Vid köttdisken stannade han igen, lyfte upp ett paket köttfärs och lade det i korgen.

"Har det slagit slint?" sa Felicia.

"Vi går ut så länge", sa Anders.

De huttrade när de kom ut i kylan.

"Jag är inte sugen på att sitta ute i dag alltså", sa Felicia.

Till slut kom Tim ut med en matkasse i ena handen. Anders stack ner handen i kassen. Tim märkte ingenting. Anders tog upp rullen med kex och höll den framför honom.

"Ska du ha picknick?"

Tim ryckte till, tog tillbaka rullen och slängde ner den i påsen.

"Bry dig inte om det", sa han.

"Okej, kan vi gå till parken nu?" sa Felicia.

"Jag följer inte med", sa Tim.

Felicia granskade honom oroligt. Han var blek och kallsvettig.

"Vad håller du på med?" undrade hon.

Han svarade inte utan började gå över torget. Det var tydligt vart han var på väg. Han tänkte gå till Gamla stan direkt. Felicia och Anders såg efter Tim där han försvann längs gatan, slängandes med påsen. Tysta och huttrande gick de förbi domkyrkan till parken. Gravkullarna mötte dem, men fåren syntes inte till. Nu satt de här, två personer mittemot varandra. De brukade vara fem, de hade alltid varit fem. Den nya konstellationen skapade en oväntad tystnad. De öppnade vinflaskorna.

"Varför följde inte Anna med?" sa Anders.

Felicia ryckte på axlarna och tog en klunk av vinet.

"Hon är avundsjuk", sa Anders.

"Lägg av", sa Felicia.

"Hon har alltid varit avundsjuk på dig, det vet du ju."

"Ja", sa Felicia. "Men hon är ju den snygga, jag borde vara avundsjuk på henne."

De halsade direkt ur varsin vinflaska. Felicia tog en djup klunk och den brände i halsen. Hon mindes sist de varit här. De hade pratat om framtiden. Det var innan de gått till Gamla stan. Anna hade druckit för mycket och spottat rödvin mellan fingrarna. Felicia log åt minnet.

"Vad tror du hände med Markus?" sa Anders.

Hade Tim varit med skulle han ha sagt något opassande. Om Anna varit med skulle hon ha sagt något smart. Nu blev det ett tomrum där deras repliker skulle ha varit. Anders snurrade vinflaskan mellan händerna.

"Jag vet inte", sa Felicia till slut.

"Jag skäms", sa Anders och vred händerna i knät. "Jag skäms för att vi inte brytt oss mer om hans försvinnande."

Felicia tog en klunk av vinet och nickade sedan.
"Ja, jag med."

24.

Sången hade egentligen aldrig tystnat. Den ljöd hela tiden i Tims öron, allra mest nu. Ju närmare han kom Mörkån, desto tydligare blev den. Likt en tråd bunden kring hans huvud som drog honom framåt. Tim hade aldrig känt någonting sådant här. En sådan enkel, driven lust, en önskan att bara få vara, att få vara med *henne*. Ingenting annat betydde någonting. Han visste inte ens vad hon hette. Men han visste hur hon kysstes, hur hon smakade och hur hennes händer smekte och rev över hans kropp.

Gamla stans gator passerade förbi honom. Människor flöt förbi honom. En hand greppade i hans bakficka, kanske efter hans plånbok eller telefon. Tim vände sig inte om för att se vem det var. Han fortsatte med blicken framåt.

Sången blev högre. Varje steg tog honom närmare. Hjärtat slog starkare och skickade varmt blod genom hela hans kropp. Tinningarna bultade och han kände hur han fick stånd. Det stramade mot jeanstyget och han kunde inte låta bli att fånle där han gick med matkassen i handen.

Och sedan såg han henne. Hennes ögon var riktade mot honom. Han var tvungen att ha henne, att hålla henne igen. När han närmade sig, drog hon sig undan, fortfarande sjungande. Världen omkring honom blev flytande. De passerade gator, statyer och prång. Överallt låg doften av Mörkån, tung och sövande.

Till slut stannade hon vid en dörr. När han kom ikapp knuffade hon upp den rejäla trädörren med en grymtning. Hon hade slutat sjunga och världen tog långsamt form omkring honom igen. Han var någonstans i Gamla stan. Byggnaden de stod framför såg ut som en gammal kyrka eller något. Ett torn stack upp ur den. De färgade glasfönstren påminde om kyrkfönster, men motiven var fel. Ett av dem föreställde en naken kvinna som red på en drake, ett annat en stor brinnande eld formad till huvud och armar.

"Jag har varit här förut", sa han och tittade på den tjocka dörren.

Han mindes det bara som fragment. Hon höll upp dörren åt honom. Lukten där inifrån var unken, som ett råttbo eller en hamsterbur. Han steg in. Det var så mörkt att han inte såg någonting. Fräsandet från en tändsticka bröt mörkret. Hon stod framför honom med ett stearinljus. Hennes enorma ögon vilade på honom. Han sträckte fram handen mot henne, försiktigt och trevande. Hon slog snabbt bort den och vände sig om.

"Kom", sa hon.

Han följde henne genom mörka korridorer och genom rum kantade av bastanta dörrar. Hennes hår var mörkt, tjockt och lockigt. Det föll över hela hennes rygg, nästan ner till vaderna. Lukten blev starkare som av djurstall och av gammal mat. Han såg sig omkring. De passerade genom ett stort rum där några gamla långbord låg omkullvräkta och var täckta med damm. På golvet fanns spår av fötter, små fötter, som sprungit fram och åter över stengolvet.

De gick uppför en bred trätrappa. Lukterna blev starkare. Hon stannade framför en dörr vid trappans slut.

"De väntar." Hon placerade handen på dörren och tryckte.

Den kärvade lite och hon fick ta i innan den gled upp. Det var ett smalt stenrum. I bortre änden fanns flera högar med fårfällar, gamla mattor och filtar. Mitt på golvet låg en fåtölj. Den hade revor och hål och stoppning låg i högar kring den. Hela golvet var fyllt av utspridda rester från bröd- och godispaket. I ett hörn låg en sönderplockad actiongubbe och en käpphäst.

Tim kisade in i mörkret. Flera små varelser gömde sig i rummet. Två av dem avslöjades av glimmande ögon bland byltena av fällar och mattor. En annan stack upp huvudet bakom fåtöljen och fräste med öppen mun som en katt. Åsynen av henne och det oväntade ljudet fick Tim att rycka till. Sedan såg han den sista. Hennes hud var så mörk att hon smälte in i bakgrunden. Endast de lysande ögonen avslöjade henne.

De smög fram, vaksamma som djur. Hela tiden med sina lysande ögon på honom, redo att försvinna in i sina gömställen igen.

Det var fyra flickor. De var nakna och så lika modern att det var kusligt: hårsvall som föll långt över deras ryggar och stora ögon i vackra ansikten. Tre av dem var porslinsvita med brunt hår och en var en underbart vacker flicka med mörk hud och kolsvart hår. Tim stirrade på hennes långsmala kropp med endast antydan till bröst och höfter. Flickan såg att han tittade och rätade på sig. Hon spärrade upp ögonen mot honom och log. Det var skrämmande hur lik hon var sin mor.

"Fy!" skrek kvinnan högt och både flickan och Tim kurade ihop sig.

Tim höll fram kassen och flickorna tog blicken från honom och fixerade i stället påsen.

"Har han med sig nåt åt oss?" sa den mörka och tog ett steg framåt.

Tim kunde inte tro sina ögon. Flickan kunde högst vara tolv, tretton år, men redan så otroligt vacker. Om hon kunde sjunga som hennes mor skulle ingenting kunna stoppa henne. Män och kvinnor skulle lyssna till henne, nationer skulle falla.

"Det här är till er." Tim lyfte upp påsen mot dem.

Som på en ohörbar signal rusade de fram och slet åt sig den. Händer och vassa naglar rev påsen i bitar. Innehållet föll ut på golvet: äpplen, kex och paketet med köttfärs. Alla fyra var där, rivande, morrande och slitande. Kexpaketet dök upp i en hand.

"Ballerina", skrek en flicka triumferande och tog en tugga rätt genom plasten.

Paketet drogs ur hennes hand och slets i stycken tills det på några sekunder endast fanns smulor och plastrester kvar. De hittade köttfärsen, skopade ur paketet med händerna och kilade iväg till sina gömslen med händerna fulla av rosarött kött.

Kvinnan stängde dörren och ledde Tim vidare genom huset. De gick genom flera mörka korridorer. På några ställen lystes korridoren upp av gatljus som föll in genom de färgade fönstren. De passerade ett par gamla riddarrustningar. Som yngre hade Tim haft en förälskelse till medeltiden, framför allt till vapnen och rustningarna. De två rustningarna som de gick förbi kände han inte igen. De var av mörkblå metall och hjälmarna såg inte ut som de gjort i historieböckerna. De här var någon slags skräckmasker med rovdjurständer och stora ögon och liknade mer samurajmasker än europeiska riddarrustningar. Han fortsatte följa kvinnan och stearinljuset. De öppnade en dörr och kom in i ett sovrum. I dubbelsängen låg sängkläderna i en enda oreda. Något som kanske var en björnfäll låg slängd över sängen. Här luktade det som mest. Djurlya.

"Jag har varit här förut också", sa han.

Hon släppte hans hand och gick framför honom. Som om det vore självklart drog hon i snörningen på sin klänning och den föll till golvet. Tim tittade på håret och på hennes långa, kraftiga ben. Han kände hur åtrån blossade upp igen. Det var det här han väntat på: att få vara med henne, att få vara hennes. Av alla män som hade stått och stirrat på henne så hade hon valt ut honom.

Hon lade sig tillrätta på fällen och lekte med sitt hår. Tim klädde klumpigt av sig och slängde kläderna omkring sig. Här och var låg andra byxor, skjortor och tröjor. Sist halade han ner kalsongerna, sparkade av sig dem och lade sig bredvid henne. Pälsen under honom var varm och sträv och luktade fränt. Han låg så nära henne nu. Det var omöjligt att ta blicken från henne. Hennes hud var vit, inte blek, utan helt vit, som porslin eller snö. Ögonen var stora och glödande i mörkret.

"Vad heter du?" viskade han.

Hon förde sitt ansikte närmare hans samtidigt som hon satte sig grensle över honom. Det kändes som om han skulle komma direkt.

"Inte än." Hon grep om honom med en fast hand och förde honom in i sig.

Tim lutade huvudet tillbaka. Björnfällen var varm under honom. Kvinnan satt på honom, red honom. Som en dröm, en fantasi. Han rörde vid hennes hud. Hon var verkligen där. När hon reste sig upp över honom föll hennes hår över hans ansikte. Det var tungt och han kippade efter andan. I håret fanns doften av tallbarr och jord. Det luktade djur, som blöt hund.

Hans händer gled över hennes sida, bakåt mot hennes rygg under håret. Han hade känt det förra gången. Den vassa huden där under påminde om en sårskorpa. Fingrarna rörde längs den långa sårkanten.

"Gör inte så", sa hon.

Han lyssnade inte utan förde handen längre in under

håret där huden försvann. Handen smekte insidan av såret. Huden var skrovlig och försvann i en urgröpning på ryggen. Längre och längre förde han in handen tills det kändes som om han borde träffa sig själv i bröstet. Fingrarna blev fuktiga. Kvinnan fräste till och visade tänder. Hon slog ner båda sina händer över hans handleder och tvingade ner honom på rygg. Han försökte dra sig loss, men hon höll fast honom. Hennes hår låg över hela hans ansikte, i hans ögon, näsa, i hans mun. Tallbarr. Jord. I Tims huvud dansade bilder av mörka barrskogar och mossklädda stenar i dimman. Kvinnor med kvistar och löv i håret smög längs trädstammar. Bleka fingrar skimrade i månskenet. Vinkande händer lockade byten till sig. Kvinnoröster färdades mellan stammar och träd. Sången hade ord som var så gamla att de funnits innan människan.

Hon höll honom fast och stötte honom in i sig.

"Jag kommer att komma", sa han.

Hon roterade sina höfter. Äntligen släppte hon hans händer och lutade sig bakåt. Hennes händer vilade nu i stället på hans underben. Hon tittade på honom medan hans orgasm närmade sig. Hennes mage var märkt efter många födslar. Bristningar löpte blekrosa över den vita huden. Han tog tag i hennes höft för att knuffa henne åt sidan. Blixtsnabbt slog hon fingrarna runt hans handled och kramade den så hårt att han kved till. Lite hårdare och den hade brutits som en torr gren.

"Vi har inget skydd", väste han samtidigt som han sprutade rätt in i henne.

De sköna ryckningarna i underlivet skickade ett

fyrverkeri genom nervtrådarna upp i ryggraden och blandades med den skarpa smärtan i handleden.

"Aj, jävlar", viskade han.

Hon böjde sig bakåt och stönade när hennes muskler grep kring honom. Han flämtade. Hon föll ner vid sidan av honom. Tim kände försiktigt på sin handled. Den var inte bruten, men det värkte i den. Försiktigt knöt han handen och rätade sedan på fingrarna. För varje gång han gjorde så sköt en våg av smärta genom hela armen. Fasen, han skulle inte kunna spela gitarr på ett tag. Hon tog tag i hans handled och han skrek till av smärta. Hon drog hans hand över de stora brösten och ner över hennes mage. Där lät hon den vila. Huden där var varm, mjuk och lite slapp.

"Jag kommer att behöva mat", sa hon.

Han nickade och förundrades över värmen i hennes hud. Den kändes glödhet.

"Vad för mat?"

Hon visade sina starka, vita tänder. "Kött."

Hon höjde handen med fingrarna utspärrade likt klor och lade den över hans ansikte. Fingertopparna letade upp de gamla spåren. Sedan drog hon naglarna över hans ansikte. Hon grävde djupare den här gången. Tim lade handen över hennes för att dra bort den, men hon var så stark. Smärtan sköt i ilskna vågor genom honom.

Tim skrek. Utanför hörde han människorna skratta och fira. Hon tog bort sina fingrar och smärtan ebbade ut. Snart var den borta och allt han såg var henne. Hennes närvaro fick smärtan att försvinna på samma sätt som hennes sång fick omvärlden att blekna.

"Kan du inte sjunga igen?" sa han.

"Det är dags för dig att gå", sa hon.

Han nickade drucket och gick naken över golvet. Det tog en stund att leta bland kläderna: skjortor, kostymbyxor och jeans som inte var hans. Till slut hittade han sina kalsonger och halade på sig dem. Det värkte om handleden, men det var som om smärtan var långt borta. Kvinnan sträckte på sig i sängen, som en katt. Hennes hår låg utslaget omkring henne, så långt att hon skulle kunna svepa in sig i det som ett täcke.

Tim grimaserade åt den dova smärtan i handen när han drog på sig sina jeans. Och så till sist skjortan som han inte brydde sig om att knäppa.

"Vi kommer att ge oss av snart", sa kvinnan.

"Vi?"

"Nej, inte du och jag. Jag och mina barn."

Tim mindes de nakna flickorna i rummet i korridoren, speciellt den mörka med glödande ögon och kolsvart hår.

"Vi kommer att behöva mat innan dess. Du måste komma tillbaka med det till oss."

Han nickade, men visste inte riktigt hur han skulle ta farväl av henne. Med klumpiga steg gick han fram till sängen och böjde sig fram för att kyssa henne. Hon sköt upp handen, fångade hans kinder och pressade ihop dem så hans läppar formades till en fånig pussmun.

"Jag behöver kött", sa hon. "Förstår du?"

Han nickade och då släppte hon honom och vände sig om i sängen. För en kort sekund såg han hennes rygg genom glipor i det tjocka håret innan hon lade sig tillrätta.

Såret var djupt och kantat av en barkliknande sårskorpa. Han tittade snabbt bort, vände sig om och lämnade rummet.

Det var kallt i huset. Huttrande gick han genom korridoren, förbi rustningarna och de färgade fönstren. Bakom en av dörrarna gömde sig hennes barn, men han mindes inte vilken.

Till slut fann han den tunga ytterdörren. Han fick pressa axeln mot den för att skjuta upp den. Hela hans kropp kändes spak, trött och tömd. Långsamt, nästan haltande, gick han därifrån i höstkylan med sin skadade handled tryckt mot bröstet.

25.

Felicia gick över torget med Anders bredvid sig. Ute-serveringarna hade fyllts av folk. Polisbilarna stod som vanligt på varsin sida av torget. Anders hukade sig i folk-massan och svepte med blicken över krogarnas entréer. Stora och buttra vakter stod där med armarna i kors. Feli-cia undrade vad han gömde sig för. Var det för sin pappa? Han jobbade väl som vakt?

"Ska vi?" Felicia pekade bort mot platsen där gatan svängde ner till biografen.

Anders tog henne under armen. Det kändes fel att de bara var två. Hon saknade Anna och Tim. Och Markus, trots att han var så jäkla överlägsen och dryg. De borde ha varit här allihop.

Felicia och Anders stannade på platsen där asfalten tog slut. Det sista lagret var halvhjärtat lagt över kullerstenen och sedan inget mer. Mikael väntade på dem där, klädd i svarta jeans, midjekort jacka och blå skjorta. Ansiktet var vackert och skarpt som om det huggits ur marmor. Han såg vältränad ut. Felicia stirrade på honom. *Herregud, är alla så där snygga i Gamla stan?* När han fick syn på Anders sken han upp och gick fram. Felicia log åt Anders som försiktigt, nästan trevande gick fram och mötte Mikael i en kram. Han var några år äldre än dem, kanske i tjugoårsåldern.

"Hörni, break it up", sa Felicia och räckte fram sin hand åt Mikael.

Han släppte Anders och tog Felicias hand i ett fast handslag.

"Vilken snygging", sa Felicia och blinkade mot Anders.

Anders rodnade och tittade låtsassurt tillbaka på Felicia. "Hittar du här?" sa Felicia till Mikael och sneglade bort mot gränderna där de förirrat sig förra gången.

Mikael ryckte på axlarna. "Det är fortfarande svårt, men det går bättre ju längre man bor här."

De gick genom smala gränder och förbi små torg och pubar. Människor skrattade, drog i dem och ville visa dem saker. Unga män och kvinnor blinkade och frågade om de ville följa med dem.

"Jag känner mig hemma här", sa Felicia.

De fortsatte sin färd. Mikael visade dem vattnet, Mörkån som delade Gamla stan i två delar.

"Det finns en massa bostäder här", sa Mikael och pekade på de gamla husen vid vattnet. "Men nästan ingen vill bo här."

Husen var låga och byggda vägg i vägg. Några var av trä, men de flesta var i sten eller tegel. I många fönster lyste stearinljus och fotogenlampor. Cyklar och mopeder stod utanför flera av husen. Gator och gränder korsade varandra likt ett kaotiskt spindelnät.

"Det är vackert", sa Felicia.

Anders fattade Mikaels hand. Det var sött, som om de gick i mellanstadiet och hade frågat chans på varandra. De kom till en öppning mellan husen. Felicia stod och tittade medan hennes minne långsamt föll på plats. Anders verkade göra samma sak.

"Jag känner igen den här platsen", sa Felicia.

Längre bort flöt vattnet förbi. En trappa ledde ner i ån. Bänkar fanns kring fontänen. Det var här Anna hade försvunnit första gången och kommit tillbaka med glitter på läpparna.

"Den kallas avrättningsplatsen", sa Mikael. "Jag vet inte varför."

De stod en stund och tittade på vattnet.

"Det är som om alla gator leder hit", sa Mikael. "Hur man än går så kommer man vid nåt tillfälle fram hit."

De lämnade torget och Mikael tog täten. Vid några tillfällen fick han vända, då och då tittade han på gatuskyltarna och rynkade pannan och gick sedan åt något annat håll. Till slut stannade han framför en stor byggnad.

"Här bor jag", sa han och sköt upp porten.

Musik dundrade ut i trapphuset. En tjej satt och rökte

och tittade dimmigt på dem när de gick förbi. Flera av dörrarna stod öppna. Felicia och Anders kikade in i så många rum de kunde. Rummen var spartanskt inredda med säng, skrivbord och någon bokhylla. Ibland var rummen tomma, ibland satt det någon ensam kille eller tjej på sängen med en tjock bok och hörlurar, men oftast var rummen fyllda med folk som skrattade, sjöng och drack.

"Alla här är studenter", sa Mikael. "Det är väldigt billig hyra, men man kan inte låsa dörren."

"Vad är hyran då?"

Mikael var tyst en stund. Han masserade tumme och pekfinger mot mungiporna som för att torka bort osynliga matrester och blicken flackade mellan Felicia och Anders och alla de öppna dörrarna.

"Billig."

På översta våningen stannade de vid en dörr som stod på glänt. Det dunkade dovt från stereoapparater som tävlade om uppmärksamhet från dörröppningarna längre ner i trapphuset. Mikaels rum såg ut som alla andras: en säng längs väggen, ett skrivbord och en bokhylla. Mikael tog fram en tändare ur fickan och tände en fotogenlampa som stod på skrivbordet. Det luktade fränt och kemiskt om vätskan i den.

"Mysbelysning?" frågade Felicia.

"Nej, inte riktigt", sa Mikael.

Felicia såg sig omkring i rummet. Affischer av Mucha, Van Gogh och Munch satt på väggarna. Svepande stora och färgglada penseldrag skapade världar som tycktes bestå av flödande färger och böljande linjer. Felicia älskade den typen av konst, den som inte var för strikt avbildande. Anders visste inte vilka konstnärerna var, men Felicia förklarade det för honom och njöt av att se Mikaels imponerade ögon. De satte sig i soffan och fiskade upp ölflaskor ur sina påsar. Medan de pratade tittade Anders och Mikael hela tiden på varandra.

Taklampan slocknade och musiken ute i trapphuset tystnade tvärt. Endast fotogenlampan på bordet gav sken i rummet. I någon sekund var det helt tyst och Felicia tog in det varma skenet från lampan och tystnaden. Sedan hördes buandet och irriterade rop från trapphuset.

"Vad hände?" sa Anders.

"Strömmen går ganska ofta här. Man får ta det."

Dörren slogs upp i mörkret och en tjej stod där med ett brinnande stearinljus i handen. Hon såg ut som en malplacerad lucia. Tjejen tog ett steg framåt, snubblade och föll. Imponerat såg Felicia att hon höll ljuset upprätt hela tiden utan att tappa det. Den främmande tjejen skrattade uppsluppet och en pust av alkohol slog emot Felicia som satt närmast. Felicia hade svårt att se hur hon såg ut i mörkret, men hon verkade vara några år äldre, som Mikael.

"Vi går nu, Mikael", sa tjejen. "Det blir ingen mer fest här i huset på några timmar."

Mikael vände sig till sina gäster. "Vill ni se mer av Gamla stan?"

Felicia kände sig glad. Allting var en fest här, allting var lycka. De klädde på sig igen och lämnade lägenheten. Anders och Mikael gick sida vid sida, hand i hand. Felicia gick bredvid den blonda tjejen. Hon höll fortfarande ljuset i handen och i trapphuset nedanför såg Felicia hur lyktor, ljus och ficklampor vägledde de som lämnade sina mörka rum.

Felicia sneglade på tjejen bredvid sig. Hon var klädd i jeans och hade ett enkelt linne under jackan. Det fanns något otvunget över henne, som om hon inte besvärades av tystnader. Det störde Felicia, hon hade alltid varit den coola, den otvungna. Nu fanns det en sval, säker tjej som dessutom bodde i Gamla stan. Felicia saknade Anna, propra och lättstötta Anna.

"Vad pluggar du för nåt?" sa den främmande tjejen.

"Jag går i gymnasiet. Så allting antar jag."

Tjejen skrattade till. Ett vänligt, kort skratt.

"Vad läser du själv?"

"Litteraturvetenskap och konsthistoria."

"Det låter jättekul", sa Felicia och menade det.

Tjejen ryckte på axlarna. "Det är kul, men det kommer att bli svårt att betala räkningarna i framtiden."

Felicia tittade frågande på henne.

"Jag menar att det kommer att vara svårt att få jobb", förtydligade hon.

"Äh", sa Felicia. "Tänk att få bo här, det är väl värt allt."

"Det har sina fördelar."

"Är du härifrån?" sa Felicia.

"Hur menar du?"

"Är du född här i Gamla stan?"

Tjejen skrattade och tände en cigarett, drog ett bloss och räckte den till henne. Utan att fråga, bara räckte över den. I ögonvrån såg Felicia hur Anders och Mikael kysstes.

"Jag vet inte om det föds människor här ärligt talat. Jag är på besök, precis som du."

"Men du bor här?"

"Om det går att kalla det så. Det är ju lite speciellt att inte kunna låsa dörren." Tjejen tittade bort som om hon ångrade att hon sagt något. Händerna vandrade snabbt över byxfickorna som för att ta fram cigarettpaketet igen. Hon skrattade till och tog tillbaka cigaretten från Felicia. När hon drog ett halsbloss återkom det lugn som hon haft ögonblicket innan.

"Jag vill flytta hit också." Felicia såg på gatan framför sig.

Tjejen lade huvudet lite på sned när hon blåste ut rök. Felicia tyckte hon såg ut som en filmstjärna.

"Varför då?"

Felicia suckade och såg sig omkring. Med ens fick hon en sådan lust att skriva. Hon ville inte läsa mer, inte plugga mer, utan bara skriva och berätta. Hon måste få tömma det som fanns inom henne. Sedan ville hon uppleva nya saker och skriva om det också.

"Jag vet inte", sa hon långsamt.

Runt omkring dem stod människor som drack och sjöng. Stora och små grupper av människor rörde sig fram och åter.

Tjejen ryckte på axlarna. "Det här är bara en plats, egentligen som vilken som helst. Du måste fortfarande göra nåt, ha en plan."

"Du låter precis som min mamma", sa Felicia.

"Du har tur i dag. Skaffa planen i morgon! Nu festar vi."

Tjejen öppnade dörren de stannat framför. En storvuxen man i svarta kläder och med en kniv i bältet vände sig mot dem. Felicia tittade på kniven. Den var som ett kortsvärd. Den skulle kunna hugga rakt igenom en människas kropp och sticka ut på andra sidan.

"Det är lugnt. De är med mig", sa tjejen och gick förbi vakten.

Felicia följde efter, halvt om halvt beredd på att bli nedstucken. I ögonvrån såg hon att Anders och Mikael verkade lika osäkra. Musiken var öronbedövande. Lampor roterade i taket och vitt och rött ljus skar likt knivar genom mörkret. Tjejen skrek någonting åt Felicia och pekade ner mot dansgolvet. Det var packat med folk och människorna rörde sig likt en jättelik, ryckig amöba.

Felicia följde efter henne ner. Tjejen drog av sig jackan och knöt den kring midjan. Hon hade fina axlar. Hennes linne blev ibland självlysande i de blinkade lamporna. Musiken dånade genom dem. Basen fick magen och brösthålan att vibrera. Människor runt omkring dansade. Felicia var en del av dem och ändå inte. Ingen kunde prata, ingen kunde egentligen se varandra. Allting var ett gytter av ljus, explosioner och bas.

Felicia dansade med tjejen som hon inte visste namnet på. Ibland byttes de ut och hon fick nya danspartners. En mullig flicka i hennes egen ålder hade gröna ögon och röda streck målade över kinderna. En man med stort skägg gav henne ett glas vatten. Hon lutade sig mot honom och deras kläder var så svettiga att de klibbade fast. Sedan var tjejen tillbaka igen.

”Vad heter du?” vrålade Felicia.

Hon bara log och skakade på huvudet. Ute bland de dansande fanns det människor som stod märkligt stilla. De stod med benen isär, armarna hängande längs sidan, ansiktet stelfruset och blicken riktad rakt fram. De ryckte och stapplade till basen som om de fick elchocker, men de dansade inte. Dansgolvszombies. Främlingar försökte propsa på Felicia drinkar, men nu drack hon bara vatten. Svetten rann och världen blev alltmer klar och nykter omkring henne.

”Jag vill vara här”, skrek hon ut i den stora folkhopen. ”Jag vill stanna här.”

Vid något tillfälle lämnade de dansgolvet. Felicia var ute på gatan igen. Det ringde i öronen och det var som om världen var inlindad i en tjock filt. Ändå hade hon aldrig känt sig så säker på något. Hon vände sig för att prata med tjejen bara för att inse att hon var borta. Även Anders och Mikael hade försvunnit på sina egna äventyr. Felicia var inte rädd. Hon stod ensam och såg människorna röra sig fram och tillbaka längs gränden. Utan att tveka gick hon ut i natten.

Gamla stan var hennes nu.

26.

Sent på natten låg Anders och tittade upp i taket. Bredvid honom låg Mikael. Deras nakna kroppar vilade tätt ihop. Det var kallt i rummet. Elementet som sängen stod mot såg uråldrigt ut. Det var en gigantisk pjäs med flagande vit färg. Han pressade foten mot det och drog snabbt tillbaka den. Elementet var kallt.

Anders suckade. Han var tvungen att gå hem snart. Det var redan sent. Pappa skulle bli vansinnig, men det var bättre att komma hem sent än inte alls. Han lade näsan mot Mikaels hals och drog ett djupt andetag: rakvatten, svett, Mikael. Han kysste honom. Mikael gjorde en grimas i sömnen och vände sig om. Anders reste sig upp, letade reda på sina kläder och klädde tyst på sig.

"Tjuv", viskade Mikael från sängen.

Anders vände sig om och såg Mikaels leende.

"Jag måste gå hem", sa Anders.

"Du tänkte smita som en tjuv i mörkret", sa Mikael. "Och ta mitt hjärta med dig."

Orden fick Anders att le och rodna. Tänk att han kunde ha den effekten på den här äldre killen.

"Min pappa slår ihjäl mig om jag inte kommer hem."

"Du borde presentera oss", sa Mikael och slängde av sig täcket. Han låg där naken. Anders tittade på hans vältränade kropp.

"Du skulle inte tycka om honom", sa Anders med uppriktig sorg. "Och han skulle inte tycka om dig."

"Men", sa Mikael och satte sig upp i sängen. "Jag tycker om dig."

Anders skrattade och gick fram till honom.

"Vet du vad jag vill göra?" sa Mikael och lade armarna om Anders.

"Nej."

"Resa."

Anders tittade förvånat på honom. "Resa?"

"Ja, med dig. Dra iväg nånstans."

"Jag har inga pengar", sa Anders.

"Inte jag heller."

Anders kramade honom. För några dagar sedan hade han aldrig hållit i en man förut. Nu kändes det naturligt att ha sina händer om Mikael.

"Jag måste gå." Anders lekte runt med fingrarna i Mikaels hår.

"Kommer du tillbaka?"

Min pappa kommer att slå ihjäl mig. Det är inte bara ett uttryck. Det är sant.

"Jag kommer tillbaka till dig."

Anders vände sig för att gå. Mikael drog ner honom i sängen.

Anders skrattade.

"Allvarligt, jag måste gå."

"Snart", sa Mikael och kysste honom. "Snart får du gå."

Felicia satt på torget vid Mörkån, det som alla kallade avrättningsplatsen. Hon hade dansat alkoholen ur kroppen och var svettig och trött men ändå inte kall. På något sätt hade hon hittat tillbaka hit. Inte så att hon visste hur hon skulle gå. Gatorna här var som en labyrint och verkade leda vart som helst. Men hon hade kommit tillbaka till torget.

Vattnet rann förbi bara några steg framför henne. Hon satt på en av bänkarna. Två bänkar bort satt en sådan där märklig flicka med blå läppar och ryckiga rörelser. Hon hade dykt upp från ingenstans. Korpar ropade hest någonstans uppe i natthimlen. Felicia hade anteckningsblocket i knät och skrev. Pennan dansade över pappret. Ända sedan hon kommit tillbaka hit hade hon skrivit: ord, rader, sidor. Poesi.

Bakom henne hördes steg. Hon fortsatte skriva. Det krampade om handleden så där som det gjorde när hon skrev prov, men orden fortsatte välla ur henne. Det var nästan så hon inte hann med. Någon ställde sig bredvid henne. Hon förstod genast att det var den snygge guiden,

den grekiske guden från hennes första natt här.

"Hej."

Hon log när hon såg honom.

"Hej", svarade hon.

"Det var svårt att hitta dig. Vill du ha ytterligare en guidning?"

Hon svarade inte utan fortsatte skriva, skrattade till åt en formulering och kluddade en liten kommentar i marginalen. Mannen tittade förvånat på henne, kliade sig på hakan och satte sig bredvid henne. Hon fortsatte skriva. Han sneglade på henne, stoppade händerna i fickorna, tog ut dem igen och flätade sedan in fingrarna i varandra.

"Det är svårare när jag inte är full va?" sa Felicia utan att ta pennan från blocket.

"Ja", sa mannen och strök en röd slinga ur hennes ansikte. "Vad skriver du?"

"Allt", sa hon och skrattade till. "Allt som nånsin funnits i mig."

"Då skriver du om mig också."

"Jag har inte kommit dit än", sa hon. "Men ja, dig också."

De satt tysta en stund till. Framför dem flöt Mörkåns vatten förbi.

"Jag antar att du inte vill festa?" sa han och visade flaskan som stack ut ur hans ficka.

Hon skakade på huvudet.

Han nickade kort. "Jag tyckte om dig."

"Fast mest när jag var full."

Han nickade igen och ställde sig upp. "Kommer vi att

ses igen?"

Hon ryckte på axlarna. "Vi får se."

Hon hörde hans steg försvinna bort. Felicia skrattade inombords, åt det filmlika i situationen, för att hon velat göra precis så här, för att Mörkån levererade. Igen. Hon ställde sig upp, lät blocket ligga på bänken och sprang ifatt honom. Han vände sig om och hon sprang in i hans omfamning och kysste honom. Kroppen mindes deras förra möte och hon pressade sig mot honom trots att hon inte tänkt göra så.

"Tack", sa hon. "Tack för att du visade mig Gamla stan."

Han nickade och kysste henne. Hon slöt ögonen och njöt av kyssen. Den var inte så där fumlig och våldsam som killar i hennes egen ålder kysste. Mannen var varsam, hans mun var lätt pressad mot hennes samtidigt som hans tungspets gled in mellan hennes läppar och skickade en varm behaglig rysning genom Felicia. När han drog sig tillbaka kände hon ett styng av saknad. En del av henne ville fortsätta kyssas och försvinna med mannen ut i mörkret igen. Men det fanns så mycket att skriva och hon var rädd att förlora orden om hon inte genast skrev ner dem. Han höjde handen i en avskedshälsning och vände sig sedan om och gick. Hon stod kvar och såg efter honom tills han försvunnit bort längs gatan. Sedan återvände hon till sitt block. Och skrev.

Hela natten satt hon så.

Och skrev.

Ord.

Rader.
Poesi.

27.

Anna kastade sig av och an i sängen. Gång på gång återvände hennes drömmar till barkspåret och Markus som gled fram mellan de mörka träden. Hans läppar formade hennes namn.

Anna gnydde och vände sig. Hennes drömmar tog henne från barkspåret och in längs vindlande gränder.

"Nej", viskade hon.

Hennes drömgång genom gatorna fortsatte. Gator och hus böljade i skenet från gatlyktor, som om de inte hade fast form. Tak och väggar lutade sig över henne, som om husen levde och närmade sig för att sluta sig kring henne och krossa henne. Hennes steg förde henne till en märklig plats: ett gammalt hus vid vattnet. På verandan stod en gungstol som vaggade fram och åter. Dörren slog i vinden. Fönstren var nedsläckta. Det var som om hon drogs in mot huset.

"Det är bäst om du kan gå in själv, kan du det?" Rösten kom inifrån huset.

Hon slog upp ögonen. En kyla fanns i hennes bröst och hon satte sig flämtande upp. Snabbt sökte hon av rummet för att försäkra sig om att hon var vaken. Hon såg planscherna, det vita skrivbordet och skolväskan.

Det stod någon mitt i rummet.

Hon flämtade till. Kylan i hennes bröst blev till is. Gestalten som stod i hennes rum rörde sig framåt. Månljus föll in och lyste upp hans ansikte. Hon visste att hon var vaken på det där sättet som man gör när man vaknar ur mardrömmar.

"Markus?" viskade hon.

Hjärtat slog snabbt i bröstet. Markus tog ett steg mot henne. Han höll fram något till henne.

"Vad vill du Markus?"

I handen höll han en rosa och lila plastring, ringen med enhörningen. Anna tittade på skrivbordslådan bakom honom som var utdragen till hälften. Markus läppar rörde sig snabbt. Hon förstod ingenting. Inget ljud lämnade honom. Hans kläder var smutsiga och håret var rufsigt. Ansiktet såg blekt och trött ut. Det påminde henne om Gråtuss som tittat mot henne med trött blick och tufsig päls från vättarnas händer.

"Du skrämmer mig", sa hon.

Hon slöt ögonen och räknade till tio. I mörkret kände

hon hur hjärtat slog hårt. Tänk om Markus kom fram och ströp henne. Om hans kalla händer skulle sluta sig kring hennes hals när hon blundade. Eller om han skulle göra något ännu värre med henne.

När Anna öppnade ögonen var han inte längre där. Skrivbordslådan stod öppen men ingen Markus. Hennes ögon rörde sig snabbt över rummet och fastnade på föremålet på golvet bredvid sängen. *Plastringen.* Hon stirrade på den och vände sedan huvudet in mot väggen och slöt ögonen. Men hon sov inget mer den natten.

Anna gick upp när det ljusnade. Huvudet kändes tungt av sömnbrist. Hon ryckte till när hon såg sig själv i spegeln, blek och med ringar under ögonen.

Hade Markus verkligen varit i hennes rum i natt?

Hon sköljde händerna i kallt vatten och blaskade sedan av ansiktet. Men det kändes inte bättre. Hon gick tillbaka till rummet och tittade på golvet. Plastringen låg kvar. Den vidriga gåvan från vättarna. Hon plockade upp den med fingrarna. Den här gången brydde hon sig inte om att ta den i en plastpåse.

Snabbt gick hon nedför trappan, tog på sig kängor och en jacka och gick ut. Det var kallt. Fält sov fortfarande. Bilarna stod parkerade utanför husen och ingen var ute. Hon gick runt till baksidan av huset och höll ringen framför sig med sträckt arm som om den kunde hoppa till och bita henne.

Hon gick till Gråtuss grav. Hon hade inte varit där sedan de varit i Gamla stan. Det lilla korset låg slängt i två bitar bredvid de små jordhögarna under ligusterhäcken. Längst ner i det uppgrävda hålet låg plastpåsen som de lagt Gråtuss i. Trots att hon såg att den var tom lutade hon sig fram och kände på den.

Tom. Ingen katt.

Hon släppte ner ringen i påsen och lade den i graven. Efter en kort stunds betänketid lade hon även korset i graven och skyfflade över jorden. Snart täckte fuktig jord hålet.

Var är du, Gråtuss?

Hon satt så tills kylan fick henne att huttra. Genom fönstret såg hon sina föräldrar i köket. Hon gick in i badrummet på nedervåningen och tvättade bort jorden och smutsen från händerna. Sedan gick hon in i köket. Mamma stod borta vid bänken och pappa satt vid köksbordet med sin läsplatta i knät.

”Jag har ljugit för er.”

Annas ord var så definitiva att de fick allt i köket att stanna upp. Mamma vände sig om med en grumlig algdrink i handen. Pappa såg upp från sin läsplatta och hade ett bekymrat veck mellan ögonen i sin psykologpanna. Han lade bort plattan. Hennes mor kom långsamt gående genom rummet, satte sig bredvid sin man och såg på henne. Anna kände hur pulsen stegrades. Nu var hon tvungen att berätta. Föräldrarna satt sida vid sida, beredda på det värsta. Anna hämtade andan och tittade ut genom fönstret. Där på andra sidan såg hon Felicias hus. Stolen skrapade mot köksgolvet när hon drog ut den och satte sig.

”Jag har åkt till Gamla stan. Jag och de andra.”

I föräldrarnas ansikten såg hon hur informationen sjönk in. De nickade långsamt.

"Först var det kul", sa Anna. "Sen ... sen blev det ganska otäckt."

"Blev du utsatt för nåt?"

Pappa var redo att polisanmäla. Han kunde säkert göra det direkt i sin surfplatta.

"Nej", ljög Anna. "Det var mer stämningen som var konstig."

Hon kunde berätta om vättarna och om Gråtuss. Men vad skulle det leda till?

"Var Markus med er?" fortsatte pappa.

Anna skakade av sig tankarna. *Markus?*

"Nej, han gick på bio."

Han var i mitt rum i natt.

De satt tysta alla tre.

"Är det nåt mer du vill berätta för oss, om nåt som du gjort?" sa hennes pappa. Hans röst var lugn och samlad.

Anna gnuggade sig i ögonen och stirrade framför sig.

Min döda katt har blivit uppgrävd. Markus har spökat för mig två gånger. Mina vänner flyr till Gamla stan. Tim har infek-terade sår i ansiktet efter en kvinna som rivit honom.

"Nej", sa hon. "Det var bara det."

De båda föräldrarna andades ut och sedan skrattade hennes mor. Hon drack en klunk ur den gröna drycken och grimaserade illa.

"Herregud Anna, jag trodde det var nåt värre, att du var gravid eller så."

Anna kände hur det hettade om kinderna. *Gravid?*

Minnet av vättarna som stirrade på henne med lysande ögon fick henne att se ner i golvet.

"Ska ni inte fråga varför jag åkte? Ska ni inte skälla på mig?"

Pappa tog upp läsplattan igen. Den klickade när han låste upp den med ett fingersvep. Ordningen var återställd.

"Nej, räcker det inte med att vi säger att du inte får åka dit igen?" Han tittade upp. "För det tänker du väl inte göra?"

Hon skakade snabbt på huvudet.

"Nej, aldrig", sa hon och menade det.

Mamma gick fram och kramade om henne. Hon luktade någon frän grönsak, selleri eller något. Anna pressade sig mot henne. Det var skönt, det var så sällan man kramades när man blev äldre. När hon var liten hade varje dag börjat med att hon hoppade upp i deras sängar och kramade dem. När de hämtade henne på dagis kastade hon sig kring deras ben. Varför slutade man med sådant? Hon höll kvar kramen och njöt av närheten.

"Det är inte allt", sa Anna fortfarande pressad mot modern. "De andra tänker åka dit igen."

"Vilka?"

"Tim, Anders och Felicia."

"Oroa dig inte", sa mamma. "Vi tar hand om det."

Anna vred sina händer. "Jag vet inte om jag borde ha sagt det?"

"Jo", sa hennes mor. "Deras föräldrar behöver veta det. Det är en farlig plats."

Anna tänkte efter och nickade. Nog var det en farlig

plats. Hon såg upp mot sina föräldrars svala och bekymrade ansikten.

"Har ni varit där?" frågade hon.

Båda föräldrarna tittade förvånat tillbaka på henne. De var urtypen för ordning och reda. De klippte buskar fyrkantiga och hade säkert pensionssparat sedan de var fjorton. Anna ångrade genast sin fråga. Den var dum. Pappa förde upp handen till halsen som för att lossa en osynlig slips och harklade sig. Mamma tittade ut genom fönstret med ett frånvarande leende. Hennes hand smekte över magen.

"Nej", sa hon. "Självklart inte."

Pappa stämde in och tittade stadigt ner i surfplattan.

"Nejnej", sa han lite för högt, lite för snabbt. "Nejdå, nejdå."

28.

Anders stod i köket. Utanför på uppfarten stod den grå
skåpbilen parkerad. Bara för några timmar sedan hade
Anders återvänt hem. Mikael hade hållit honom kvar länge.
De hade kyssts farväl utanför porten till hyreshuset vid ån.
Sedan hade han vandrat själv genom Gamla stans gränder
i den mörka oktobermorgonen. För varje steg hade oron
blivit värre. Vad skulle pappa säga om att han kom hem
sent igen? Hur skulle han förklara att han träffat en kille?
Ljudlöst hade han smugit in till sitt rum och lagt sig. Pappa
var inte hemma när han vaknade. Anders blev lättad över
det, även om han visste att han snart var tvungen att ta
diskussionen.

Jag kanske skulle flytta hemifrån.

Psykologen som Anders gått till hade kallat sådana tankar för flyktbeteende. I stället för att hantera en situation så flydde man ifrån den.

Min pappa är en sån person som man borde fly ifrån.

Det kändes tungt i huvudet. Han hade bara sovit några timmar. Framför honom låg två ostmackor på en assiett. Han kände sig inte hungrig. Det vibrerade om telefonen som låg på bordet. Det hoppade till i bröstet när han tog den. Besviken lade han ifrån sig den igen. Det var varken pappa eller Mikael, det var Felicia som skrev att de kunde äta bullar hemma hos henne. Han skickade iväg ett jakande svar. Efter sina fester brukade de gå till Hjärtat och äta bakelser. Men Anna och Felicia hade något gräl nu och det skulle kännas fel att gå till kaféet utan Anna.

Anders tog på sig skorna. När de var yngre åt de alltid bullar hemma hos Felicia. Hennes mamma bakade berg av bullar som de sedan hivade i sig till mjölk och O'boy. Tim, Anna, Felicia och Markus satt vid matbordet och Felicias mamma stod borta vid diskbänken evigt tjattrande. Bullfatet var tömt på några minuter. Anders stannade upp med handen på dörrhandtaget.

Markus. En tomhet grep honom. Markus hade nu varit borta en hel vecka. Var befann han sig någonstans? Levde han?

Luften kändes klar och kall utanför huset. Han drog in några andetag. Senare skulle han ge sig ut och springa för att samla tankarna. På gatan längre bort kom Tim lommande. Han stapplade och hade blicken sänkt mot marken. I hans ansikte satt nya plåster. Här och var sken såren igenom som illröda fuktiga ränder. Anders stod stilla tills Tim fick syn på honom. Med glansiga ögon tittade han upp mot Anders.

"Mår du bra?"

Tim svarade inte utan pillade frånvarande på plåstren.

"Ska du också till Felicia?"

Tim nickade. De gick några hus bort och knackade på Felicias dörr. Dörren öppnades på en gång som om Felicias mamma stått därinne och väntat.

"Hej", sa hon. "Kom in, kom in."

Det luktade kaffe och bullar och Anders kände hur det kurrade i magen. Hur dumt det än var att äta bullar till frukost så kunde han för tillfället inte tänka sig något bättre. Även Tim sken upp bredvid honom. De tog av sina skor och ställde dem bland oredan i hallen. *Jäklar vad många skor de har.* Stövlar, kängor och joggingskor med rosa reflexer låg i en enda röra.

"Kom in", sa Felicias mamma igen.

Varför är hon spänd? Hon brukade skratta och krama dem. Tim och hon hade haft en jobbig skämtflirt sedan han blivit tonåring. Hon kunde klämma på hans biceps och tjuta förtjust vilket gjorde att han bara spände dem ännu mer. Men inte i dag. Nu stod hon bara tyst och manade dem inåt i huset.

"Det är serverat i vardagsrummet", sa hon och ställde sig för dörren till köket.

Anders och Tim gick förbi henne, rundade hörnet och blev stående frusna helt stilla. *Helvete.* I vardagsrummet satt Tims föräldrar. Bredvid dem satt pappa med armarna i kors och ett leende som kunde betyda vad som helst. Han hade uniformen på sig. I bältet hängde batongen och handklovarna. Bredvid dem satt Felicia nedsjunken på en stol med trulig min.

"De tog min mobil", sa hon surt.

Bakom Tim och Anders stod Felicias mamma. Hon hade lotsat dem väl, gått drevet.

"Kom in", sa pappa och reste sig upp.

Tankarna rusade genom Anders huvud. *Hur mycket vet de? Hur mycket vet pappa?* Tims mamma, Kajsa, log med stramande läppar och vinkade inbjudande med handen.

"Kom in", skrattade hon. "Det är ingen fara."

Långsamt rörde sig Anders in i rummet till de två tomma stolarna bredvid Felicia. Tim gick tyst bredvid honom. Hans ögon var glansiga. Fattade han ens var han befann sig? Egentligen ville Anders bara springa härifrån. Tungt, som brottslingar framför en jury, satte Anders och Tim sig på stolarna. Anders tittade på Felicia.

"Anna", mimade hon åt honom med ilskna ögon.

Anders nickade. Så klart. Anna som inte ville gå till Gamla stan. Hon hade blivit vansinnig i går när de sagt att de skulle gå dit igen. Det var tyst i rummet. Felicias mamma kom inspringande med trippande steg och nervösa händer och ställde fram bullar på bordet och en kaffekanna. Ingen tog någonting.

"Men kom igen", sa Felicia och skrattade. "Är det här nån slags intervention eller?"

"Ni har varit vid Mörkån", sa Kajsa med det stela leendet, det som Tim kallade för masken. "Ni får inte gå dit mer."

De tre misstänkta vred på sig. Anders kände en tomhet inombords. Mikael fanns nere vid Mörkån. Han såg på sina vänner bredvid sig att de brottades med liknande tankar.

"Varför inte?" sa Felicia trotsigt. Hon lät som ett barn.

"Markus är borta", sa Niklas som om det skulle förklara allt.

Anders tittade ner i golvet. Det var sant. Markus var borta, men de hade ändå fortsatt resa till stadens farligaste område som om inget hade hänt.

"Men ni har ju alla varit där själva", sa Felicia.

Tims pappa Benjamin tittade ut genom fönstret. Kajsa sträckte på sig som om hon vore en katt och skrattade med ett spänt leende.

"Jag har aldrig varit där", sa Felicias mamma.

Niklas tittade irriterat på henne och vände sig sedan tillbaka till dem.

"Markus är försvunnen", sa han igen.

"Vi vet inte var han försvann", sa Felicia nästan hysteriskt. "Det kan ju ha hänt vad som helst."

Niklas slängde några fotografier på bordet. Det landade bland bullar och gamla kaffefläckar. Det såg inövat ut, som om han hade velat göra så hela sitt liv. Fotona var gryniga och svartvita och utskrivna på vanligt papper. De visade Markus som gick hand i hand med sin tysta flickvän. Hon var otydlig på bilden, grå och suddig. Så där som det blir när man tar kort på någon som rör sig fort. Men Markus var tydlig.

"Övervakningskameran vid Järnvägsgatan", sa Niklas. "Samma kväll som han försvann."

"Gamla stan är ingen bra plats", sa Tims far. "Den är farlig för er."

Hans ord var i allra högsta grad sanna. Anders kunde inte argumentera mot det. Tystnad föll över rummet. Kajsa log spänt. Felicias mamma skrattade nervöst. Anders märkte att Niklas fick det där frånvarande i blicken. Munnen var öppen och läpparna rörde sig utan att uttala något.

"Det är de där bögarnas fel", sa Niklas.

Ilskan slog in i Anders. Ilska över att hans mamma var död, över att Angelika var inspärrad på Änglahemmet och över att Niklas var hans pappa. På samma sätt som om han sprintat så rusade pulsen.

"Vad sa du?" sa han.

"Bögarna", upprepade Niklas. "De pratar alltid om det där stället."

Anders ställde sig upp med händerna knutna vid sidan.

"Kalla dem aldrig det, din falske jävel!"

Niklas ryckte till, satte handen på batongen och drog den i ett svep. Klatsch, sa den när den expanderade från endast ett handtag till en över halvmeter lång metallpinne. Niklas letade ryckigt med blicken efter något att slå på och fäste sedan ögonen på sin son. Någon i rummet drog efter andan. Bredvid Anders satte Felicia handen för munnen. Niklas hostade, fällde ihop batongen och satte tillbaka den i bältet. Anders stod stilla och stirrade på honom. Han kände för att kasta stolen tvärs över rummet i ansiktet på

Niklas.

"Du borde inte kalla dem så", sa Tims pappa.

Niklas såg sig omkring i rummet och verkade ha svårt att fästa blicken på den som sa det. Hans högerhand ryckte irriterat, som om han vill slå eller greppa något. Anders såg för sitt inre hur hans far drog pistolen och sköt alla i rummet.

Har han den på sig nu? Är han beväpnad? Ligger den pressad mot sidan av hans bröstkorg i axelhölstret i detta nu?

Niklas satte sig. Anders stod kvar. Ett leende for snabbt över Niklas ansikte. Det var borta lika snabbt som det dykt upp, men det hade varit där.

"Vi har blundat för att ni dricker." Niklas rätade på ryggen och såg med hårda grå ögon på de församlade. "Men vi kommer inte att blunda för att ni reser till Gamla stan."

De andra föräldrarna nickade. Hade de redan glömt vad som precis hänt? Eller var det bara enklare att inte låtsas om det?

"Vi har pratat ihop oss", sa Felicias mamma som om det inte var uppenbart. "Och bestämt att ni inte får gå ut mer."

"Vadå", sa Felicia. "Inte alls eller?"

"Nej, ni får gå till skolan och sedan tillbaka igen."

"Hur länge?"

"Ja …", sa hennes mamma tveksamt och såg sig omkring.

"Tills vi finner det lämpligt", fortsatte Niklas. "Tills vi kan lita på er igen."

Och så fortsatte det med hot och inskränkningar. Inget mer festande och ingen mer fri aktivitet. Det kanske gick en mördare lös. Det var inte första gången ungdomar försvunnit i den här staden. Mötet tog ungefär en timme och resulterade i att ungdomarnas samtliga kvällsaktiviteter var indragna.

Ilskan rann av Anders. Han tog emot deras ord och förstod innebörden av dem, men det vara inte bara det. Det var inte Gamla stan som var viktigt för honom, utan Mikael. Hade det varit en tjej kunde hon ha kommit hem till Anders. Men nu var det inte så. De kunde inte träffas mer. Inte om han var tvungen att åka hem direkt efter skolan.

Han lyssnade sig igenom resten av förmaningarna, tyst och med blicken sänkt. När de vuxna var nöjda reste han sig utan ett ord och lämnade rummet. Han hittade sina skor ute i hallen och gick ut. Tårar trängdes i hans ögon. Snabbt gick han hemåt. Dörren till Felicias hus öppnades bakom honom. Kanske var det hans pappa, men han brydde sig inte. Han ökade på stegen, småsprang nästan. Anders slängde upp dörren, fick av sig skorna, sprang upp till sitt rum och kastade sig på sängen. Och grät.

Felicia satt kvar i rummet. Anders hade gått först, följd av sin pappa. Sedan hade Tim lommat iväg. Hon hade inte fått någon kontakt med honom under hela mötet. Hans föräldrar hade följt efter honom. Kajsa hade skrattat högt, tackat för bullarna och sagt att hon var tvungen att åka till jobbet på akutmottagningen.

Kvar var Felicia. Mamma plockade bort allting från bordet. Felicia undvek hennes blick och försökte spela upp vad som hänt, vad hade de sagt egentligen? Den tydligaste bilden hon fick var av Anders pappa.

Herregud, han drog en batong och ingen vuxen sa nåt.

Felicia hade haft lycka och äventyr inom räckhåll men nu hade möjligheterna ryckts undan lika snabbt som de kommit.

"Anna", viskade Felicia.

De hade inte pratat sedan grälet. Samma sak hade hänt för fyra år sedan. Då hade det gällt en kille. Felicia hade pratat med fel kille. Nu kunde hon inte ens komma ihåg hans namn. Felicia hade varit snabbare på bollen och Anna hade inte kommit till skott.

"Det är ju inte som om du äger dem", hade trettonåriga Felicia skrikit åt Anna som stormade iväg.

Det var alltid Anna som stormade iväg i den där absurda blandningen av trippande och bestämt trampande och Felicia som stod bakom och ropade efter henne. Men Anna hade alltid kommit tillbaka.

Inte den här gången.

Felicia såg ut genom fönstret mot huset mittemot. Anna hade berättat för deras föräldrar. Det var inte ilska Felicia kände utan något annat. Svek. Förräderi. Den värsta av alla synder enligt Dante. Straffet var att sitta fastfrusen för evigt i en sjö av is medan Lucifer tuggade på ens huvud. *Varför, Anna?*

Mamma stod och tvekade, tittade på bordet och sedan på Felicia.

"Det är inte så farligt", sa hon.

Felicia ställde sig upp samtidigt som hon tog sin mobil som låg på bordet.

"Jag måste dit", sa hon.

Hennes mor mötte hennes blick. "Varför?"

Felicia ryckte på axlarna. "Det är lättare där."

"Felicia, du är sjutton år. Livet kommer att falla på plats. Du kommer att träffa nån som du vill leva med och få det bra."

"Precis som du har gjort, eller?"

Den tog för hårt. Felicia ångrade sig genast. Hon hade två alternativ: att krama mamma och säga förlåt eller att gå till sitt rum. Hon var redan på väg uppför trappan när mamma fann sig.

"Åk till Brasilien då!" skrek hon efter Felicia.

Felicia smällde igen dörren. Nedanför hörde hon snabba steg in i köket, slamrande av glas och sedan det väsande gurglandet när bag-in-boxen släppte ut vin i glaset. Troligen ett vanligt Ikeaglas, inget finlir här. Och sedan tystnad.

"Fan", sa Felicia och satte sig vid skrivbordet.

Hon tog fram mobilen och textade iväg ett meddelande till Anna: Prata aldrig mer med mig, din jävla förrädarsubba!!!

Det plingade när svaret kom, men hon slängde mobilen ifrån sig utan att titta. Det började klia i hennes kropp. Hon var inlåst, som ett jävla barn. Irriterat gick hon runt i rummet och drog naglarna över armarna. Sedan roffade hon åt sig telefonen igen, klickade bort Annas meddelande med alla dess förvånade smileys och skrev till Anders och Tim: Vi drar. I kväll drar vi till Gamla stan.

Svaren kom snabbt. Pling. Pling. Hon ögnade igenom dem, såg vad de skrev och den längtan som fanns bakom deras ord. Ett lugn föll över henne. Hon läste deras meddelande igen och föll ner i sängen och andades ut.

Så klart, det var så enkelt. Om de vuxna kunde köra med hårdhandskarna så kunde hon också det. Hon gick till garderoben. Skjutdörren hade börjat krångla för några månader sedan och hon fick ta i för att skjuta den åt sidan. Motsträvigt och gnällande gav den med sig. Hon letade upp sin ryggsäck och tog ut danskläderna som fanns i den. De luktade svett och spraydeo.

Hon lät schampot, handduken och deodoranten vara kvar. Sedan slängde hon snabbt i byxor, kjolar och underkläder. Hon vågade inte gå till badrummet för att hämta tandborsten.

Felicia hoppade till när mobilen började ringa. Annas namn lyste på displayen.

"För sent, bitch", muttrade Felicia och gick bort till byrålådan. Några parfymflaskor rafsades ner i väskan, sedan drog hon igen dragkedjan. Hon satte sig på sängen och såg sig omkring i rummet. Hur länge skulle det ta innan hon var här igen?

29.

Niklas hade ansiktet begravet i händerna. Han visste inte om det gått en kvart eller några timmar sedan mötet i vardagsrummet.

Veka jäkla människor, barn som trodde de kunde göra vad som helst och vuxna som ville samtala om det.

Garderoben var mörk och utanför hördes de enstaka bilarna som långsamt körde förbi. Hans axlar skakade. Det var inte sorg han kände, bara tomhet och en molande vrede. Det fanns inga tårar i en man som honom. Han tittade mellan fingrarna på den gröna lådan i hörnet. Den väntade där, som en julklapp. Den borde öppnas snart.

Han suckade. Det var något fel på Anders. Var han sjuk? Hade Angelika smittat honom när han var liten och de sov tillsammans? Hade hon fört över sin sinnessjukdom? Niklas stelnade. Han tänkte sällan på den där flickungen, den där galna och skadade fågelungen som han tagit hem. Hon hade varit sexig på det där trasiga sättet. Som Felicia ungefär. Sådana där tjejer kunde inte låta bli att hamna i trubbel.

Felicia. Niklas kände hur det stramade i tyget i skrevet. Den där sura jäntungen bodde bara några hus bort. Han skulle kunna knacka på. Hennes mamma skulle öppna. Två vimsiga fruntimmer i samma hus och ingen karl. *Ja, de kanske behöver en rejäl karl båda två, både mor och dotter.*

Han strök sig över ståndet genom byxorna och tänkte på hur sur hon varit. Det där söta, runda ansiktet och de ilskna ögonen. Skulle hon se ut så när han tog henne? Skulle hon skrika och svära och klösa efter honom?

Angelika hade inte klöst. Hon hade varit spak och stel, tunn och ärrad. Hon låg helt stilla, som om hon var död. Ibland stirrade hon på honom och ibland förbi honom upp i taket.

"Ser du mig?" brukade hon fråga.

Han svarade henne sällan utan tog på hennes fågeltunna flickkropp i stället. Han saknade känslan av att ha en tonåring tillgänglig på soffan. Hon sa aldrig emot utan såg på honom med stora ögon. Ögon som en hundvalp: "Ser du mig?"

Ibland sov Anders med henne. Upphetsningen dog när han tänkte på sin son. *Jäkla vekling.* Han sprang och sprang tills det inte var någonting kvar av honom. Ett skelett skulle han bli, ingen karl. Det fanns inga män längre, bara pojkar.

Hans blick sökte sig åter till den gröna lådan. Den hade följt med honom från kriget. En vit skåpbil hade stannat utanför deras lägenhetshus några veckor efter att han kommit hem. Lådan hade lastats ut och burits uppför trapporna. Han hade fyllt i ett papper och sedan hade den varit hans. Kriget hade förändrat honom. Det hade sköljt bort allting som varit vekt. Han hade åkt dit efter att ha förlorat Mirjam.

Mirjam. Han hade inte tänkt på henne på evigheter. *Mirjam.* Någonting gammalt vaknade i honom, någonting som legat gömt under allt det kalla och hårda han förstärkt sig med.

Mirjam hade allvarliga ögon och leende läppar. Hon klagade på att han inte drog in mer pengar och skrattade åt honom när han gjorde fattiga riddare. Hon kysstes och kramades och älskade. Han mindes när hon sa att de skulle få en son och visade den svartvita bilden där Anders inte ens gick att urskilja. Det såg ut som ett alienhuvud i en suddig, svartvit rymd. *Mirjam.* Känslor som han bara haft innan kriget vällde upp inom honom. Hans ögon tårades nästan.

"Nej!" skrek Niklas och reste sig upp. "Jag är stark."

Han skickade iväg en spark mot hyllan med t-shirtar. Stålhättan slog ett stort hål rätt genom limskivan. Den symmetriska hyllan kved och föll ihop i en hög av damm och t-shirtar. Niklas frustade, öppnade och slöt sina nävar, sedan vrålade han igen.

Inte tänka på Mirjam. Tänk på kriget.

Han tittade på den gröna lådan i hörnet. Ur den sjöd öknens vindar: brungula och torra, fyllda med damm och sand, skrik och blod och explosioner. Han hade återvänt stark från kriget. Som en man, en person som kunde göra vad som helst. Anders behövde åka till kriget. Han behövde bli stark.

Niklas mindes hur han återvänt till Sverige. Hur han gått av planet och hans nya liv hade börjat. Det gamla hade suddats ut. Det enda som funnits kvar var Anders. Polisen hade stoppat Niklas på flygplatsen och tagit in honom till förhör. De ställde frågor om vad han gjort och vilka han rest med. De behandlade honom som han var någon jäkla terrorist. De var svenssonpoliser, sådana som aldrig dragit sina vapen och som skämtade med kidsen som kastade gatsten och smällare. Tänk om de vetat vad han gjort. Tänk om de vetat hur många han dödat. Tänk om han hade berättat om alla de tempel och museer som han och hans vapenbröder plundrat. Hur de dödat alla som vaktat dem.

"Känner du nån av de här personerna?" hade poliserna sagt och lagt fram fotografier.

Niklas kände igen flera av dem men skakade på huvudet. Några av dem var hans vapenbröder. Andra var de som gav order. De kom till lägren på natten och han hade bara sett dem vid genomgångarna. De bar inte militärkläder utan kom i kostymer och hade solglasögon som de aldrig tog av sig. Ur sina portföljer lyfte de upp foton och usb-minnen som var underlaget till genomgångarna. De visade alltid bilder på gamla artefakter: benreliker, pergament, lertavlor och statyetter. Varje uppdrag hade nästan alltid samma slags order: hämta artefakterna oskadda och döda dem som vaktar dem.

Polisen släppte honom efter att han svarat på alla deras frågor. De hade inga bevis för vad det nu var de letade efter. Flera timmar senare hade han åkt och hämtat Anders. Tydligen hade grabben flyttat runt bland en massa olika familjer. Far och son kände först inte igen varandra. När pappren var påskrivna satt de tysta i bilen på väg till lägenheten som Niklas skaffat.

Det var lätt att få vaktjobbet när han berättade om sin militära bakgrund. Arbetet som vakt skänkte en frid. Han gillade att patrullera och att brotta ner människor och sätta handfängsel på dem. Det var handlingar han kunde och kände igen. Mest av allt tyckte han om att bara gå, att få vandra runt i staden i sin uniform.

Det var då han hittat Angelika. Han hade patrullerat ett industriområde och i ett gathörn hade han hittat henne. En liten tjej, blodig och kanske drogad. Hon låg slängd som en gammal trasa vid vägkanten. Det första han såg var hennes ben som var nakna upp till de små sovshortsen hon hade på sig. Hon var blek och tanig med ärr över hela benen.

"Ser du mig?" hade hon frågat med stora ögon.

Han nickade och smekte hennes blodiga kind.

"Ja, jag ser dig."

Han hade tagit henne med sig och köpt nya kläder åt henne så han kunde klä upp henne som en docka. En söt dräkt, en proper, en alldaglig och en massa sexiga. Hon bodde på soffan i deras lägenhet. Hon kunde inte laga mat,

inte städa, inte göra någon syssla som passade en kvinna.
Stora valpögon och en bräcklig, ärrad kropp. Sedan hade
hela den grejen gått åt skogen.

Ett lågt gnisslande ljud hördes från Anders rum. An-
ders fick inte gå ut. Niklas smög ut genom sitt sovrum och
ut i hallen. Det var ingen där. Dörren till Anders rum var
stängd. Den kunde inte ha öppnats och stängts utan att
han skulle ha hört det. Bra, då var han kvar på sitt rum.
Niklas stod så en stund och funderade. Utanför skällde
grannens hund. Det gjorde den alltid.

Bäst att vara säker.

Han smög ner till nedervåningen. Anders skor och
jacka fanns kvar där. Niklas lutade sig mot väggen och
kände sig trött. Han var alltid trött och kunde bara sova
med hjälp av sömntabletter. Ytterligare ett ljud hördes
uppifrån: en byrå eller något annat som öppnades i An-
ders rum. Niklas rynkade pannan. Kunde pojken trotsa
honom igen? Vågade han det? Vad skulle behövas då? Det
var länge sedan Niklas hade slagit honom. Inte sedan han
var liten och glömt låsa dörren till lägenheten och fått två
smällar över kinden.

Han sprang uppför trappan. Dörren till Anders rum
var fortfarande stängd. Niklas lutade pannan mot den.
Han ville inte prata med Anders. Om han mopsade sig
skulle Niklas slå honom, hårt. Det var tyst inifrån rummet.
Ett svagt vinddrag kändes från nyckelhålet, kall luft som
blåste över Niklas hand. *Korsdrag.* Han slet upp dörren.
Anders rum var i en enda röra. Garderoben var tömd på
golvet, likaså byrån. Högar med kläder låg omkringspridda.

Från det öppna fönstret blåste oktobervindar in i rummet. Niklas stirrade vilt omkring sig. Anders var borta.

Niklas skrek av ilska och rusade in i sitt sovrum, halkade på tröskeln och föll in i garderoben. Snabbt fumlade han genom bråten av limskivor och t-shirts, hittade axelhölstret med pistolen i, drog det på sig och var sedan ute i hallen igen. Han sprang nedför trappan och ut genom dörren.

30.

Det var mörkt när Felicia öppnade fönstret i sitt rum. Oktobernatten var kall. Hon slängde ut ryggsäcken genom fönstret och hoppade sedan själv ut. Det värkte om hennes ben när hon slog i marken. Hela hon var otränad. Inte tjock, men ur form. Hennes kropp var inte byggd för flykt. Hon satt stilla, tryckt mot väggen och kände hjärtat slå. Blodet rusade runt i hennes kropp i en blandning av nervositet, rädsla och spänning. Nästan på samma sätt som det gjorde nere i Gamla stan. Vägen mellan husen var upplyst. Hon smög längs med husväggen, in på grannens tomt. Deras hund skällde som alltid. Ingen skulle bry sig om det. Hon sprang hukande över deras gård. Det slog henne att hon inte hade smugit i skydd av mörkret sedan hon var barn. Skulle hon någonsin komma tillbaka hit?

På andra sidan gatan fanns Annas hus och bortom det Anders och Tims hus. Hon fortsatte bort mot busshållplatsen. Flera gånger stannade hon och tryckte sig mot husväggar när bilar körde förbi. Borta vid busshållplatsen såg hon två gestalter i skuggorna. Hon stod stilla en stund tills hon försäkrat sig om vilka de var. Sedan pustade hon ut och gick fram till dem. Hon försökte att inte gå i skenet från gatlampan.

Anders vinkade åt henne där han stod bredvid Tim. Tim gjorde knappt något tecken av att ha sett henne. Anders hade en ryggsäck på sig och en snygg fjällrävenjacka. Han hade kängor också. Felicia skrattade till. Det såg ut som om han skulle campa. Tim däremot hade två fulla plastkassar. Paprikor, en gurka och mjölkpaket pressades mot den halvgenomskinliga plasten. Han stod med ett dumt flin och drömmande ögon.

”Vad fasen ska du med det där till?” viskade Felicia.

”De är hungriga”, svarade Tim.

”Okej?” sa Felicia utdraget.

Bakom dem i buskaget stod tre cyklar. Det var Anders egen och Tims föräldrars. Flyktredskap.

”Ska vi göra det här?” sa Anders.

Tim svarade inte utan stirrade drömskt ut i mörkret. Felicia tänkte en kort stund på mamma. Dumma, snälla mamma som alltid hade fel råd och som inte förstod att Felicia ville leva nu. Det här var större än att bara säga emot sina föräldrar. Det var inte som att rymma hemifrån när man var liten.

"Ja", sa Felicia. "Till Gamla stan."

De drog fram sina cyklar. Nu stod de i ljuset under gatlampan. Det var oundvikligt. Den sista biten skulle de synas. Anders gick först, men stannade till och svor lågt. Felicia gick rätt in i honom bakifrån och cyklarna skramlade. Anders tog ett stapplande steg framåt och tappade sin cykel i asfalten.

"Tyst", väste Felicia och kände hur hjärtat började skena vansinnigt.

När hon lutade sig för att hjälpa Anders med cykeln så såg hon varför han stannat. Någon stod och väntade i mörkret framför dem. Felicia stelnade. Det var något bekant över gestalten. Felicia kände en blandning av ilska och rädsla. Skulle det sluta så här fort? Stoppade innan de ens kommit iväg?

Främlingen steg fram. Det var Anna. Hon såg liten och tanig ut i jeans och en för tunn jacka. Hon var osminkad och ögonen var rödgråtna och trötta. Felicia och Anna stirrade på varandra. Anders reste upp sin cykel. Alla fyra stod i en obekväm tystnad, alla utom Tim. Han nynnade på en melodi och hängde upp en påse på var sida om cykelstyret.

"Varför blåste du oss?" sa Felicia.

Anna ryste till, som om hon skakade av sig en obehaglig känsla. När hon talade så stockade sig hennes röst:

"Jag såg Markus."

"Va? När?" sa Anders.

"Jag har sett honom två gånger. En gång i skogen, som ett spöke eller nåt. Jag tror att han ropade på hjälp.

En annan gång var han i mitt sovrum." Tårar rann nedför hennes ansikte. "Han stod rakt framför mig. Det var därför jag varnade era föräldrar. Jag tror att ni alla är i fara om ni åker dit igen."

Felicia och Anders stirrade på henne. Även Tim ryckte till när han hörde Markus namn. Borta längs vägen öppnades en dörr. Det kunde ha varit vilken dörr som helst, men på något sätt kände Felicia på sig vad som väntade. Det var dörren till Anders hus som öppnades.

"Vi måste dra", sa Anders.

"Följ med oss", sa Felicia till Anna.

Anna skakade på huvudet och backade bort från vägen.

Anders far ropade:

"Anders, tillbaka hit", precis så som man ropar på en hund.

Felicia hoppade upp på cykeln och trampade iväg i natten. Bakom sig hörde hon det metalliska spinnandet från däck och ekrar. Felicia cyklade först med bultande hjärta och trampande fötter. Det kändes ovant och vingligt. När hon var liten hade hon cyklat hela tiden, överallt. Nu åkte hon bara buss eller blev skjutsad av sin mamma. Bakom dem skrek Anders pappa. Felicia var så rädd att hon inte visste vart hon skulle ta vägen. Hon trampade och jobbade frenetiskt med fötterna. Försiktigt kastade hon en blick över axeln. Direkt bakom henne var Anders och längst bak Tim som vinglade med överfyllda påsar på varsin ände av styret.

"Jag kommer att hitta dig och släpa dig tillbaka hit",

vrålade Niklas.

"Vad fan är det med honom?" väste Felicia och kände hur det hettade i lungorna.

Cyklarna rusade fram längs vägen. Fälten var mörka omkring dem. När de var små hade de lekt här på kvällarna. Ibland hade de sett vildsvin eller rådjur som mörka siluetter i skymningen. Men nu såg de bara de vita strecken på vägen och den fuktiga svarta asfalten som glittrade i skenet från cykellamporna.

Anna såg hur de försvann och kände ett styng av sorg över att det hade blivit så här och över att hon inte var med dem. Bakom sig hörde hon hur Niklas pratade med någon på sin mobil. Han pressade telefonen mot örat samtidigt som han öppnade dörren till skåpbilen.

"Ja! Nu, för helvete säger jag ju. Åk *nu*! Genskjut dem!"

Sedan backade han ut den stora grå skåpbilen med rovfågeln på och rivstartade. Fordonet rusade förbi Anna med vrålande motor. Hon skakade på huvudet. De hade ingen chans på cykel. Bilen var borta och allting var åter stilla och mörkt i Fält. Anna stod kvar en stund innan hon vände och gick in i sitt hus igen.

"Helvete", väste Anders bakom Felicia.

Framför dem, från stan, kom en bil i hög hastighet. Bakom sig hörde Felicia motorvrålet från en bil som närmade sig. Det var Anders galna pappa. Bilarnas strålkastare skar snabbt bort det lilla skydd de hade kvar.

"Vad gör vi?" skrek Anders.

Felicia svarade inte utan vek direkt ner i diket. Hon famlade med handen och stängde av lampan. Cyklarna skumpade över grästuvor och ölburkar innan färden abrupt tog stopp och Felicia kastades ut i mörkret. Det var en märklig känsla, en ytterst kort stund svävade hon helt i det mörka. Sedan slog hon i marken och grenar rev hennes ansikte och armar. Bakom sig hörde hon skramlet från en cykel och sedan en dov duns följt av Anders som svor.

Tim såg för sent hur Anders svängde ner i diket. Han drog styret hastigt åt sidan. En av påsarna slog i framhjulet och fick cykeln att vingla till. Han försökte parera vilket fick den andra påsen att svänga. Cykeln föll i asfalten och han tumlade av den. En av påsarna fläktes upp och spydde ut majskolvar och kotletter på vägen. Bilarna närmade sig i hög fart. Tim ställde sig upp och drog i cykeln. Framdäcket var skevt. Han skrek och sparkade till den. Sedan tog han påsen som fortfarande hängde kvar på styret och böjde sig ner för att plocka upp en konservburk och kotletterna. En av bilarna tvärnitade framför honom. Däcken gnisslade mot asfalten och dörren öppnades innan bilen stannat helt.

"Stopp", sa en myndig röst som Tim inte kände igen.

Ögonblicket efter stannade den andra bilen bakom honom och Anders pappa klev ut. Tim stod mellan de två vakterna, fångad i strålkastarljuset med båda armarna om påsen. Han tittade först mot Anders pappa och sedan bort mot den andre vakten. Det var en stor jävel med rakat huvud och stenhårt bulldogansikte. Tim kände igen honom från stan. Han brukade stå utanför nattklubbar med armarna i kors. Niklas stegade fram.

"Var är Anders?"

"Inte här", sa Tim och tog ett litet steg åt sidan.

Det högg till i knät och Tim kved. Niklas ställde sig nära honom. Hans ögon var glansiga, nästan frånvarande.

"Ni cyklade tillsammans, var är han?"

"Jag kom ifrån dem", sa Tim och vägde prövande på benet.

Det högg till igen. Inte en chans att han skulle kunna springa ifrån dem. Niklas satte händerna i sidan och bröstade upp sig. När han gjorde det gled jackan isär och avslöjade kolven på pistolen. Tim stirrade på vapnet. En kall känsla landade i hans bröst. Fick vakter ha pistoler? Imponerat och skrämt insåg Tim att det var meningen att han skulle se vapnet. Det var ett tyst hot för att få honom att prata.

"Niklas", ropade den store vakten och skar genom mörkret med en ficklampa med starkt blåvitt sken. Tim följde ljuskäglan i det djupa diket. De två kvaddade cyklarna glänste i det skarpa ljuset.

"Gå och leta efter dem Thorulf. Sätt handfängsel om det behövs."

Tim skrockade till. *Thorulf? Allvarligt?* Den store gick ner i diket med en hand redo på batongen. Ljuskäglan svepte över fälten. Niklas stod framför Tim. De var nästan lika långa. Det förvånade Tim. Hela hans liv hade Niklas varit en otäck vuxen, men nu var de lika stora.

"Vart var ni på väg?"

"På picknick", sa Tim.

Niklas tittade på matkassen och på maten som låg utspridd över vägen.

"Ska du flytta hemifrån?"

"Nåt sånt."

Slaget kom helt oväntat. Ena stunden hade Niklas haft händerna nere vid sidan och ögonblicket efter hade högra näven skjutit ut och träffat Tim över käken. Världen blinkade till och det nästa Tim visste var att han låg på asfalten med blicken rätt upp i luften.

"Vart var ni på väg?"

Tim försökte fortfarande samla tankarna. Det bultade om läppen. Hans tänder hade bitit in i den inifrån. Han drog tungan på insidan av läppen och kände smaken av blod. En vind blåste inifrån staden. Den bar med sig en unken, tung doft, som från stillastående vatten. Niklas tog motvilligt ett steg bakåt och såg sig oroligt omkring. Det fanns ord i vinden, en sång med uråldriga ord. Tim hade hört sången förut men förstod inte vad orden betydde.

"Jag måste gå", sa han.

Niklas nickade gillande. "Du var mig en tuff jäkel."

Tim reste sig upp till halvsittande. Ytterligare ett knytnävsslag skickade honom tillbaka ner i asfalten igen. Sången fortsatte. Orden kallade på honom. *Hon* kallade på honom. Blod rann längs hakan från den spruckna läppen. Huvudet värkte och det kändes som han skulle kräkas. Ändå var orden så starka. De drog honom uppåt och tvingade hans kropp att resa sig upp.

De kommer att ge sig av snart.

"Du förstår inte", skrek Tim gällt. "Jag måste gå till henne!"

Niklas skakade på huvudet. Ett metalliskt klickande hördes när batongen fälldes ut. *Coolt,* hann Tim tänka när gummihandtaget expanderade till en halvmeterlång batong. Den skapade ett svischande ljud när den ven genom luften och träffade honom rätt över näsan. Det var som ett slag och piskrapp i ett. Tim skrek inte ens. Smärtan var oerhörd och koncentrerad till hans ansikte. Kvinnans sång och ord hördes knappt längre. Tim gapade efter andan. Piskrappet brann som eld.

Det prasslade nedifrån diket och snart var den andre vakten tillbaka. Ficklampan var släckt.

”Det är ingen där”, sa han.

Niklas nickade och slog Tim ytterligare en gång över ansiktet med batongen. Det blev för mycket. Sången tystnade och Tim blev liggande på sidan med hopknipna ögon och såren bultande i ansiktet.

”Kör den här knäppgöken till jobbet”, sa Niklas. ”Jag kommer senare.”

Thorulf drog upp Tim från marken. Det var som om Tims kropp inte riktigt lydde honom. Hans armar och ben kändes tunga och långsamma.

”Ska jag köra honom till häktet?” sa Thorulf.

”Nej”, ropade Niklas borta från sin bil. ”Kör honom till Knektgården, vi håller honom där.”

Thorulf tvekade men ledde till slut iväg Tim till bilen. Tim gick stapplande bredvid honom. Bortom den ilskna smärtan i ansiktet kunde han ana kvinnans sång, men den var långt, långt borta. Thorulf knuffade in honom på passagerarsätet och gick sedan bort till den andra bilen och pratade med Niklas.

"Kör honom till Knektgården", sa Niklas igen. "Jag åker till Gamla stan."

31.

Hjärtslagen dunkade i bröstet. Väskan slog mot Felicias rygg. Flera gånger föll hon och reste sig upp. Skorna fylldes med vatten och knäna blöttes och geggades ner. Det var länge sedan hon varit på fälten. De hade lekt krig och skrämt kor här. Det fanns brunnar och gropar som de kunde falla ner i om de inte aktade sig. Brunnarna var märkta med varningsskyltar, men i mörkret skulle de inte se dem.

"De tog Tim", flåsade Anders.

Felicia kunde inte svara. Hon hade inte sprungit sedan i högstadiet, och knappt ens då. Kanske sextio meter någon gång, men aldrig hela barkspåret. Lungorna brände och hon andades med pipande, väsande andetag. Hennes hjärta arbetade, kanske på riktigt för första gången i hennes liv. En knytnävsstor muskel som drog ihop sig och vilade, drog ihop sig och vilade, nästan som i kramp.

"Kom igen", flämtade Anders framför henne.

"Vart ska vi?"

"Till skogen, vi kan gömma oss där."

En rysning av obehag gick genom Felicia. Hon hade inte varit i skogen på mycket länge. De hade lekt mycket där som barn och tävlat om vem som vågade gå längst in. Hon följde Anders som visade vägen och ökade på avståndet mellan dem och vägen som de lämnat bakom sig. Runt omkring dem fanns de gamla stenhögarna, bronsåldersgravarna. Träden närmade sig som svarta jättar i natten. Felicia flåsade och det brände i bröstet på henne. Svett rann längs pannan och sved till när den nådde ögonen. Hon försökte hålla blicken fäst på Anders framför sig, men hans vandringsjacka smälte in i mörkret.

"Se upp", sa han och var med ens borta.

Hon stannade mitt i steget men var för långsam. I mörkret såg hon inte diket som öppnades precis vid skogsgränsen. Marken försvann under hennes fötter och hon tumlade ut i mörkret och slog i botten på diket med en smäll som fick henne att tappa andan. Hon pustade och rullade över på sidan. Anders stod mittemot henne. Han måste ha sett diket och hoppat över det. Felicia flämtade några gånger för att hitta andan igen.

"Aj, jäklar." Hon satte sig upp. Ryggen var blöt av svett och dikesvatten som letat sig in innanför ryggsäcken.

"Här." Anders räckte fram handen och drog upp

henne.

De hade sprungit ända fram till skogen. Felicia kunde inte tro det. Bröstet hävde och sänkte sig snabbt i takt med hennes väsande andetag.

"Ska vi verkligen gå in i skogen?" Staden var inte långt borta. De skulle kunna gå längs med diket och smyga in genom bostadsområdet som gränsade mot skogen och sedan vidare in i staden.

Anders följde hennes blick och verkade överlägga med sig själv.

"Det är större risk att vi blir upptäckta om vi går längs vägen."

"Vid nåt tillfälle så måste vi gå in i staden", flämtade Felicia.

Anders klättrade upp från diket och in i skogen.

Fan, jag vill inte gå in där. Felicia följde mödosamt efter. Pulsen hade lugnat ner sig, men benen kändes tunga och tröga. Hon visste inte om hon skulle kunna springa igen utan att få kramp. Skogen var mörk och hon stapplade och snubblade framåt. Grenar och barr rev längs hennes ansikte som skarpa små klor. De smög vidare. Anders var mycket snabbare och rörde sig ledigare än henne. Inte så konstigt, han tränade och sprang nästan varenda dag. Felicia försökte hålla samma takt så gott det gick.

"Vänta på mig", viskade hon skrämt när hon inte längre kunde se hans rygg.

Han stannade och hon ställde sig bredvid honom.

"Vet du vart vi ska?"

"Jag tror det."

"Tänk om vi går vilse?"

Han fortsatte framåt men gick långsammare nu. Antingen ville han vänta in henne eller så var det för att han inte skulle tappa riktningen. Felicia förstod inte varför människor frivilligt valde att vara ute i skogen. Hon kunde inte se något värde i att tälta, sova i sovsäck och bajsa i en självgrävd grop. Det var tyst omkring dem. Inga djur hördes och ingen vind ruskade löven.

Framför henne stannade Anders. "Titta", sa han.

En skimrande vattenyta låg framför dem och delade skogen i två delar. Det tog en stund innan Felicia förstod vad det var. Det glittrade om vattnet i månskenet.

"Mörkån", viskade de tillsammans.

De gick längs med ån. Snart var Felicias andning normal igen. Ån var mycket bredare här än den var inne i staden.

"Vi är på fel sida", sa Anders. "Och om de följer efter oss måste vi ta oss över."

"Tänk om de ringt polisen", sa Felicia och kastade en sten i vattnet. "Kan vi simma över?"

Anders skakade på huvudet.

"Det är för kallt, dessutom är det … Mörkån."

Det slog Felicia att de hade lekt här som barn. I de här skogarna hade de sprungit omkring, nära vattnet som alla varnade dem för.

Det surrade till i Anders telefon. Han tog upp den och log när han läste meddelandet.

"Vänta", sa han. "Jag har en idé."

Tim var knappt vaken när bilen stannade. Det bultade om ansiktet och han andades tungt. Näsan var svullen och täppt. Det smakade blod i munnen. Han höjde händerna mot ansiktet och insåg att det satt handklovar på honom.

"Håll dig lugn nu", sa den store mannen bredvid honom.

Tim sökte i tankarna. *Thorulf,* jätten med det fåniga namnet. Hans fångvaktare gick runt till passagerarsidan och öppnade Tims dörr.

"Kan du gå själv?"

Tim gick ut på svajiga ben. Det värkte om knät för varje steg han tog. Thorulf grep kring Tims arm och ledde honom framåt. Tim förstod inte var han befann sig någonstans. Gamla hus stod myndigt längs gatorna omkring dem.

"Och så uppför trappan", sa Thorulf.

Högst upp stannade de och Thorulf höll fram en tagg mot kodlåset vid dörren. Det pep till och en grön lampa tändes samtidigt som dörren öppnades.

"Var är vi?" mumlade Tim.

Det kändes som om han var full, världen snurrade omkring honom och magen vände på sig som om han skulle kräkas. Thorulf ledde honom genom korridorer med stängda dörrar tills de kom fram till en dörr med en gyllene rovfågel på den förstärkta glasrutan. Dörren låstes upp med den lilla plastbrickan och där innanför fanns ett kontorslandskap.

"Jag var på väg nånstans", sa Tim.

Thorulf stod stilla med handen i ett hårt grepp kring Tims arm. Hans blick sökte över rummet som om han letade efter något.

"Det där får duga." Han ledde Tim fram till en dörr i hörnet av rummet.

Tim följde slappt med. Han hade ingen energi och han kunde inte minnas vart han varit på väg, vad som hade varit så viktigt. Det knäppte om låsen i handklovarna när de lossades.

"Här får du vara över natten." Thorulf knuffade honom och Tim stapplade in i en skrubb och föll ner bland hinkar och skurtrasor. Rummet var inte större än att Tim precis kunde sitta med ryggen mot väggen och benen utsträckta framför sig.

"Sov gott", sa Thorulf och slog igen dörren.

Det blev helt svart inne i städskrubben. Låskolven klickade när nyckeln vreds om.

Anders och Felicia satt i vattenbrynet. Felicia slängde små stenar i vattnet. Hennes andhämtning hade lugnat sig. Kläderna satt svettiga och klistrade mot henne och det började bli kallt. Hon ville duscha och lägga sig i en nybäddad säng. Var skulle hon sova i natt? Hon hade rymt hemifrån, men inte nog med det, hon hade dessutom undvikit två vakter som en actionhjältinna. Felicia tog ytterligare en sten och kastade den i vattnet. Den försvann med ett ploppande ljud ner i det mörka.

"Kolla", sa Anders och skrattade till. Någonting närmade sig flytande på vattenytan.

"Va?" sa Felicia klentroget när båten närmade sig.

Det var en liten svart eka. Vid årorna satt Mikael och

rodde stillsamt. Båten närmade sig som i en dröm. Månljus skimrade över vattenytan. Mikael styrde båten ända fram till dem. Med ett skrapande läte gled den upp på gruset precis bredvid dem.

"Det är inte sant", sa Felicia skrattande.

Hon reste sig och grymtade till när lårmusklerna krampade. Klumpigt, som en gammal tant tog hon klivet över båtens kant och satte sig längst bak. Mikael reste sig i den svajiga båten och sträckte fram handen mot Anders. Han tog den och satte sig i fören. Snart var de ute på vattnet. Båten gled på Mörkån. Felicia sträckte ner handen i vattnet. Det var varmare än väntat. Hon förde upp handen mot ansiktet och drog in åns doft, den tunga, sövande doften som hon aldrig kunde göra sig fri från. Sedan böjde hon sig fram och slickade bort vattnet från handen med tungan. Det smakade skog, järn och sjövatten.

"Jag har aldrig hämtat en dejt med båt förut", sa Mikael.

Båten gled i vattnet. Årtagen var nästan ljudlösa. De passerade under en bro och var sedan inne i staden. Åkanten var illa skött. Högt gräs, buskar och träd löpte längs med vattnet. Troligen ville ingen arbeta så nära ån. Här och var fanns sovsäckar, filtar och kassar med tomburkar bland buskarna.

Felicia suckade förnöjt. Äntligen var de på väg. Båten gled stillsamt medan de kom längre och längre in i staden. Det kändes som om hon var på semester. När de passerade under broarna såg de gatlyktor, bilar och människor. De flesta lade inte märke till båten, men några stannade leende upp, pekade och tog kort. Felicia vinkade åt dem som om hon vore en kändis.

På sidan om dem dök borgruinen upp och Felicia insåg att de var nära Gamla stan nu. Äntligen! Hon lät blicken vila på den stora ruinen. Det slog henne att hon inte hade intresserat sig så mycket för den som hon gjort för domkyrkan och Katedralskolan. Grunden till borgen måste vara långt äldre än någon av de byggnaderna, kanske var det en fornborg som sedan förstärkts och byggts ut. Hon kunde inte dra sig till minnes att hon någonsin varit inne i borgen, kanske var den avstängd för allmänheten. Murarna hade här och var rasat ner, bakom det spruckna murbruket blottades väldiga stenbumlingar som fogats samman med sand och småsten. Det såg uråldrigt ut. Felicia föreställde sig hur människor för länge sedan släpat stenarna hit och satt dem på plats utan vare sig lastbilar eller lyftkranar. Upp mot månen reste sig ett rangligt torn. Det hade förstärkts på utsidan med en enkel byggställning i trä, som om det skulle kunna rasa ner när som helst. Felicia undrade hur mycket som var intakt av borgen och om det gick att gå in i den.

Hon såg länge efter ruinen när den försvann bakom dem. Sedan vände hon blicken framåt. Där låg Gamla stan. Skenet från brandgula gatlyktor välkomnade henne hem. Husen kring vattnet blev äldre och mörkare. Den moderna stadens ljud började tona bort. Människor satt med benen ut över vattnet och hånglade eller drack vin. Felicia skrattade till. Hon skulle kunna dra ner dem i vattnet utan att de förstod vad som hänt. På flera ställen längs med ån växte tjocka slingrande växter. Felicia hade aldrig sett något liknande. De liknade vinrankor men var mycket grövre och hade pekfingerlånga taggar. Växterna försvann ner i vattnet och kom upp på andra sidan. Hon ryste, tänk om man skulle falla i vattnet och bli invirad i växterna. Om varje rörelse man gjorde skulle få deras grepp att hårdna kring kroppen och driva taggarna genom huden.

"Snart är vi framme", sa Mikael.

Efter en stund skrapade båten emot trappan vid avrättningsplatsen. Två andra båtar guppade i vattnet här. Felicia och Anders klev försiktigt av. Benen kändes fortfarande stela och klumpiga. Felicia gick långsamt uppför trappan och höll sig i Anders för att inte ramla.

"Vi kom fram", sa hon och kände en våg av lättnad.

De hade flytt på cyklar och forcerat den mörka skogen för att komma hit. Anders pappa hade jagat dem med sin bil.

"Är du okej? Med din pappa och allt?" Hon lade armen om Anders och kände att det luktade svett från hennes armhåla.

"Nej", svarade han och lutade sig in i hennes halvdana omfamning.

De vände sig om och såg hur Mikael stod böjd över båten och förtöjde den bredvid de två andra båtarna.

"Vilken kille", sa Felicia och tryckte armbågen i sidan på Anders.

"Jag vet", sa han.

Vättar

32.

Niklas slängde cigaretten ifrån sig. Den dog i en kaskad av gnistor mot asfalten. Som om en osynlig barriär hindrade honom från att ta det sista steget stod han stilla och stirrade ut i mörkret. Bakom sig tyckte han sig höra Stora torget och stimmet därifrån. Där kände han sig hemma. Det var där han jobbade mest. Men framför honom fanns Gamla stan. Det var okänd mark. Och någonstans där inne fanns hans son.

"Det här går inte längre Anders", sa han ut i mörkret.

Pistolen hängde tryggt i axelhölstret när han tog steget från asfalten över till kullerstenen. Den var ojämn och obekväm att gå på. Luften var tjock och sövande som om varje andetag fick honom att gäspa. Det slog honom att han aldrig varit här. Det hade varit ett jäkla snack om de här kvarteren, mycket problem, men han hade själv aldrig varit här. Många företag anlitade vaktbolaget, främst restauranger, men ingen ville ha vakter i Gamla stan. Den skötte sig själv och vettigt folk höll sig därifrån.

Gränderna var slingrande och trånga. *Idiotisk stadsplanering. Egentligen borde man jämna hela skiten med marken och bygga parkeringshus eller vad som helst.* Han följde en av de snirkliga gränderna. Den svängde i en halvcirkel och rörde sig mot vattnet. Han kunde höra det där förbannade porlandet överallt. Gränden tog slut längre fram. En svart mur blockerade vägen. En stund stod han bara och glodde. Han lade handen mot den. Muren var solid. Gränden ledde alltså bara till en vägg.

"Varför skulle nån bygga så här?" sa han till sig själv.

Han vände sig om och ryckte förvånat till. Det stod någon under gatlyktan längre bort. Skenet var svagt och gult och det var svårt att se. Främlingen var inte mycket mer än en skugga. Niklas hade inte hört att någon gått bakom honom, men den här personen var inte mer än några steg bort.

"Jag letar efter min son", sa Niklas.

Främlingen svarade inte utan lade bara huvudet på sned som om han försökte lyssna bättre. Det var något märkligt över gestalten. Den rörde sig långsamt, som om den befann sig under vatten. Niklas kände hjärtat slå snabbare, inte av rädsla utan snarare av förväntan. Han var på främmande territorium. Kriget kunde vara här. Han drog pistolen och höll den med båda händerna. Ljuset från lyktan tycktes falna när främlingen gick närmare.

"Det var dumt av dig att komma hit när det är mörkt." Rösten lät märklig, som om munnen var fylld med tyg, eller som om tungan var svullen.

Niklas kisade. Det var något med sättet främlingen rörde sig som väckte ett minne inom honom. Han hade sett den där långsamma lunken förut. Stanken här var överväldigande, som av död, förruttnelse eller en grav som öppnats.

"Jag har ett vapen." Niklas visade pistolen högt i luften med ena handen. Det var en inövad rörelse. Så fick man obeväpnade folksamlingar att skingra sig.

Främlingen fortsatte gå mot honom. Lampan blinkade och dog. Endast månljus föll ner i gränden. Framför honom stod främlingen. Det gick inte att se hur han var klädd. Var det jeans och huvtröja, eller var det en kåpa?

"Ditt vapen betyder ingenting här."

"Jag kan skjuta dig."

Han fattade vapnet med båda händerna igen. Det var omöjligt att missa på det här avståndet. Främlingen stirrade på vapnet. Nu var han i alla fall tyst. Tystnad var bra, det var det första som kom innan någon ångrade sig och försvann med svansen mellan benen. Sedan kom ljudet Niklas aldrig skulle glömma: benbitar som drogs över sten, glas mot glas, skrapande, skärande, gnisslande och gnällande.

Den skrattade åt honom. Och sedan rörde den sig framåt. Niklas höll andan och avfyrade vapnet. Pistolen ryckte till i hans hand. Han såg tyget fladdra till mitt på bröstet när kulan träffade. En dov duns hördes när kulan slog in i teglet bakom.

"Du kan inte skjuta mig igen." Främlingen visade sitt ansikte. Det var blekt och huden var gulnad. Blicken var skelande och det fanns ett ruttet sår över vänstra kinden där kulan träffat för flera år sedan. Niklas stelnade när han insåg vem det var. Ahmed Ahmat.

Niklas tappade pistolen. Den föll på kullerstenen med ett metalliskt klunk. Han backade. Ryggen slog i muren. Händerna tryckte bakåt mot den svarta tegelstenen. Bakom muren hörde han Mörkån porla, nästan öronbedövande högt, som om han stod bredvid ett vattenfall. Ahmed tog upp vapnet. Det var svart mot hans gulnade, döda händer.

"Du gör intrång här", sa Ahmed.

Niklas höll upp båda händerna framför sig. Det var ett lönlöst skydd mot en pistolkula, ändå hade han sett just den gesten hos människor. På knä, gråtande och blodiga var det sista de gjorde att hålla händerna framför ansiktet, precis innan de dog.

"Hur kan du vara här?" stammade Niklas.

Ahmed skrattade med samma hemska ljud som innan. Det onaturliga skrapandet fick Niklas muskler att dra ihop sig.

"Du förstår inte", sa Ahmed. "Förstår inte jordens och blodets regler."

Lyktan blinkade ovanför dem. Ahmed var klädd i jeans och huvtröja som vilken tonårspojke som helst, men han hade ett skotthål rätt in i käken och luktade jord och död.

"De släppte mig fri när du kom hit."

"Du dog inte ens här", sa Niklas. "Det var i Afghanistan."

Ahmed slöt ögonen som om han tänkte.

"Det spelar ingen roll", sa han. "Jag är här nu. En kort stund är jag här med dig."

Sedan höjde han vapnet. Niklas stirrade mot pipan.

"Nej", sa Niklas och kände hur varm urin spolades utmed hans ben.

Ahmeds finger slöts kring avtryckaren, stötigt och ovant. Han pressade ryckigt iväg skotten.

Bang. Bang. Bang. Bang. Bang.

Niklas skrek, tog sig för huvudet och föll till marken. Kulor visslade. Ljudet ekade inne i gränden. Det studsade mellan stenarna som en jättelik hammare.

Bang. Bang. Bang. Bang. Klick. Klick. Klick. Skramlet från hylsorna som slog i marken. Mässingsfärgade små cylindrar rullade längs kullerstenen.

"Nej", viskade Niklas och höll sig för huvudet. Han låg på sidan i fosterställning. Det luktade krutrök omkring honom. Och något annat, något gammalt som kom från det mörka vattnet. Och rädsla och piss. Hjärtat rusade i kroppen på honom. Tinningarna dunkade. Allt var tyst, utom Mörkån som återgått till sitt stillsamma porlande.

Långsamt tog Niklas bort händerna från huvudet och såg sig omkring. Det var mörkt, men han var ensam i gränden. Snabbt kände han på sin kropp, inga skador och inget blod. Hans skrev och lår var genomblöta, men inte av blod. Han kände efter igen, drog handflatorna över sig och klämde men hittade inga sår. Det hettade på hans kind. En av kulorna hade snuddat vid honom. *Hur fasen kunde pojken missa på det avståndet?*

Han kom på fötter och såg sig omkring. Gränden var tom. Gatlyktan lyste orange ovanför honom. Som om någon satt på en bandspelare hördes stadens alla ljud igen: bilar, skratt, tutande och det dova mullret från värmepumpar.

Niklas satte sig på knä och famlade med händerna över kullerstenen. Han fångade upp en tomhylsa. Det rykte fortfarande ur den. Han slängde den ifrån sig och kröp på knä över kullerstenen. Pistolen fanns ingenstans.

Han drog händerna över muren. Fingrarna gled in i varma urgröpningar i teglet. Det fanns minst fem stycken kulhål. Ingen kunde missa på det avståndet, inte ens en död jävla afghanunge. Han sparkade på de svarta sopsäckarna.

"Vad fan var det som precis hände?" skrek han och rev och slet i allt i gränden. Men han hittade ingen pistol, bara tomhylsor.

Han flydde ifrån gränden, tillbaka till staden. Den här gången snirklade sig inte gränderna. Han kunde hitta utan problem som om Gamla stan ville släppa honom ifrån sig. Samtidigt som han sprang lyfte han upp mobilen. Han bläddrade tills han kom till Thorulfs namn och tryckte på det. Telefonsignalerna gick fram samtidigt som han sprang. Han tänkte inte stanna förrän han var ute ur de här jäkla gränderna.

"Det är här", sa han till sig själv. "Kriget är här igen." Thorulf svarade.

"Det är Niklas." Hans röst var andfådd. "Möt mig på Munken om fem minuter."

Han väntade inte på svaret utan slängde ner telefonen i fickan utan att avsluta samtalet. Snart övergick kullerstenen i asfalt och först då stannade han, lutade sig fram med händerna på knäna och kräktes över sina skor.

"Fy fan." Han spottade ner på asfalten.

Det brände i näsan och halsen efter spyan. Han såg sig över axeln, beredd på att spöket skulle stå där med hans pistol, men det var ingen där. Sedan skyndade han återigen in mot Stora torget. Människor gick flera steg åt sidan för honom när han stövlade fram. En kvinna gick över på andra sidan vägen med handen ner i handväskan och blicken låst i marken framför sig.

Samtal tystnade när Niklas steg in på puben. Den hetsiga irländska musiken fortsatte. Niklas kände lukten från sina kläder: kräks och urin. Det fanns ingen tid att förlora. Någonstans i Gamla stan sprang ett spöke omkring med hans pistol. Människor stirrade mot honom där de satt med öl och fish and chips. Niklas ville gå fram och slå bort de där korkade ansiktsuttrycken. Han svepte med blicken över rummet och såg Thorulf som satt längst inne i hörnet med ett stort glas ljust lageröl. Thorulfs ögon var uppspärrade när deras blickar möttes.

När Niklas passerade baren reflekterades hans ansikte i spegeln bakom alla flaskor och glas. Hans hår stod åt alla håll och ansiktet var högrött som om han sprungit ett maratonlopp.

Niklas stapplade fram med styltiga steg. Svett rann ner

i ögonen och brände. Han satte sig mittemot Thorulf.

"Fan vad du ser ut."

"Jag förlorade mitt vapen." Niklas lutade huvudet mot bordet. Bordsytan svalkade skönt mot pannan.

"Vad sa du?"

"Jag tappade mitt vapen."

Thorulf tog en klunk, ställde ifrån sig glaset och nickade sedan tyst.

"Din batong? Har du glömt din batong?"

Idiot. "Nej, min pistol."

Thorulf tittade upp mot honom med stora ögon. "Har du en pistol?"

"Hade!" sa Niklas snabbt och satte upp fingret i vädret. "Men vi ska ta tillbaka den."

Thorulf satt tyst.

"I morgon", sa Niklas. "När det är ljust så de inte kan köra sina jäkla trollkonster, så åker du och jag och hämtar tillbaka den."

"I Gamla stan?" sa Thorulf tvekande.

"Ja", sa Niklas kort.

"Ska vi inte hämta den nu direkt då?"

Niklas ryste till och såg sig över axeln. "Nej, för fan, inte nu, inte på natten. Vi åker när det är ljust."

Thorulf drack ur det sista av ölen. Niklas kunde se hans tvekan utskriven över hela ansiktet. Thorulf var en misslyckad värsting. Han gillade att klå upp folk och drömde om att vara stridspilot. Han var för stor och dum för det, egentligen för dum för att bli något vettigt i militären alls.

"Vapenbröder håller ihop, eller hur?" sa Niklas och räckte fram sin hand till honom.

Ett stort leende växte fram i Thorulfs ansikte. *Så jäkla lätt, som att ge en hund beröm.* Deras händer möttes över bordet i ett fast handslag.

"Grabben vi har inlåst på kontoret, vad gör vi med honom?" Niklas förstod först inte vad Thorulf menade.

"Just det", sa Niklas och sänkte sin hand. "Jag åker till honom nu."

Näcken

33.

Anna stod framför det enda blå huset i Fält. I köksfönstret brann ett ensamt ljus och bredvid det stod en lapp med stora bokstäver: KOM HEM MARKUS.

En vecka hade gått. På skolan hade någon sagt att statistiskt sett var någon död om de varit borta mer än ett dygn.

"Var skulle de annars vara så länge?"

Det var en av alla de där killarna som pratade som om de visste allting och behövde berätta det för alla. Två gånger hade Anna sett Markus som en spökskepnad. Hon hade berättat det för sina vänner, men det hade inte ändrat någonting. I stället hade de cyklat ifrån henne som om de vore del av någon fånig revolution.

"Sen då?" ville Anna fråga dem. "Vad ska ni göra om några dagar när era pengar tar slut? Ska ni krypa tillbaka till era föräldrar då?"

Innanför fönstret brann ljuset bredvid lappen. Där inne väntade Markus pappor på honom. Hon hade sett dem flera gånger nere på stan. De gick i skift. En var hela tiden hemma medan den andre satte upp lappar och pratade med folk. En ilska grep henne. Tim, Felicia, Anders och hon själv borde leta efter Markus. Någonstans måste han ju vara, men i stället åkte de för att leva livet i Gamla stan. *Idioter.*

För första gången kände Anna en önskan att lämna Fält och Borgtuna, att börja om, att skaffa nya vänner. Tänk att få vara intressant i andras ögon utan att dra på Felicia bredvid sig. Skolan var inget problem. Om hon bara fortsatte som hon gjorde skulle hon få högsta betyg i allt. Därefter skulle hon kunna söka vidare till vad hon ville precis som hennes mor hade förutspått. Läkare, psykolog, veterinär, allt det som var omöjligt för de flesta andra, låg inom räckhåll.

"Jag vill inte plugga vidare", sa hon till sig själv. "Inte nu."

Läkarlinjer och allt annat skulle finnas kvar. Framtiden kunde vänta.

Dörren till det blå huset öppnades och hon hoppade till. Hon kände sig som om hon blivit påkommen med något. En av papporna stod där. Inte den med hästsvansen, utan han som nästan alltid hade kostym. Det hade han inte nu, utan grå träningsbyxor och en för stor t-shirt. Han höll en ihopknuten soppåse i handen och såg sig villrådigt omkring. De trötta ögonen fick syn på henne.

"Hej Anna", sa han.

Hon vinkade som svar och undrade om hon borde gå. Här stod hon utanför de sörjandes hus och glodde, fattades bara att hon tog en bild på ljuset och lade ut för alla att se. Han gick fram mot henne, så klart, soptunnan stod ju bakom henne.

"Hur är det?" sa Anna och insåg omedelbart det idiotiska i frågan.

Mannen stannade framför henne. Han hade skäggstubb och mörka ringar under ögonen. Det var som om han försökte le artigt mot henne, men det såg mest ut som en otäck grimas.

"Han är min biologiske son", sa han. "Självklart är han vår son lika mycket, men ... det är en del av mig som är borta."

Han släppte påsen i marken och en pust av gammal mjölk slog emot henne. Sedan började han gråta. En vuxen man som hulkade och höll sig för ansiktet. Anna hade nog aldrig känt sig mer malplacerad i sitt liv. Sedan gjorde hon det enda hon kunde komma på. Hon gick fram och lade armarna om honom. Det var första gången hon höll i en vuxen man på det sättet. Det kändes märkligt med de breda axlarna och sättet hans kropp skakade på när han grät. Hon flämtade till av förvåning när han hårt slog båda armarna om henne. Desperat pressade han sig mot henne, som om han höll på att drunkna men inte ville försvinna i de mörka djupen själv. Hon kände hans tårar mot sin kind.

Tafatt strök hon honom över ryggen och förundrades över hur muskulös han var. Sedan sa hon det enda som man kan säga i en sådan situation.

"Det kommer att ordna sig. Oroa dig inte, det kommer att bli bra."

34.

Niklas masserade sina tinningar. Kontoret på Knektgården var nedsläckt men knappast tyst. Dörren till förrådet skakade. Tim skrek någonting där inifrån och bankade på dörren. Gångjärnen klagade. Risken att någon skulle höra var obefintlig, men ändå, killen gjorde ett jäkla oväsen. Om någon gick förbi skulle de kunna höra och ringa polisen. Då skulle det bli svårt att förklara.

Han fortsatte massera tinningarna och pekfingret gled över det svedda strecket på kinden, där kulan hade passerat. Det var svårt att lägga tankarna rätt. Dörren skallrade och slog och nästan buktade framför honom. Den där grabben var helt galen.

Han kommer att slå ut dörren.

"Släpp ut mig!"

Dörren skallrade på lösa gångjärn. Niklas reste sig. Världen rörde sig långsamt omkring honom.

"Kom då din jävel." Niklas gick fram och öppnade dörren.

Tim famlade ut ur förrådet och vrålade. Som ett Frankensteins monster vacklade han ut, stor och blodig och vansinnig. Ögonen var uppspärrade och vilda. Händerna var blåslagna och svullna. Niklas hade sett det förut i kriget. Så agerade människor som var helt utom sig av sorg och vrede. Varför var ungen så upptänd? Det var en jäkla medelklassunge som hade allting i sitt lilla skokartongshus: eget rum, massor av prylar och en jäkla båt. Gick han på droger, var han helt snedtänd? I så fall skulle han bli svår att kontrollera. Det var ett misstag att släppa ut honom. Att slåss mot någon som inte kände smärta eller som var så hög som den här grabben verkade, var bland det farligaste som fanns. Han skulle behöva få honom ur spel, bryta ett ben eller något. I värsta fall var han tvungen att döda honom.

"Jag måste gå till henne!" vrålade Tim. "Nu! Innan de ger sig av."

Han slog Niklas i ansiktet med en stor och klumpig knytnäve. Brosket i näsan krasade och knakade. Niklas var beredd på smällen men inte styrkan i den. Han hade missbedömt den unge mannen. Det var en stark jäkel. Niklas föll bakåt med Tim över sig. Han tappade luften när de slog i golvet och han fick grabbens hela tyngd över sig. Niklas hostade, blod letade sig ner genom näsgångarna och in i munnen. Det brände mitt över ansiktet. Tim ragglade och stretade över honom. Sedan ställde han sig upp och det var hans misstag. Han borde ha fullföljt och lagt båda händerna kring Niklas huvud och slagit det i golvet. I stället reste han sig upp, alldeles för ivrig att komma iväg till det som kallade på honom.

Det var allt Niklas behövde. Han var groggy av slaget men annars helt stridsberedd. Han fångade Tims knä och lade hela sin tyngd mot baksidan av det så bjässen föll framåt med ansiktet mot golvet. Han föll lealöst, likt en träningsdocka som inte tog emot sig. Snabbt kravlade Niklas upp på honom och satte sig grensle över ryggen. Han tog tag i grabbens huvud och slog det ner i golvet. Krasandet när näsan bröts kom som ett kvitto.

Tand för tand, näsa för näsa.

"Så där", sa Niklas och slappnade av.

Pojken reste sig explosivt upp med en enda osannolik rörelse som fick Niklas att stappla bakåt. Niklas bak slog emot ett av skrivborden.

"Jag måste gå till henne!" vrålade Tim med blod rinnande över munnen och hakan.

Niklas var för överraskad för att reagera. Aldrig hade han sett någon resa sig så oberörd. Inte efter att ha fått näsan krossad mot golvet. Två klumpiga men hårda slag träffade Niklas i ansiktet. I några sekunder var världen bara ett virrvarr. Han föll bakåt över bordet. Händerna famlade efter pistolen i axelhölstret, men hittade det tomt. Niklas låg raklång över bordet, med ena handen instucken i axelhölstret när ytterligare två slag träffade honom, ett i magen som fick honom att tappa luften och ett som bara snuddade hans arm.

Han kommer att slå ihjäl mig.

Niklas föll ner från bordet och slog i golvet med en duns. Tim tornade upp sig som en jätte över honom. En jäkla demon. Ansiktet såg inte ungt ut längre. Det var krigets ansikte, förvridet och blodigt. Jätten lyfte foten, som för att krossa en insekt, och lät den falla som en hammare över Niklas.

Smärta. Något knakade och Niklas skrek. Tim stod fortfarande över honom. Ögonen var svarta ondskefulla pölar. Sedan vände han sakta på huvudet och stapplade mot dörren. Han rörde sig långsamt och ryckigt. Blod droppade från hans ansikte ner över golvet. Niklas låg alldeles stilla, som ett djur som försökte spela död. Han tog några prövande andetag och det brände i bröstet. Troligen var ett eller flera revben brutna. Tims hand ryckte i handtaget, men dörren var låst.

Tim vrålade som en hulk och såg sig vilt omkring. Sedan hasade han bort till det första föremålet han såg och slet bort brandsläckaren från väggen. Niklas drog efter andan och blev alldeles kall när han trodde att Tim skulle krossa hans skalle med den. Men i stället vände sig Tim om och kastade den rätt genom fönstret i dörren. Glasrutan med den gyllene rovfågeln krossades och sekunden efter började ett larm att tjuta. Niklas höll för öronen. Det brände i kroppen när han rörde på sig.

Larmet tjöt. Han såg explosioner och rök utanför fönstren och hörde glassplitter och metall som kved när stridsvagnar körde över bilar. Tim klättrade klumpigt genom glaset. Stelt och ryckigt som en gammal trött gubbe hasade han sig över. Rakt över de vassa, spjutliknande skärvorna som fortfarande satt fastkilade längs fönsterkarmen i dörren. En av de spetsiga skärvorna skar djupt in i pojkens lår när han tog sig över. Blod rann längs insidan av dörren. På andra sidan dörren försvann Tim hasande genom korridoren som en vålnad. Niklas tog sig mödosamt upp. Det värkte i bröstet för varje rörelse han gjorde. Larmet tjöt i hans öron.

"Stridspositioner", väste han åt osynliga stridskamrater.

Han rörde sig hukande framåt med ena handen för revbenen där Tim sparkat honom. Vaksamt granskade han alla hörn för att se att inga fiender fanns gömda där. En gång hade skäggen lyckats infiltrera deras bas. Skrikande dök de upp från ingenstans med automatkarbiner och granater i händerna. Fienden skulle kunna vara här. När han försäkrat sig om att han var ensam gick han fram till dörren. Blodiga skärvor stack fram likt en öppen käft. Med skakiga händer höll Niklas fram taggen som fick låset att klicka till och dörren att glida upp.

Det fanns blod på golvet, ett tydligt spår som försvann längs korridoren. Längre bort hörde Niklas ytterdörren öppnas. Med ryggen tryckt mot väggen för att inte dra på sig skyttars uppmärksamhet fortsatte han längs korridoren. Han hade inget skjutvapen men skulle kunna ta ett från en fiendesoldat om han kom tillräckligt nära. Att kämpa och överleva var allt som betydde något. Och om inte det gick skulle han döda så många som möjligt på vägen. Han följde blodspåren. Överallt i huset tjöt larmet. Det skarpa ljudet fick hans synfält att krympa ihop tills allt som fanns var framåt. Hela tiden med ryggen tryckt mot väggen rörde han sig framåt och nedför trappan som ledde ut på gatan. Där ute skulle det vara farligare, öppna ytor och många platser där skyttar kunde gömma sig.

Utanför stod pojken med ryggen mot honom. Skjortan och jeansen var sönderskurna. Mörka fläckar växte på båda plaggen. Niklas svepte med blicken över hustaken, men det var för mörkt för att se om det fanns några fiender där. Han stod kvar inne i skyddet i hallen. Tim vände sig mot honom. Ansiktet var groteskt, uppsvullet, blodigt och missfärgat. Larmet tjöt omkring dem. En rännil av blod rann stadigt från Tims byxben och ut på gatan.

"Hör du det inte?" skrek Tim. "Hör du inte sången?"

"Jo", skrek Niklas för att överrösta larmet. Han hörde den överallt. Den hade aldrig tystnat. Helikoptrar, skrik, explosioner, kulspruteeld och stridsvagnar. Han hörde den hela tiden, kanske aldrig så tydligt som nu. Framför honom sjönk Tim ner på knä. Händerna hängde längs sidorna och han andades tungt.

"Jag måste gå till henne", viskade han. "Jag måste gå ..."

Han föll framåt med ansiktet mot asfalten och blicken i marken. Niklas stod kvar. Långt borta hörde han sirener, men ljudet närmade sig snabbt. *Fiender?* Niklas önskade att han haft ett vapen. I så fall hade han kunnat stanna. Pojken stirrade fortfarande ner i asfalten medan Niklas gled längs väggen. Bilarna närmade sig snabbt. De svängde runt hörnet samtidigt som Niklas backade några steg in i en sidogränd. Tims kropp låg mitt i strålkastarljuset. Blått roterande ljus fyllde gränden. Det blänkte i blodet och glassplittret kring pojkens kropp. Om inte blodförlusten tog honom så skulle fienden göra det. Niklas skrockade till och försvann sedan ut i mörkret bland gränderna.

"Kriget är här", viskade han. "Det är dags."

35.

Markus slog upp ögonen. Huvudet kändes tungt. Det var kallt och det porlade som från vatten utanför. Han tog in rummet med blicken. Fönsterrutorna var trasiga och en kall vind letade sig in och fick de blekta gardinerna att vaja i natten. Det luktade som i källaren på deras sommarstuga.

"Var...?" viskade han.

Läpparna var torra och han slickade på dem. Han låg på något mjukt. En säng. Klumpigt letade sig hans händer över de kalla fuktiga sängkläderna. I rummet lyste stearinljus och lyktor. Han såg lite suddigt och ljuskällorna var som glödande glober i mörkret.

Markus satte sig upp fastän hela hans kropp protesterade. Lederna och musklerna var alldeles nedkylda. Allting var tyst, förutom ett stillsamt porlande utanför. Rummet var stort, mycket större än hans eget och nästan som en hel etta i Tusenhusen. Gammal fuktskadad träpanel täckte samtliga väggar. Han reste sig försiktigt upp. Benen kändes ovana och klumpiga. Han stod stilla och såg sig omkring. Långsamt vande sig ögonen vid mörkret. Mittemot sängen fanns en eldstad där det hängde en stor kittel. Endast aska fanns under den.

"Hallå?" rösten var inte mycket mer än ett hest kraxande.

Inget svar. På bortre väggen fanns ett spröjsat fönster där gamla spetsgardiner blåste i vinden. Markus gick fram till fönstret. Flera av rutorna var utslagna. Det var enkelglas och några av rutorna buktade på det där sättet som gammalt glas ofta gjorde. Den där typen av glas skulle hans pappor ha älskat.

"Hallå!" ropade han lite tydligare den här gången.

Det var tyst i huset. Utanför fönstret fanns bara mörker och ett evigt porlande och han visste att det var Mörkån.

Han stack in handen i byxfickan och fiskade upp mobilen. Det kalla skenet var bländande. Skärmen lyste likt en blå fackla. Han aktiverade ficklampan i telefonen. Ett ännu starkare ljus fyllde genast omgivningen.

Det luktade fuktigt, så där som det gjorde i gamla hus. Ingenting fanns på väggarna, inga tavlor, inga foton, bara panel med fläckar här och var. Även taket var av panel, som en jäkla bastu.

Han hade gått in i ett hus med … någon. Minnet arbetade trögt. Han lyfte telefonen igen. Söker nät. Batteri 13 procent. Han höll den framför sig och använde den som ficklampa. På den bortre kortväggen, mittemot fönstret fanns en dörr. När han gick mot den värkte det i ena låret. Samtidigt som han gick kliade han sig på benet. När fingrarna rörde såret sköt en skarp smärta genom benet och han väste till. Han stannade upp och sänkte blicken. Först nu såg han att hans byxor var uppknäppta. Gylfen var öppen på ett obscent sätt. Över högra låret fanns en mörk fläck i jeanstyget.

"Blod", sa han förvånat och satte sig på rumpan.

Försiktigt halade han ner de fuktiga byxorna till anklarna. Det fanns inget hål eller märke i jeanstyget. Men i hans ljusa kött löpte ett pekfingerlångt sår. Det var rent och fint skuret, sårkanterna glipade och visade rosaröd underhud. Det blödde inte. Såret var rakt och djupt. Det var inget rivsår, inget som bitit honom.

Någon hade skurit honom i benet med en kniv när han var medvetslös. En lång stund satt han bara och stirrade på såret. Sedan förde han darrande fram pekfingret till sårkanten som om han inte trodde på vad han såg. Varje hjärtslag skickade en bultande våg av smärta från låret. Hans kropp kändes tung och matt och tankarna var tröga.

Klumpigt reste han på sig och lyfte åter mobilen. Söker nät...

"Hjälp!"

Det kom inget svar. Inget ljud hördes förutom vattnets porlande. Paniken låg och tryckte i hans inre, redo att kasta sig över honom. Han tog ett steg och snubblade på jeansen som låg korvade längs anklarna. En stund låg han kvar med ansiktet mot golvet och andades in den fuktiga, mögliga lukten från golvplankorna innan han reste sig och drog upp byxorna. Det sved när det fuktiga tyget mödosamt letade sig förbi såret.

Försiktigt sökte han igenom rummet. Golvet var dammigt och han såg sina egna spår. Hans fot sparkade till något kompakt och avlångt. Det for iväg över plankgolvet och slog mot väggen med ett raspande läte. Han fångade det i skenet från ficklampan och förstod omedelbart vad det var. Det rörde sig i magen på honom. Han hade aldrig sett ett på riktigt förut.

Snabbt snodde han runt med lampan för att se att ingen stod bakom honom. Rummet var fortfarande tomt. Han lät lampan skina över föremålet igen.

Av alla jämnåriga som bodde i Fält så hade Markus spenderat mest tid hos Anna. Hennes mamma var läkare och deras bokhylla var fylld av böcker med bilder på människokroppen. Anna och han hade suttit och bläddrat i böckerna och utmanat varandra att memorera märkliga anatomiska ord. De brukade slå upp sidorna med människans muskler förtydligade i rosa, rött och gult. Deras favoritdel var bilderna på skeletten. Namnen på skelettdelarna var lättare än musklerna, i alla fall de stora benen.

Framför honom tycktes benet på golvet nästan lysa i det blå skenet.

"Femur", viskade han.

Det var mänskligt, utan tvekan. Han hukade sig ner och när han gjorde det sträckte sig huden kring det djupa såret i hans lår. Smärtan var skarp och han väste till och slog handen över såret, vilket bara fick det att göra ännu ondare. Utan att ta blicken från det som låg framför honom satt han så tills smärtan lättade. Lampans blå sken gjorde att benet framför honom fick en spöklik fluorescerande färg och varje liten por, varje spricka lystes upp. Han såg de två klykorna som skulle ha fäst i knäskål och höft.

Lårbenet var det största och tåligaste benet i kroppen. Det låg korslagt på piratflaggor och hade använts som klubbor i forntiden. Nu låg ett rakt framför honom. Han böjde sig närmare. Det fanns raka, djupa ristningar som från en vass kniv i benet. Markus reste sig fort.

Var är resten?

Utanför dörren hördes ett försiktigt knarrande som från en golvplanka som sviktade. Han satte snabbt ner telefonen i fickan och stod alldeles stilla. Återigen tyckte han sig höra knarrandet. Han kände med båda händerna mot väggen tills han befann sig i hörnet. Såret stramade då han satte sig och han kved till. Golvet var kallt och fuktig mot hans jeansbak. Hjärtat hamrade vansinnigt. Utanför dörren rörde sig någon långsamt, som om den smög på honom. Han höll in knappen på mobilen och sekunden senare släcktes skärmen. Rummet var åter mörkt förutom de brinnande stearinljusen.

Allt som hördes var vattnet som stillsamt rann förbi utanför, stegen utanför och hjärtslagen i hans öron.

36.

Kajsa hade masken på och huden stramade kring läpparna. Hon var klädd i sina vita kläder. Uniformen var alltid ren och klinisk. Vissa sekreterare klagade över den, men Kajsa uppskattade att inte behöva ha privata kläder på sjukhuset. Det var som att hon lämnade sig själv och blev något annat, en del av ett team.

Med rak rygg satt hon framför de två skärmarna och skrev på tangentbordet. Den ena skärmen hade journalsystemet öppet. I hörlurarna hördes läkarens inspelade röst. Han dikterade ett akutbesök från gårdagen och hon skrev ner vad han sa. Det handlade om en flicka som ramlat ner från en gungställning och fått hjärnskakning. Med smattrande fingrar över tangentbordet skrev Kajsa nästan lika snabbt som läkaren pratade. Hon var en av de skickligaste sekreterarna på akutmottagningen och det var hon stolt över. När ljudfilen var slut läste hon igenom texten för att se att det inte fanns några skrivfel. Allt såg bra ut och hon sparade anteckningen och drog ner hörlurarna så de hängde kring halsen.

Kajsa vände blicken till den andra skärmen. Den alternerade mellan en sökmotor och ambulansinformationen. Just nu var två ambulanser i garaget och en tredje på väg hem från att ha lämnat en patient på ett annat sjukhus. Den skulle vara tillbaka i garaget om ungefär tio minuter. I kväll var allt under kontroll. Vissa dagar var alla ambulanser ute samtidigt och då behövde de hjälp från andra sjukhus med transporterna.

En halloweenafton för några år sedan hade flera stora slagsmål brutit ut. Folk i spökdräkter och kortkorta kjolar hade börjat bråka på olika ställen i staden. Polisen och ambulanserna hade åkt skytteltrafik och tidningarna hade utnämnt staden till en krigszon. På akutmottagningen hade Alice i Underlandet, Prinsessan Leia och mördaren från *Scream* legat på britsarna i korridoren och nyktrat till. Tidningen hade gjort ett humoristiskt inslag med efterlystbilder på spöken, pumpagubbar och vättar. Men den kvällen hade inte ambulanserna räckt till och folk hade legat och blött på gatorna.

Nu var det en oväntat lugn fredagskväll på akutmottagningen. Men klockan var bara kvart i tio. Ett stort glasfönster skiljde henne från väntrummet. Det var tomt. Runt omkring henne rörde sig personal stillsamt. Hon tänkte på mötet de haft med Tim och hans vänner. De hade varit nere i Gamla stan.

Gamla stan. Minnet av de främmande männens händer gjorde henne varm. Kanske hade det varit kvinnor också. Det var svårt att veta. Musiken hade varit hög och rummet ett gytter av människokroppar och blinkande lampor. Det var en primal fest, en backanal där svettiga kroppar pressats mot henne. Någon gång under kvällen hade hon lämnat danslokalen och hamnat i en skog. Kvinnor och män i vita kläder dansade i extas bland buskarna. De hällde vin över sig själva och de mörkröda fläckarna såg ut som blod. Mitt ibland dem stod en underskön vacker ung man. Hans hy var bronsfärgad och håret mörkt och lockigt. Han var inte klädd som de andra utan hade en kort, snygg jacka och ur fickorna stack vinflaskor upp. Den unge mannen vandrade runt och delade ut flaskor. Sedan vände han blicken rakt mot Kajsa. Hans ögon glödde i skenet från eldarna när han gick mot henne. Bakom honom fortsatte den extatiska dansen till ljudet av trummor och panflöjter.

Hon harklade sig, såg sig snabbt omkring och undrade om någon förstod vad hon tänkt på. Ingen av hennes kollegor tittade på henne. Hon pustade ut och lät minnet varmt rinna av henne. Det var en farlig plats, ingen plats för hennes pojke. Det hade varit något märkligt med Tim de senaste dagarna. Han var mer frånvarande än vanligt. Det var nästan så hon saknade hur han och Benjamin bråkade. Det var bättre än den här febriga distansen han uppvisade nu.

Ute i väntrummet öppnades dörren och en äldre man

började stapplande gå mot henne. Han rörde sig mödosamt över golvet.

Då var vi igång, tänkte hon och log stelt mot mannen. Det plingade till i ambulansprogrammet på den ena skärmen. Ambulansen som varit på väg till garaget hade dirigerats om till en olycksplats. Den var på väg till Garnisonen. På meddelandefältet stod: Okänd man. Stickskador.

Kajsa tryckte på knappen så glasfönstret gled isär. Den gamle mannen såg trött på henne. Hans ögon var dimmiga.

"Jag har ont i magen."

"Har du nån identifikation?"

Hans darriga händer fumlade med ett körkort. Hon log stelt åt honom och sneglade på klockan bakom. Sex timmar till, sedan kunde hon åka hem. På den tiden skulle det säkerligen hinnas med några fyllor och slagsmål, någon tonåring som skurit sig, magpumpningar, oroliga föräldrar och självklart panikångesten. En till tre patienter om dagen trodde att de fått en hjärtinfarkt, men i själva verket var de så stressade att deras kroppar sa ifrån. Så såg en vanlig dag på jobbet ut.

Det pep till i ambulansprogrammet igen när informationen uppdaterades av ambulanspersonalen: Okänd ung man. Flera livshotande skärsår. Förbered akutrum 1.

På samma sätt som när någon petar i en myrstack med en pinne så började folk röra sig omkring henne. Sköterskor gick med snabba steg bort till akutrum 1. En ung kirurg kom gående från personalrummet. Kajsa hade alltid varit imponerad över hur effektiv den här enheten var. Hon var en del av den effektiviteten. Det var som ett maskineri som tog emot trasiga människor och försökte reparera dem.

Den gamle mannen framför henne räckte fram körkortet. Hon skrev in hans personnummer i journalsystemet och snart dök hela hans sjukhistoria upp. Han hade kronisk magkatarr och egentligen borde han gå till sin vårdcentral och inte till akuten. Han var en av dem som stoppade upp systemet, som fick vänta i timmar och gjorde så att akuten fick dåligt rykte. Hon hörde det ofta på stan eller från sina väninnor.

"Vi väntade i fem timmar och fick ingen hjälp. Folk som kom efter oss fick gå in före!"

"Kom inte med feber eller stukningar då", hade Kajsa velat svara. Det fanns människor som dog på akuten samtidigt som andra gnällde över att de inte fick hjälp med förkylningar och huvudvärk. Kajsa sa självklart inte något sådant utan log bara och nickade förstående. Det var typiskt för människor i Fält att förvänta sig service omedelbart. Ibland undrade hon om det var rätt ställe för barn att växa upp på. Vad skulle Tim få med sig för värderingar från en plats där alla redan hade allt? Där ingen behövde kämpa för något? Utanför hörde hon sirenerna som närmade sig.

"Har du några problem att andas eller känner du tryck över bröstet?"

Mannen tittade oförstående på henne. "Nej, jag har ont i magen."

Utanför körde ambulansen in på parkeringsplatsen.

De hade fortfarande blåljusen på. Då var det bråttom. Omedelbart efter ambulansen kom en polisbil. Irriterat såg hon hur den parkerade på platserna precis utanför ingången. Det skulle leda till klagomål från patienter och anhöriga som ville ställa sina egna bilar där.

"Det går bra att sitta ner och vänta", sa hon leende till den äldre mannen.

Han lutade sig närmare med ett frågande uttryck, som om han inte hörde. Dörren till ambulansintaget öppnades och en bår rullade in. Hennes hjärta, som den muskel det var, krampade till. Hon kände igen pojken som låg på båren trots att hans ansikte var skadat och deformerat. Innan hon fullt förstått vad hon såg hade hon ställt sig upp.

Tim låg på båren, hennes pojke. *Men han är ju hemma. I husarrest.* På skärmen var informationen kort och saklig: Okänd ung man. Flera djupa skärsår. Livshotande blodförlust.

Hon vände sig till den gamle mannen.

"Det är min son", sa hon.

"Vad sa?" sa mannen.

Hon gick mot båren. För ett ögonblick hejdades hon av hörlurarna som ryckte till och gled av när kabeln spändes. Ambulanspersonalen småsprang bredvid båren och sjuksköterskor och läkare tog över. De pratade snabbt och effektivt med varandra som de gjorde när det var allvar. En av dem tittade förvånat på båren och sedan bort mot Kajsa. Dörrarna slogs upp till akutrum 1 och hennes son försvann in där.

Genom ambulansintaget kom två poliser gående, en kvinna och en man. De småsprang inte som sjukpersonalen gjorde. De visste att de inte kunde ställa frågor förrän patienten var vaken igen. Eller död. När läkaren drog av sig sina handskar och konstaterade att inget mer kunde göras. Skalpeller och tänger och knipverktyg lades i en ångande desinfektionsapparat i väntan på att användas på en annan kropp.

Poliserna fick syn på henne. Nästan samtidigt gick de från sitt småpratande till att titta på henne med vaksamma ögon. Borta i receptionen ropade den gamle mannen efter henne. Poliserna stod framför henne. Hon kände igen dem men visste inte vad de hette. De var ofta här. Efter skjutningar, knivhugg och misshandel stod de och småpratade och drack kaffe. Ibland ville de ha papper och blanketter från henne.

"Hur mår du Kajsa?" sa poliskvinnan.

Hur vet polisen vad jag heter? Namnbrickan så klart. Utan att veta varför drog Kajsa loss den och putsade den mot sin vita rock.

"Det är min son."

Polisen tittade förbryllat på Kajsa. Dörren till akutrum 1 öppnades och stängdes när en av sköterskorna småsprang därifrån. Hon hade blod på handskarna. Sedan sprang hon tillbaka med akutvagnen som de glömt. Det rasslade om fina metallverktyg när hon körde den över golvet. En larvliknande gummigrej som Kajsa aldrig förstått vad den användes till dansade hängande från vagnen. De hade glömt vagnen. Det var sådant som hände. Sådant som de skamset skämtade om efteråt, men som kunde handla om liv eller död. Sköterskan med de blodiga handskarna var borta igen. Dörrarna till akutrum 1 slog några gånger och var sedan stängda.

"Det är min son!" skrek Kajsa och slängde masken ifrån sig.

Allting tystnade på akutmottagningen. Ansikten som hon kände så väl vände sig mot henne. Hon rusade mot dörrarna men fångades av en stenhård omfamning bakifrån. Poliskvinnan höll henne i ett järngrepp. Ett sekundsnabbt minne fick Kajsa att hulka till, hur händerna glidit över henne på dansgolvet i Gamla stan. Hon gav upp omedelbart och började gråta.

"Det är min son", upprepade hon. Tårar och snor kletade mot polisuniformen. "Det är min son som är där inne."

37.

Markus ryckte till i hörnet av rummet. Han hade somnat sittande med ryggen mot väggen. Sömndrucket och förvirrat såg han sig omkring. Ett av ljusen hade brunnit ut. Han ställde sig upp. Vinden blåste tvärs genom rummet, som korsdrag. Någonting var annorlunda. Han sökte med blicken över rummet.

Dörren var öppen. Han smög fram mot den och tog samtidigt fram mobilen. Den var i energisparande läge och högst uppe i hörnet syntes en varnande symbol i form av ett batteri med en ensam röd stapel. Inga ljud hördes, förutom porlandet av Mörkån.

Ett fat stod på golvet vid dörren. Markus kände hur hungrig han var. Mörka skivor låg på fatet. Han trodde först att det var bröd, men sedan kände han hur mjuka de var. Och så lukten. Det var blodpudding. Ett glas med klar vätska stod bredvid. Han tvekade en stund. Det kunde vara vad som helst i glaset. Sedan tog törsten över och han svepte glaset. Vattnet var ljummet och smakade beskt och metalliskt, men det kändes inte lika torrt i halsen längre.

Han suckade och kände hur det kurrade i magen. Saliven steg i munnen. Han drog in lukten från maten. Den var söt, en blandning av socker och blod. Hans mage svarade med att krampa lite. Den var hungrig. Men han var bättre än så. Han hade varit vegan i flera år.

Markus slöt ögonen och tänkte på grisarna som tvingades in i små metallfållor och på den stora robotarmen som tryckte ut dem i slaktrummet. Om de ramlade och bröt benen fortsatte armen obevekligt att knuffa dem. Han tänkte på hur de skrek innan de dog, på deras ångest och rädsla. Blodpuddingen var gjord av deras blod, blandat med mjöl och socker. Deras uppoffring skulle inte ge honom näring nu. Han plockade upp tallriken. Doften från blodpuddingen fick det att vätskas i munnen. Han stod en kort stund och kände tomheten i magen innan han skickade iväg tallriken mot väggen. Den gick i två bitar med ett skarpt ljud.

Utanför dörren ledde en trappa nedåt och där nere fanns en stor korridorsliknande hall med många dörrar. Han smög långsamt ut och stannade på trappavsatsen. Det var en pampig hall, som på en herrgård. Huset hade inte sett så stort ut utifrån. Markus lade båda händerna på räcket. Korridoren nedanför hade samma fuktiga träpanel som i rummet bakom honom. Där fanns fyra dörrar mittemot varandra och så en ensam ytterdörr längst bort. Långsamt smög han nedför trappan. Magen värkte och han kände sig svajig och trött. Trappstegen knarrade och sviktade under hans tyngd.

Blicken vilade ständigt på den ensamma dörren vid hallens slut. Han mindes att han gått in genom den dörren. En tjej hade uppmanat honom att gå in.

Markus gick försiktigt genom hallen. Alla dörrar var stängda. Han ryste varje gång en golvplanka sviktade eller knarrade. Några såg så murkna och veka ut att han var rädd att han skulle trampa rätt igenom dem. Till slut var han framme vid ytterdörren. Dörrvredet var gammalt och av mässing. Det var helt runt och inte ett handtag som han var van vid. Ett vansinnigt ögonblick glodde han bara på det och förstod inte hur han skulle göra. Han slöt handen kring det och vred om.

Dörren öppnades och världen där utanför var mörk. Bakom honom hördes ett knarrade ljud när en dörr gled upp, långsamt som för att inte märkas. Det fanns någon mer i huset. Han vände sig inte om utan rörde sig så snabbt han kunde ut genom dörren. Altanen hade samma sjuka, blöta trä som resten av huset.

Mörkåns vatten infekterade hela byggnaden. Det luktade mer här ute. Åns doft låg som en tung dimma över platsen. Försiktigt stapplade han nedför trappan. Runt omkring honom växte gräset så högt att det hade fallit över sig självt.

Något var fel. Allting var mörkt omkring honom.

Nog för att det var kväll eller natt, men det fanns inga ljus någonstans: ingen måne, inga stjärnor, inga lysande fönster från andra hus. Bakom sig hörde han försiktiga steg. Han vågade inte vända sig om.

Såret stramade på hans lår när han haltade fram över stenplattorna i det höga gula gräset. Allting var fuktigt här. Han halkade nästan på stenen och gräset blötte hans byxben. Trädgården var liten och rektangulär. Mitt på tomten stod en handgräsklippare med gräset inlindat i sågknivarna. Trädgården kantades av ett lågt staket. Det fanns inga andra ljus bortom staketet, inga hus eller bilar, ingenting. Han ställde sig vid staketet och lyfte upp mobilen.

Söker nät...

Telefonen pep till när batteriet dog. Mobilen vibrerade i en sista kraftansträngning och sedan blev den svart. Markus vägde den i handen, vad skulle han med den till nu när den var urladdad? Han slängde den ut i natten. Mörkret slukade den. Det hördes inget ljud när den träffade mark eller vatten. Ingenting. Bara borta. De försiktiga stegen bakom honom närmade sig. Han sträckte ut handen mot andra sidan staketet, mot natten där.

"Rör inte mörkret", sa en tunn röst bakom honom.

Han vände sig om. Uppe på trappan, bredvid gungstolen, stod en tjej. Hon var blek och tanig, nästan som om hon var genomskinlig. Han rynkade pannan och försökte placera henne. Det var ingen man skulle lägga märke till. Hon fanns i hans minnen, men hon var undflyende. På samma sätt som hon var svår att fästa blicken på, så gled hon undan när han försökte minnas hur han kände henne, eller vad hon hette.

”Du ledde mig hit”, sa han tvekande.

Hon nickade. Det råttblonda håret svepte lätt i vinden.

”Och låste in mig i det där rummet?”

Hon nickade igen med ett svagt leende på sina bleka läppar. Hon såg mer nervös än triumferande ut och leendet dog snabbt bort.

”Varför har du skurit mig i benet?”

”Det var inte jag”, sa hon snabbt.

Markus huvud kändes tungt. Det kliade om det djupa såret i benet. Varför blödde det inte? Ett centimeterdjupt pekfingerlångt sår borde blöda mycket mer. Han gick långsamt tillbaka mot henne. Hennes hud var så ljus att den lyste i mörkret.

”Vem är du?” sa Markus.

”Mia”, sa hon. ”Jag hette Mia.”

”Varför tog du mig hit?”

Hon sträckte fram handen mot honom. ”Detta är ditt hem nu, du kan inte lämna det.”

Han tvekade.

”Kom”, sa Mia. ”Det är mycket du måste veta innan jag ger mig av och lämnar dig här.”

Han tittade sig omkring. Det fanns ingen utväg, bara en tom, mörk natt omkring dem. Han tog hennes hand. Känslan var välbekant. Han hade hållit i den förut. Trött och med hängande huvud lät han henne leda honom in i huset igen.

38.

Niklas satt i garderoben vid den gröna lådan. Han hade aldrig öppnat den, men visste ändå vad den innehöll. Den innehöll kriget. Det var från lådan som öknen och dess vindar kom. I lådan skulle han hitta sin styrka om han behövde den. När kriget kom var det dags att öppna den.

När Mirjam dött hade allting fallit sönder. Han hade stått själv med en liten grabb och ingen jäkla aning om vad som skulle göras. Mirjam hade varit allt och sedan fanns hon inte längre. Kvar fanns Anders och Niklas, två pojkar utan den som band dem samman.

Det var krig i öknen då. Han mindes orden så tydligt: "Vill du göra skillnad? Göra nåt som betyder nåt?" Det var en reklam som talade till honom. Världen var i kaos och den svenska militären kunde ställa den till rätta igen. Han ansökte direkt och lika snabbt kom avslaget.

"Nej, du är för gammal" stod det, fast med finare formuleringar.

Han tjatade och skrek och skrev protestbrev. Sedan fick han ytterligare ett svar, från en psykolog den här gången. *Varför i helvete har de psykologer i armén?*

"Det har kommit till vår kännedom att du nyligen förlorat någon. Det lämpar sig inte att åka då. Stanna hemma och ta hand om din son."

Vrede, så röd och svart som den kunde bli. Han kunde förändra världen om de tillät honom. Han kunde avsluta kriget. Om de bara lät honom åka kunde han ta till vapen och skapa fred och ordning.

Det var då de hittade honom, hans vapenbröder, männen med kostym och solglasögon. Nemean Lions. Lejonen. Hur de fick tag på honom visste han inte, men det kom ett brev där det stod att han var önskad. De skulle träna honom. Han skulle aldrig någonsin behöva vara ensam igen. Det fanns styrka och broderskap i gruppen som kallades Nemean Lions.

Niklas log där han satt i den mörka garderoben. Minnet värmde honom. Var han än var i världen skulle han aldrig vara ensam. Var han än var skulle han ha tänder och klor.

Lejonen tog emot honom. De tog emot alla som honom, alla som förlorat någon och därmed sig själva. Män som förlorat sin gud, eller hittat honom, och därför tog till vapen. Alla som hade en anledning att döda eller att hämnas.

Lejonen betalade hans flygbiljett till Barcelona och Niklas lämnade Anders hos kommunens socialtanter. I shorts och t-shirt irrade Niklas omkring i hamnområdet. Han gick förbi de feta, rika männens lyxyachter, förbi fiske-båtarna och fann till slut Lethe. Det var inget stridsskepp, med kamouflage och kanoner, utan ett gammalt lastfartyg. Bruna ränder av rost kantade de runda fönstren. Stora delar av skeppet var lappat och lagat med jättelika metallskivor. Här och var fanns oregelbundna missfärgningar och en av dem löpte längs med hela skeppets sida. Längs den långa missfärgningen fanns revor och runda inbuktningar, som från enorma sugkoppar. Bakom honom hade flera män samlats. De stod och tittade på utskrivna kartor och upp mot skeppet med tveksamhet i sina ansikten.

Mannen som mötte dem var inte militärklädd. Trots värmen hade han rock och hatt.

"Det är bara tillfälligt", sa mannen med fransk bryt-ning och sög på en cigarr. "Det är här vi gör hälsound-ersökningen innan vi fraktar er vidare till striden."

De vandrade in i skeppets inre, en labyrint av mör-ka korridorer och små celler. Niklas parades ihop med en storvuxen norrman. De pratade inte mycket utan låg sida vid sida i väntan på hälsoundersökningen. Det var svårt att minnas exakt vad som hände. En kvinna med mörkt hår och vit rock hämtade dem och ledde dem genom skeppets inre till ett rum med flera britsar. Hon band fast hans han-dleder och vrister i britsen och gjorde likadant med norr-mannen.

"Det är för er egen säkerhet", sa kvinnan.

Hon återvände med en pipett med mörkt gult inne-
håll, som liknade urin.

"Gapa."

Något rörde sig inne i vätskan. Eller så var det bara
bubblor.

"Gapa."

Niklas gjorde som hon sa och hon sprutade in vätskan
i hans mun. Det brände och sved i svalget. Kroppen pro-
testerade och hans armar och ben började rycka i kraftig
kramp och allting blev svart. När han vaknade visste han
inte hur lång tid som gått. Hans handleder och vrister hade
bandage som blött igenom. Bredvid honom satt mannen
med fransk brytning. Det glödde om cigarren i mörkret.
Han lade handen på Niklas panna på samma sätt som en
förälder som känner om ett barn har feber.

"Lejonet i Nemea var det största och farligaste av alla
lejon. Det gick inte att besegra med vanliga vapen", sa han
på sin brutna engelska. "Det är sån du är nu Niklas, ett
nemeanskt lejon, oövervinnelig."

Niklas namn lät främmande med det ovanliga uttalet.
Mannen lät handen glida över Niklas ansikte. Den luktade
rök och tobak när den passerade över hans ögon, näsa och
stannade vid hans mun. När mannen tog bort handen såg
Niklas att fingrarna var blodiga.

"Du kommer ha blödande tandkött i några dagar och
kissa blod. Vissa gråter blod. Det går över."

Niklas mindes den obehagliga medicinen han hade
svalt. Partiklar hade rört sig i den gula vätskan. Var det små

larver eller något annat? Någonting som åt upp honom inifrån?

”Du har druckit från Lethe”, sa mannen. ”Du är ett av våra lejon nu.”

När Niklas virade bort bandagen såg han tatueringen på handleden för första gången: NL-41. Alla som gick på båten fick en liknande. Norrmannen hade fått NL-42. Niklas måste ha haft hemska kramper eller skakningar när han var medvetslös för på vristerna och anklarna hade han blåmärken och sår. Han visste inte hur länge han varit medvetslös. I tre dagar kräktes han svartröda spyor och kunde knappt äta någonting. De tillförde näring i sond.

”Det är helt normalt”, upprepade sjukvårdarna och knäppte med fingrarna på påsen med gulaktigt innehåll. ”Det är så här du blir stark.”

De hade rätt. Blodspyorna upphörde och efter det kände sig Niklas snabbare och starkare än någonsin. Uppe på däck sprang han flera varv på en löpbana som målats upp med vit sprayfärg. Norrmannen var där också. Hans ögon var rödsprängda och han hade konstant näsblod, men även han sprang varv efter varv med ett stort leende och näsblod över linnet.

”Känner du det här?” sa sjukvårdaren och pressade en tjock nål mot Niklas hud.

”Ja”, svarade Niklas förvånat, ”men det gör inte ont, det bara känns.”

”Nu då?” Nålen gick igenom huden och blod flöt fram.

”Nej.” Niklas skakade på huvudet. ”Det gör inte ont.”

Lethe hade gett honom en gåva. Smärtan och tomheten efter Mirjam var borta och hade ersatts med styrka och mod. I ytterligare några dagar stannade han på skeppet. Han sprang varje dag under bar himmel och varm sol. Djupt inne i skeppets inre fick han skjuta för första gången. I det som troligen var ett mindre lastutrymme fanns en skjutbana. I början sköt han riktigt dåligt, men han blev snabbt mycket bättre. Det var som om han hade en fallenhet för det, som om handen och ögat förstod hur de skulle samarbeta för att kulan skulle träffa i den inre ringen på tavlan.

Från Spanien flög de till Jordanien och därifrån reste de i jeepkolonn längre in i infekterade och brinnande landområden. Lejonens militärbaser låg alltid långt från de andra nationernas och bestod av flyttbara baracker och tält. Ibland kom det soldater och diplomater från andra länder till dem. De hade en skrämd respekt för lejonens ledare. De bytte papper, usb-minnen och kartor. Niklas brydde sig inte om sådant. Han ville vara ute på slagfältet.

Att arbeta för lejonen var inte som Niklas tänkt sig. De hade ytterst få uppdrag i de riktiga krigszonerna där amerikanerna och européerna var. I stället skickades de till kyrkor, moskéer, museum och kultplatser för att hämta föremål. De fick extra betalt ju fler oförstörda föremål de fick med sig. Niklas och hans vänner blev bra på det och motståndet var nästan alltid harmlöst. Civilister, på sin höjd med någon gammal Kalasjnikov eller rysk pistol, var oftast det enda som stod i deras väg. Till skillnad från de andra nationernas soldater så var lejonen inte i gemensam uniform eller beväpning. De flesta hade sandkamouflage men av olika typ och ursprung. Likaså fick man välja sina vapen själv. Niklas föredrog pistol och lättare automatkarbiner eller k-pistar.

Kriget pågick runt omkring honom. Alla länder var där av olika anledningar. Lejonen var där för sin egen. Ibland kämpade de tillsammans med andra länder, ibland inte. En gång satte en av hans vänner ett raketgevär över axeln och sprängde en amerikansk stridsvagn. De skrattade och firade på kvällen och läste på internet att terrorister lyckats spränga en stridsvagn. Som alltid så ljög media för att tjäna kapitalisternas intressen.

Niklas kröp fram till den gröna lådan i garderoben. Hans fingrar smekte det sträva träet. Den gröna målarfärgen hade bleknat långt innan lådan blivit hans. En svindlande tanke slog honom: *Har nån annan ägt den innan? Är det som en pokal som vandrar?*

Niklas hade sett mycket. Han hade sett de uråldriga templen och kultplatserna. De som låg på människans allra första boplatser.

Ett av templen vaktades av kvinnor. Det låg gömt långt inne i bergens vindlande grottsystem. Mörkögda och svarthåriga kvinnor i svarta kläder, beväpnade med knivar och klubbor, vällde ut ur klippskrevor och gömslen. Efter att Niklas druckit lejonens elixir kände han knappt rädsla eller smärta. Det var som om han stod utanför världen och utanför sina känslor. Ändå hade synen av kvinnorna som lösgjorde sig ur mörkret varit obehaglig. De vällde fram som myror eller maskar från jordens inre. Flera av dem hade masker av lera för ansiktena. Maskerna var troligen inte tänkta som skydd utan snarare som dekoration. De föreställde fiskhuvuden med gnistrande fjäll, apor, drakar och bläckfiskar. Kvinnorna ropade något samtidigt som de rörde sig framåt med vilda, stirrande blickar.

"Iä! Iä!" mässade de följt av några gutturala ord som han inte kunde uttyda.

De upprepade orden i kör medan de rörde sig framåt. Kanske var det namnet på deras gud. Niklas och hans vänner sköt dem allihop. Flera av kvinnorna fortsatte ändå framåt. Med kropparna uppfläkta av kulhål marscherade de framåt och ropade:

"Iä! Iä!"

Den sista kvinnan föll död ner precis framför Niklas fötter. Då var magasinet tomt och han var beredd att slåss mot dem med kniv. Men alla låg döda och grottan var fylld av krutrök och stanken av blod.

Vid altaret hittade de föremålen som de kommit för. Det var några stenstatyetter som varken föreställde djur eller människa, utan något annat. Niklas höll i en av dem, en underlig skapelse i form av en drake eller bläckfisk, och såg på de döda kvinnorna. Ända sedan han tagit värvning hos lejonen hade han träffat på konstiga människor som försvarade föremål och platser med sina liv. Han såg på statyetten i sin hand. Den var klumpig och uråldrig och föreställde en idol som funnits innan Allah och Jahve.

Med statyetterna återvände de till sina flyttbara hem och överlämnade bytet till de solglasögonprydda ledarna. Låda efter låda med artefakter lastades på en lastbil och lämnade deras läger. Niklas mindes det märkligaste fyndet han gjort: ett mänskligt kranium med hörntänder och framtänder som var långa och vassa som på ett rovdjur. Kraniets panna var krossad. Även det hade lindats i bubbelplast och lagts i en låda. Vart föremålen tog vägen visste inte Niklas. Fanns de inlåsta i en modern skattkammare någonstans? Eller såldes de på svarta marknaden?

Niklas hade inga skatter kvar från sina resor. Ledarna hade tagit allt. Men han hade den gröna lådan som låg framför honom. Såvitt Niklas visste hade alla lejon fått med sig sin låda hem. Hur den gick genom tullen förstod han inte, men här var den i alla fall. Här hade den varit i alla dessa år, gömd i en garderob i Fält. Darrande stack han nyckeln i låset och vred om. Med ett nästan ljudlöst klick öppnades det. Försiktigt öppnade han locket. Kriget och ökenvindarna slog emot honom. De hade saknat honom, lurat i utkanterna av hans medvetande och nu ville de ha tillbaka honom igen. Han lät dem komma tillbaka och fylla honom. Minnen vällde in i honom, från kriget och från hans vapenbröder.

"Det finns bara krig", viskade han ut i mörkret. "Det finns bara konflikt. De starka äter de svaga."

Han hade dödat så många att han inte längre mindes deras ansikten. Bara några av dem kom han ihåg. Men en av dem mindes han tydligare än de andra. Pojken utanför kyrkan, spökhelvetet, Ahmed Ahmat. Han hade stått utanför den uråldriga kristna kyrkan tillsammans med den uppretade folkhopen.

"Du är död", viskade Niklas och mindes Ahmed som

låg i sanden med öppen mun och ett kulhål under vänster öga.

Niklas kastade en snabb blick åt sidan, beredd på att spöket skulle stå där, men så klart gjorde det inte det. Han vände återigen uppmärksamheten till lådan. I den fanns sådant som kunde spränga och döda.

"Man vet aldrig när kriget kommer tillbaka, och var du är då", hade mannen med fransk brytning sagt och puffat på sin cigarr. "Våra lejon ska alltid kunna beväpna sig, var de än är. Våra fiender kan finnas överallt."

Automatvapen, granater, skottsäker väst, magasin och ammunition låg i prydliga rader. Ingenting i lådan avslöjade vem som stod bakom innehållet. Det fanns inga order, inga symboler, förbandstecken eller flaggor. Om någon hittade lådan skulle Niklas avfärdas som en galning med en hög militära vapen i garderoben. Lejonen fanns överallt. Sådana här lådor fanns överallt.

"Vänta bara", viskade Niklas. "Kriget är här nu."

Från nedervåningen hörde han mobilens ringsignal. Han lyfte locket för att lägga tillbaka det men skakade sedan på huvudet. *Nej, från och med nu ska locket aldrig läggas på den här lådan.* Metallen på vapnen och granaterna glödde i garderobslampans sken. Fina rader av patroner med grå kulspetsar, sådana som exploderade inuti mjuka kroppar.

Mobilen ringde där den låg i köket. Niklas reste sig upp och gick nedför trappan. Telefonen fortsatte envist att ringa. Han lyfte upp mobilen utan att titta på displayen.

"Niklas", svarade han.

En saklig röst förkunnade att det var från polisen.

39.

Niklas satt på polisstationen, inte alls långt bort från kontoret där helvetet hade brutit ut i går natt. Bredvid honom satt hans kollegor. Thorulfs ansikte var likt sten. Niklas eget var blått och svart efter slagsmålet med Tim.

"En kroggäst", sa Niklas när han såg de andras frågande blickar.

Bredvid honom tog Kristin in rummet med stora ögon. Det var hit hon ville och bli polis. Niklas fnös högt. Alla vände sig mot honom, inklusive polismannen som satt mittemot dem. Det var han som ringt. Niklas fortsatte stirra på honom utan att vika ner blicken. Polisen rynkade pannan och fortsatte sedan:

"Det är alltså din granne som har brutit sig in i ert kontor. Han verkar ha varit i slagsmål och har djupa skärsår, tydligen från glasfönstret i dörren till ert kontor."

Polismannen tystnade som om han väntade på att de skulle fylla i något. De tre satt tysta. Thorulf glodde demonstrativt in i väggen bortom polisen.

"Vet ni varför han skulle bryta sig in hos er?"

Niklas stirrade framför sig. Thorulf satt med läpparna sammanpressade.

"Jag förstår ingenting", sa Kristin. "Vi har inget av värde på kontoret, inga kontanter eller nåt annat."

"Han kanske letade efter droger", sa Thorulf.

Niklas skakade på huvudet. *Idiot.*

"Vi har inga droger på kontoret", sa Kristin och sneglade på polismannen.

"Jag menar", sa Thorulf och kliade sig på halsen, "att grabben kanske trodde att det fanns där. Knarkare är ju ganska galna."

Polisen suckade. "Ni känner inte igen honom från ert jobb? Det är inte någon ni stoppat från att komma in på krogen eller nåt sånt? Har han någon anledning att vara arg på er?"

"Alltså", sa Kristin. "Jag jobbar inte som krogvakt utan patrullerar och övervakar. Jag har inte sett honom innan."

"Nej", sa Thorulf. "Det är inte någon vi tagit hand om."

"Han bor granne med mig, men jag vet inte varför han bröt sig in på kontoret." Niklas skakade på huvudet för att få bort ljudet av knastrande radiosändningar och smattrande automatvapen.

Polisen snörpte på munnen och nickade sedan.

"Då får vi hoppas att han vaknar upp så vi kan förhöra honom."

Niklas ryckte till. Han hade aldrig räknat med att grabben skulle överleva. Glasbiten hade skurit rätt upp i ljumsken på honom. Om Tim vaknade skulle han berätta om hur Thorulf låst in honom och hur Niklas spöat upp honom. *Inte bra.* Det fanns fortfarande saker att göra, men en sak i taget. Först Anders, sedan Tim. Rädda Anders, döda Tim. Niklas nickade för sig själv.

"Så får det bli", sa han.

Allas ansikten vändes mot honom.

"Ursäkta?" sa polisen.

Niklas stirrade på honom. Det ömmande och bultade från blånaderna i ansiktet. Niklas hade varit i strid. Han var ett lejon. Ingen stod över honom, inga lagar, inga vapen. Han var sin egen soldat. Niklas reste sig. Han kunde känna de andras blickar i ryggen när han slog igen dörren bakom sig.

För varje steg han tog i korridoren pulserade smärtan genom kroppen. Han blinkade några gånger och tog stöd med handen mot väggen. Det bultade i huvudet. Hade Tim skadat honom vid slagsmålet i går? Hade något slagits sönder inne i huvudet på honom? Han fortsatte längs korridoren, nedför trapporna och ut på gatan. Solljuset stack i ögonen. Han ställde sig i skuggan av skåpbilen och lutade pannan mot den. Bakom honom öppnades dörren. Han hörde på de tunga, långsamma stegen att det var Thorulf.

"Hur mår du?"

Niklas svarade inte. Han tryckte pannan mot den kalla bilplåten. Om bara huvudvärken kunde gå över. Thorulfs hand landade på hans axel. Det smärtade till, hela hans kropp var mörbultad och öm.

"Följer du med mig?" sa Niklas och vände sig om.

"Vart?" Thorulf kisade mot solen.

"Till Gamla stan. Jag ska hämta tillbaka Anders."

"Det vore inte enligt regelverket", sa Thorulf och nickade åt sidan mot polishuset.

"Skit i det där", sa Niklas.

Ett leende sprack upp i Thorulfs ansikte. "Chefen kommer inte att bli glad."

Niklas viftade avfärdande med handen. "Han kommer aldrig att få reda på det. Ingen får reda på vad som händer i Gamla stan."

Niklas gick runt skåpbilen och öppnade de båda bakre dörrarna. Så fort de öppnades kände han vindarna från öknen svepa över honom. De heta vindarna jagade bort oktoberkylan. Och med dem färdades skrik och explosioner. Den gröna lådan låg där. Locket glipade och avslöjade glimmande kulor. Bredvid lådan stod kravallskölden som han tagit ur förrådet.

"Du kör", ropade Niklas åt Thorulf.

Samtidigt som motorn morrade igång öppnades dörren till polishuset och Kristin stod där.

"Tänkte ni åka utan mig?" sa hon.

Han hade glömt bort henne. Den lilla spetan som ville bli polis.

"Vi måste åka nu", sa han.

"Vart?" sa hon förvånat.

"Till Gamla stan."

"Varför det?"

"Min son har rymt hemifrån, till nån knarkare där."

Kristins ögon blev stora. "När? Precis nu?"

Niklas skakade på huvudet. En person till vore inte fel om det hettade till i Gamla stan. Hon ville bli polis och det här kunde vara ett uppvaknade för henne om vad det skulle innebära.

"Nej, men vi åker nu." Han höll upp dörren till passagerarsätet och stampade otåligt med fötterna. "Nu, fru Svensson!"

"Fröken", snäste hon, trampade nedför trappan och satte sig i passagerarsätet.

Niklas slog hårt igen dörren framför Kristin och satte sig själv bak. Det fanns inga säten i lastutrymmet, men han satte sig direkt på golvet.

"Vart ska vi?" sa Thorulf genom nätrutan.

"Till Gamla stan sa jag ju", sa Niklas irriterat.

"Jag kan inte gärna skriva in *Gamla stan* i gps:en."

Niklas var tyst en stund. "Det där torget. Vad heter det? Det där med fontänen, där det var översvämning för några år sen."

"Spötorget?"

"Just det."

Thorulfs stora fingrar dunsade mot pekskärmen och en svordom hördes när han tryckte på fel bokstav och fick sudda.

"Den visar flera färdvägar", sa Thorulf dröjande. "Men ingen av dem verkar rimlig."

"Vad menar du?" sa Niklas.

"Det slår på en halvtimme mellan dem, det är liksom inte logiskt."

"Ta den kortaste."

Thorulf tvekade igen, sedan hörde Niklas ett tungt finger slå på navigatorskärmen.

"Okej, det kanske funkar", sa Thorulf och bilen rullade iväg.

Niklas lutade huvudet bakåt och kände hur bilen skumpade. Det påminde honom om när han suttit i trupptransporter för länge sedan. Han sneglade bort mot lådan där den låg i bakre hörnet av bilen.

40.

På ett av taken sitter korpen på drakens axel. Drakhuvudet av sten gapar ut i luften. Om det hade regnat skulle vatten ha forsat ut genom drakens mun. Men det regnar inte och draken ryter ljudlöst. Korpen vänder blicken från det ormliknande huvudet och ser på gatan nedanför.

Ett intrång har skett.

Korpen känner det.

Ett övertramp.

På gatan nedanför rullar en grå skåpbil sakta framåt. Korpen har hållit ögonen på den länge. Flera gånger har den vänt och tagit nya vägar för att hitta fram. Nu åker den långsamt över kullerstensgatorna. En person går framför bilen och leder den framåt.

Korpen är inte ensam om att ha sett. På andra sidan gatan dras gardiner undan från fönster och avslöjar bistra ansikten.

Det finns regler i Gamla stan. Det finns avtal. Avtal har skrivits på bark och djurhud, ristats i sten, målats med blod på pergament, tryckts på papper och lagts i kommunhusets arkiv. Troligen vet de som åker i skåpbilen inget om detta. Men korpen vet priset för ett sådant övertramp. Och det gör Gamla stan också.

Korpen lyfter från drakens axel, glidflyger ner över skåpbilen och passerar förbi mannen som marscherar framför den. Han säger något, men korpen är redan långt framför honom. Den lyfter tills den kan se gatorna ovanifrån, som ett slingrande mönster av inälvor och vener, som alla rör sig in mot torget, den gamla avrättningsplatsen. Härifrån ser korpen hur människor och varelser lämnar sina hus med påkar och klubbor i sina händer. Några bär blänkande svärd och metallrustningar. Mörkåns yta krusar sig. Varelser häver sig upp längs åkanten, uppsvällda av vattnet kryper de fram. Från gömda gångar och portar kommer allt det som gömts i Gamla stan.

Rustningar och spjut glimmar i solskenet. Unga män och kvinnor med huvtröjor och scarfar för ansiktet rör sig mot torget.

Alla lämnar de nu sina hem.

41.

Det fanns en trygghet i marscherandet. Varje steg tog honom närmare målet. Ökenvindarna blåste här också. Kriget var här. Bortom husen kunde han höra det tunga metalliska malandet från pansarbilar och stridsvagnar.

Niklas gick längst fram. Thorulf och Kristin satt i skåpbilen som krypkörde bakom på den knaggliga kullerstenen. Flera gånger hade de fått vända. Thorulf hade skrikit när gps:en föreslog en U-sväng på en gata som bilen knappt fick plats på. De fick backa och börja om flera gånger. Nu hade de stängt av gps:en. Niklas ledde dem in i Gamla stan mitt på ljusa dagen.

Runt omkring dem tornade Gamla stans mörka hus upp sig. Gränderna var smala och vindlande. Då och då slog backspeglarna emot väggar eller skyltar. Sedan öppnade gatan upp sig. Niklas stannade.

Framför honom fanns ett torg med en fontän i mitten och bänkar runt omkring den. Det hade stått om torget i tidningen för några år sedan. Oftast skrev journalisterna ingenting om Gamla stan. Trots alla mord och försvinnanden var det ingen som grävde djupare i det. Men när ån svämmade över och det mörka vattnet rann över hela torget hade några tidningar åkt hit och tagit bilder.

"Vi hittade hit", ropade Niklas. "Vänd runt bilen."

Thorulf svängde runt skåpbilen så den pekade bort från torget. Dörrarna öppnades och Thorulf och Kristin klättrade ut. Ute på torget klev människor fram ur gränderna. De flesta var klädda i mörka kläder, huvor och kepsar. Någon hade en halsduk bunden kring ansiktet. De stirrade ilsket på den grå skåpbilen.

"Vilka är de där?" sa Kristin.

"Terrorister", sa Niklas och gick till bakdörren på bilen.

Hon frågade någonting igen, men han lyssnade inte. Det var svårt att höra. Överallt rasslade det från stridsvagnar. Det sprakade från radion inne i skåpbilen.

"Eldunderstöd! Eldunderstöd!"

Han ignorerade sändningen. Det fick vänta. Han var tvungen att ta hand om det här först.

"Beväpna er", sa han till dem.

Kristin stirrade på honom utan att röra sig. Niklas öppnade bakdörrarna, tog ut kravallskölden och återvände med den höjd framför sig.

"Varför har du den där med dig?" sa Kristin.

"Se dig omkring." Niklas räckte över skölden till Thorulf. "Välkommen till verkligheten."

Thorulf sträckte på sig och höll skölden prövande i handen. Han förstod bättre än nazisten hur han skulle skydda sig med den och höll den med en hand och den andra redo över batongen. Kristin stod fortfarande helt stilla. Niklas vände sig mot den alltmer växande folksamlingen.

"Jag söker min son, Anders Boman", skrek Niklas högt och tydligt. "Överlämna honom, så lämnar vi er i fred."

Tyst och stillsamt fortsatte folk att samlas på torget. De anlände från de oräkneliga gränderna, prången och öppningarna. Niklas kastade en snabb blick bakåt. Deras reträttväg var fortfarande fri. Men det var många människor här, för många för deras batonger. Situationen måste lösas snabbt och hårt.

"Det här går inte rätt till", sa Kristin. "Vi borde inte vara här. Du får vänta på att din son kommer hem i stället."

Han hörde rädslan i hennes röst. Niklas gick till baksidan av bilen, sköt undan locket från vapenlådan och lyfte upp automatvapnet. Det var svart och matt med kort pipa och böjt, förlängt magasin. Vapnet var gjort för korta avstånd och mjuka mål, precis som här.

Han mindes när han haft en skyttetävling med sina vänner. Det var de som senare dog i jeepen. De sköt på meloner. Ingångshålet var inte större än att han fick in pekfingret, men på baksidan hade frukten exploderat. På sanddynen bakom låg köttigt, rosarött fruktkött och glödde i solen. När de gick därifrån sprang barnen fram och plockade tomhylsor och melonrester.

Niklas pressade pannan mot vapnet. Allting var återigen så självklart. Den vansinniga värmen, smattrandet från skäggens gamla ryska AK-47:or och kulorna som slog upp sanden omkring dem. De flesta kunde inte skjuta utan sprang när elden besvarades. Skäggen brydde sig inte ens om att springa i sicksack. Oftast var det bara att skjuta av dem en och en. Blodfläckar slog upp i deras klänningar. Ett skott per person. Ingångshålet var inte större än att man kunde få in pekfingret.

Runt omkring honom ropade folk åt honom. Han mindes sanden och värmen. Gatsten eller sand, vad spelade det för roll?

"Åk hem", ropade de. "Stick härifrån."

På bara den stund han hämtat vapnet hade fienden blivit fler. Ungdomarna, valparna stod längst fram. Ingen av dem kände han igen. Det här var inte samma personer som söp sig fulla i innerstan och försökte komma in på krogarna. Det här var människor som vänt samhället ryggen. De hade sina egna sanningar och virade en halsduk runt ansiktet om de inte fick som de ville. Nu stod de där med sina sjalar, kepsar och rånarluvor. Bakom dem stod en växande folksamling. De stod stela med anklagande blickar. Niklas steg fram med automatvapnet i båda händerna.

"Vad gör du?" väste Kristin och såg med stora ögon på vapnet.

Niklas tog ytterligare ett steg närmare folksamlingen och höjde vapnet i en hand högt över huvudet som om det vore ett kors eller en flagga. Gesten var lika gammal som mänskligheten: *Titta. Jag har den här och jag kan döda er med den.*

Men muren av människor backade inte. Ungdomarna längst fram vägde kroppstyngden från sida till sida. Redo, ettriga. Niklas hade sett det förut. Ungjävlar som kastade sten, slog sönder ambulanser och hatade allt som bar uniform. Idioter som inte kunde svenska, kastade bomber och kopplade sprängdeg till gamla mobiltelefoner.

"Stick hem!" ropade någon.

Niklas satte vapnets kolv mot axeln. Pekfingret låg över avtryckaren. Kinden vilade mot kolven av komposit. Allting var så lätt och självklart, som att öppna ett mjölkpaket. Världen kändes välbekant genom rödpunktsiktet.

"Stoppa honom", viskade Kristin.

I utkanten av sitt synfält såg Niklas hur Thorulf vände sig mot honom. Kanske var det första gången som han såg vapnet som Niklas höll i.

"Niklas?" frågade han med tvekan i rösten.

Rörelser spred sig i folkmassan framför dem. Det började längst fram och spred sig bakåt. Ungdomarna hukade sig och började gräva i gatstenen. Folksamlingen bakom drog sig närmare. När de rörde sig avslöjade de hur många de var. Deras antal täckte gränderna. Niklas rynkade pannan. Bland folket stod en person i ringbrynja med yxa och svärd i händerna. Rött hår hängde ner längs hans axlar och inifrån hjälmen tycktes ögonen skimra onaturligt blå och iskalla. Lite längre bort stod sju kortvuxna personer. Niklas visste inte vad den korrekta termen för dem var.

Han skrockade till. Inget fick man säga längre. Alltid var det någon jävel som blev kränkt och skulle ha skattepengar för det. Stadiga och bredbenta stod de med stora skägg, metallhjälmar och buskiga ögonbryn. Yxor, hammare och musköter vilade i deras händer. Niklas svepte med siktet över folkmassan men över vapnets svarta komposit lades så en försiktig hand. Kristin. Han mötte hennes blick. Blå ögon, pojkaktig kropp och inga bröst.

Ska hon bli polis? Herregud. Hon som tror att ord kan förändra världen och att man kan prata sig ur konflikter.

Försiktigt tryckte hon neråt så pipan pekade mot marken.

"Vi måste gå", sa hon milt.

Framför honom närmade sig folkmassan, packet som bodde där Mörkån luktade som mest. De steg fram nu, visade sina antal och avslöjade allt det som fanns bland gränderna. I händerna höll de stenar, knivar, påkar, yxor och svärd. Det enda sättet att skingra dem var med en skottsalva eller en granat.

Då såg Niklas honom, sin son, stående bland dessa märkliga varelser.

"Anders!" vrålade han.

En ung man stod bredvid Anders. Han var vacker och med ett ansikte som från en Gillette-reklam. En renhet som var omöjlig utan smink. Ynglingen lade armen kring Anders axlar och drog honom mot sig. Det var inte en grabbig kompiskram, den var för närgången.

Niklas vrålade och höjde vapnet. Anders ögon stirrade tillbaka på honom genom siktet. Den lysande röda punkten var rakt över Anders panna. Niklas kropp och muskler mindes hur det skulle göras. Pekfingret spändes kring avtryckaren. Den vackre bögen tryckte ner Anders på marken samtidigt som Kristin slog upp vapnet. Tre skott smattrade iväg.

Allt som behövdes var att någon initierade konflikten, ett startskott. Sedan gick det väldigt snabbt därifrån. Kulorna slog i väggen på huset mittemot. Tre spridda kulhål. Dålig träffbild. Folkmassan svarade. Ungdomarna skrek. Gatsten började hagla. Fyrkantiga och roterande flög de över torget. Nästan som i slowmotion såg Niklas hur de närmade sig. Han tog ett steg åt sidan och undvek den första, ett snabbt sidosteg gjorde att den andra missade, men den tredje träffade honom på axeln. Han kände en dov, bedövande smärta. Handen öppnade sig och vapnet föll ur hans grepp.

Snabbt böjde sig Kristin ner och lyfte upp det. När hon reste sig hade folkmassan dragit sig ännu närmare. Några sekunder till och de skulle vara översprungna. Niklas såg sig snabbt omkring och läste av situationen. Thorulf började röra sig framåt, i en zombielik marsch med skölden framför sig och batongen höjd. *Idiot.* Han kunde inte möta alla de där med en batong. I folkmassan fanns motståndare beväpnade med sköldar, yxor och sablar. Längre bort stod en häst med en ryttare i full metallrustning. Ryttaren hade en röd plym på hjälmen och en lans i sin hand. Med sin bepansrade hand höjde han ett långt böjt horn till munnen och blåste en hög, utdragen signal.

”Har alla blivit galna?” skrek Kristin där hon stod

bredvid Niklas med hans vapen i händerna.

Niklas försökte lyfta sin arm, men den lydde knappt. Han sträckte sig efter vapnet, men Kristin tog ett steg bort från honom. Framför dem närmade sig folkmassan, beväpnade med dödliga vapen.

"Tillbaka", vrålade Kristin.

Hennes röst var myndig och klar. Ungdomarna stannade upp och såg på kvinnan som stod framför dem. Niklas stirrade förvånat på henne. Hennes röst var som ett piskrapp och fick honom att nästan ställa sig i givakt. I några sekunder stannade allting upp. Thorulf vände sig om. Ungdomarna stod stilla. Fyrkantiga stenar vilade i deras händer.

"Vi kommer att dö om vi inte går nu", sa Kristin.

Niklas försökte ta vapnet ifrån henne. Han sträckte ut handen, men hon gick enkelt undan för honom, som en mamma som håller undan något farligt från ett barn. Ungdomarna skulle när som helst kasta sina stenar igen. Och bakom dem väntade något ännu värre: Mörkåns varelser, svärd, svartkrutsvapen och hat. Varelser som levde om natten hade tvingats ut i dagsljus av deras intrång.

"Backa lugnt", sa Kristin åt Thorulf. "Tillbaka till bilen."

Thorulf backade med skölden framför sig. *Som en hund*, tänkte Niklas. *Han lyder den som senast kommenderat honom.* Gatstenar slog i kravallskölden med ett stumt plastigt ljud. Kristin och Niklas gick bakom, delvis skyddade av skölden. Stenar slog ner omkring dem. Stora jäkla stenar som kunde slå in skallen på dem.

De var nästan framme. Niklas försökte lyfta handen, men den lydde inte. Om han bara kunde komma åt vapnet eller en pistol. Det skulle vara svårt att avfyra k-pisten med en hand. Han vände sig mot folkhopen som blev modigare för varje steg. Och då såg han stenen. Det var nästan hypnotiserande. Den flög i en vid bana, rakt mot honom och träffade i ansiktet. Som en slägga slog den honom till marken. Världen blev diffus. Folkmassan jublade. Det lät som vrålet från ett urgammalt vidunder.

"Ta honom", ropade Kristin. "Lyft honom."

Stenarna dunsade stumt mot plastskölden. Sedan lyfte någon upp honom från marken. Han kräktes på gatstenen när han hissades upp på Thorulfs axel. Världen vändes uppochned. Kristin stod bredbent med k-pisten höjd. Folkmassan närmade sig för snabbt.

"Du måste skjuta dem", väste Niklas.

Då ropade Kristin ut över torget med samma klara röst som innan.

"Polis!" ropade hon.

Du är ingen polis, tänkte Niklas, samtidigt som Thorulf slängde in honom i lastutrymmet. Han rullade över på sidan och såg Kristin där hon stod några steg bort, ensam mot den väldiga folkhopen. Bilen gungade till när Thorulf satte sig på förarsätet.

"Polis!" ropade hon igen och höll automatvapnet framför sig med pipan riktad uppåt precis som Niklas gjort.

Ungdomarna stannade. De kastade tveksamma blickar på varandra. Niklas hade sett liknande saker tidigare. De var uppviglade men hade ingen uttalad ledare. Nu när de blev utmanade var det ingen som tog kommando utan de stannade dumt och visste inte vad de skulle göra trots att de var i numerärt överläge. Spetan hade demoraliserat dem. Även om det bara skulle hålla i någon sekund hade hon tillfälligt stoppat deras framfart.

"Det var som fan", muttrade Niklas.

"Polis!" skrek hon för sista gången och tryckte på avtryckaren samtidigt som hon rörde sig bakåt.

Tre avtryck. Brrrt. Brrrt. Brrrt. Ett intensivt smattrande ljud och en svärm av kulor rakt upp i luften. Det var tillräckligt avskräckande för att ungdomarna skulle backa. Sedan vände hon sig om och spurtade mot skåpbilen. Bakom henne svarade folkhopen med att rusa efter henne. Hundratals personer. Kristin kastade sig genom luften och föll rätt över Niklas.

"Vi är inne!" skrek hon. Innan hon hunnit stänga igen dörrarna trampade Thorulf gasen i botten. Bilen skrapade mot husens väggar. Gatstenar regnade över bilen. En gatsten studsade mot husväggen, slog i ett av sidofönstren på skåpbilen och förvandlade rutan till ett iskrossliknande mönster. Kristin låg på sidan och andades häftigt. Niklas stirrade förvånat på henne.

Var fasen hade det där kommit ifrån?

Skåpbilen accelererade bort från Gamla stans invånare. De flydde, så som alla soldater, vakter och poliser flytt innan dem. Kristin pustade ut och satte sig upp i skåpbilen. Niklas kände hur han höll på att förlora medvetandet, hur sinnet blev tungt och mörkret började äta sig in på hans synfält.

"Vart ska vi?" skrek Thorulf.

"Till sjukhuset", skrek Kristin tillbaka.

Thorulf svängde tvärt och den gröna lådan tippade på högkant och spydde ut patroner, pistoler och granater i bilen.

"Vad sjutton?" Kristin plockade upp en av patronerna.

Niklas slöt ögonen och gav efter för mörkret.

42.

Korpen hoppar fram på torget. Folksamlingen har skingrats. Några enstaka människor står kvar och vaktar, med svärd och spjut i händerna. Korpen bryr sig inte om dem, i stället följer den spåret av bloddroppar som löper i ett fint spår över gatstenen.

Vinden blåser kall och irriterad. Det här intrånget har retat upp själva vattnet. Det slår ilsket mot stentrappan, som för att hota att svämma över staden igen. Båtarna dunsar ihåligt mot varandra. Korpen slår ner med näbben och försöker fånga en bloddroppe.

Främmande minnen blixtrar förbi när fågeln rör vid blodet: värme, explosioner och glansiga bitar i sanden som först ser ut som kött. Men det är frukt. Korpen slår med näbben i höstkylan. Den är hungrig.

Lite av blodet har fallit mellan stenarna. Där stoppar korpen inte ner näbben, inte i jorden som blötts av Mörkån. Den känner den uråldriga doften från den tid då den här platsen var bara en lerig jordhög med tre galgar mot en grå himmel och en rejäl trästock med en jättelik yxa i. Liken kastades på hög och de tre kvinnorna i sina hyddor gick ut till de ännu varma kropparna.

Korpen burrar upp fjädrarna på fåglars ryckiga sätt. Det är oktober. Det är snålt med maten.

Men korpen vet.

Det kommer snart att finnas alldeles för mycket att äta.

43.

Anders satt på balkongen. Det skallrade om den när han rörde sig, som om den när som helst skulle falla ner från huset. Mikael satt bredvid honom. Han hade lagt en filt över Anders knän och sedan suttit tyst. Det var skönt att sitta ute trots kylan. Ute i trapphuset stod nästan alla dörrar öppna men inga fester pågick. Lågmälda samtal hördes.

På gatan nedanför passerade ett tyst följe. De var klädda i grå mantlar som smälte in i den mörka omgivningen. Den som gick främst hade en stav med en lykta fäst högst upp. Svärd hängde i skidor i deras bälten.

"Gråvakten", sa Mikael och nickade åt följet. "Det är inte ofta man ser dem."

Anders frågade inte vilka de var. Att komma till Gamla stan var som att gå in i en sagobok, men han hamnade i en berättelse som han inte förstod.

Mikael hade inte sagt många ord sedan pappa hade försökt döda dem. Skulle han försvinna ut ur Anders liv lika snabbt som han kommit?

"Han sköt", sa Anders, både för att bryta tystnaden och för att pröva den otänkbara tanken högt.

Mikael sa fortfarande ingenting. Han lade handen på Anders hand men mötte inte hans blick. Anders var van vid tystnad. Det var så han och pappa hade levt tillsammans, utan ord, utan att titta på varandra, som obekväma främlingar i samma hus. Men han visste inte vad Mikaels tystnad betydde. Han var äldre än Anders och hade säkert haft andra killar innan honom.

Dessutom var han så snygg att han kunde få vem som helst. Varför skulle han stanna hos någon som hade en galning till pappa? Anders kramade Mikaels hand och äntligen möttes deras blickar.

"Du får inte lämna mig."

Mikael ryckte till. Han hukade sig bredvid Anders och höll fortfarande hans hand. Anders skrattade med tårar i ansiktet. Det såg ut som om Mikael friade där han satt framför honom på den rangliga balkongen.

"Lämna dig?"

"Ja, men vad fan, det här är ju helt sjukt. Vi höll nästan på att bli dödade."

"Jag tänker inte släppa dig Anders." Mikael kysste hans hand. Andedräkten var varm mot huden och skickade en behaglig ilning genom Anders.

Anders lutade sig framåt och mötte Mikael i en våldsam kyss. Deras läppar rörde sig hetsigt. Mikael var allt som betydde någonting, all trygghet Anders hade kvar. De lutade pannorna mot varandra.

"Om den andra vakten inte slagit undan hans vapen, hade han skjutit oss då? Dödat oss?" sa Anders.

Mikael satte sig hos honom. Två unga män på en picknickstol som klagade över deras tyngd. Anders lutade huvudet in mot Mikaels bröst och försökte förstå hur det blivit så här. Det fanns en tid när pappa varit normal. Han var alltid sträng och hade lätt för att brusa upp men var aldrig våldsam. Mamma och pappa kramades och skrattade. De åkte och badade på somrarna. Det var när mamma blev sjuk och pappa åkte bort som allt förändrades. Anders flämtade till, sådana tankar var farliga.

"Du måste våga tänka dem", brukade psykologen säga. "Först då kan du bearbeta dem."

Nej, de kommer att kväva mig.

"Var det ett automatvapen han hade?" sa Mikael och lockade tillbaka Anders från gapet som hans tankar höll på att knuffa ner honom i.

Anders visste ingenting om vapen, inte mer än det han sett på filmer och dataspel, men han var ganska säker på att det var ett militärt vapen. *Har han tagit med sig det från kriget? Var har han gömt det i alla år?*

Anders tänkte på alla boenden och stödhem han bott på. Han hade svårt att minnas de åren. Kanske var det någon form av psykologiskt försvar. Familjer och hus flöt in i varandra. Alla hade tagit bra hand om honom, även om han alltid haft svårt att sova i de främmande hemmen. Varje hus hade sin egen doft. Varje hem hade egna regler: vi äter då, lägger oss då och sitter här när vi äter. Vad hade hänt om han fått stanna hos någon av dem, i stället för att bli återlämnad till sin galne far? För när pappa hade återvänt så var det självklart att Anders skulle bo hos honom trots att de inte träffats på flera år och att den sista känslan de delat var sorg.

Även om han bara var ett barn så hade Anders förstått att det inte var samma pappa som kom hem från kriget. När pappa kom hem var han tyst, ögonen var kalla och frånvarande och han kunde slå till Anders. Det hade han aldrig gjort innan. En gång hade Anders glömt att låsa dörren till lägenheten och då hade han fått hårda slag över kinderna.

"Vad händer om *de* kommer in?" hade pappa väst medan Anders chockat höll sig för kinden.

När Anders blev äldre hade han förstått. Det pratades om det på nyheterna och i skolan. Posttraumatisk stress var vanligt bland soldater. Anders vågade inte säga något till pappa utan bara till sin psykolog. Psykologen frågade om Niklas någonsin blev våldsam och då skakade Anders på huvudet. Än i dag visste han inte varför han ljugit om det. Tänk om han kunde ha fått hjälp? Han kunde ha fått flytta tillbaka till något av hemmen där han visserligen var ett främmande element men inte blev slagen.

"Han svek mig", sa Anders.

"Va?"

"Mamma dog när jag var liten. Hon blev sjuk."

Mikael kramade Anders ännu hårdare och Anders kände hur nära han balanserade det svarta gapet. Vad skulle hända om han vågade tänka på sin mamma, så som psykologen ville att han skulle göra? Han kunde förvandlas till en patetisk bölande hög på Mikaels balkong. Ett sekundsnabbt minne skymtade förbi. Mammas ansikte var trött och slitet med blå ådror under blek hud. Anders tvingade undan bilden och skämdes för det. Hela sitt liv hade han hållit henne borta från sig, rädd för att förlora kontrollen över sina egna känslor. Och han ville inte tappa fattningen helt och hållet med Mikael och riskera att stöta bort honom. Anders drog ett flämtande andetag och samlade sig.

”I stället för att stanna och ta hand om mig så försvann pappa ut och lekte soldat. Han svek mig.”

För bara några timmar sedan hade pappa stått på ett torg och riktat ett vapen mot honom. Han hade skjutit. Anders trodde inte att han träffat någon, men han hade avfyrat vapnet. Anders visste inte vad pappa gjort i kriget, men han hade förstått att det inte var med svenska armén som han åkt. Det var något annat. Pappa hade dödat människor i strid. Hade han tyckt om det? Var det därför han var så konstig nu? Hade han satt ett gevär mot axeln och skjutit ut i en folkmassa på samma sätt som han gjort på torget i Gamla stan? Det var en skrämmande tanke. På bråkdelen av en sekund kunde hans pappa få ett liv att ändas, ett hjärta att sluta slå och nervtrådar att slockna, endast genom att trycka in en avtryckare.

Han kommer att döda mig nästa gång.

"Jag kan aldrig träffa honom igen", sa Anders.

"Jag skulle vilja ta dig härifrån", sa Mikael.

"Vart skulle vi åka?"

"Vart som helst." Ett svagt leende letade sig fram i Mikaels ansikte. "Vi skulle kunna visa världen. Här är vi!"

"Visa vår kärlek öppet", sa Anders och mindes festen hemma hos Markus pappor. Det kändes som en evighet sedan.

"Men jag har inga pengar", sa Mikael.

Anders nickade. De var fast. Vad skulle de göra? Han visste inte vilka kontakter pappa hade. Kunde han få hjälp av sina vaktkompisar eller av polisen för att hitta honom? Ibland fick pappa samtal om natten och pratade på engelska. Var det någon från militären som ringde?

Anders brukade springa för att komma bort från sin far och från obehagliga tankar, men han kunde inte springa i Gamla stan. Dels var det nästan omöjligt att hitta och dels fanns det en galning som ville döda honom någonstans där ute. Dessutom var det här mycket större än så. Pappa skulle inte försvinna så som obehagskänslorna gjorde när han sprang. Anders kände ångesten växa inom sig, det där kalla fingret som rispade på hjärtat. Han begravde huvudet i händerna och kved frustrerat. Om han inte kunde springa skulle ångesten bli värre och växa sig iskall i hans bröst. Ibland blev den så övermäktig att han knappt kunde andas.

Jag måste bort härifrån, bort från Gamla stan och Borgtuna och kanske aldrig mer återvända.

Tanken var stor och skrämmande. Även om pappa var känslokall och galen så var det hans pappa. Det var en helt ny situation och Anders visste inte hur han skulle göra. Den här gången skulle han rymma hemifrån på riktigt. Inte bara till Gamla stan, utan bort från sin pappa för alltid. Han hade några hundralappar i plånboken och nästan tusen kronor på sitt konto om inte pappa hade spärrat kortet. Anders var inte myndig och han antog att det var möjligt för en förälder att ta sitt barns pengar.

På något sätt var han tvungen att skaffa fram pengar. Fanns det något han kunde sälja? I tankarna gick han igenom prylarna i sitt rum men kunde inte komma på något som skulle kunna ge några egentliga pengar. Fanns det något annat i huset? Han gick igenom hallen, vardagsrummet, sin pappas sovrum och köket.

Insikten träffade honom som en örfil. *Lådan i köket.*

"Vad är det?" sa Mikael.

"Jag kan skaffa pengar." Anders kände ångesten breda ut sig i bröstet. Den slog ut sina iskalla vingar.

"Hur då?"

Anders tecknade otåligt åt Mikael att resa sig upp. Ute i trapphallen hördes steg som närmade sig. Felicias klackar klapprade i snabb takt. Hon hade fått en lätthet i stegen sedan de kommit till Gamla stan. Dörren öppnades och hon började prata innan hon ens sett dem:

"Vad är det som har hänt? Hela Gamla stan är jätteskum och det är liksom vakter överallt."

Anders lyssnade knappt på henne. Det han skulle göra var väldigt farligt, kanske skulle han inte överleva. Han skulle stjäla från sin far. En blandning av skam, rädsla och eufori virvlade runt inom honom. Inom räckhåll fanns pengar så att han och Mikael kunde resa, men för att få tag på dem var han tvungen att återvända till Fält. Och kanske möta sin far igen.

"Jag är allvarlig." Felicia satte sig på sängen. "Det är folk i metallrustningar som patrullerar och nån märklig snubbe i blågul uniform och musköt. Hela stället är helt galet."

Anders gick ut i hallen och lyfte ner sin jacka från hängaren.

Allt han hade var Mikael. *Jag gör det för Mikael,* tänkte han.

"Hallå, lyssnar du på mig?" sa Felicia.

"Anders pappa var här. Han hade vapen med sig", sa Mikael.

"Han sköt mot mig", sa Anders. "Mot oss."

Anders mötte Felicias förvånade blick. På samma sätt som Tim så kunde hon aldrig dölja sina känslor, inte som Anna kunde. Nu satt hon där med uppspärrade ögon. Det såg komiskt ut, men han kunde inte skratta.

"Han är inte klok", viskade Anders.

Han fjädrade lätt på fötterna, som han gjorde innan han skulle ut och springa. Han var tvungen att ge sig av snart, om han började tveka skulle han inte våga. Anders tog på sig fjällrävenjackan och såg sig omkring i rummet.

Gamla stan skulle aldrig bli ett hem för honom, inte så som Felicia ville att det skulle bli för henne. Han var tvungen att ge sig av härifrån och kanske aldrig komma tillbaka. Han ville ta in det här rummet och Mikael, spara dem båda så han aldrig skulle glömma dem. Det var här som han upplevt den enda frihet han känt, förutom att springa. Här hos Mikael, i rummet där man inte fick låsa dörren.

"Jag måste ge mig av en stund."

"Nu? Är det verkligen en bra idé?" sa Mikael.

Nej, det är en jättedum idé. Han fjädrade på benen igen. *Fan, inte tveka, det måste göras. Det är enda sättet att komma härifrån.* Anders snörade på sig kängorna.

"Ska du gå direkt?" sa Mikael.

Ja, annars kommer jag inte att våga.

"Jag ska fixa pengar, sen ska jag säga farväl till Tim och Anna."

"Farväl?" Felicia snörpte på munnen. "Vad menar du? Du ska väl inte ge dig av på riktigt?"

"Jag kan inte leva i samma stad som min pappa. Han kommer att döda mig."

Felicia sa inget mer utan tittade mot Mikael, kanske i hopp om att få hjälp att prata Anders ur det hela. Men Mikael sa ingenting.

"Vad är det för adress hit?" Anders tog en penna från bordet och en servett.

"Va?" sa Mikael.

"Vad är det för adress hit, till det här huset?"

"Vittervägen 13."

Anders skrev det på servetten.

"Jag behöver ditt kontonummer också." Anders räckte över servetten till Mikael.

"Varför då?" sa Mikael men skrev ändå ner en lång rad av siffror.

Så fort han var klar tog Anders tillbaka servetten och

stoppade den i fickan. Han kysste Mikael. Hårt höll han honom mot sig och ville inte släppa. Om något gick fel skulle han kanske aldrig mer hålla i Mikael. Anders pressade ansiktet mot hans hals, mot hans bröst och höll honom hårt som om han försökte krossa honom.

"Vill du att vi följer med?" sa Felicia.

Han skakade på huvudet. *Nej, jag springer snabbare än ni.*

"Vad ska du göra?" sa Mikael. Anders var tvungen att titta bort när han hörde Mikaels darrande röst. Tänk om han vetat vilken risk Anders skulle ta.

"Var inte orolig, det är inte farligt."

Mikael andades ut och hans ansikte slappnade av. *Bra.* Anders ville inte riskera Mikaels liv mer än han redan gjort. Det var tillräckligt illa att Niklas skulle försöka döda Anders, men vem visste vad han skulle göra med Mikael?

"Vänta på mig. Jag kommer tillbaka med pengar och sen drar vi."

Dörren slog igen bakom honom. Han småsprang nedför trappan och var snart ute i kylan. Några buckliga små bilar och långa rader av cyklar stod utanför huset. Studenter med för lite kläder stod i en klunga och rökte. Han gick fram till dem.

"Hur hittar man ut härifrån?"

De ryckte på axlarna och sedan pekade en av dem lojt med handen längs en av gatorna. Anders gick med snabba steg. Kroppen kände igen rörelserna och ångesten släppte lite, så som den alltid gjorde när han sprang. Helst ville han springa, men det var viktigt att spara energin tills den verkligen behövdes. Kanske skulle han bli tvungen att sprinta ifrån sin far.

Brandgula lyktor hängde på väggarna. Han passerade under några valv som sträckte sig mellan husen. Längre bort på gatan såg han det grå följet igen. De var fler nu. Deras grå mantlar smälte samman med gatstenen och väggarna och tycktes försvinna in i natten. När han passerade sneglade han mot deras allvarliga ansikten. De var kortare än honom och deras hy var ljus, nästan vit, och ögonen mörka. Ansiktena var spetsiga och minerna sammanbitna. Deras kläder var lika grå som mantlarna och hade samma förvillande förmåga att smälta in i omgivningen. En kvinna mötte hans blick med mörka ögon. Under vardera ögat var grå streck målade. Hennes hår var silverfärgat och glänste i månskenet. Hon höll kvar hans blick utan att göra en min, men hennes hand föll ner på svärdshjaltet. Anders skyndade på sina steg och lämnade gruppen bakom sig. Han kastade en sista blick över axeln och såg hur de försvann in i ett dimstråk.

Överallt fanns vakter utplacerade. De vaktade vid varje gathörn med stenar och knivar i händerna och kastade ointresserade blickar mot honom. Tänk om de vetat att han var galningens son, att han var anledningen till att någon hade skjutit i Gamla stan i dag. Han gick snabbt förbi dem men hejdades av ett metallräcke. Gatan hade lett honom fram till Mörkån.

"Jäklas inte nu."

Det var inte alls dit han ville. Han lade handen på det rostiga räcket. Vattenytan krusades. Någonting bröt ytan men försvann lika fort. Det såg ut som en gråvit arm eller en lång, tjock ål. Anders släppte räcket och tog ett steg tillbaka.

Vad finns i vattnet egentligen? Han mindes hur de glidit fram på ån med båten med endast lite trä mellan dem och det som fanns i det mörka vattnet. Felicia hade doppat handen och slickat bort vattnet. Återigen bröt någonting vattenytan. Utan att titta närmare vände han och gick med snabba steg bort från vattnet. Det var dags att ta sig hem.

Hem till Fält och pappas hus.

44.

Markus gick trött bakom Mia. Han försökte fixera henne med blicken, men det var som om hon gled undan. Ibland såg han henne, men sekunden senare blev hon diffus.

"Vad gör jag här?" sa han.

"Jag ska berätta allt för dig. Jag ska bara visa dig rummen först."

Mia stannade mitt i hallen och pekade upp mot dörren ovanför trappan. Bakom dörren fanns sovrummet där han vaknat, där lårbenet låg på golvet.

"Där uppe kan du sova", sa hon.

"Jag vill hem."

Hon skakade på huvudet. "Du kommer inte att komma hem på mycket länge."

Markus huvud kändes tungt. Det var inte bara Mia som var svår att fästa blicken på. Hela huset var märkligt och föränderligt. Det fanns fyra dörrar i korridoren och ytterligare en dörr som han inte sett innan. Den ledde ner under trappan.

"Jag kallar det här för skattkammaren." Mia öppnade en av dörrarna och försvann in i mörkret. Sedan fräste en tändsticka och ett stearinljus tändes. I skenet från ljuset framträdde Mia tydligare, likt en skimrande spökgestalt i det annars mörka rummet. Men det var inte på henne som han fäste sin uppmärksamhet. Rummet var fyllt med bråte. Högar av föremål låg huller om buller, som en ostädad och osorterad second hand-butik. En gammaldags kikare stod mitt på golvet, bredvid ett etui med skalpeller. Överallt fanns travar av föremål: kläder, pipor och böcker, massor av böcker. I hörnen blänkte små pölar av vatten, som om Mörkån trängde sig in genom väggarna.

"Vad är det här för nåt?"

"Alla som varit i huset har lämnat nåt efter sig." Mia tog upp en gammal jeansjacka.

"Här", sa hon och räckte fram jackan åt honom. "Känn på den."

"Varför?" sa Markus med handen utsträckt mot jackan.

"Bara gör det."

Han tog emot jackan. Som allt annat i huset var den fuktig och så fort händerna rörde det sträva tyget fylldes huvudet med bilder. Han gick över kullerstenen i Gamla stan. Det kändes som om han var full. Benen vek sig under honom och han föll framåt på gatan. När han sträckte ut armarna för att ta emot sig såg han att han hade jeansjackan på sig. Hela hans kropp var annorlunda. Den var kortare och smalare.

"Vad är det här?" sa han och drog handen genom mörkt, långt hår.

Fingrarna hade rött, flagnat nagellack. Någonting pressade över brösten på honom. Full och fumlig kände han på sig själv. En hård bygel höll de mjuka brösten på plats.

"Jag är en kvinna", sa han och höll sina händer framför sig.

"Vi är snart där", sa en man bredvid honom. "Kan du gå den sista biten?"

Mannen var diffus, som om det inte gick att fästa blicken på honom. Markus som inte var Markus nickade och fortsatte mot huset. Det var ett lågt tegelhus med sönderslagna rutor. Mannen gick framför honom och öppnade grinden. Sedan var de framme vid dörren. Mannen vände sig mot honom.

"Det är bäst om du går in själv. Kan du det?"

Markus släppte jackan på golvet och genast var bilderna borta. Han var åter i rummet fyllt med bråte. Mia stod framför honom med allvarlig min.

"Såg du?" sa hon.

Markus tittade klentroget på jackan framför sig och petade sedan iväg den med foten.

"Den tillhörde en kvinna", sa han.

Mia plockade upp ett halsband som såg gammalt ut. Guldlänken slutade i ett gyllene hjärta. Hon slöt ögonen och lutade sig tillbaka. Hennes allvarliga ansiktsuttryck mjukades upp en aning. Hon såg nästan söt ut.

"Jag tror att den som ägde halsbandet var rik", sa Mia utan att öppna ögonen, fortfarande med fingrarna på smycket.

Rummet var fullt från golv till tak med slingriga gångar mellan flaskor, böcker, kläder och vapen. En tjock gammal bärbar dator låg på en hög med kläder. *Fanns det minnen och bilder till alla föremål?* Som om hon läst hans tankar vände sig Mia mot honom.

"De tillhör våra bröder och systrar, alla som nån gång varit i huset."

"Jag förstår inte." Markus tänkte på kvinnan i jeansjackan som gått med mannen.

"Sakerna är en del av huset." Mia lade smycket ifrån sig. "På samma sätt som du är nu."

Borta i hörnet stod ett kraftigt järnsvärd lutat mot väggen. När de spelat rollspel hade Anna skrivit ut en massa bilder och foton på gamla vapen. Det var viktigt för henne att de visste hur saker och ting såg ut. Svärdet som stod i hörnet såg ut som ett vikingasvärd som Anna hade haft bilder på. Det hade ingen parerstång och bladet var brett och tjockt. Vilka minnen skulle det visa? Hur länge hade huset funnits här?

"Du har inte sett det viktigaste." Mia tog hans hand och drog honom ut i korridoren. Ljusen flämtade på väggarna. Mia rynkade pannan.

"Det är svårt att veta vilken det är." Hennes blick pendlade mellan två dörrar. "Och man vill inte välja fel dörr här."

Var det fler dörrar nu? Hade det inte varit fyra dörrar mittemot varandra? Nu fanns det i stället tre dörrar på den sidan som de nyss kommit ut ifrån. Han rynkade pannan. Det fanns en extra dörr där det förut inte varit en.

"Inte den", sa Mia när hon såg att Markus tittade på den. "Aldrig den."

Sedan gick hon fram och öppnade en dörr. Hon blåste ut en suck av lättnad.

"Rätt", sa hon.

Markus ställde sig bredvid henne. Dörren avslöjade en trappa som försvann ner i mörkret.

"Här kan vi inte stanna länge", viskade hon och höll en skyddande hand framför ljuset.

Hon gick snabbt nedför trappan. Han följde tveksamt efter. Trappan var gammal och dammig och deras steg lämnade spår. Nedanför trappan tog ett trampat jordgolv vid. Han böjde sig ner och rörde vid den fuktiga jorden. Mia höll upp ljuset. Stenväggarna glittrade i det fladdrande skenet. Överallt i stenen fanns hål och öppningar. Hålorna var stora nog för människor att försvinna in i.

"Det här är den äldsta platsen i staden", sa Mia. "Det var här de första hyddorna stod."

Längs stenväggarna rann rännilar av vatten och bildade pölar i jorden. Mia spanade vaksamt mot hålorna.

"Vi får inte vara här nere egentligen", viskade hon och smög längre in.

Mitt i rummet stod ett bord med en gammal mörkröd duk på. På duken låg en stor kula och bredvid den låg en kniv. Mia gick fram till bordet utan att röra vid föremålen.

"De tillhör dem som bor här", viskade hon.

Markus ställde sig bredvid henne. Kniven såg gammal ut.

Bladet var matt och grått.

"Rör den", sa hon.

Han lade handen på hjaltet och bilderna kom till honom omedelbart: kött som delades, blod som vällde ut och halsar som skars av. Spädbarn vars gråt snabbt avbröts och kvinnors skrik. Skrik, skrik och gråt. Markus släppte kniven med en duns i bordet. Den låg där och glödde i skenet från stearinljuset. Det kliade om såret över hans lår. I kulan som låg bredvid kniven tändes en glöd. Markus trodde först att det var en reflektion från stearinljuset, men det glödde i kulan. En svag men växande ljusglimt.

"Lyft upp den", viskade Mia och spanade ut i gångarna.

Markus lyfte den med en hand, men den var så tung att han blev tvungen att hålla den med båda händerna.

"Titta in i den", sa hon. "Se djupt in i den."

Han gjorde som hon sa. En pirrande känsla, som elektricitet, stack i hans fingrar genom den släta ytan. Strimmor av grå rök steg inuti glaset. Det pulserade om kulan, nästan som hjärtslag som bultande for genom hans armar.

"Vad är det här för nåt?"

"Sch", sa Mia. "Fokusera."

Inuti kulan rusade bilder av Gamla stan förbi: svarta gator, gamla hus och vattnet som rann genom staden. Tider och platser blandades i ett virrvarr.

"Tänk på en plats, eller på en person", sa hon.

"Anna", sa Markus. Huvudet började kännas tungt. Han drogs mot kulan. Den pulserade igen, så starkt att det fick tänderna att skallra.

"Du får inte hålla den för länge", sa Mia. "Man blir väldigt trött av den."

Han blinkade snabbt. Bilder blixtrade förbi. Han såg husen i Fält, grå och vita i evighet. De var böjda och deformerade i kulans rundning. Det där var hans hem. Han hulkade till och kände hur tårar trängdes i ögonen.

"Anna", sa han igen.

Kulan sög in honom. Han stod i en skog med barrträd omkring sig, men han kände inga dofter, ingen blåst, ingen kyla. Bortom träden såg han ett elektriskt ljus ovanför ett joggingspår. Han kände igen barkspåret. Som ett svar på sina böner såg han henne, som en ängel, en älva i mörkret. Anna kom gående bara några meter bort. Hon gick snabbt. Hennes kinder var röda och läpparna sammanbitna. Hon viftade så där med armarna fram och tillbaka som han sett henne göra när hon promenerade.

"Anna!" ropade han.

Anna ryckte till. Hon sa något, men han hörde inte vad. Det kunde vara hans namn, men han var inte säker. Han ville dra tag i henne, skrika att hon räddat honom och kyssa henne.

"Anna!" skrek han igen.

Hon höll upp en hand som för att skydda sig ifrån

honom och tog ett steg bakåt. Hennes kinder hade gått från ilsket röda till bleka.

"Jag är fast i ett hus i Gamla stan." Markus uttalade alla ord högt och långsamt som om han pratade med någon som inte förstod svenska.

"Den funkar inte så." Mia lade handen på kulan.

Bilden bleknade bort. Ena stunden stod Markus i skogen med Anna mittemot sig och den andra så var han tillbaka i den mögeldoftande källaren med kristallkulan i handen. Anna och skogen var borta.

"Nej!" skrek han och skakade på kulan. "Hon var där, jag såg henne!"

Mia tog kulan från honom och backade undan med den.

"Du kan använda den till att se platser och personer, men du kan inte prata med dem och de kan inte prata med dig. Tror du inte jag har försökt det?"

"Men jag såg henne. Hon var rakt framför mig."

"Och var är hon nu?" Mia knyckte på nacken. "Var är *du* nu?"

Markus såg på det fuktiga jordgolvet, på leran som bildats borta i hörnet och på gångarna som ledde ut från källaren.

"Vad är det här för plats?" skrek han.

Hon lade handen för hans mun och såg sig skrämt omkring. Markus rynkade på näsan och försökte dra sig undan. Hennes hand luktade otvättat.

"Det är härifrån de kommer", viskade hon. "De som bor här."

Markus spanade mellan de olika gångarna. Några var egentligen bara små hål, inte större än att en katt kunde pressa sig igenom. Andra var som grottöppningar som försvann ut i mörkret. Ett ljud färdades ut genom en av öppningarna. Det kunde vara en viskning eller kanske ett lågt skratt. Mia drog honom med sig, bort från bordet med kniven och kristallkulan.

"De kommer redan i natt", sa hon.

Hon drog honom med sig bort till trappan och knuffade honom framför sig. Han stapplade uppför den och kastade en sista blick mot kulan på bordet. Återigen befann han sig i korridoren där dörrarna bytte plats och antal.

"Vi måste förbereda oss", viskade Mia och stängde dörren bakom sig. "Jag trodde inte de skulle komma så snart igen. De måste verkligen gilla dig."

Hon ledde honom till rummet på övervåningen och sängen där han vaknat. Han kände sig sömnig och trög i rörelserna, som när man vaknar efter en lång tupplur mitt på dagen.

"Varför är jag så groggy?"

"Den här platsen har den effekten på folk. Speciellt om man är ny här."

"Vad menar du?" Markus gäspade.

"Mörkån", sa hon dröjande. "Den nästlar sig in i en på nåt sätt. Lukten fastnar i kläderna, kanske påverkar den oss när vi andas."

Hon lade honom i sängen.

"Den här gången vill jag att du är vaken", sa hon och knäppte upp hans byxor. "Du sov genom hela förra gången."

Markus kropp lydde honom inte. Hans hjärna, trött och bedövad, kunde inte bestämma sig för vad som hände. En flickas händer rotade just nu runt bland knapparna i hans gylf. Han hade fantiserat om det men aldrig varit med om det. Det kändes skönt. Förbjudet. Flera ärr löpte över Mias händer och fingrar. Bortom fingrarna såg han den mörka fläcken av blod på låret. Han förde ner sina händer, osäker på om han ville hjälpa henne eller få henne att sluta.

"Hur länge har jag varit här?"

Hon lade tålmodigt tillbaka hans händer på hans mage. Sedan krånglade hon med knapparna i hans gylf. En av dem gick inte upp och hon pressade sina händer mot hans kön när hon tog i. Han kände att det svarade och tryckte mot hennes händer. Till slut fick hon upp den sista knappen och drog med ett snabbt ryck ner hans byxor till anklarna.

"Nu är det bara att vänta." Mia gick ut genom dörren och stängde den.

Allt var återigen mörkt. Mörkån porlade outtröttligt i natten.

45.

Kajsa hade fortfarande sin vita rock på sig. Hon hade inte bytt kläder och kände att hon luktade svett. I sängen framför henne låg hennes son, hennes Tim. En sköterska kontrollerade tyst elektroder och portar på hans arm. Hon hade fina, små händer och rosa nagellack. Kajsa hade aldrig förstått hur man kunde arbeta som sjuksköterska, hur man dag efter dag kunde arbeta med sjukdom, smärta, sorg och kroppsvätskor.

Svullnaden i Tims ansikte hade gått ner. Märkena var inte längre groteska och svarta utan mer grönblå.

Varför vaknar han inte?

"Vad är det med honom?" sa hon till sköterskan.

Sköterskan ryckte på axlarna och lade Tims händer så

de vilade över täcket.

"Läkaren kommer att svara på alla dina frågor", sa hon och lämnade rummet.

Benjamin kom in med två koppar rykande kaffe. Det var äckligt maskinkaffe. Kajsa brukade ta med sig en egen termos till jobbet. Benjamin såg bortkommen ut med kaffekopparna i händerna. Han räckte fram en av dem utan att säga något och hon tog emot den.

"Varför skulle han bryta sig in hos ett vaktbolag? Det stämmer inte", sa hon.

Benjamin drog fingrarna genom skägget och vände sig mot henne.

"Det kommer att bli bra", sa han. "Det värsta är över nu."

Tårarna sved i ögonen. Hon hade gråtit så mycket de senaste timmarna.

"Hur kan det nånsin bli bra igen?"

Benjamin satte sig på sängkanten och rörde försiktigt Tims axel. Ett bortglömt minne letade sig fram till Kajsa. Hur Benjamin burit Tim när han var liten, innan han vuxit upp till den här stökiga tonåringen. Som liten hade Tim hållit dem vakna genom nattens timmar, skrikande och krävande.

"Jag måste flytta bilen", sa Benjamin. "Den står kvar utanför akutmottagningen."

Försiktigt kände han med fingrarna över såren i Tims ansikte.

"Det kommer att bli bra", sa han igen.

"Jag kan göra det", sa Kajsa. "Jag behöver komma ut

härifrån."

Han räckte fram bilnycklarna åt henne. Ute i korridoren rörde sig vårdpersonal längs de gräddvita väggarna. Skulle hon någonsin kunna arbeta på sjukhuset igen? Sätta sig vid skrivbordet och bli skrämd varenda gång ambulansinformationen ramlade in?

Hon lämnade korridoren och gick förbi receptionen. Hennes fötter ledde henne vant mot hennes arbetsplats och hon stod snart framför dörren till akutmottagningen. Genom fönstret kunde hon se sina kollegor. Det verkade vara lugnt, som om inget hade hänt. Hon kunde inte gå in på akutmottagningen, inte nu. Hon vill inte prata med sina kollegor och möta deras medlidande blickar. I stället gick hon tillbaka och letade sig ut ur sjukhuset.

Det var kallt. Hon körde ner händerna i fickorna och gick längs utsidan av sjukhuset. Medan hon gick försökte hon samla tankarna. Läkarna hade sagt att skadorna inte var livshotande, men att Tim behövde ligga kvar på intensiven för säkerhets skull. Det enda hon ville var att han skulle vakna. Parkeringsplatsen utanför akuten rymde inte så många bilar. Ställd lite på snedden stod deras silverfärgade audi. Om hon själv arbetat nu hade hon varit irriterad över att någon lämnat sin bil för länge.

Hon gled ner på förarsätet. Orkade hon ens flytta bilen? Köra den hela vägen till den stora parkeringen och sedan gå tillbaka?

Med en suck backade hon ut. En bil närmade sig snabbt, för snabbt. Det var ingen ambulans utan en grå skåpbil. Precis en sådan som deras granne hade, den där otrevlige typen som dragit batong när de pratat med ung-domarna. Kajsa backade när skåpbilen närmade sig, för att de inte skulle krocka.

Med skrikande däck sladdade skåpbilen in och ställde sig tvärs över parkeringen. Den var bucklig och skadad. Föraren, en stor man, drog oavbrutet handen över pannan och ropade något bakåt i bilen.

Bakdörrarna öppnades och ur bilen hoppade en kvin-na i grå uniform med något i handen. Kajsa drog efter an-dan när hon insåg att det var ett automatvapen. Hon hade sett sådant på film men aldrig i verkligheten.

"Polis", skrek kvinnan rätt ut i mörkret. Hon sprang in på akutmottagningen med vapnet hängande över axeln.

Vad är det som händer?

Ytterligare en person dök upp från bakdörrarna. Han hasade sig fram och lutade sig mot en av dörrarna. Hu-vudet hängde, blod hade torkat i pannan och håret var en enda oreda. Det var Niklas, han som var så obehaglig. Niklas böjde sig in i bilen och plockade med någonting. När han ställde sig upp höll han i en pistol.

Med härjad blick såg Niklas sig omkring och öppna-de sedan passagerardörren på skåpbilen. Först då blev den store mannen i förarsätet uppmärksam på honom.

Kajsa drog efter andan när hon såg Niklas höja vapnet mot den store mannen. Han såg förvånad ut och sträckte upp båda händerna i luften. Sedan makade han sig klum-pigt ut ur bilen tills han stod på parkeringsplatsen. Niklas satte sig på passagerarsidan, fortfarande med pistolen höjd och kasade över till förarsätet. Kajsa höll andan. Niklas sänkte vapnet. Hans ena arm verkade skadad, för han drog i växelspaken med fel hand. Skåpbilen rörde sig hoppigt framåt som om det vore något fel på fjädringen och var sedan på väg ut från parkeringsplatsen. Snart försvann de röda baklyktorna bort längs vägen. Först då undrade Kajsa om hon borde ha tagit registreringsnumret. Hon famlade efter sin mobiltelefon.

Akutmottagningens dörrar öppnades och den blonda kvinnan kom utspringande tillsammans med två poliser. Hon höll inte längre i automatvapnet.

"Nej", skrek hon. "Ni förstår inte, bilen var full med vapen!"

46.

Nyckeln gled in i låset och Anders vred runt den. Ingen
bil stod på uppfarten. Pappa var troligen ute och leta-
de efter honom. Förmodligen åkte han runt med vaktbo-
lagets skåpbil precis som han gjort när Anders var yngre.
Anders hade legat gömd i buskaget i över en halvtimme
och spanat in genom fönstret men inte sett någon rörelse
inifrån huset.

I flera år hade han gått in i den här hallen, men det
här var första gången som han var rädd. I hallen hängde
ett foto på hans far med automatvapen och ökenkamou-
flage. Ingen svensk flagga, ingen förklarande text, bara en
jäkla galning med vapen. Utan att kunna hejda sig tog An-
ders tavlan och slängde den i golvet. Glassplitter spreds

över hela parketten. Snabbt gick han in i köket och drog ut lådan. Den lossnade ur sin hållare och innehållet spreds ut på golvet. Anders grävde runt bland gummiband, papper och gem.

Och så hittade han den. Bankdosan. På baksidan satt en liten tejpad lapp med fyra siffror, en amulett som gav honom tillgång till rikedomar.

Han stod stilla en stund och höll bankdosan i handen. Lät det som att någon gick på uppfarten? Hjärtat rusade. Han väntade på att dörrhandtaget skulle tryckas ner. Vad skulle han göra då?

Inget mer ljud hördes. Anders smög tillbaka ut i hallen. Ingen var där. Försiktigt smög han upp till sitt rum, men stannade då och då för att lyssna efter ljud. Han tog fram sin ryggsäck och stoppade ner t-shirtar, byxor och kalsonger om vartannat. Från skrivbordslådan tog han sitt pass och lade det i ytterfacket.

Allt småkrafs kunde han köpa nytt, tandkräm och sådant. Han vågade inte stanna längre utan gick ner i köket igen. Där pustade han ut. På golvet låg lådans innehåll i en enda röra.

Han tittade ner på mobilskärmen och öppnade bankappen. Med koden på baksidan av dosan kom han in på pappas banksida. Det fanns flera olika konton. Några av dem var låsta och onåbara med bankdosan. Men på privatkontot fanns det fyrtiotvåtusen kronor. Anders fingrar dansande snabbt över skärmen. Ytterligare ett knapptryck och nu fanns pengarna i stället på hans konto.

Hjärtat slog i bröstet. Det var en overklig känsla. Tänk

att det var så lätt, att med en knapptryckning flytta så mycket pengar.

Han startade om programmet igen, bara för att vara på den säkra sidan. Pengarna fanns kvar. Fyrtiotvåtusen kronor. Andes kände sig märkligt lättad. Han hade mer pengar än han någonsin haft i hela sitt liv. Han lyfte upp servetten ur fickan. På den stod adressen till Mikaels lägenhet och hans kontonummer. Med några knapptryckningar flyttade Anders pengarna från sitt eget konto till Mikaels. De var säkrare där om pappa upptäckte stölden.

Okej, nu avskeden. Först Anna, sist Tim. Han letade upp Anna i mobilen. Signalerna gick fram. I tystnaden hörde Anders hur snabbt hans hjärta slog, mycket hårdare än när han sprang.

"Hallå?" Annas röst lät trött.

"Hej, det är Anders."

"Var är du!"

Han hoppade till av intensiteten i hennes röst. Hon visste ju att han cyklat till Gamla stan för bara någon dag sedan.

"Jag skulle bara säga att jag…"

"Tim är på sjukhuset! Jag är där med honom nu!"

Anders stelnade. *Tim?* Anna pratade snabbt, så där som hon gjorde när hon var arg eller ledsen.

"Du måste komma hit Anders. Han är helt sönderslagen och det går inte att prata med honom. Han bara ligger här i sängen!"

Samtidigt öppnades dörren i hallen. Annas röst lät upprörd genom högtalaren och han avbröt samtalet. Det krasade när någon gick in över glaset i hallen. Anders lade telefonen på bordet och trots att han visste vem det var, så lutade han sig ut och kikade ut i hallen.

Hans far stod i hallen med blicken på det krossade glaset. Han såg böjd och sliten ut. Ögonen var glansiga och trötta. Ena armen hängde slappt längs sidan. Han hade en väst på sig med fickor och remmar. I karbinhakar dinglade metallklot och uppe vid bröstet stack två pistolkolvar fram ur fickorna.

"Anders!" skrek Niklas uppför trappan. Anders drog tillbaka huvudet och tryckte sig mot väggen. Han började hyperventilera. Bröstet drog ihop sig alldeles för snabbt och det var som om världen krympte. Snabbt rörde han sig över golvet, tog stora kliv över allt bråte från lådan och nådde altandörren. Försiktigt drog han upp den lilla låsknappen på insidan. *Klick.*

"Anders!" Det lät som om Niklas var närmare.

Anders andades väsande och öppnade dörren. Kall luft gled in utifrån. Sedan var han på väg och sprintade bort från huset. Parkerad en bit från huset stod den grå skåpbilen på tomgång. Anders stannade inte förrän han hade lagt några hundra meter mellan sig och huset. I skydd av mörkret och några buskar vände han sig om. Ingen kom ut. Ingen följde efter honom. Anders sprang igen. Ryggsäcken dunsade mot ryggen. Kläder, pass och plånbok. Allt han ägde fanns i ryggsäcken.

47.

Markus satte sig upp i sängen. Han var osäker på om han sovit eller bara legat och stirrat ut genom fönstret. Det var som om kroppen inte lydde honom när han ställde sig upp. Rörelserna var långsamma. Hans fuktiga byxor var neddragna till anklarna. Han sparkade av sig dem och stapplade över golvet. Kylan fick huden på hans bara ben att knottra sig. Han kikade ut i hallen där nedanför. Alla dörrar var stängda. Mia syntes inte till någonstans.

Han smög nedför trappan och stod framför de olika dörrarna. Nu var det bara fyra stycken. Han var ganska säker på att det varit fem innan. Huvudet kändes tungt. Han gick fram och öppnade en. Där bakom gömde sig skattkammaren. Han stirrade på gamla klänningsspännen av brons, en sliten tygdocka och en penningpung som spillt sitt innehåll av mynt över golvet.

Var inte det här rummet på andra sidan förut?

Han stängde dörren och vände sig om mot en annan dörr. Den kärvade. Han tog i och drog i handtaget och den slogs upp. Doften av tång och gammalt vatten slog emot honom. Vindar blåste in i hallen och bet rakt in i hans sår. Han kved och stirrade ut i mörkret. Det fanns inget rum, inget golv, bara vatten, oändligt svart vatten. Det som fanns bakom dörren var ett hav. Himlen ovanför var mörk utan stjärnor eller måne. Vinden fick ytan att krusa sig. Svagt glödande glober fanns under vattnet några meter ut. Då och då försvann de bara för att dyka upp omedelbart igen. Är det ögon? Någonstans ute i mörkret ylade någonting, ett långt utdraget tjut. Ylet dog bort i mörkret och följdes av höga plaskande ljud, som av enorma fenor som slog i vattnet. Bortom tången och stanken som från död fisk fanns Mörkåns doft. Han stirrade ut på det oändliga havet. Det var samma vatten som i Mörkån. Hur var det möjligt?

Han slog igen dörren. Vinden dog omedelbart, men han kunde fortfarande känna doften av Mörkån som slagit in från havet. Den fanns i hela huset.

Han stapplade bort till den tredje dörren och öppnade den. En trappa ledde nedåt till ett trampat jordgolv. Det var rätt dörr. Snabbt gick han nedför trappan. Han hade inget stearinljus med sig, men från den öppna dörren föll ljus ner i källaren. Det glittrade om stenväggarna omkring honom. Öppningarna gapade i mörkret. Vad fanns bortom dem?

Han smög fram till bordet med kniven och kristallkulan. Snabbt tog han kulan. Kunde han kontakta sina pappor? Nej, de skulle spåra ur helt om han dök upp som ett spöke. Anders? Nej, någon annan. Vem var smartast i gänget? Anna. Det fick bli Anna igen.

Han höjde kulan framför sig och viskade hennes namn. Den tunga känslan kom över honom när han drogs in i kulans värld. Bilderna blixtrade förbi. Hjärtat slog snabbare när han såg Fälts välbekanta vägar och gator. Husen stod likt kloner, sida vid sida, rad efter rad. En blå safir stod mitt ibland dem. Han såg längtansfullt på det blå huset men behöll ändå sin första tanke.

"Anna", upprepade han.

Och sedan stod han i hennes rum. Hon låg i sängen med huvudet vänt bort från honom och det blonda håret över kudden. Det slog honom att det var länge sedan han varit där.

"Anna", sa han igen.

Hon rörde sig oroligt i sängen, vände och vred sig. Han såg sig desperat omkring. Kunde han röra saker? Han lade handen på hennes skrivbord, men den gled rätt igenom, som om han var gjord av rök. Då såg han något som glimmade i den halvt utdragna skrivbordslådan. Det var en vanlig plastring, men bland pennor, suddgummi och anteckningsblock glimmade den som om den vore av guld. Varsamt sträckte han ut handen och kände hur fingrarna slöt sig kring den. Han kunde ta i den! Bakom sig hörde han hur Anna rörde sig i sängen. Han skrattade till och vände sig om med ringen i handen.

Anna hade vänt huvudet mot honom och ögonen var nyvakna och trötta. Sedan satte hon sig snabbt upp och pressade ryggen mot väggen. Hon hade en för stor t-shirt på sig och den hade glidit ner och avslöjade en axel. På samma sätt som förut såg han hur hennes läppar formade hans namn, men han hörde henne inte uttala det.

"Jag är fångad!" skrek han. "I ett hus i Gamla stan."

Hon vände sig ifrån honom. Ringen föll ur hans hand och landade på golvet. Omedelbart var han tillbaka i källaren. Kristallkulan låg halvt nedsjunken i jorden. Han lyfte upp den, torkade snabbt av den med duken och lade den på sin plats igen.

Och då hörde han steg från ett av de gapande mörka hålen i källarväggen. Någonting närmade sig. På bordet glimmade kniven och det kliade i hans sår.

"Markus", väste Mia bakom honom.

Hennes läppar var sammanbitna och hon gick fram och drog i hans hand.

"De får inte hitta dig här nere."

Han orkade inte göra motstånd utan lydde fogligt när hon slet honom uppför trappan. Bakom dem närmade sig det som kom från gångarna. Mia stängde dörren till källaren och var redan på väg upp till övervåningen med honom.

"Det går inte prata med Anna genom kulan", sa han sluddrigt.

"Jag sa ju det."

Hon knuffade ner honom i sängen. Det påminde om en fantasi som han ofta återkom till: Anna som satte sig grensle över honom i sängen. I fantasin var hon hård och resolut och inte så där försiktig och tystlåten som i verkligheten.

Sängkläderna var kalla mot hans hud. Det var fuktigt och rått i rummet. I t-shirt och kalsonger låg han på överkastet. Det gamla huset kved och knarrade. Han vred huvudet från fönstret till dörren och sedan tillbaka igen. Flera av fönsterrutorna var trasiga och vinden letade sig in.

"Går solen aldrig upp här?" frågade han samtidigt som hon lade honom till rätta.

"Ligg stilla nu", sa hon och sedan lade hon irriterat till: "Det kommer att göra ont."

Han hörde henne försvinna nedför trappan. En dörr öppnades och stängdes när hon gömde sig. Och sedan tystnad.

Hans sinnen var bedövade, men han försökte lyssna. Vinden ven in genom fönstret och fick huden att knottra sig på benen. Han föreställde sig hur husets ägare kom in i källaren och såg kniven och den smutsiga kulan ligga där.

Sedan hörde han sviktande golvbrädor i källartrappan och det knirrande ljudet när källardörren öppnades. Andlöst lyssnade han till viskningar, skratt, hostningar och hasande steg genom hallen. Golvet knarrade under deras tyngd, trappstegen kved. Närmare och närmare kom de. Trappsteg för trappsteg. Hela tiden viskade de.

Markus höll andan. Sedan öppnades dörren. Långsamt gled den inåt i rummet. Tre stycken var de. De hade samma lukt som Mörkån, som om dess vatten flöt genom dem. Hukande och hasande rörde sig deras ruttnande kvinnokroppar mödosamt framåt. Kniven glänste i mörkret.

En av dem höll den i sin torra gamla hand. Han kände igen den. Det var kniven av gråt och skrik. Ju närmare de kom desto mer kliade det om hans sår. De satte sig kring sängen och viskade på ett språk han inte kände igen. Är det isländska?

Rösterna var hesa och kraxande. Deras händer gled upp i sängen. Beniga och illaluktande fingrar letade sig över hans kropp. Pekfinger och tumme grep tag i hans snopp och sedan hördes ett kraxande skratt. Greppet släppte omedelbart och nu såg han kniven lyftas mot honom. Han bet ihop tänderna samtidigt som den skar genom huden i hans lår. Ett kallt bett och han skrek till. Kvinnorna stelnade och vände sina rynkiga ansikten mot honom. Isande ögon i mörkret iakttog honom en stund och sedan vände sig blickarna mot blodet som rann över hans lår. En av kvinnorna böjde sig fram tills hennes ansikte var precis under hans skrev. Torra läppar raspade mot såret och sedan hördes smackande läten, som från ett barn som diade. Hennes tunga gled utmed sårkanten och sörplade i sig blodet.

Sedan var det den andras tur. Hon var tyngre och hävde sig upp i sängen från andra sidan. Hennes kropp lutade sig mot honom när hon tryckte undan den andra kvinnans huvud, slöt läpparna kring hans sår och sög ut hans blod. Den yngsta klättrade upp i sängen. Långt och slitet hår hängde över hans lår och mage och hennes bröst vilade mot hans knä.

Markus vände blicken mot mörkret utanför fönstret. Den sista klättrade ner från sängen. De tjattrade med hans blod på läpparna, i sina kroppar. Skrattande rörde de sig bort från honom, tillbaka till sina gömställen under huset.

Markus låg ensam kvar i mörkret. Sedan kom tårarna och den hackande gråten som fick bröstet att studsa i mörkret. Det bultade om såret. Han slöt ögonen och tänkte på sin säng hemma och på sina pappor. Skulle han någonsin få se dem igen?

Någon gång senare kom Mia dit. Det var svårt att mäta tid när det aldrig blev ljust. Hon satte sig på sängen. Markus kände med handen över benet. Såret var djupt och långt. Sårkanterna glipade, men det blödde inte om det.

"Jag vet", sa hon och smekte honom på kinden. "Jag vet."

Han började gråta igen.

"Ta av min tröja", sa hon.

Hon sträckte upp sina smala armar för att göra det lättare för honom. Tröjan var alldeles för stor och han mindes hur hon brukade stå och snurra på de för långa ärmarna. Hon hade varit i hans hem och suttit på sängen i hans rum när han bytte om inför festen. Han drog den illaluktande och fuktiga tröjan över hennes huvud. Över hela hennes kropp löpte de långa ärren. Över armar, skuldror, mage och rygg fanns hundratals ärr. Här och var korsade de varandra.

"Har du varit här i sju år?"

Hon nickade, drog av sig byxorna och lade sig bredvid honom i trosor och bh. Hennes kropp var tunn och eländig. Några centimeter under trosorna hade hon ett ärr på varje lår, identiska med hans.

"De där var mina första", sa hon när hans fingrar gled över dem.

"Hur kom du hit?"

Hon vek upp överkastet, kröp in och tecknade åt honom att göra detsamma. Hennes beniga kropp pressades mot hans och han lade armen om henne. Hennes hår luktade gammalt och otvättat.

"På samma sätt som du", sa hon. "Nån tog mig hit."

"Vem?"

Hon ryckte på axlarna. "Spelar det nån roll?"

Han drog händerna över hennes rygg. Ärren var som små, små fartgupp för hans fingertoppar.

"Varför tog du mig hit?"

"Därför att jag kommer att lämna huset nu. Jag kommer att byta plats med dig och gå ut i världen igen. Och du kommer att stanna här."

Han stirrade på henne och på hennes ärrade hud. Hade hon lagt sig i den här sängen i sju år och gett sitt blod åt de gamla kvinnorna? Som en maträtt, en bit kött? Mia tryckte sig närmare honom och lade handen på hans kind.

"Var inte orolig, om sju år när du själv kommit på hur du ska göra, så kan du lämna huset tillräckligt ofta och länge för att locka hit någon annan. Då kan du också komma härifrån."

Han stirrade framför sig. Det var något med den här platsen som gjorde tankarna tröga. Eller kanske var det för att han inte ätit på flera dagar. Han sneglade över Mias huvud bort mot den krossade tallriken i hörnet av rummet.

Blodpuddingen låg där i dammiga mörka skivor. Det värkte i magen, men han skakade av sig tanken. Vilken skillnad skulle det vara på honom och kvinnorna om han åt det där?

"Kan jag inte följa med dig?"

Hon skakade på huvudet och pressade sin näsa in i hans hals. Det var en märklig känsla att ha en tjej så nära. Han hade hånglat och kramats med tjejer förut men aldrig legat halvnaken under ett täcke. Han drog försiktigt handen över Mias rygg, över bh-bandet och alla ärren. För sitt inre såg han hur hon låg på mage. Kniven skar genom hennes hud och de gamla torra läpparna sänkte sig över såret. Stripigt och fuktigt hår föll över hennes rygg.

"De måste ha blod", sa hon. "Man kan bara köpa sig fri med blod. Så om du vill köpa dig fri måste vi ta hit nån annan, är det vad du vill? Att nån ska ta din plats redan nu?"

Ja, var hans första tanke, *vad som helst för att komma härifrån.*

"Nej", sa han och tänkte på att lämna någon här. Skulle han kunna leva med det? Att lura hit någon och lämna den till sitt öde? Det var samma sak som slaktdjur utsattes för. De klappades och matades till trygghet innan de överlämnades till elchocker, slaktmasker och kokande vatten.

"Om du vill komma härifrån så måste du byta plats med nån", sa Mia och höll om honom. Hennes andetag blev jämna mot hans hals. "Det är skönt att ha nån som är varm. Det var så länge sedan jag kände värme."

Hon lade sitt ben över honom och höll hårdare som om han vore ett mjukisdjur hon sökte tröst hos. Markus tankar malde i huvudet. Mia var ett offer på samma sätt som han själv, men han var arg på henne. Hon hade infiltrerat hans hem och hans vänner, bara för att få honom hit så hon själv kunde komma härifrån. Nu låg hon och sov med honom. I sju år när han badats i Fälts trygghet så hade hon varit här och blivit skuren med knivar, alldeles ensam i mörkret. Hon hade bara varit ett barn då, en liten flicka som någon hade lurat hit. Han mindes bilderna av henne som suttit uppsatta överallt. Det gjorde honom ännu argare, att den här platsen ens fanns. De var tvungna att ta sig härifrån, båda två. Han tänkte på hur hon lurat hit honom. Skulle han själv kunna göra så? Ta någons hand och leda personen fram till huset?

Ilskan grep honom igen när han mindes hennes fråga: "Det är bäst om du går in själv. Kan du det?" Illusionen av att det var ett val och delaktigheten i beslutet när han själv tagit steget in över tröskeln. Han tänkte på allt som var fel med världen. På den lilla andel människor som satt med nästan all rikedom medan hundratusentals människor levde i misär. Människor i västvärlden drev omkring i systemets fållor och trodde att de var individuella när det egentligen inte fanns några val. Det enda vettiga i en sådan värld var att göra motstånd, att medvetandegöra och peka ut maktens strukturer. Om bara tillräckligt många människor enades mot makthavarna så kunde man förändra världen.

"Jag kommer aldrig att ta nån hit", viskade han mot

hennes hår. "Jag ska få oss båda härifrån."

Han höll om henne och tog tacksamt emot hennes värme där de låg under kalla, fuktiga lakan i huset vid det mörka vattnet.

48.

Anna satt bredvid Tim där han låg i sjukhussängen när Anders kom in i rummet. Han var högröd i ansiktet och svett rann längs pannan på honom.

"Har du sprungit hit?"

Anders nickade och lutade sig framåt med händerna på knäna och andades djupt. Han hade inte sina vanliga träningskläder på sig utan samma vandringskängor och jacka som när han rymt hemifrån. När han rätade på sig tittade han på Tim som låg i sängen.

"Nej", viskade han och ställde sig bredvid Anna.

Hon lutade huvudet mot hans kropp och kände värmen som strålade ut från den. "Det är skönt att du är här."

"Vad har hänt med honom?" sa Anders.

Anna blundade och försökte få ordning på allt som hänt den senaste veckan.

"De säger att han bröt sig in på din pappas vaktbolag och att han skar sig på glas där."

Anna smekte Tims hand. Anders ögon vandrade över Tims sönderslagna ansikte och bandagerade kropp. Troligen tänkte han samma sak som hon själv, att oavsett hur Tim hade skurit sig så hade han fått stryk av någon.

"Det är min pappa", sa Anders nästan ljudlöst. "Min pappa har gjort det här med Tim."

"Vad säger du?" flämtade Anna.

Polisen hade varit här och vänt medan hon suttit och vakat. Hans föräldrar hade också varit inne flera gånger. De verkade glada över att hon var där vid Tims sida. Men de hade inte berättat så mycket om vad som egentligen hade hänt.

"Pappa kom till Gamla stan för att hämta mig. Han hade beväpnat sina vakter med en massa vapen och sköldar. Han hade med sig ett automatvapen och när han såg mig och Mikael tillsammans sköt han mot mig."

Hon kände en iskall kyla i bröstet. Vad var det egentligen som hände med alla? Markus var försvunnen, Felicia var förhäxad av Gamla stan, Tim låg sönderslagen i sängen framför henne och Anders pappa hade skjutit mot honom.

"Jag har alltid vetat", sa Anders. "På nåt sätt har jag alltid vetat att han är galen. Ända sen han kom tillbaka från kriget."

"Vilket krig?"

Anders ryckte på axlarna. "Han har varit på olika ställen. Han har knappt pratat om det, men jag har pusslat ihop olika bitar. Först trodde jag att han var med i armén, alltså vanliga armén, men det här var nåt annat."

"Som vad?"

"Jag vet inte. På alla bilder som jag sett så har hans vänner inga flaggor och inga förbandstecken. De är nåt annat, otäcka jäklar, legoknektar kanske."

Anna nickade. Hon hade läst om det. Så fort det fanns strider och krig så fanns det förband som inte var trogna någon nation. De slöt allianser med lokala krigsherrar och tjänade pengar på död. Anders slöt ögonen och skakade på huvudet. Han såg äldre ut, ledsnare och mognare på samma gång. Anna visste inte vad hon skulle säga. Anders lutade sig framåt och lade handen på Tims arm. Tårar rann nedför Anders ansikte.

"Det sjuka är", sa han mellan snyftningarna, "att en gång var vi en familj. Jag minns min riktiga mamma. Vi hade det bra. Vi bodde i en för liten lägenhet och hade för lite pengar, men jag minns att pappa skrattade. Visst bråkade de ibland och han var sträng, men han var inte galen då. Vi åt hamburgare och pommes flera gånger i veckan för att det var billigt. Men så blev mamma sjuk och … dog."

Anders hade aldrig pratat om det här med henne. Tim hade då och då antytt att det fanns mycket jobbigt i Anders förflutna, men hon hade ingen aning om att hans pappa varit i krig.

"Och då var det som om han dog själv. Pappa pratade knappt med mig. Allting var bara rent praktiska saker. Vi pratade aldrig om mamma. Och sen var han borta. Han åkte iväg till ett jävla krig på andra sidan jordklotet. Och själv var jag kvar med socialen och all den där skiten. Jag fick hoppa runt mellan fosterfamiljer och familjehem. Och sedan hux flux var han tillbaka och jag såg direkt att något hade hänt. Något var annorlunda. Han pratade med mig igen, men bara i order. Han började försvinna i huvudet. Förstår du vad jag menar? Han kunde sitta och viska till sig själv. Jag hörde knappt om vad, men det var som om han viskade till nån jag inte såg. Ibland kunde han sitta i sin garderob i flera timmar och prata med sig själv."

Anders var blek och orden kom stötvis. Anna skrämdes av kraften i dem. Hennes liv hade varit fritt från sådana här starka utbrott. I korridoren passerade vitklädda människor, på väg till någon annan sjuksal.

"När vi hade bott själva i en tyst lägenhet ett tag så dök han upp med en tjej. Alltså en ung tjej. Hon kan inte ha varit mer än sjutton, arton år. Som du Anna. Som du nu! Hon var helt förstörd. Helt uppfuckad i skallen. Och han låg med henne och låtsades att hon var hans fru. Och jag … och jag …"

Anders började gråta igen. Han fortsatte prata mellan kraftiga hulkningar. Orden var som en ström som inte kunde hejdas.

"Jag låtsades att hon var min mamma. Att den där förstörda tonåringen var nån som kunde ta hand om mig. Jag sov hos henne ibland. Hon berättade sagor för mig. Hon var så jäkla liten, men ändå så tog hon hand om mig."

"Men", sa Anna. "Det är ganska fint egentligen."

Anders drog handryggen över ögonen och skakade i hela kroppen.

"Men förstår du inte?"

"Vad?" sa Anna.

"Jag har inte varit vid min mammas grav. Jag bara sket i henne. Jag har inte varit vid hennes grav."

"Sen när?"

"Aldrig. Jag har aldrig varit där! Jag ersatte min riktiga mamma med en stackars liten tjej som mer eller mindre blev kidnappad av min pappa. Och jag ville ha henne där. Jag ville ha nån som tog i mig, som såg mig, som …" Orden dog bort i snyftningar.

"Varför har du inte berättat det här tidigare?"

Mitt i all gråt började Anders skratta. Ett vackert leende och skratt bakom tårar och snor. Han ställde sig upp och trampade på stället, som om han egentligen ville springa ut ur rummet.

"Hör du inte hur sjukt och stört det är?"

"Jo, det är nog det mest störda jag hört, men vi är vänner, Anders."

Hon omfamnade honom, höll hans ansikte mot sitt bröst och smekte hans hår. Han var så smal och senig, inget överflödigt fett någonstans. Hon höll honom mot sig.

"Vart tog hon vägen? Din låtsasmamma?"

"Hon hade sina egna problem. Jag vet inte vad hon varit med om, men hon blev helt galen till slut. Hon skrek och skar sig med knivar. På hennes kropp fanns gamla ärr som hon försökte skära upp med köksknivar och skruvmejslar. Vi fick gömma allt i huset och då började hon slå huvudet mot väggen och sån där skit. Hon blev inlagd på hispan, på Änglahemmet. Hon är kvar där. Jag hälsar på henne ganska ofta. Hon är fortfarande helt galen." Anna sköt honom försiktigt ifrån sig och skakade på huvudet.

"Hur är det möjligt att jag aldrig vetat det här?" Anders ryckte på axlarna. "Alla har hemligheter."

Anders gick fram till fönstret och Anna följde efter honom. Utanför fönstret fanns den stora parkeringsplatsen med hundratals bilar tillhörande personal, patienter och anhöriga.

"Jag övergav min mamma", sa Anders.

"Anders", sa Anna försiktigt. "Hon dog. Man kan inte överge nån som dör."

"Men tänk om alla sådana där fåniga saker är sanna? Att hon sitter där uppe på ett moln och har sett allt. Tänk om hon sett att jag aldrig gick till henne. Att jag aldrig gick till graven."

"Vad hette hon?"

Anders såg upp och verkade förvånad över frågan.

"Mirjam", sa han långsamt som om han prövade ordet. En stillsam flod av tårar rann längs hans kinder. "Mamma hette Mirjam."

Namnet lät som ett sagonamn för Anna. Som när mamma läst *Barnens Bibel* för henne. Moses och Arons syster hette Mirjam. Efter varje kapitel hade mamma noggrant förklarat att Gud inte fanns på riktigt, men att det var viktigt att känna till berättelserna ändå, för allmänbildningens skull.

"Gå till hennes grav då", sa Anna och smekte Anders

över ryggen.

Anders suckade utan att ta blicken från parkeringsplatsen utanför.

"Jag kan inte. Jag vill inte gå dit som ett jävla vrak. Jag vill att hon ska veta att jag har det bra och är lycklig."

Han vände sig mot henne och till hennes förvåning böjde han sig fram och kysste henne på kinden. Hon mindes för flera år sedan när hon försökt bli kär i honom och suttit på sängen i sitt flickrum och bläddrat igenom små skolfoton av honom.

"Jag ger mig av, Anna. Jag sticker härifrån innan min pappa hittar mig. Om han hittar mig igen så kommer han att döda mig."

Hon vände sig om i rummet och visste inte vart hon skulle ta vägen. Alla hennes vänner försvann. Vad skulle finnas kvar efter det här? Hon lyfte Tims hand. Den var varm men slapp.

Borde du inte stanna tills han vaknar?

"Vart ska du?" sa hon.

Han skrattade till där han stod bakom henne.

"Jag vet inte än. Jag och Mikael drar ut i världen."

Han omfamnade henne, en hård, ärlig omfamning bakifrån. Han var mycket starkare än han såg ut. Hon lutade sig bakåt mot honom och kände hur musklerna för en gång skull bara slappnade av.

"Förlåt att jag inte lyssnade på dig", sa han. "Du är den starkaste personen jag känner."

Anna rodnade. Hon blev alltid obekväm av komplimanger och detta var den finaste och ärligaste hon någonsin fått.

"Men hade jag inte åkt, skulle jag aldrig ha träffat Mikael och jag ..."

Anna nickade. "Du älskar honom."

Anders släppte henne och hukade sig bredvid Tim.

"Din stora dumma luns", viskade han. "Vad har du gått och gjort?"

Tim svarade inte. Han gav inga tecken alls till att ha hört något.

"Jag älskar dig grabben", sa Anders till Tim och drog handen över hans kind. "Jag hoppas vi ses igen."

När Anders reste sig upp var hans ögon glansiga.

"Jag har ett sista besök att göra", sa han. "Men sen vet jag inte när vi ses igen."

"Vilket sista besök?"

Han stod tyst och vägde från den ena foten till den andra.

Anna kunde se tveksamheten i hans ögon. Sedan skakade han på huvudet.

"Ju mindre du vet desto bättre."

Han gick mot utgången. *Han tänker verkligen ge sig av!* Hon letade febrilt efter någonting att säga men kunde inte hitta några ord för en sådan här situation. Anders stod stilla en stund i dörröppningen. Ögonen gled från henne till Tim och tillbaka till henne igen.

"Skriv nån gång", sa hon.

Han log och sedan gick han. Anna var ensam igen så som hon varit ensam den senaste veckan när hennes vänner en efter en försvunnit. Men nu var det annorlunda.

Tim låg skadad, Anders var på väg ut i världen, Markus var fortfarande borta och Felicia hade slukats av Gamla stan. Anna satte sig bredvid Tim igen.

"Snälla vakna Tim", sa hon. "Det är bara du och jag kvar nu."

Hon vände sig mot dörröppningen som gapade tom, Anders hade verkligen lämnat dem. Men ändå förstod hon honom. Anders hade ingenting kvar här. Hans mamma var död och hans pappa var galen. Det fanns få lösningar på en sådan situation och en av dem var att fly och börja om.

49.

Någon gång under natten lämnade Markus Mia där hon låg i sängen. Hans ben kändes svaga, hela hans kropp var trött och matt och huvudet värkte. Han var tvungen att äta något. Blodpuddingen låg och lockade i hörnet. Han vände sig ifrån den och gick fram till fönstret. Färgen flagnade och föll i små vita sjok. Utanför rann Mörkån förbi, men bortom den fanns ingenting, bara mörker. Vad skulle hända om han gick ut i natten? Mobilen hade försvunnit när han slängt ut den.

Han pressade pannan mot en av de små glasrutorna. Skulle hans pappor ha pratat om Mörkån och om Gamla stan om de vetat att det här skulle hända? Han vände sig om och såg Mias ljusa hår i mörkret. Hur hade hon överlevt sju år helt ensam i det här huset?

Markus drog på sig jeansen och väste när tyget smet åt kring såren på hans lår. Det kliade hela tiden. Han sneglade på blodpuddingen innan han gick nedför trappan till hallen. Hans sinnen var fortfarande trubbiga och stumma. Det var något med den här platsen som gjorde honom slö och seg. Han visste inte om det var blodförlusten, hungern eller om det var doften från Mörkån som påverkade honom.

Han öppnade en av dörrarna och kikade in i skattkammaren. Magen kurrade och han sökte med blicken över rummet efter något att äta. Böcker, glasögon, jackor men ingen mat. Han suckade och lutade sig mot väggen. Hur länge skulle han kunna klara sig utan mat?

Längst in i ett hörn stod vikingasvärdet lutat mot väggen. Han slöt handen kring hjaltet. Det var märkligt hur snabbt man kunde vänja sig vid sådana här saker. Hur självklart det blev att få någon annans minnesbilder genom beröring. Bilder sköljde över honom, nästan tacksamt, som om föremålen ville berätta för honom.

Skeppet gled ljudlöst genom vattnet. Han stod vid relingen med handen på svärdshjaltet i sitt bälte. En mild vind blåste in från skogen. Det var ljummet och natten var inte helt mörk. Kanske var det i juni, när nätterna aldrig blev helt svarta.

Ån var mycket bredare än den var i nutid. Den var mer som en flod. Det mörka vattnet krusade sig onaturligt när långskeppet gled fram över det. Var det något under ytan? Något som simmade? Fanns det bleka ögon där under som spanade upp mot båten?

Båtmännen var sammanbitna och tysta. Dimman letade sig upp ur vattnet. Bistra män stirrade ut bland träden. Tall och gran, torrt och mörkt. Doften från ån blev starkare, tydligare och omöjlig att ignorera. I aktern satt flera kvinnor och barn i trasiga kläder. Bara flickor. De var de enda som lät. Viskande och gråtande såg de sig omkring med mörka ögon. Båten gled mellan träd och fält.

Mitt hus kommer att ligga där uppe på fältet, tänkte Markus där han stod vid relingen.

Knappt någon bebyggelse fanns på fälten och träden var mycket närmare vattnet. Endast några få av rösena fanns och de var upplysta av facklor. Män stod med spjut runt gravarna. Det var gamla gravar, äldre än båten som nu gled förbi dem.

En man stegade förbi honom. Ringbrynjan klingade när han gick. Hans hår var rött och i bältet hängde svärd och yxa. Mannen ropade en order. Orden lät som förvrängd svenska. Ljuden var mer utdragna på något märkligt sätt.

Det är samma språk som de gamla kvinnorna talar! Det är inte isländska, det är fornnordiska.

Båtmännen stövlade fram till kvinnorna och barnen och slet upp dem. De ställde upp dem i rader. Fångarna hade mörk hy och mörkt hår. De kom inte härifrån, där dimma och mörka träd härskade.

Kvinnorna ojade sig och höll om sina barn. Mannen med ringbrynjan ropade igen och när årorna doppades i vattnet saktade båten in. I öppningen bland träden fanns en stor lerplätt med tre hyddor. Hyddorna var ett hopplock av djurhudar, kvistar, lera och tyg. Båten stannade, gled upp på åkanten och männen hoppade av. De flesta undvek att röra vattnet och kastade sig direkt upp på land.

Långsamt och försiktigt lämnade de båten. Alla männen utom deras ledare gick hukade med böjda huvuden. Som strykrädda hundar närmade de sig hyddorna. Markus gick bredvid dem.

Utanför en av hyddorna satt en kvinna. Hon var yngre än när hon drack blodet ur Markus lår, men det var ändå samma kvinna. Hennes ansikte var gammalt, men hon hade ännu inte fått den ruttna huden som hon sänkt över såret i hans lår. Hennes ögon var kalla och blå i mörkret. Hon höll i kniven av skrik och gråt och viskade något medan hon skar i ett gulnat ben med den.

Markus händer var grövre, smutsiga och ärriga. Svärdet hängde i bältet. Skulle han kunna slita upp det och attackera kvinnan? Hans tankar avbröts av att någon rörde hans hand. Han drog den åt sig som om han bränt sig. En liten mörkhårig flicka stod bredvid honom, en av fångarna från båten. Hon sträckte åter upp sin hand mot honom. Bakom hennes stod den rödhårige vikingen som verkade vara ledaren för båtmännen. Han spände ögonen i Markus. Det var något fel på hans ögon. De var ljust blå och skimrade, nästan på samma sätt som de gamla kvinnornas ögon. Markus sträckte fram handen och tog flickans lilla hand i sin. Ledaren tycktes nöja sig med det och gick fram mot kvinnan som satt utanför hyddan. Flickan höll hårt i Markus hand. Hennes ögon var stora och mörka. En liten flicka på helt fel plats i världen. Runt omkring dem föste de beväpnade männen de tillfångatagna kvinnorna framför sig. Kvinnorna grät och fortsatte framåt med böjda huvuden. En av dem skrek och klöste efter männen. Hon fälldes till marken med ett slag från bredsidan av ett svärd. Slapp som en trasa föll hon i leran och flickans grepp kring Markus hand blev hårdare.

Tältduken till en av hyddorna drogs undan och ytterligare en av häxorna steg ut. Markus kunde känna lukten från det ruttna inuti henne. Hennes kropp var svullen och fet, och hon nästan vältrade sig ut ur sin hydda. Männen omkring Markus rörde sig nervöst. Deras fingrar letade sig från svärd till halsband med kors eller hammare. Några av dem viskade med slutna ögon, som om de bad. Flera av dem höll små flickor i händerna.

Den högreste mannen med rött hår var framme vid den yngsta av häxorna. Han verkade inte lika rädd för dem. Och då kom den äldsta häxan ut från sin hydda. Hon var mer som ett skelett än en levande varelse av kött och blod. Hennes ögon skimrade blå i insjunkna mörka hålor när de svepte över köttet som leddes fram, exotiskt från världens ände och med främmande kunskap i ådror och hjärta.

Kniven av skrik och gråt glimmade i skenet från facklorna. Markus såg att flickans ögon var riktade mot eggen. Den unga häxan mötte hennes blick. Hon räckte fram sin hand mot flickan. I den andra handen höll hon fortfarande kniven. Flickan pressade sig mot Markus och borrade in ansiktet i sidan på honom.

Häxan reste sig och gick fram mot dem. Hon stannade endast ett steg bort, slet tag i flickans hår och ryckte hennes huvud mot sig. Barnet skrek och höll krampaktigt fast vid Markus hand. Borta bland de vuxna fångarna skrek en vuxen kvinna på ett främmande språk, kanske var det modern.

"Släpp henne", sa Markus.

Häxans iskalla blå ögon borrade sig in i honom. Det var som om all styrka gick ur honom. En kyla letade sig genom hans blod. Markus knän slog i leran och hans grepp kring flickans hand löstes upp när fingrarna inte längre lydde. Skrikande och gråtande togs hon från honom. Häxan drog bort henne från honom och släppte honom med blicken. Runt omkring honom gick männen långsamt fram och lämnade över flickor och kvinnor som grät och höll om varandra. Markus försökte röra på sig, men kroppen var stel och lydde honom inte. Han såg den mörkhåriga flickan pressa ansiktet in mot sidan på en av fångarna.

Den gamla häxan granskade de samlade fångarna och knep ihop sina torra läppar i en ogillande min. Hon sa något på det främmande språket. Markus var inte säker men det lät som "mer". Var hon inte nöjd?

Mannen med rött hår slog ut med händerna. Han diskuterade med häxorna och vände sig sedan om och lät sina blå ögon glida över männens ansikten. De såg livrädda ut. Den yngsta häxan höjde kniven och pekade rakt mot Markus. Den rödhårige ledaren nickade. Häxans läppar sprack upp i ett leende när hon rörde sig mot Markus med kniven i sin hand.

"Nej", viskade Markus.

Han stod på knä i leran när kvinnan körde kniven in

i halsen på honom. Bettet var kallt och han skrek ut i natten. Blod rann nedför hans bröst och hon lutade sig in och slickade hans hals. När hon drog tillbaka sitt ansikte lyste hennes ögon starkare i mörkret, likt kalla, gnistrande stjärnor en vinternatt.

Markus föll på sidan i leran och såg hur häxan gick fram till den rödhårige ledaren. Markus blod fanns på hennes tunga och läppar när hon sträckte sig upp på tå och omfamnade mannen. Hon kysste honom och han såg hur deras tungor möttes. Även mannens ögon glimmade till med det blå skenet. Är han en av dem?

Markus blod rann ur honom, ut över leran. De två andra häxorna närmade sig honom. Deras ögon var fokuserade på blodet som rann ur halsen på honom. Långsamt försökte han dra svärdet som hängde vid hans sida. Men det fanns ingen styrka i honom. Häxorna hukade sig över honom. Deras munnar smackade och närmade sig såret och blodet på hans bröst.

Markus skrek och slängde ifrån sig svärdet. Det slog emot väggen med en duns. Han var åter i skattkammaren i det gamla huset. Stapplande tog han några steg bakåt och kände med händerna över halsen. Det fanns inget sår, ändå mindes han smärtan när kniven kördes in i halsen. Båten och vikingarna och slavarna var borta. Kvar var han i det fördömda huset.

Hur länge hade den här platsen funnits? Hur länge hade människor lämnat sina ägodelar här? Vad hade hänt med den mörkhåriga flickan som han hållit i handen?

Fanns hennes ägodelar någonstans i det här rummet?

Han gick ut i korridoren där antalet dörrar alltid skiftade. Nu var de tre. Han undrade om havet, där urtidsvarelser ropade i mörkret, skulle finnas bakom en av dem. Försiktigt rörde han sig mot utgången.

På altanen fanns gungstolen och ute på gräsmattan stod handgräsklipparen. En svag vind slog mot hans ansikte och han slöt ögonen och drog in den. Den luktade som Mörkån, fuktig och söt. Det fanns ingen av stadens lukter i den. Han försökte dra dem till minnes: avgaser, lukten av stekt kött och bakelser från uteserveringarna och blöt asfalt när det regnat.

Han gick fram till staketet. Där utanför fanns bara mörker. Han lyfte upp en sten från marken och slängde ut den. Ingenting. Den försvann ljudlöst som om den aldrig landade. Han övervägde att hoppa ut, att bara försvinna ut i mörkret. Det skulle kanske vara ett bättre alternativ än att vara fånge här.

"Markus", sa Mia bakom honom.

Han vände sig om. Hon stod högst upp på trappan vid huset och lekte med de långa ärmarna på tröjan. Hon hade gjort det så mycket att de hade fransat sig längst ner.

"Jag ville bara säga att jag ger mig av nu i kväll."

Markus tankar var trötta och långsamma. Skulle han bli lämnad ensam här? Skulle de där kvinnorna komma och dricka hans blod varje kväll? Han öppnade munnen för att säga något, men hon hann före.

"Vill du ligga ner en stund med mig?" sa Mia. "Jag gillar det."

Markus nickade stumt. Han gillade det också. Det var skönt att få ha en varm kropp mot sig på den här fuktiga och mörka platsen och känna någon annans hjärtslag och andetag. Han följde henne in i huset, genom korridoren där dörrarna bytte plats och uppför trappan till övervåningen. Hon tog av sig byxorna och tröjan och kröp ner under täcket. Han såg henne tydligare nu. Hon var något år yngre än honom. Över hela hennes kropp löpte ärr efter kvinnornas kniv. I sju år hade de druckit av henne, och nu ville hon härifrån. Nu ville hon lämna honom här. Han förstod henne. Hon hade gett hela sin barndom till den här platsen.

Han drog av sig jeansen. Det smärtade om såren när tyget gled över dem. Sedan lade han sig bredvid henne. Han kände sig tafatt och visste inte riktigt hur han skulle ta i henne. Till slut lutade han sig närmare och lade båda armarna om henne. Hennes kropp var som en fågels, som om han kunde knäcka den om han höll för hårt. Hennes näsa vilade mot hans adamsäpple och hennes andedräkt var varm mot hans hals.

”Måste du ge dig av?” sa han och höll henne fast. Han ville inte släppa henne. Deras ansikten var så nära att deras näsor nästan rörde vid varandra.

”Jag har varit här i sju år Markus. Jag måste ge mig av eller dö här.”

”Kan du inte ta med mig då?”

Hon smekte honom över kinden. Hennes blick såg sorgsen ut.

”Du kan inte lämna huset än. Du skulle falla ut i

mörkret som finns där. Huset har börjat släppa mig. Det har tröttnat på mitt blod och vill ha nytt. Häxorna vill ha dig nu. De kommer hålla dig kvar tills de börjar tröttna på dig."

Hennes läppar letade sig upp i ett leende: "De verkar gilla dig jättemycket. Jag tror att de kommer att dricka ofta från dig."

Han slöt ögonen och svalde. Hon behövde komma härifrån, men det gjorde även han.

"Vi borde kämpa", sa han.

Hon tittade oförstående på honom. "Vad menar du?"

"Vi kanske kan besegra häxorna. Om vi inte kan fly tillsammans så kanske vi kan döda dem."

Hennes ögon spärrades upp. Vinden ylade genom huset, iskall och vild. Det brusade om Mörkån utanför fönstret. Gardinen fladdrade upprört. Golv och väggar kved och Mia slog handen så hårt för hans mun att han fick blodsmak.

"Huset hör dig", viskade hon långsamt och tydligt. "*De* hör dig."

Upprörda röster hördes från golvet och från väggarna. Ett avlägset tjatter på det där märkliga språket kom underifrån från källaren med jordgolvet som var den äldsta platsen i huset. Huset låg precis vid Mörkån där vikingaskeppen en gång glidit in.

"Vad är de för nåt?"

Hon ryckte på axlarna. "Jag vet inte. De är huset och ändå inte. De har alltid funnits här."

Han lutade sig närmare.

"Tänk efter", viskade han. "Vi kan avsluta det här. Ingen mer behöver komma hit."

De låg så nära att deras läppar nästan rörde vid varandra när de pratade.

"Hur?" sa hon.

Markus tänkte. Hans sinne var klarare nu som om huset höll på att tappa sitt grepp om honom.

"Rummet där nere är fyllt med vapen", sa han. "Det finns svärd och påkar."

Hon rörde sig ännu närmare honom och när hon pratade snuddade hennes läppar vid hans.

"Kniven", viskade hon i kyssen. Hennes ben vilade mot hans och hennes ärr skrapade mot hans sår. "Deras egen kniv."

Ja. Markus rös, lade handen på hennes höft och drog henne intill sig. Han kved behagligt åt känslan att ha henne så nära. Det kliade i såren när han tänkte på kniven. Troligen kliade Mias sår också, för hon vred sig i hans famn. Hela hon luktade otvättat.

"Den är vår bästa chans", sa hon. "Det är nåt med den, kanske kan den skada dem."

De kysstes och höll om varandra.

"Hjälper du mig?" viskade han.

Hennes ansikte var så nära hans. Sedan såg han tvekan i hennes ögon och hon skakade på huvudet.

"Nej", sa hon och började gråta. "Du vet inte hur hemska de är när de är arga."

Markus kände ilskan bubbla upp inombords. Han ansträngde sig för att inte krama åt henne hårt utan slöt i stället ögonen och tänkte. *Häxornas kniv, det är kanske lösningen. Kanske kan jag ta den och driva den rakt in mellan deras isblå ögon.*

Han somnade så med Mia pressad mot sig.

50.

Dörren slog igen bakom Anders. Receptionisten nickade åt honom. Allt var lugnt i väntrummet. Väggarna var gräddfärgade så som de var på hela anstalten. Genom skyddsglaset såg han människorna som vankade runt i grå mjukiskläder.

Metallbågen pep när han gick igenom den. Receptionisten visade med en huvudrörelse att han kunde fortsätta in. Han rörde sig vant genom byggnaden, uppför trapporna och hittade till slut dörren till Angelikas rum. Den var öppen som alltid. Hon satt på sängen med slokande rygg och stirrade ut genom fönstret. Skulle hon klara sig utan honom? Vad var hon utan honom som kom på besök ibland?

"Jag kommer att åka bort", sa han.

Hon nickade frånvarande och såg ut genom fönstret.

"Det finns ett hus i den äldsta delen av staden", sa hon. "Det har funnits där hur länge som helst."

Anders nickade. Det var enklast om båda två höll sina egna monologer.

"Vi kommer att stanna en sista natt, jag och Mikael, sen drar vi i morgon."

Hon tittade fortfarande ut genom fönstret.

"Jag gjorde en hemsk sak för att lämna det där huset", sa Angelika. "Nåt oförlåtligt."

Anders gick fram till henne och tog försiktigt hennes hand. Den var slapp i hans. Han lyfte upp servetten ur fickan.

"Det här är Mikaels adress." Han räckte över servetten. "Huset är svårt att hitta till, men jag antar att man kan skicka brev dit." Anders visste inte ens om posten körde ut i Gamla stan. Det gick ju knappt att köra bil där. "Du kan ju försöka i alla fall", sa han. "Min vän Felicia kommer att bo där när vi åker."

Angelika fortsatte stirra ut genom fönstret.

"Det är som om man försvinner i det där huset", sa Angelika. "Ju längre man är där desto osynligare blir man."

Anders drog handen genom håret. Hörde hon någonting han sa?

"Hans adress", sa han tydligt och viftade med servetten framför hennes ögon. "Du kan skriva brev dit."

"Sen när man kommer ut tar man form igen och folk kan se en. Du och din pappa såg mig. Ni tog på mig. Det var skönt på ett sätt, även med din pappa, att bara få känna att man tar form. Att man kan ta på en annan varm kropp. Men man kan aldrig glömma knivarna eller vad man gjort för att lämna huset."

Anders höll fortfarande servetten framför henne.

"Vi kommer bara att stanna där i kväll", sa han. "Vi åker i morgon."

Hon blinkade till, tog servetten ifrån honom och läste långsamt adressen. Sedan såg hon upp på honom och log.

"Jag vet inte ens vart vi ska åka", sa Anders. "Bara att jag är med honom."

Angelika stoppade adressen i fickan på byxorna, letade runt i fickan och tog fram ett skrynkligt gammalt tidningsurklipp. Hon lekte med fingrarna på det och sträckte ut den andra handen mot hans. Den kändes kall och skör.

"Hitta din lycka Anders", sa hon.

Han kramade hennes utmärglade kropp. Hon var så liten. Det var märkligt att man kunde växa ikapp och förbi människor. Han mindes hur han krupit upp mot henne och hur hon beskyddat honom med sin arm. Han drog fingrarna genom hennes hår och drog åt sig doften av honung och vanilj.

"Jag tog flickan dit", sa hon.

Anders rynkade pannan. "Vad sa du?"

Hon kliade sig i ansiktet. Över hela hennes arm löpte ärr. Under kläderna var hennes kropp helt fylld av ärr. Anders mindes det från de gånger då hon naken lyft upp täcket och släppt in honom. Hon hade hundratals djupa ärr över hela kroppen. Angelika sträckte över den skrynkliga pappersbiten till honom. Han tog emot den. Tidningspappret kändes som att det skulle gå i bitar.

"Jag tog henne till huset", sa hon, "och sen var jag fri."

"Vem?" sa Anders och vecklade ut lappen.

Han kände genast igen ansiktet, eftersom han hade sett det så många gånger när han var liten. Lapparna hade suttit runt hela stan. En blek och tanig liten flicka stirrade tillbaka på honom.

"Mia", sa Angelika. "Hon hette Mia." Angelikas händer öppnades och stängdes rastlöst.

"Det är Markus flickvän", sa Anders och förstod inte hur han kunnat missa det förut.

"Markus, heter han så?" Angelika nästan spottade ur sig orden. "Han är borta nu eller hur?"

Anders nickade.

"De dricker hans blod", sa Angelika. "De kommer att dricka hans blod så att han till slut tynar bort och inte syns mer."

Anders stirrade på kvinnan framför sig. Hon som han krupit upp mot om natten. Hon som varit hans trygghet när fadern inte varit det. Hon darrade och läpparna var hårt spända. Hennes ögon sökte hans och han ryggade undan, för det fanns en glöd, en trots i dem som han inte sett innan.

"Vad menar du? Lämnade du Mia i ett hus? Är du anledningen till att hon försvann?"

Hon stapplade fram mot honom. Som ett monster, som en furie, med stripigt slängande hår och ärriga armar.

"Ja, det gjorde jag. De var trötta på mitt blod så jag gav

dem nytt." Hon skrek och slet sitt hår. "Det var jag. Det är mitt fel att den där pojken är där nu!" Hon körde upp ett finger mot hans ansikte. "Jag sa ju det! Det tar aldrig slut! Aldrig, aldrig slut!"

Som alltid fylldes rummet av vitklädda människor. Anders såg Frida lyfta sprutan, men den här gången tänkte han inte stanna. Det fick vara nog med galenskap. Han sprang ut ur rummet. Frida ropade efter honom, men det fanns ingenting att stanna för längre. Han sprang genom korridorerna, nedför trapporna, ut genom dörren och bort mot Gamla stan. Bort från all galenskap.

51.

Niklas stod i hallen. Han visste inte hur länge han stått så. Det molade dovt om hans vänstra arm. På torget hade skäggen och Gamla stans invånare blandats. De hade slängt stenar och två hade träffat honom. Han kunde knappt lyfta sin arm. Det värkte och pulserade om huvudet.

"Sjukvårdare!" skrek han inne i hallen.

Inget svar. På golvet framför honom låg fotot av honom i ökenuniform i en hög av krossat glas.

"Din lille skit", muttrade han och lyfte upp fotot. Ramen var skev och föll sönder. Fotot gled ur och dalade ner mot golvet. Han och hans vapenbröder låg där på parkettgolvet.

Niklas drog handen över ansiktet och kände stela

flagor av torkat blod. Han drog av sig västen med granaterna. De föll till golvet med en metallisk duns. Sedan hukade han sig ner och drog loss en av pistolerna.

I köket stod altandörren öppen och på golvet låg en låda uttömd. Han gick bort till den. Om Anders hade sprungit ut igen skulle han komma tillbaka. Niklas kunde vänta. Ett bortsprunget ungdjur kommer hem eller dör.

En hög och elektronisk signal fick honom att rycka till. Han höjde vapnet och siktade mot ljudkällan. På bordet låg en telefon med lysande display. Det var Anders telefon. På displayen stod det: Frida. Niklas besvarade samtalet.

"Ja?"

"Anders?" Det var ung kvinnas röst.

"Ja, det är jag", sa Niklas och försökte låta som sin son.

En tvekande tystnad följde, sedan talade Frida igen: "Jag skulle bara kolla att du var okej, du försvann så fort."

Niklas sa ingenting, rädd att han skulle avslöja sig om han talade. Frida var tyst ytterligare en stund, sedan sa hon: "Angelika mår bra nu. Hon är lugn. Om du vill kan du komma tillbaka och hälsa på henne."

Angelika! Niklas slängde ifrån sig telefonen som om den bränt honom. Den slog i ett av skåpen längre bort. En röst lösgjorde sig ur högtalaren, någon som ropade på Anders. Niklas trampade på den, krossade den under sina kängor. För varje gång han stampade sköt en våg av smärta genom hela hans kropp och han kved.

Angelika, den jäkla lilla häxan. Han hade skrivit in Angelika på Änglahemmet, men han hade aldrig återvänt. Hon var gammalt skräp som var bäst att göra sig av med. Vad hade hon med det här att göra? Var det hon som lockat ner Anders till bögarna i Gamla stan? Han stirrade på den sorgliga röran som hade varit Anders telefon. Änglahemmet. Med pistolen i sin hand gick han mot ytterdörren och fiskade upp västen med granaterna på vägen. Snart skulle allting vara klart. Det här var slutet på kriget. Han hoppade in i bilen, slängde pistolen och västen på sätet bredvid sig och backade ut. Han fick släppa ratten när han skulle växla. Snart befann han sig återigen på stadens gator.

"Angelika", sa han med torra läppar.

Hade Anders hälsat på henne? Utan att han visste om det? Hur mycket hann den där grabben med egentligen? Motorn vrålade när han tryckte ner gaspedalen.

Skåpbilen studsade upp på trottoarkanten och blev stående stilla utanför Änglahemmet. Niklas tog pistolen med sig och lät bilen stå på tomgång. Dörren till receptionen var olåst och han gick in. De hade byggt om sedan han var här sist. Receptionisten satt bakom ett tjockt skyddsglas i stället för bara bakom ett skrivbord. Likaså fanns det en metalldetektor, en likadan som på flygplatser. I taket såg han kameror, men det gjorde ingen skillnad. I kväll tog kriget slut.

Kvinnan bakom glaset såg upp mot honom samtidigt som han gick igenom metallbågen. Ett larm tjöt och en röd lampa blinkade. Han höll upp pistolen i luften och hon kastade sig bakom bänken. Niklas skrattade till. Förstod hon inte att hon var säker bakom skyddsglaset? Han räknade i huvudet hur mycket tid han kunde ha. Det tog högst några minuter innan polisen var här.

Han gick uppför trapporna. Varje våning avslutades i två dörrar med förstärkt glas. Han testade att dra i dem, men de var låsta. Han övervägde snabbt om han skulle gå tillbaka och hota receptionisten och försöka ta reda på vilket rum Angelika fanns i. Men det var bättre att fortsätta. Han stirrade in genom fönstret på en av dörrarna. Den tråkiga korridoren där innanför kantades av öppna dörrar, men han såg inga människor.

"Fan", väste han och fortsatte upp en våning.

Samma sak, två låsta dörrar med en korridor bakom. Han fortsatte uppåt och kände hur pulsen slog snabbare. Trappan slutade på tredje våningen och här fanns bara en dörr. Han drog prövande i handtaget. *Låst.* Han blinkade irriterat några gånger och riktade sedan sin pistol mot glaset.

Angelika satt och stirrade ut genom fönstret. Korpen hade inte återvänt. Hon gillade när den berättade om världen utanför, om huset där hon en gång varit fången och om sakerna som hände i Gamla stan.

Hon hoppade till av den höga smällen som följdes av krossat glas. Någon skrek av fasa ute i korridoren. Det var ett ovanligt ljud. De som var inlåsta här skrek ofta, men inte av rädsla. Det här var inte en patient utan någon annan som skrek.

Frida?

"Var är hon?" hördes en myndig stämma.

Angelika kände igen den. Hon hade hört den där

bestämda rösten många gånger förut. Niklas hade kommit tillbaka. Hon ställde sig upp. Kroppen var trött och matt av droger och sjukdom. Ute i korridoren hörde hon stapplande steg som närmade sig.

"Angelika!" skrek han.

Angelika såg sig omkring. Det fanns ingenstans att gömma sig. Det gick inte att krypa in under sängen. De hade satt igen utrymmet med brädor efter att hon krupit under där för att inte behöva ta sin medicin.

Han kommer att döda mig, konstaterade hon. Hon kände ingen rädsla, hennes kropp var för bedövad för det. Stegen närmade sig där utanför.

"Ring polisen!" ropade någon.

Sedan var han framme. Hon kunde se hans skugga falla över korridoren innan hon såg honom. Han stannade upp och vände ansiktet in mot rummet. Angelika drog efter andan. Det var inte Niklas som stod där. Det var någon slags demon. Hans ansikte var täckt av torkat blod. Håret stod åt alla håll i en svettig röra. Ögonen var vilda, uppspärrade och rödsprängda. I handen höll han en pistol.

"Angelika", väste han när han fick syn på henne.

Varför har han kommit tillbaka?

Hon såg sig om och försökte hitta ett sätt att fly. Fönstret gick inte att öppna. Hon backade ändå mot det, för att få så mycket utrymme som möjligt mellan sig och Niklas. Han följde efter. Hans rörelser var märkliga, ena armen hängde slappt och han stapplade fram, som något slags monster.

"Anders", sa han med en röst som var torr och raspig.

Anders? Hon hatade medicinen. Den gjorde det omöjligt att tänka klart. Hon nickade långsamt och pressade ryggen mot fönstret.

"Han var här förut", sa hon och försökte minnas vad Anders sagt. "Han är lycklig."

"Var är han?"

Han lämnade nåt till mig.

"Hos sin pojkvän."

Niklas knep ihop ögonen där han tornade upp sig över henne. Hon hade sett det förut, den där mörka blicken innan han slog henne. Han pressade handen med pistolen mot tinningen och slog. Slog sig själv, slog i väggen.

"Var är de?" vrålade han ut i rummet.

Hon sänkte huvudet och bet på tummen. Hans fingrar grep tag i hennes hår, drog hennes ansikte snabbt bakåt och slog det sedan hårt in i glasrutan.

"Vart är han på väg?"

Hon famlade, greppade hans hand. Han var så stark, fyrkantig, och hade nävar som en jätte. Hon mindes att han kunde lyfta upp henne utan problem. Han hade tyckt om att slänga runt med henne. Hon letade efter något att ta sig loss med, stack handen i fickan och då kände hon lappen hon fått av Anders. Den tunna servetten med kluddad text på. *Han lämnade sin adress till mig.*

"Jag vet vart han ska", sa hon och slog omedelbart handen för munnen.

Han ruskade till henne, höll i hennes hår och skakade henne som om hon vore en docka. Sedan slängde han henne så hon for över rummet, slog ryggen i sängen och blev sittande framför honom på golvet. Det värkte i ryggen. Hon andades hest och ansträngt. I dörren uppenbarade sig stora män i vita kläder. De tvekade när de såg Niklas. Han lyfte pistolen mot dem och de försvann lika snabbt som de dykt upp.

"Jag kan ta dig till honom", kved hon.

"Var?"

"I Gamla stan. Det är svårt att hitta, men jag vet precis vart han ska." Hon fingrade på lappen i fickan. Adressen som stod där ledde till Anders älskade. De skulle sova där i natt.

"Jag vet vart han ska", upprepade hon.

Niklas drog upp henne. Han slöt sin stora näve kring hennes överarm och fingrarna kändes som bojor.

"Aj", skrek hon samtidigt som han drog henne med sig.

I ett hörn längre bort stod flera vitklädda skötare. De tryckte sig mot väggen. Till och med de stora killarna som brukade lyfta upp henne stod stelfrusna. En av skötarna steg fram, den minsta av dem. Frida. Änglahemmets ängel.

"Du får inte ta med henne", sa Frida.

Niklas släppte Angelikas arm, men hon vågade inte springa ifrån honom. Hon skrek till när hon hörde det skarpa ljudet från pistolen. Hon sneglade upp på honom. Han hade skjutit ett skott upp i taket. Skötarna skrek och flydde in genom dörrar. Han stoppade ner pistolen i bältet och drog henne med sig. Angelikas fingrar rörde oavbrutet över lappen i fickan. *Stackars pojke, älskade lilla Anders.*

"Jag är inte din mamma", sa hon tyst.

Han drog henne nedför de många trapporna, ut genom receptionen och sedan var de ute i kvällen. Luften var kall. Det luktade starkt om Mörkån.

En grå skåpbil stod på tomgång utanför byggnaden. Niklas slet upp dörren på passagerarsidan och knuffade in henne. Hon ramlade ner på sätet och såg hur han gick runt bilen. Hon satt på något hårt och hon borstade av sätet. Små mässingfärgade cylindrar regnade ner på golvet. *Patroner.* På golvet vid hennes fötter låg ytterligare en pistol och metallklot som hon inte visste vad det var. Dörren till förarsätet öppnades och Niklas makade sig in. Han vände sitt blodiga ansikte mot henne.

"Ta mig till honom."

Hon tvekade. Hans ilska var omedelbar. Hennes huvud kastades in i sidorutan. Det kändes som om hon skulle svimma.

Kanske vore det bäst? Medicinen flöt fortfarande runt i hennes kropp. Den bedövade både hennes tankar och smärtan. Hon pillade på lappen i fickan.

"Kör", sa hon grötigt. "Till Gamla stan."

52.

Kajsa stod framför fönstret med fingertopparna hårt ingrävda i handflatan. Där utanför fanns oändliga rader av bilar på parkeringen. Hur många timmar hade hon varit här? Hon hade tappat räkningen. Tims ögon var halvöppna. De hade varit det den senaste timmen. Han svamlade ibland. Hon hade försökt prata med honom, men det gick inte.

"Sången", sa han för kanske tionde gången.

Hon hade försökt ta reda på vilken sång han menade, ville han höra någon speciell låt? Hon visste faktiskt inte vad han lyssnade på för slags musik.

"Jag hör inte sången", upprepade han.

Trots att hon inte fick hade Kajsa gått in i journalsystemet. Hon hade satt sig vid en dator och tryckt in sitt tjänstekort. Sedan hade hon sökt på sin sons personnummer och kommit direkt in i läkarnas anteckningar. Hon brydde sig inte om att det var olagligt, eller att det kunde leda till avskedning. När hon läste läkarens ord skrämdes hon av att han var lika förvirrad som hon själv. Inga droger, inga hjärnskador, ingenting som kunde förklara varför Tim inte var kontaktbar. Under sina år på sjukhuset hade hon skrivit journalanteckningar åt läkarna om nästan allt: olyckor, magont, utslagna tänder, självmord och panikångest. Hon hade aldrig hört talats om något som liknade det hennes son nu genomlevde. Hade någonting bara brustit i honom och försatt honom i det här? De djupa skärsåren kunde inte förklara tillståndet som han fastnat i. Fysiskt var Tim inte längre i någon fara. Sårskadorna var behandlade, tejpade och hopsydda. Han förlorade inte längre blod. Men fastän ögonen var öppna och han pratade så verkade han vara i en annan värld.

Hon vände sig mot sängen där han låg. Någon hade slagit honom med nävar eller något trubbigt föremål i ansiktet. En svart vrede tändes inom henne när hon tänkte på det. Hon ville göra samma sak med den som gjort så med hennes son.

Sen, tänkte hon, *först ska han bli bra.*

Benjamin satt bredvid sin son på sängkanten. Han såg trött och ovårdad ut på ett sätt som han aldrig annars gjorde. Kajsas och Benjamins blickar möttes men de sa ingenting, vilade bara ögonen på varandra. Benjamin smekte Tims kind, över en blågrön svullnad. En rörelse utanför fönstret fick Kajsa att rycka till och vända sig om.

En stor svart fågel med kraftig näbb satt på andra sidan glaset. Kajsa stirrade förvånat på den. Var det en korp? Det fanns många korpar, kråkor och kajor i staden. Kommunen hade satt upp elektroniska fågelskrämmor som ropade otäckt varannan timme och när det inte räckte hyrde man in skyddsjägare. Tystlåtna gamla män som satt på parkbänkar med salongsgevär och rader av döda fåglar framför sig.

Hon hade aldrig sett en korp på så här nära håll förut. Försiktigt böjde hon sig närmare. Ögonen stirrade tillbaka på henne. I fönstret reflekterades rummet bakom henne. Hon såg Benjamin som satt vid sängen och hon såg Tim som satte sig upp.

Han satte sig upp!

Samtidigt som hon vände sig mot sängen lyfte den svarta fågeln och försvann ut i mörkret. Kajsa och Benjamin stirrade på sin son. Ögonen var öppna och han såg sig omkring.

"Hon ger sig av", sa Tim.

Kajsa sprang fram och slog armarna om honom. Benjamin kramade honom från motsatt sida.

"Tim är du vaken?" ropade hon och hörde det närmast hysteriska i rösten.

Han slog ut med armarna som för att göra sig fri från dem, men han var svag och klumpig. Hon höll om honom när han försökte resa sig. Ett minne kom till henne. När Tim var sju eller åtta år gammal hade han haft så hög feber att han yrat. Hon hade fått vaka över honom hela natten eftersom han fått för sig att han skulle gå och handla. Flera gånger hade hon fått fånga upp honom och bära hans febervarma kropp tillbaka till sängen.

"Hör ni inte", sa han. "De ger sig av!"

Milt men bestämt pressade Kajsa och Benjamin tillbaka Tim ner i sängen. Han protesterade men orkade inte göra sig fri.

"Vad är det med honom?" sa Kajsa rätt ut i rummet.

Benjamin lade sin hand på hennes axel. "Han kommer att bli bra. Jag lovar, han kommer att bli bra."

Tims ögon var dimmiga, som om han inte såg dem.

"Hör ni inte", kved han. "Sången försvinner. Hon ger sig av!"

Kajsa vände sig om för att ropa ut i korridoren och få hit någon läkare. Sedan kom hon ihåg knappen hon kunde trycka på vid sidan av sängen, den som larmade ut till sköterskorna. Hon sträckte sig efter den samtidigt som Tim blev alldeles slapp. Han slutade göra motstånd och andades ut en kraftig suck. Huvudet föll ner på kudden och han blinkade några gånger. Ögonen letade sig runt i rummet, inte dimmiga som alldeles nyss, utan förvirrade och nyvakna.

"Vad hände?" sa Kajsa.

Tim stirrade på henne utan att svara. Hon lade handen över hans bröst och kände hjärtat som slog där inne, ungt, starkt och levande. Bröstkorgen reste och sänkte sig i jämn rytm.

"Jag vet inte." Benjamin lade handen över hennes. "Men han verkar lugn, det verkar bra."

53.

Korpen flyger från sjukhuset. Staden är fylld av bilar, människor och ljus. Många saker är i rörelse i natt. Ut från staden flyger korpen, ut över fälten. Den spanar ner över åkrarna. På fältet nedanför fågeln vandrar en naken kvinna. Korpen vilar i luften med vingarna sträckta. Kvinnan där nere är inte ensam. Några flickor går vid hennes sida, lika nakna som hon själv. En av flickorna är så mörk att korpen först inte ser henne, hon smälter in i natten. Flickorna kivas och retas. Ibland faller de ner i det frostblöta gräset fräsande och klösande, för att sedan förväntansfullt se upp mot träden längre bort.

Stadsrån, de har inte vuxit upp i skogen så som deras mor troligen gjort.

De är på väg mot skogen. Fågeln har sett det förut. För länge sedan fanns det vägar här, stigar som trampats av fötter i hundratals år. Skogens folk, nattens folk, de döda, de levande, människorna – alla samlades där stigarna möttes och delades. För länge sedan hölls det marknader här. Människorna sålde varor och slavar från fjärran länder. Trollfolket bytte människobarn mot guld och märkliga instrument. Dvärgar kom med vagnar lastade med guld och juveler från jordens inre. Vättar gick runt med korgar och erbjöd sina frukter.

Korpen flyger närmare. Kvinnan sjunger och korpen minns sångerna som brukade höras från skogen. Från under rot och sten, från källor och gölar, inifrån de knotiga gamla träden hördes skogsfolkets sånger. Det var länge sedan. När skogen var annorlunda. När människor bara hade yxor och sågar och satt runt lägereldar. När de skyggade för sångerna och varelserna som skymtade mellan träden.

Träden står höga och ståtliga mot natthimlen. Kvinnan leder sina barn. Det jättelika håret hänger över kvinnans rygg, ner till vaderna. Ibland höjer hon en hand och lägger den mot sin mage. Korpen landar bredvid dem och skuttar framåt för att hålla jämna steg. Flickornas hår är långt och burrigt, men ännu inte lika långt som moderns. Ibland skymtar märket fram på deras ryggar. Det är endast en tunn springa, en fin liten sårkant. Det ska växa och spricka isär när de blir vuxna, när deras bröst och höfter tar form. Det kommer att göra ont, så som det ska göra ont att bli vuxen. Ett sår som sedan aldrig riktigt läker.

Kvinnan höjer rösten och sjunger klart och tydligt.

Flickorna försöker härma henne, men de verkar inte kunna orden utan nynnar mest med.

Och sedan svarar skogen. Från under rot och sten, från göl och källa stiger flera röster. Korpen stannar upp och höjer förvånat huvudet. Skogen har svarat. Det var länge sedan något sådant hände. Kvinnan ler stort och hennes barn står med stora ögon och stirrar in bland träden. Utan att sluta sjunga motar kvinnan dem framåt. Flickorna går ner på alla fyra och skuttar framåt med håret som svansar längs deras ryggar. De försöker sjunga med. Högre och högre blir sången. I skogsbrynet skymtar gestalter. Korpen lyfter mot natthimlen. Kvinnan och hennes barn blir alltmer avlägsna. De är nästan framme vid skogsbrynet, vid det som väntar där. Korpen hör sången ända hit upp.

En efter en försvinner flickorna in i skogen. Nakna fötter raskar över barr, kvistar och mossa. Sist står modern kvar, korpen ser hennes nakna kropp, nästan skimrande vit i natten. Hon står avvaktande och tittar mot staden längre bort, mot billjusen och gatlyktorna.

Månen lyser på henne.

En skimrande vit gestalt.

Och sedan borta.

54.

Markus och Mia låg i sängen. Länge hade de legat och viskat med ansiktena nära varandra.

"Jag tror inte det går", sa Mia och rullade över på rygg. "Jag tror inte det går att döda dem."

Markus låg kvar och betraktade hennes profil, det smutsiga ansiktet med den skarpa hakan.

"Varför inte?" Hon rynkade pannan.

"Därför", sa hon dröjande. "Du har rört det gamla svärdet, eller hur?"

Han nickade och mindes bilderna från båten och slavarna som vikingarna överlämnade till de tre gamla häxorna.

"Om det som svärdet visar är sant, så har kvinnorna

bott här i tusen år, kanske längre. Varför skulle vi kunna döda dem? Vi är deras fångar."

"Men kniven", viskade han och samtidigt som han sa ordet kliade det i hans sår. "Deras egen kniv."

Hon vände sig mot honom. "Jag vill härifrån, Markus. Jag *måste* härifrån."

"Vill du lämna mig här?"

Med en suck vände hon sig. Hon knöt näven och slog den flera gånger hårt i sängen.

"Nej, det vill jag inte."

Han kröp upp så hans ansikte var över hennes. Hon såg arg och ledsen ut på samma gång, tårar trängdes i ansiktet på henne. Han böjde sig fram och kysste henne. Hon besvarade kyssen.

"Du blev lämnad här. Då hade du inget val", sa Markus. "Men nu har du det."

Hon svarade inte.

"Vem kommer du att vara utanför det här huset om du lämnar mig här? Kan du leva i flera år i vetskap om att jag är fångad här inne?"

"Jag vet inte om jag vågar", viskade Mia med tårar rinnande nedför kinderna. "Jag vet inte om jag vågar möta dem."

Markus satte sig upp. Han kände sig frusen och hade ont i halsen. Allting var fuktigt och rått här.

"Vi gillrar en fälla", sa han.

Hon skakade på huvudet.

Har hon försökt fly eller döda dem förut? Och misslyckats?

Han frågade inte, rädd för svaret. Tänk om hon visste

att det inte skulle gå. Det enda han kunde tänka på var att komma härifrån, bort från det här förbannade huset.

"Förra gången vi var nere i källaren", sa han. "Vi störde dem på nåt sätt eller hur? Skulle vi kunna väcka dem så de kommer och vill dricka?"

"Jag vet inte."

Markus ställde sig upp bredvid sängen. Han började bli rastlös.

"Du har varit här i sju år, nåt måste du veta om dem."

Hon satte sig upp. Över hela hennes kropp löpte ärr, hundratals blekta ränder över hennes hud.

"Det här är det jag vet!" Hon rev med naglarna över huden. "Det här är det de gör."

Han hoppade ner i sängen igen och höll båda armarna om henne. Mia skakade i hans armar. Hon var så liten, ett barn som vuxit upp helt ensam.

"Jag vill inte", hulkade hon. "Jag vill inte vara här."

"Inte jag heller, men vi kan avsluta det, jag är säker på det."

Från nedervåningen hördes ett knäppande, knakande ljud som från en gammal planka. Markus stelnade och kände hur Mia gjorde samma sak i hans armar. Hennes naglar grävde sig in i huden på hans underarm.

Är de redan här? Tänk om de hört oss.

De satt helt stilla i sängen och lyssnade. Blodet pulserade förbi Markus tinningar och det susade i öronen. Inget mer hördes. Han släppte Mia och gick försiktigt fram till dörren. Långsamt sköt han upp den. Hallen där nere var tom, inga monster, inga häxor, bara de stängda dörrarna.

Han pustade ut och återvände.

"Vi går ner och stör dem", viskade han. "Du tar kniven och jag springer upp och lägger mig här och när de kommer så attackerar du dem bakifrån. Jag kan lägga vikingasvärdet i sängen här, dolt under täcket." "Och om det inte går?"

Då dör vi, hackade till småbitar under deras isblå ögon.

"Jag försökte fly en gång." Mia tittade ut genom fönstret där den eviga natten rådde. "Jag öppnade dörren som leder ut till det mörka vattnet. Vet du vilken jag menar?"

Han nickade.

"Det är ett hav där bakom", sa hon. "Hur är det ens möjligt? Jag gick ut där, på de svarta klipporna, men det fanns ingenstans att ta vägen, bara vatten. Det fanns nåt annat där ute också, nån slags varelser. Det var så mörkt att det inte gick att se, men jag hörde jättelika fenor eller kroppar som slog i vattnet. Som närmade sig. De ropade efter mig med utdragna dova rop. Men det var inte det läskigaste. Det var som om det fanns ord i de där ropen."

Markus lyssnade utan att säga något.

"Vad är det här för plats Markus? Hur kan den ens finnas? Var är vi och var är resten av världen?"

"Jag vet inte, men vi måste ta oss härifrån, båda två."

Hon lutade sig framåt och drog bort tårarna med handflatorna.

"Nej, Markus."

En blandning av vansinne och panik lekte runt i honom. Utmattning, blodförlust och hunger hotade att knäcka honom. Han ville ta tag i Mia, skaka henne och skrika åt henne. I stället knöt han nävarna och blåste ut luft mellan läpparna.

"Vadå nej?"

"Jag gör det inte", sa hon med beslutsamhet i rösten. "Jag ger mig av i kväll. Jag har gjort min plikt här. Det är så det fungerar Markus."

Han reste sig upp och ställde sig bredvid sängen. Han svajade, så där som det kändes när man reste sig för fort.

"Vadå fungerar? Det finns inga regler här. Vi är offer båda två. De utnyttjar oss!"

Hon kröp ur sängen på andra sidan och började rota efter sina kläder. Tårar rann längs med hennes kinder när hon drog på sig tröjan. Markus visste inte vad han skulle göra. Vad skulle hända när hon gav sig av? Han skulle vara här själv. Varför kunde hon inte förstå att de hade en större chans när de var två? Snabbt gick han runt sängen och det kändes som om han skulle svimma av utmattning. Det var knappt benen bar honom. Han lade armarna om Mia och drog henne intill sig. Hon sköt honom ifrån sig och mötte hans blick.

"Jag ger mig av Markus. Du måste hitta ditt eget sätt att klara dig här."

Markus tryckte sig bort från henne. Han tog i mer än han tänkt sig och hon stapplade bakåt och satte sig på sängen. Hon tittade anklagande på honom medan han drog på sig jeansen och tröjan, gick ut och slog igen dörren bakom sig. Omvärlden tycktes flyta ut omkring honom. Han var tvungen att äta, men det fanns ju inget. Frustrerat knöt han näven och slog den i dörren. Det högg till i huvudet av den hastiga rörelsen. Han tänkte på allting som var fel med världen. De starka som utnyttjade de svaga. De svaga som inte förstod att de blev mäktigare av att enas. Bilder av kycklingar hängande på rad, som ryckte när de fick elchocker och sedan deras strupar som skars av. En efter en, tusentals på löpande band. De gamla kvinnorna som drog kniven över hans lår, sörplandet när de drack hans blod.

"Aldrig mer", viskade han.

Han stapplade nedför trappstegen. Varje steg skickade en smärtsam puls genom huvudet. Han stödde sig mot väggen och sökte med blicken över dörrarna. Det var svårt att veta vilken som var rätt. Han drog upp en av dem och såg åter skattkammaren. Det måste vara hundratals människor som varit i huset, som blivit skurna och fått sitt blod drucket.

"I natt kommer alla i det här rummet att få hämnd", sa Markus och gick in.

Han såg svärdet men letade runt efter något annat. Ett knarrande ljud hördes. Kanske kom det från källartrappan. Stod de gamla kvinnorna där och väntade på honom? Skulle de dyka upp så fort han öppnade dörren? Han skakade snabbt bort tanken. På en stapel av böcker och tidningar låg en klumpig pistol. Som en musköt, fast en pistol. Han slöt handen kring den och omedelbart var han på ett slagfält. Rök, stickande lukt och sedan exploderade natten när kanonerna bredvid honom avfyrades. Människor skrek och längre bort såg han hur kavalleri och infanteri kom rusande mot honom med spjut, pikar och musköter. Han släppte snabbt pistolen och var åter tillbaka i rummet.

"Herregud", muttrade han.

Det fick bli svärdet ändå. Han petade med pekfingret på hjaltet. Så fort huden rörde svärdet stänkte saltvatten i ansiktet och munnen på honom. Vågor skummade och kastades över relingen på skeppet. Han drog bort fingret och befann sig återigen i rummet. Hur skulle han kunna ta svärdet utan att störas av minnena?

Han tog av sig en av sina strumpor och drog den över sin högerhand som en vante. Med det fuktiga tyget mellan huden och vapnet grep han återigen om svärdshjaltet. Den här gången kom ingen minnesbild till honom. *Det fungerar!*

Han lyfte svärdet. Det var tungt. Tyngden kanske skulle hjälpa honom att slå ner det över de gamla häxorna. Han visste inte hur snabba eller starka de var. Skulle de ens skadas om han slog dem med svärdet? Han gick igenom alla skräckfilmer han sett och böcker han läst. Det fanns alltid regler för hur man dödade monster: med pålar, med silver, med eld eller halshuggning. Han kunde bara chansa. Ett tusenårigt svärd kanske kunde hugga huvudet av häxorna.

Han gick ut i hallen igen. Återigen blev han osäker på vilken dörr som var rätt. Samtidigt som han sträckte fram handen mot en av dem såg han hur vattendroppar pärlade på utsidan av den. Han drog tillbaka handen, skulle det oändliga svarta havet finnas där bakom? Han tog en annan dörr och öppnade den innan tvekan hindrade honom. Bakom dörren fanns den gamla trappan ner till källaren.

"Markus", viskade Mia skarpt uppe från trappan. "Vad gör du?"

Han vände sig mot henne. Huvudet svajade och svärdet hängde tungt i hans hand.

"Det här tar slut i natt", sa han och gick ner på första trappsteget.

"Nej", sa hon.

"Stoppa mig då." Han gick nedför trappan.

Svärdet var tungt och klumpigt i hans hand. Han började tvivla på att han kunde använda det effektivt. Källaren var mörk men längre fram såg han glöden från kristallkulan och kniven som låg bredvid. Försiktigt gick han framåt, steg för steg. Markus spanade ut i mörkret, det gick inte att se någonting. Luften var tung av fukt och nästan kvävande. Fötterna sjönk ner i den mjuka leran.

"Markus, sluta", sa Mia bakom honom.

Han svarade inte där han stod framför bordet. Han hade ingen plan. En kort stund tänkte han ge sig ut i de mörka gångarna som ledde ut från källaren. Men det skulle vara beckmörkt och i mörkret lurade häxorna. Ett svagt ljussken glödde i kristallkulan, nästan som ett stearinljus.

"Kom", sa Mia och drog i hans svärdsarm.

"Nej", sa han. "Det här har pågått för länge." Han sträckte fram vänsterhanden mot kniven. Försiktigt rörde hans fingertoppar vid metallen och genast befann han sig någon annanstans.

Han stod i en grotta med naturliga klippväggar. Det doftade fränt som från smält metall eller kemikalier. Gröna och silverfärgade gasmoln svävade i luften. Det stack i ögon och näsa när de gled förbi honom. Små varelser skuttade omkring i grottan. De hade långa spetsiga näsor och öron. Fina smycken av guld och silver glimmade på deras pannor och kring deras halsar. Varelserna höll i hammare och blåsbälgar. De hamrade och slog på städ så det yrde gnistor.

"Asablod", morrade en av dem och hällde tjockflytande, svart vätska i en form.

De andra samlades runt formen. En spottade i den. En hällde ner ett gnistrande pulver. En annan lade till någon sorts blad. Ytterligare en krossade ett litet kranium och lade i de små gulvita delarna som om han kryddade mat.

Sist av allt hällde de flytande röd metall över alltsammans. Markus såg hur ingredienserna löstes upp i den glödgade metallen och smälte in i den. Han såg sig omkring i grottan. Det var någon form av smedja. Flera repstegar löpte upp längs väggarna. Inget naturligt ljus fanns någonstans. Var han under jorden eller inuti ett berg? Han vände sig om och då såg han dem: tre unga och ljushåriga kvinnor i enkla grå klänningar. De var yngre, men han skulle känna igen deras ögon var som helst. De stirrade rakt mot honom.

"Det är vår kniv", sa de med en röst.

Markus drog snabbt bort handen från kniven och stirrade på Mia som stod bredvid honom i källaren till huset.

"De är äldre än tusen år", viskade han.

Ute i gångarna hördes ett förvånat ljud, ett kort rop, som om någon vaknat hastigt ur sin sömn. Det följdes av grymtande och muttrande, och sedan något som långsamt rörde sig närmare.

"Vad har du gjort?" viskade Mia.

Ute i de slingrande gångarna närmade sig häxorna. De viskade uppspelt och ljuden studsade mellan stenväggarna och in i källaren.

"Du har dödat oss", sa Mia.

"Kom igen", sa Markus. "Det här är din strid också." Mia stirrade på honom med trötta, irriterade ögon.

"Jag var så nära", sa hon och skakade på huvudet.

Mia kavlade ner den långa tröjärmen över handen och tog kniven från bordet. Om någon syn eller vision kom till henne så visade hon det inte på något sätt. Ute i källarens mörker hörde Markus en viskning. Det kunde egentligen ha varit vad som helst som sades, men han var ganska säker på att det var "vår".

"Vad ska vi göra?" sa Mia.

"Kämpa", sa Markus och lyfte svärdet. "Göra motstånd."

Hjärtat slog snabbt i bröstet på honom. Mia verkade ana hans rädsla. Hon tog ett snabbt steg bakåt, halkade i leran och föll på ändan. Hon höll kniven bort från kroppen för att inte spetsas på den.

Någonstans från mörkret hördes klafsande fotsteg i leran. Häxorna närmade sig, långsamt och hasande. Mia ställde sig klumpigt upp. Hennes fötter gled på leran innan hon hittade balansen.

"Vi måste upp", sa hon. "Vi kan inte slåss mot dem i mörkret."

Markus såg sig omkring. Ingenting syntes förutom kulans dova glöd, men han hörde tunga andetag från gamla kroppar som närmade sig. Hans blick stannade på kulan. Glöden i den blev starkare. Ett dovt ljud, som från ett hjärtslag, kom från den.

Vad är det där för nåt?

Det var som om omvärlden försvann. Som om fotstegen som närmade sig inte var så viktiga. I kulan blev ljuset allt starkare. Rök steg inuti den. Bilder av staden passerade förbi. Markus tog ett steg emot den. Någonstans långt bak i medvetandet hörde han fotstegen som närmade sig. *Röster.*

"Markus!" skrek Mia.

Han slet sig loss från bilderna inne i kulan. Tre lysande ögonpar mötte honom i mörkret längre bort. En iskall kyla grep honom när han såg dem. De kom långsamt, hasade fram. Deras kroppar var inte mer än konturer i mörkret, men deras ögon lyste klart och tydligt.

Markus ville skrika, utmana dem och vråla att de valt fel byte. Men han fick inte fram ett ljud. Benen skakade. En av dem fixerade honom med blicken. Hennes ansikte blev tydligare. Det var den yngsta, den som kört kniven i vikingens hals. Bakom henne skymtade hennes systers feta och uppsvullna ansikte.

Den yngsta blottade tänderna i ett leende och öppnade sedan munnen. Ljudet som lämnade hennes strupe gick knappt att beskriva. Var det ett skratt? Ett skrik? Ett ljud som funnits innan människorna? Som ett spjut träffade skriket Markus och han föll på knä på samma sätt som vikingen gjort. Fingrarna öppnades och svärdet föll ur hans grepp ner i leran.

Häxorna närmade sig.

"Jag var så nära!" skrek Mia och kastade kniven mot dem.

Markus såg hur den roterade genom luften. Ett skrik av förvåning eller smärta lämnade häxans mun när kniven satte sig in i bröstet på henne. Handtaget darrade i luften.

"Kom din idiot." Mia slet upp Markus på fötter och drog honom mot trappan.

De snubblade och halkade. Markus vände sig inte om, rädd att möta deras blå ögon och bli fastfrusen. Han föll och smärta sköt upp i knät när det slog emot trappsteget.

"Du kommer inte att kunna lämna huset", ropade Mia när hon sprang uppför trappan. "Du kommer att bli kvar här med dem."

"Lämna mig inte." Markus klättrade uppför trappan bakom henne.

Mia hade stannat längst upp i trappan. Hon stod som fastfrusen och stirrade ut i hallen.

Spring då, tänkte Markus.

Han kom upp till toppen av trappan och sprang in i Mia bakifrån så hon ramlade framåt på golvet. Då såg han varför hon stannat. Han stirrade förvånat.

Sedan kom ett högt, skarpt ljud, som när man slår ihop en bok hårt och snabbt. Mia skrek. Markus skrek. Och bakom dem från den mörka källaren skrek de tre häxorna när de närmade sig.

55.

Den grå skåpbilen som var fylld med vapen morrade fram på låg växel genom Gamla stans gränder. Angelika försökte koncentrera sig. Niklas satt bredvid henne, muttrade och svor. När som helst kunde en gata sluta i en återvändsgränd. Hela tiden fick de backa. Nu var de tillbaka på en gata som de redan åkt men som lett dem till tre olika ställen.

”Kör långsamt”, sa Angelika.

Hon läste på gatuskyltar, tänkte, snurrade på servetten i fickan och försökte minnas den rätta vägen.

”Det blev fel, backa.”

För varje gång hon sa det ökade spänningen i bilen. Niklas var som en tryckkokare. Vilken sekund som helst skulle hans knytnäve komma flygande och skicka henne direkt in i rutan. Då skulle han släppa ratten och bilen skulle skrapa mot sidorna av husen.

"Försöker du dra ut på tiden?" sa han.

"Nej, det är svårt att hitta här."

Han grymtade. Angelika kände hur den lugnande medicinen långsamt började gå ur kroppen. Tankar blandades i hennes huvud. Hon älskade den här stunden när medicinen precis gick ur, när hon var i mellanvärlden, när hon fortfarande var lugn nog att inte höra demonerna i huvudet men ändå var klar nog att minnas vem hon var. Sedan tvekade hon, vad höll hon på att göra? Niklas satt bredvid henne, läpparna var sammanbitna i hans fyrkantiga ansikte. Pistolen låg i knät medan han körde. Hon hade hört talas om det här, fäder som dödade sina barn.

Hon såg sig omkring. Bilen vibrerade fram över kullerstenen. Husväggarna kröp längs med sidorna av bilen. Om de stannade här skulle de inte kunna öppna dörrarna. En krypande, klaustrofobisk känsla grep henne. Tänk om hon blev fångad i bilen tillsammans med Niklas.

"Vad sa han till dig?" sa Niklas.

"Vem?"

"Anders så klart."

Angelika fingrade på servetten i fickan. På den stod det var Anders fanns, i alla fall i en natt till.

"Han skulle hem till sin kärlek, och sen skulle han ge sig av."

Niklas bet ihop käken med ett högt smällande ljud, som ett rovdjur.

"Ta mig dit nu!" ropade han. "Nu!"

"Jag försöker", sa Angelika så lugnt hon kunde.

Hon hade varit en av Gamla stans invånare. I flera år hade hon bott här. Ändå kunde hon aldrig hitta här. Gatorna gjorde som de ville. Det kvittade om man hade en adress. Gamla stan tog en dit den ville.

De kom ut från den trånga gränden. Hon andades ut. Det kändes bättre att inte ha husen så nära inpå bilen. Längre fram såg hon hur Mörkån passerade förbi. Och med ens så kände hon igen sig.

"Här är det", sa hon.

Niklas stannade med en häftig inbromsning mitt på gatan. Hon slog upp båda händerna och tog klumpigt emot sig mot handskfacket. Bilen stod tvärs över gatan. Men inga andra bilar syntes till och Niklas verkade knappt medveten om omvärlden.

"Är du säker?" sa han.

Hon slöt ögonen och försökte minnas vad det stod på lappen i fickan. Skulle hon verkligen göra det här? Sedan nickade hon.

"Det är här."

"Du följer med", sa han och gick ur bilen.

När hon öppnade dörren slog Mörkåns doft emot henne.

Hemma. Känslor gled segt runt i hennes avdomnade kropp. Det var så länge sedan hon var här. Här på riktigt, bland gränderna och inte bara på torget där Anders brukade hitta henne.

"Där borta", sa hon och pekade.

Niklas följde hennes finger med blicken.

"Vad sunkigt allting är här", sa han. "Gå du först."

Han hade pistolen i handen och tecknade åt henne att gå. Hon gjorde som han ville. Runt omkring henne fanns de mörka husen och statyerna som var typiska för Gamla stan. På tak och räcken satt mörka fåglar, de var nästan osynliga i natten. Hon gick med Niklas bakom sig. Snart skulle de vara framme.

Anders låg naken i sängen och höll om Mikael. Anders hade inga tårar kvar där han låg mot Mikaels bröst.

"I morgon är vi långt härifrån", sa Mikael och tryckte Anders hårdare intill sig.

Från trapphuset hördes ljud: en dörr som öppnades och steg som rörde sig upp längs trappan. Det var inget ovanligt, folk kom och gick här hela tiden. Men Anders var orolig. Han ville vara långt härifrån nu. Varför hade de inte åkt direkt? Bara dragit? Längre bort låg ryggsäcken, fullastad med kläder och pass och på Mikaels konto fanns pappas pengar. Hade pappa märkt att de var borta? Kunde han ta tillbaka dem på något sätt? De borde ha åkt direkt, bara lämnat staden.

"Sch", sa Mikael. "Det är ingen fara."

Fotstegen fortsatte. Kom närmare. Anders reste sig upp. Han stod naken i rummet. Det var kallt och huden knottrade sig. Han kände på sig att de hade gått i en fälla.

"Kom och lägg dig." Mikael sträckte ut armarna mot honom.

Det bultade på dörren. Mikael for upp ur sängen. Anders hjärta rusade och det kändes som han skulle kissa på sig. Han såg sig omkring och famlade efter sin ryggsäck. Det knackade igen. Myndigt. Dörren fick inte låsas. Personen som stod där ute behövde bara sträcka ut handen och trycka ner dörrhandtaget.

"Nej", kved Anders.

Mikael började leta efter sina kläder. Han stapplade runt i rummet med kalsongerna i ena handen. Sedan stelnade Anders.

Om det här är slutet så är det.

"Nej", sa han igen, men den här gången fanns ingen rädsla i hans röst. Bestämt lade han handen över Mikaels handled. Anders kysste honom, tog kalsongerna från hans hand och slängde iväg dem över rummet.

"Om han vill göra det här", sa Anders. "Då ska han få se oss som vi är."

Mikael tvekade men nickade sedan. Anders tog hans hand och sedan vandrade de fram till dörren. De stod framför den, nakna och huttrande. Mikael klämde Anders hand.

"Jag älskar dig", sa han.

"Och jag dig", svarade Anders.

Samtidigt som det bultade för sista gången, en uppretad ihärdig bultning, så sträckte Anders fram handen och öppnade dörren. Den gled upp. Anders andades häftigt i en vansinnig blandning av rädsla, eufori och galenskap. Han stirrade på personen som stod där.

Det var Felicia. Hon stod där med en cigarett i munnen, en systemkasse på armen och en matkasse i andra handen. Hon stirrade på dem med uppspärrade ögon och munnen formad till ett stort förvånat "O". Hennes blick gled ner till deras kalla och skrämda penisar och sedan tillbaka upp till deras ansikten igen. Cigaretten föll ur hennes mun och rullade iväg över golvet. Hon tittade på dem där de stod hand i hand, nakna och lättade.

Sedan började hon skratta.

Anders skrattade nästan vansinnigt. Han satte sig på det kalla golvet och skrattade.

"Ni vet då verkligen hur ni ska överraska en tjej", sa Felicia och stängde dörren bakom sig.

56.

Angelika stod med handen på grinden. Huset fanns rakt framför henne. Det var verkligen där, precis som det varit i hennes mardrömmar. Mörkrött gammalt tegel, sönderslagna fönster och blekta gardiner. En ensam handgräsklippare rostade bort där den stod fastkörd med långt gräs tvinnat i dess trubbiga blad.

"Är du säker på att det är här?" sa Niklas.

"Helt säker." Hon öppnade grinden.

Niklas tvekade bakom henne. Hon vände sig om och såg att hans ögon sökte över trädgården.

"Vart tog alla andra hus vägen?" sa han sluddrigt.

Hon såg sig omkring. Det var som om världen bleknat och mörknat. Allt som hördes var Mörkåns porlande, inga bilar, inga skratt, ingenting förutom vattnets ljud. De andra husen som varit där alldeles nyss var borta, skåpbilen också.

"Det är ingen fara." Hon gick in på gräsmattan.

"Så klart det inte är." Niklas höll pistolen framför sig. Han snubblade till när fötterna fastnade i det höga gräset. Det var fuktigt och hans byxben färgades mörka. Han sparkade sig fri och svor.

"Jag trodde bögar var prydliga", sa han och riktade pistolen upp mot dörren.

Angelika gick bredvid honom och sneglade hela tiden för att se att han fortsatte framåt. Hon hade gjort samma sak för några år sedan, tagit den lilla flickan och lett henne fram till dörren. Trappan var sliten och nött. Trappstegen såg ut som om de skulle brytas av när som helst. Försiktigt prövade hon sin tyngd mot det första steget. Det kved och sviktade.

"Vänta", sa Niklas. Hans ögonlock hängde som om han höll på att somna.

"Vi kan prata sen." Hon tog ytterligare ett gnällande steg och stod nu framför dörren, men han stod fortfarande kvar där nere. Platsen var oförändrad, precis som den varit i alla år som hon varit fången här. En gungstol rörde sig långsamt bredvid henne som om det satt en osynlig mormor i den. Angelika sträckte fram handen och öppnade dörren. En stor korridorliknande hall avslöjade sig, upplyst endast av stearinljus. Det luktade fukt och mögel.

Han måste gå upp hit!

"Kommer du?" sa hon.

Niklas såg sig omkring men verkade inte kunna ta in omgivningen.

"Vad är det här för plats?" sa han och stirrade förbi henne.

Hon vände sig om och såg in i rummet. Hallen var avlång med fyra dörrar och en trappa upp till övervåningen, precis som hon lämnat den.

"Det är vårt hem", sa hon. "Kommer du?"

Han tog ett klumpigt steg framåt, halkade nästan på det fuktiga trappsteget och tog sedan ett till.

"Var är Anders?"

Ja, ett steg till.

"Han väntar på oss där inne."

Äntligen stod han bredvid henne. Han svajade som om han var full och stirrade in i huset.

"Det är bäst om du går in själv. Kan du det?" sa Angelika.

Han knep irriterat ihop pannan och spände käken. Tveksamheten hos honom verkade som bortblåst.

"Så klart jag kan", snäste han åt henne.

Han tog ett steg in och hon andades ut. Hon gick in bakom honom. En märklig blandning av rädsla och beslutsamhet lekte runt inom henne. Det var märkligt att vara tillbaka på platsen som hon en gång gjort allt för att fly ifrån. Mörkåns doft låg tung och nästan kvävande. Angelika mindes när hon själv blev hitlurad, hur det var som om doften lade sig som en tjock, sövande filt över sinnena. Hon vände sig mot Niklas som stirrade tomt och tyst framför sig. Hon sträckte handen mot hans pistol.

"Får jag ta den här?"

Han stirrade på henne som om han inte visste vem hon var. Utan att säga något räckte han långsamt fram pistolen mot henne. Angelika tog den ifrån honom och suckade åt dess betryggande tyngd. Men hon hade aldrig skjutit förut. Var den ens osäkrad? Hon hade hellre velat ha en kniv. Det hade känts mer rätt. Hon riktade pistolen mot Niklas lår. Han tittade dumt mot henne som om han inte förstod vad hon höll på att göra.

Snabba steg hördes längre in i rummet, som om någon sprang uppför en trappa. En av dörrarna slogs upp och en flicka stod där. Angelika kände omedelbart igen henne. Hon var äldre än hon varit när Angelika lämnat henne. *Har det gått så lång tid? Sju år.* Sekunden senare knuffades flickan ner på golvet av en lång och gänglig tonårspojke. *Markus? Visst sa Anders att han heter Markus?* Och bakom dem från källaren hörde Angelika ilskna skrik. Iskylan grep henne. Hon kände igen de där ljuden från alla gånger hon legat och väntat på att häxorna skulle komma och dricka hennes blod. Om hon inte gjorde det här omedelbart skulle hon inte våga. Hon siktade på Niklas ben och avfyrade pistolen.

Knallen var skarp i den kompakta tystnaden. Niklas föll till golvet med båda händerna för såret. Han skrek rätt ut. Klarrött blod pumpade mellan hans fingrar och ut på golvet. *Artärblod. Bra.* Mia och Markus skrek där de låg på golvet. Nere från källaren hördes ett högt, gällt skrik. Angelika blundade och huttrade. Hon kände igen kvinnornas skrik. De lät så när de var arga.

Mia stirrade förvånat på Angelika. Sedan kände hon

igen henne. Angelika kunde se det i Mias blick.

"Du", sa hon.

Angelika kände hur ångesten kom krypande. Hur den började i bröstet och snart skulle ge henne ett anfall. Hon skulle falla ner på golvet och bara skaka. *Nej!* Hon höjde handen med handflatan utåt som en polis som stoppar en bil.

"Jag kommer för att betala", sa Angelika snabbt, rädd att hon skulle hinna ångra sig.

Mia stirrade på henne med mörk blick och reste sig. Den långe pojken stod bredvid henne. Angelika kunde se att de redan hade druckit från honom. Hans ögon hade det där tomma och sorgsna över sig. Hon vände blicken tillbaka till Mia. Flickan hade bara varit ett barn när Angelika lurat henne hit. Hur hade hon kunnat lämna henne?

"Du lämnade mig här", sa Mia som om hon läst hennes tankar.

"Och nu är jag tillbaka", sa Angelika. Det lät mycket glättigare än hon menat.

Niklas låg på golvet och höll sig för såret. Blod pumpade ut över plankorna som girigt sög åt sig. Angelikas händer darrade och skakade. Ångesten rusade i bröstet och gjorde det svårt att andas. Snart skulle hon möta häxorna igen. I trappan till källaren hördes steg. Markus slog igen dörren bakom sig.

"Jag kommer med ett byte", ropade Angelika ut i huset, med hög och darrande röst.

Nere från källaren, bakom dörren, hördes ett upprört viskande när häxorna hasade sig uppför trappan.

"Ni har inte mycket tid", sa Angelika och ställde sig bredbent. Hon riktade pistolen mot sitt eget ben. Hennes hand darrade så mycket att det kändes som om hon skulle tappa pistolen.

"Jag kommer för att betala med blod", sa hon och försökte hålla pistolen stadigt riktad mot benet.

Röster färdades upp från källaren. Angelika drog ett djupt andetag och avfyrade vapnet. Niklas skrek bredvid henne. Kulan träffade henne inte utan slog ner i golvet, ett rykande hål i en murken golvplanka. Hennes hand darrade för mycket. *Fan.*

Dörren slogs upp och den första häxan tog sig in i rummet. Mia och Markus skrek och drog sig snabbt bort från dörren. Angelika pressade pipan mot låret och utan att hinna tänka så tryckte hon av. En hög knall hördes. Pistolen föll ur hennes hand och det kändes som att få ett slag av en slägga rätt över låret. Hon kollapsade ner på knä. Med varje hjärtslag pumpade blod från hennes ben ut över golvet. Vindar som verkade komma inifrån huset fick gardinerna att fladdra. Det knakade om golvbrädorna och väggarna skakade. Angelika kände hur hennes medvetande börja flyta. Hon skulle svimma snart.

"Jag betalar ...", kved hon och lutade sig fram och lade händerna mot golvet. Hon mötte Niklas blick. Han stirrade glasartat på henne. Hans hand tryckte över såret på hans ben, men blodet sipprade klart och rött genom hans fingrar.

"Jag betalar med blod för dem jag köper loss", viskade Angelika ner i golvet.

Golvbrädorna i huset skakade och gungade likt vågor. Dörrar öppnades och slog igen med högljudda smällar.

”Spring”, viskade Angelika.

Mia och Markus hade stannat framför henne.

”Nej, spring”, sa Angelika med det sista av sina krafter. ”Ut härifrån.”

”Får vi verkligen gå? Behöver vi inte återvända?” Mia spanade ut i mörkret.

Angelika orkade inte längre hålla blicken upp mot Mia. Hennes blick sökte sig mot källardörren. Och där stod de. De tre. De första. De som drack blod. De som ägde denna plats som Gamla stan vuxit upp kring. De var klädda i grå slitna klänningar som var lappade och lagade. Ögonen var iskalla och huden gulnad och död. Naglarna böjde sig som klor. Först nu såg Angelika att en av dem hade en kniv inkörd i bröstet. Klänningen färgades mörk och det droppade något ner på golvet. Det var inte blod, det var mer lättflytande. Häxan drog loss kniven och den gamla klänningen gled isär och avslöjade torr hud. Mörkt vatten rann ymnigt ur såret och ner på golvet. Fascinerat stirrade Angelika på vätskan som bildade en pöl vid häxans fötter.

De har inget eget blod.

Doften av vattnet var söt och tung, både rutten och behaglig på samma gång. Ärren kliade på hennes kropp när hon såg den välbekanta kniven. Häxornas blå blickar var nu riktade rakt mot Angelika och hennes blod som forsade ut över golvet.

”Det är … ett blodsbyte”, viskade Angelika till Mia. ”De kan inte neka det.”

Mia klev över Angelika. Hennes smutsiga skor och byxben passerade över henne snabbt följt av Markus långa ben.

"Förlåt", sa Angelika efter Mia.

Mia sa ingenting. Hon och Markus var redan på altanen.

Angelika hörde deras steg nedför trappan.

Måtte de hinna ut.

Angelika ville blunda men kunde inte ta blicken från de tre kvinnorna som närmade sig. Deras blå ögon fixerade det nya bytet. En av dem gick ner på alla fyra och började krypa fram mot Angelika. Det långa grå håret hängde framför kvinnans ansikte när hon likt en stor spindel närmade sig med vädrande näsborrar.

Sedan slöt Angelika ögonen. Allt som hördes var kvinnornas hasande steg.

Och Mörkån som porlade där utanför.

EPILOG

Det var vackert att se. Den förlorade sonen som knackade på dörren. Dörren som öppnades. Papporna som skrek, skrattade och grät. I en enda hög låg de på hallgolvet och skrattade och kramades.

Men det fanns saker som de inte pratade om. Markus kom tillbaka med ärr från sin resa. Men han levde. De pratade inte så mycket om vad som hänt.

Sent på nätterna kunde han vakna upp och skrika. Hans händer for över kroppen som för att trycka någonting ifrån sig. Sedan insåg han var han befann sig och lutade huvudet mot kudden. Ibland kunde han somna om, ibland låg han vaken hela natten.

Han smet ut om kvällarna. Papporna lät honom göra

det. De tittade på varandra med vemod i blicken. Deras pojke höll på att bli stor. De förstod att han träffade någon och lät honom göra det. Flera nätter låg de vakna tills de hörde Markus återvända. Ibland trängdes de fnissande vid nyckelhålet eller gav honom menande blickar åt sugmärkena på hans hals. Han hade inte tagit med henne hem än.

Men det var inte bara till sin kärlek som Markus gick. Gamla stan drog i honom. Många nätter vandrade han i gränderna och försökte hitta tillbaka till huset. Det som hade hänt honom där hände nu andra. Han skulle kunna bränna ner huset eller vad som helst. Tanken på att de onda varelserna fick fortsätta var outhärdlig. I världen fanns så många makter som utnyttjade de svaga och han hade flytt från en sådan makt. Det gnagde på honom. Orättvisor behövde åtgärdas, därför letade han, men han hittade inte tillbaka.

En natt mötte han en märklig procession. En man i lång rock och med en cigarr i mungipan gick längst fram. Bakom gick två personer med rakade huvuden och stelt kroppsspråk. Det var något underligt över deras robotliknande rörelser. De hade tatueringar på insidan av handlederna, någon form av bokstavstecken. Mellan sig bar de en grön trälåda. Mannen med cigarren kastade en blick på Markus och sa någonting på franska när de gick förbi honom.

Han var ofta hos Mia, låg tillsammans med henne i en smal säng och drog handen över hennes rygg medan hon sov med ansiktet in mot hans hals. Hon var inte redo att återvända till världen utanför Gamla stan ännu. Skammen hade fortfarande inte släppt sitt grepp. Men en dag skulle han ta henne med sig hem. Hans pappors egen kärlek hade inte varit gratis. De om några skulle förstå kärlekens smärtor och pris.

Tim satte sig ner vid köksbordet. Såren hade läkt nu. Några av dem, de djupaste, skulle alltid synas i hans ansikte som bleka strimmor i hyn. Han bläddrade igenom högarna med papper på bordet. Mamma hade organiserat dem så ämnen låg i olika färger, samt lagt en extra hög med lappar från lärare och klasskamrater. Mamma var sekreterare. Hon var expert på sådant här. Han lyfte lappen som låg överst och läste:

Du är välkommen tillbaka när du mår bättre!

Rektorn hade skrivit det. För hand. Tim lade ifrån sig lappen och kände hur tårar rann nedför kinderna. Han hade så lätt för att gråta nu. Som om hela han var ett öppet sår. Mamma ville att han skulle gå till en psykolog. Men det här räckte för Tim. Det var skönt att bara gråta. Det fanns en smärta i hans bröst. Hjärtat hade härjats och vridits något varv för mycket. En saknad, och en lättnad.

Han plockade fram en rejäl frukost: fil med flingor, två mackor, apelsinjuice och kaffe med mjölk. Sedan läste han genom de olika uppgifterna för att få en överblick över hur mycket han måste ta igen. Det var mycket, men inte omöjligt.

Pappa kom in i köket. Han hade hållit sig hemma de senaste veckorna. Tim visste inte om han hade slutat sitt jobb eller tagit semester. Hemma hade han varit i alla fall, precis som Tim. De hade strukit kring varandra i hemmet och pratat lite tafatt med varandra.

Nu stod pappa i köket i pyjamas. Han hade aldrig pyjamas på sig. Tim visste inte ens att han hade en sådan. Var han sjuk?

"Varför är du inte på jobbet?"

Tim mindes alla gånger som mamma sagt "han är på jobbet". Just den meningen skulle kunna sammanfatta pappas närvaro när Tim växte upp. Innan allt det vansinniga hände så hade Tim tänkt hålla ett tal på sin fars femtioårsfest med just temat "han är på jobbet".

Nu såg pappa bortkommen ut där han stod i köket. Som om han gått in i fel hus klädd i pyjamas. Han såg äldre ut. Headsetet var borta och skägget inte lika välvårdat.

"Jag tänkte att jag skulle prata med dig", sa pappa.

Han satte sig mittemot Tim med en kopp kaffe i handen, tog en klunk och ställde sedan ner koppen framför sig. Pappa sträckte fram handen och grep Tims haka. Tim kände igen det från när han var liten, när mamma eller pappa med bestämda men varliga händer torkade bort något han spillt på sig själv. Det kändes skönt, ovant men skönt.

Pappa böjde sig närmare.

"Såren är i stort sett läkta", sa han och tog ytterligare en klunk.

Tim mindes och började gråta. Han mindes kvinnan med det väldiga håret, hennes nakna kropp, de onaturliga lysande ögonen och de stora vita tänderna. Han mindes hennes dotter, den mörka, den vackra. Tänk om han kunde träffa henne i framtiden.

"Hon är borta", sa Tim.

Pappa nickade långsamt.

"Jag vet inte om jag älskade henne", sa Tim. "Men hon är borta."

Pappa såg trött ut.

"Livet är en serie förluster", sa han. "Det handlar om att uppskatta det man får. Att minnas det bra och lära sig av det dåliga. Det är det enda sättet att leva. Framåt. Förstår du?"

Pappa måste ha sett Tims förvånade ansiktsuttryck för han skrattade och klappade honom på axeln.

"Alla förlorar saker", sa han och drog fingrarna genom skägget.

Tim hade aldrig sett sin far utan skägg. Det fanns bilder på honom när han var en liten pojke, men han kunde inte minnas att han sett några bilder på honom som skägglös ungdom. Tim hade alltid tänkt att det var någon form av fasad, precis som mammas leende. Det hade aldrig slagit honom att det kanske var till för att dölja något.

"Alla har hemligheter", sa pappa.

Tim drog efter andan. Mellan skäggstråna skymtade blekta ärr. Han stirrade på de fina linjerna, blekta strimmor som efter naglar.

"Hjärtat läker och går vidare", sa pappa. "Det är inte första gången som nån kommer att köra fingrarna genom din själ och vrida runt den. Du kommer att leva igen, och du kommer att gråta igen."

Tim stirrade förvånat. Pappa tog en klunk kaffe till, ögnade igenom högarna med papper på bordet, kläckte ett

förväntat skämt om sin frus effektivitet och sedan sa han:
"Okej, vad börjar vi med?"

Det kom vykort, foton och brev lite då och då. Ibland
på mejl, ibland över Facebook. Men det bästa Anna visste
var när hon fick pappersbrev. Vem fick något sådant nu
för tiden?

Anders skrev om sina resor. Fyrtiotvåtusen hade tyd-
ligen inte varit så mycket pengar i slutänden. Men pengar
gick att ordna. De liftade, luffade, spelade, målade, tiggde
och säkert andra saker som han inte skrev. Irland, Spanien,
Ungern. De hade stannat länge i Östeuropa. Och nu öster-
ut, eller söderut. Anna skrattade när hon läste: Det står nu
mellan Nordafrika eller Mellanöstern. Nya äventyr.

Hon log åt bilderna. Två trötta men leende pojkar.
Kyssandes, skrattandes, kramandes. Levande.

Hon valde ut sina två favoriter: det med pojkarna och
den blå himlen och det med pojkarna och det blå havet.
Först gick hon till Hjärtat och satte upp himlen på anslag-
stavlan. Sedan gick hon hem igen och körde havsbilden ge-
nom pappas laminatmaskin. Fotot kom ut på andra sidan
varmt och styvt. Hon körde ner det i fickan och tog sedan
en lång promenad ner till stan. I dagsljus och långt borta
från Gamla stans mörka gränder.

Till slut stod hon framför stadshotellets restaurang.
Ibland gick hennes föräldrar ut och åt här. Anna gick in
genom entrén och sökte genom rummet.

Felicia såg vuxen ut. Hon skulle fylla arton om bara ett
par månader. Som januaribarn var hon först med allt. Hon

såg så proper ut i den sträckta vita skjortan och de svarta byxorna. Håret var fortfarande alldeles för rött men låg nu platt och ordnat. Det var som om platsen med de röda sofforna och borden med fejkmarmorskivor fick henne att strama upp sig. Felicia tog upp tallrikarna som stod där, vände sig om och gick över rummet.

Det var då hon fick syn på Anna. I hennes ansikte syntes först förvåning sedan det underbara stora leendet.

Gud, vad jag har saknat det där leendet.

Felicia ställde ifrån sig tallrikarna så fort att det skallrade om dem. Hon sprang över rummet. Gäster och hovmästare tittade irriterat på henne. Hon kastade sig mot Anna och slog armarna hårt kring henne.

”Jag har saknat dig”, sa Felicia och kramade Anna ännu hårdare.

”Släpp”, skrattade Anna.

Felicia tog hennes hand och ropade till en annan tjej att hon tog rast nu. På vägen ut slängde hon på sig sin svarta kavaj som hängde på en krok vid utgången. Sedan var de ute på baksidan av restaurangen. En söt kille med vita kläder, kanske en kock, log mot dem och dröjde kvar med blicken på Anna innan han gick in. Felicia hade redan en cigarett i munnen och pratade oupphörligen. Förmögna gäster och massor av dricks var ett återkommande tema.

”Jobbar du heltid här?” sköt Anna in.

Felicia skakade på huvudet och blåste ut en plym med rök.

”Nej, bara timmar, men jag jobbar nästan varje kväll nere i Gamla stan.”

"Som vad?"

"Bartender."

Anna nickade.

"Det bara kryllar av snyggingar", sa Felicia och skrattade. "Seriöst, alla studenter bor där nere och en massa annat skumt folk. Det är fester jämt."

"Det låter kul", sa Anna.

"Du borde komma", vädjade Felicia. "Snälla kan du inte komma?"

För ett ögonblick kände Anna smaken av sött äpple. Den kom ibland, oväntad och obehaglig, som en sur uppstötning. Ibland drömde hon om den gängliga varelsens tunga över sina läppar, de torra grenlika fingrarna över hennes lår, eller om skogen i dimman där frukterna var gyllene och vättarna ropade efter henne att köpa deras frukt. Efter varje sådan dröm duschade hon länge och spottade i golvbrunnen.

"Jag går aldrig dit igen", sa Anna.

Det blev tyst. Villrådigt sökte Felicia med ögonen över uteplatsen. Anna hade sett det förut, när Felicia blev obekväm försökte hon alltid flytta samtalet till någon annan. Men de var ensamma, ingen räddning skulle komma genom konversation med andra. Anna lade en hand på hennes axel och log.

"Men jag kommer gärna hit, eller träffar dig på stan."

Felicia andades ut, det villrådiga och spända försvann ur hennes ögon.

"Jag har saknat dig så", sa hon.

"Var bor du?"

"I Mikaels gamla lägenhet. Jag får ha den så länge."

Anna nickade och tänkte på det inplastade fotot hon hade i väskan.

"Vad är hyran på?"

Felicias händer började röra sig rastlöst. Hon drog dem genom håret som om hon glömt att hon höll i en cigarett.

"Inget."

"Va?"

"Det är sant. Det är helt stört! Men ..." Felicia skruvade på sig, grimaserade och spottade sedan på marken.

"Men vadå?"

"Man kan inte låsa dörren, ingen dörr i hela huset får låsas."

Anna rynkade pannan. "Det låter märkligt."

"Det är det. Ibland ... ibland känns det som om nån kommer in när jag sover. Som att ... äh."

Hon viftade med handen framför sig, en gest som innebar att hon inte ville prata om det längre. Anna kände en kall rysning krypa längs ryggraden när hon tänkte på en dörr som kunde öppnas när som helst. Att någon kunde komma in när man sov.

"Kolla här." Felicia slet fram en bok från kavajfickan.

Hon räckte över den till Anna som tog emot den. Det fanns inget namn på framsidan och ingen titel.

"Vem är författaren?" sa Anna.

Felicia slängde cigaretten i askkoppen och gjorde ett litet skutt.

"Jag!" utbrast hon.

Anna öppnade boken. Varje sida var fylld med ord, ibland ända ut i marginalerna. Anna läste en rad, sedan en till och en till. En märklig glädje tändes i henne och hon läste en till.

"Det här är ju jättebra", sa Anna och bläddrade.

"Låt inte så förvånad."

"Men, det är ju verkligen hur bra som helst", sa Anna.

"Jag vet!" ropade Felicia. "Jag tycker det med!"

Hon tog boken från Anna, bläddrade fram och åter med otåliga fingrar.

"Där", sa hon och räckte tillbaka boken.

Dikten var ett helt uppslag. Anna läste rubriken. Det var hennes namn.

"Den är till dig", sa Felicia.

Anna läste och grät och läste. Hon lämnade tillbaka boken som återigen ramlade ner i Felicias kavajficka. De stod så länge. När så många ord hade bytts kunde tystnaden vara behaglig.

"Oj", sa Felicia och torkade ögonen. "Jag måste in och jobba igen."

"Jag måste också gå", sa Anna.

"Vart ska du?"

Anna lade handen över väskan, över fotografiet som låg där. "Jag måste bara fixa en sista grej."

De gick in i restaurangen igen.

"Vi ses snart igen", sa Anna. "Du får gärna komma hem till mig om du vill?"

"Jag måste bara sluta fred med mamma först. Hon har inte tagit så lätt på att jag hoppade av skolan. Du vet psykologlinjen och allt det där."

"Det var ju faktiskt inte särskilt mycket kvar av skolan."

"Hallå?" sa Felicia. "Två jobb, ingen hyra och en hel självskriven diktsamling i fickan. Vem behöver skolan?"

Anna skrattade, vinkade och sedan var hon utomhus igen. Vintern var på väg. Gatorna var glittrande och hala. Hon vandrade genom staden. Till slut hittade hon platsen. Staketet bestod av höga svarta stänger som såg ut som spjut. Hon stod en stund och blickade in på de oändliga raderna av gravar. Hon gick in och förundrades över den enorma mängden döda människor som fanns samlade här. De flesta dog gamla men det fanns några som dött unga och några som dött samma dag som de föddes. Namn som inte betydde någonting för Anna passerade förbi henne.

Länge gick hon längs krattade gångar. Och så till sist fann hon en rundad sten. Bara datum och namn, ingen annan inskription.

Mirjam Boman. *Borde man säga nåt?*

Hon hukade sig ner, plockade bort några kvistar som ramlat ner på graven och tog sedan fram fotot ur väskan. Anna lutade det mot gravstenen, såg sig omkring och hämtade en sten från graven bredvid.

"Ursäkta", sa hon och låste sedan fast fotot med stenen.

Utan att hon riktigt visste varför tårades hennes ögon. Det var inte hennes mamma som var död och inte hennes son som var ute på äventyr. Hon smekte först Anders ansikte på fotot och sedan den rundade stenen framför henne.

"Han har det bra", sa Anna. "Han är lycklig."

Hon reste sig upp, pojkarna log mot henne från bilden, sedan gick hon därifrån.

Höstvindarna blåser över staden. De är upprörda och krävande, sliter fåglarna fram och tillbaka i mörkret. De flesta korparna har tagit skydd i prång och gömslen. Där sitter de tryckta mot varandra, vinge mot vinge, och försöker att inte lyssna på rösterna i vinden.

Rösterna är upprörda.

En ensam korp trotsar vindarna och stretar med ryckiga vingslag. Den glider över Mörkån och landar sedan på gräsklipparen. Gungstolen guppar frenetiskt i vinden. Det långa gräset vajar som om det vore sommar.

Korpen lägger huvudet på sned. Rösterna som hörs inifrån huset är upprörda. De får vindarna att virvlande fly över hela staden. Då och då hörs skrik och gurglande ljud. De som bor i huset har varit arga länge nu, lurade på det unga blodet som byttes mot sådant som de redan haft.

Korpen vet.

Den lyfter igen och låter vinden bära den till torget. Till den gamla avrättningsplatsen. Fågelns ögon sveper över marken.

Det finns ingenting att äta.

Det är oktober.

Det är snålt med maten.

Men korpen vet.

I vinden hörs de klagande, upprörda rösterna.

"Hämnd", ropar de. "Blod", ropar de.

Deras röster retar upp vindarna, får dem att slänga sig fram och åter. De letar sig ut i skogarna omkring, över fälten och stör det som sovit länge, ruskar trädstammar och välter ner stenar från gravkullarna. I skogen rör sig sådant som borde ha fått fortsätta vila. Under stenar slås sedan länge döda ögon upp.

Korpen landar och burrar upp sig.

Den vet.

Snart kommer det att finnas alldeles för mycket att äta.

Blod kommer återigen att flyta över dessa gator.

Emil Haskett

Om Författaren

E mil Haskett är en småländsk författare. Han skriver främst på svenska men har nyligen börjat skriva på engelska. Han har publicerat flera noveller i olika antologier, senast i den Lovecraftianska samlingen The Shadow Over Doggerland. Han föredrar att blanda fantasy, science fiction och skräck. Han bor nära mörka småländska skogar fyllda med skuggor, hemligheter och historier, det är där han hämtar sin inspiration, genom att gräva djupt i svensk tro, gräva fram varelser som borde ha lämnats ostörda och sätta in dem i en modern miljö.

Lightning Source UK Ltd.
Milton Keynes UK
UKHW040148240223
417572UK00004B/340